GW01403162

Biographie der Autorin

Ich heiße Sarah Stalp (geb. Jung) und bin 1991 im schönen Freudenberg geboren, dort ging ich auch zwei Jahre zur Grundschule bis meine Eltern bauten und wir umzogen. Die 3-4 Klasse absolvierte ich in Eiserfeld auf der Grundschule und wechselte danach auf die Gesamtschule. Im Alter von 17 Jahren bekam ich mein erstes Kind (meinen 16 Jährigen Sohn). Ich wiederholte die 10 Klasse, die ich dann auch beendete. Ich fing eine Ausbildung als Bäckerin an, diese musste ich aufgrund meiner gesundheitlichen Probleme abbrechen. 2013 heiratete ich und bekam meinen heutigen 11 Jährigen Sohn, 2015 gebar ich meine heutige 9 Jährige Tochter. 2016 trennte ich mich von meinem Exmann. 2020 war dann endlich die Scheidung und ich bekam das alleinige Sorgerecht meiner Kinder. 2020 lernte ich meinen aktuellen Partner kennen und lieben. Er erfüllt seitdem mein bzw. unser Leben mit Licht und Freude. Von 2019-2023 war eine schwere Zeit, diese werde ich nicht weiter erläutern, da es nichts hier zu suchen hat (persönliche Hintergründe) 09/2023-06/2024 absolvierte ich eine Weiterbildung im Bereich der Erziehungs und Kitahelferin und hab sie mit Bravour abgeschlossen. Seit August 2024 arbeite ich nun als Alltagshelferin in einer Kita, was mich nun als alleinerziehende Mutter komplett macht.

Bibliografische Information der Deutschen Nationalbibliothek: Die Deutsche Nationalbibliothek verzeichnet diese Publikation in der Deutschen Nationalbibliografie; detaillierte bibliografische Daten sind im Internet über http://dnb.dnb.de abrufbar.

Die automatisierte Analyse des Werkes, um daraus Informationen insbesondere über Muster, Trends und Korrelationen gemäß §44b UrhG Ltext und Data Mining) zu gewinnen, ist untersagt.

© 2024 Sarah Stalp

Meine bisherigen Bücher: Luna und Leos magische Abenteuer (16.09.2024), Gute-Nacht-Geschichten (01.12.2024)

Verlag: BoD . Books on Demand GmbH, In de Tarpen 42, 22848 Norderstedt

Druck: Libri Plureos GmbH, Friedensallee 273, 22763 Hamburg

ISBN: 978-3-8391-2821-3

Vorgeschichte: Das erste Treffen von Sarah und Manuel

Es war der 11. Januar 2020, als die Diskothek „Nachttraum" in der Stadt pulsierte und die bunten Lichter im Takt der Musik flashten. Die Menge tanzte und feierte das neue Jahr, während die DJane mit fröhlichen Beats die Stimmung anheizte. Sarah, eine leidenschaftliche Sängerin und Tänzerin, war mit ihren Freundinnen gekommen, um das Ende der Feiertage gebührend zu feiern. Ihre Lebensfreude war ansteckend, und sie genoss es, im Mittelpunkt der Tanzfläche zu stehen und sich zur Musik zu bewegen. Manuel, ein sportlicher Mann mit einer Vorliebe für Kampfsport, Bodybuilding und Schießsport, betrat die Diskothek mit seinen Freunden. Er war auf der Suche nach einem Abend voller Spaß und Ablenkung von seinem intensiven Training. Die laute Musik und die fröhliche Atmosphäre waren genau das, was er brauchte, um den Kopf frei zu bekommen. Als Manuel sich durch die Menge bewegte, fiel sein Blick auf Sarah, die mit einem strahlenden Lächeln und voller Energie tanzte. Ihre Bewegungen waren elegant und voller Leidenschaft, und er konnte nicht anders, als von ihrer Ausstrahlung angezogen zu werden. In diesem Moment wusste er, dass er sie ansprechen musste. Mutig näherte sich Manuel Sarah, während sie einen schwungvollen Tanz bewegte. *„Hey, ich bin Manuel. Ich konnte nicht anders, als dir beim Tanzen zuzusehen. Du hast wirklich Talent!"* sagte er mit einem charmanten Lächeln. Sarah drehte sich zu ihm um und lächelte. *„Danke! Ich liebe es zu tanzen, besonders wenn die Musik so gut ist. Und du? Was bringt dich hierher?"* *„Ich bin ein bisschen sportverrückt. Kampfsport, Bodybuilding – das ist mein Ding. Aber manchmal braucht man einfach eine Auszeit, um Spaß zu haben",* antwortete Manuel und bemerkte, wie Sarahs Augen vor Neugier funkten. *„Kampfsport, wow! Das klingt spannend. Ich bin mehr die kreative Sorte – ich singe gerne und schreibe. Tanzen ist mein Weg, um mich auszudrücken",* erklärte Sarah und spürte, wie die Chemie zwischen ihnen sofort spürbar wurde. Die beiden unterhielten sich angeregt, während sie zur Musik tanzten. Manuel erzählte von seinen sportlichen Herausforderungen und der Disziplin, die es erfordere, während Sarah von ihren Auftritten und dem Schreiben neuer Songs berichtete. Sie entdeckten schnell, dass sie trotz ihrer unterschiedlichen Hobbys viele gemeinsame Interessen hatten. Der Abend verging im Nu, und als die Lichter der Diskothek langsam gedämpft wurden, wusste Manuel, dass er Sarah nicht einfach gehen lassen wollte. *„Darf ich deine Nummer haben? Ich* *würde mich freuen, dich wiederzusehen und vielleicht mal zusammen zu tanzen oder zu singen",* fragte er schüchtern. *„Das klingt nach einer tollen Idee! Hier, nimm sie",* antwortete Sarah mit einem Lächeln, während sie ihm schnell ihre Nummer gab. Mit einem Gefühl der Vorfreude verabschiedeten sie sich voneinander und versprachen, sich bald wieder zu treffen. Manuel verließ die Diskothek mit einem breiten Grinsen, während Sarah noch lange an das bezaubernde Treffen mit dem sportlichen Mann dachte. Dieser unvergessliche Abend in der Diskothek war der Beginn einer besonderen Verbindung zwischen Sarah und Manuel – einer Reise voller Musik, Bewegung und gemeinsamer Träume, die gerade erst begann.

Kapitel 1: Ein unerwarteter Fund

Der Dachboden war ein Ort der Geheimnisse und der vergessenen Erinnerungen. Manuel kletterte die knarrenden Treppen hinauf, die Luft war kühl und staubig, und der Geruch von alter Holzverkleidung umhüllte ihn wie ein vertrauter Mantel. Es war ein sonniger Samstagmorgen, und die Strahlen des frühen Lichtes schafften es durch das kleine Fenster, das über dem Dachboden lag. Manuel hatte sich vorgenommen, endlich den alten Dachboden seiner Großeltern aufzuräumen. Es war eine Aufgabe, die er schon lange vor sich hergeschoben hatte, doch das Gefühl der Neugier trieb ihn an. Er schob eine alte Truhe beiseite, die mit einem schäbigen Tuch verhängt war. Manuel kniete sich hin und öffnete den Deckel, der mit einem leisen Quietschen aufging. Darin lagen alte Kleider, ein paar zerknitterte Bücher und einige Fotoalben, deren Seiten bereits zu bröckeln begannen. Die Erinnerungen an seine Kindheit stiegen in ihm auf, als er die alten Dinge betrachtete – Spielzeuge, die er einst geliebt hatte, und Bilder von Familienfesten, die so weit zurücklagen, dass sie fast wie Träume erschienen. Plötzlich fiel sein Blick auf etwas, das zwischen den Kleidern verborgen lag. Es war ein Stapel gelblich angebrannter Briefe, die mit einer roten

Schleife zusammengebunden waren. Manuel konnte nicht anders, als seine Neugier zu wecken. Er zog die Schleife vorsichtig ab und blätterte durch die Seiten. Die Schrift war elegant und geschwungen, und die Worte schienen lebendig zu werden, als er die ersten Sätze las. Es waren Liebesbriefe, die seine Großeltern in den frühen Tagen ihrer Beziehung geschrieben hatten. *„Mein geliebter Franz,"* begann einer der Briefe, und Manuel konnte die Zuneigung und Leidenschaft förmlich spüren, die zwischen den Zeilen pulsierte. Die Worte erzählten von geheimen Treffen in der Dämmerung, von der Sehnsucht nach dem anderen, von den Herausforderungen, die sie überwinden mussten. Es war, als würde er in eine andere Zeit eintauchen, in eine Welt voller Hoffnung und Träume. Mit jedem Brief, den er las, wurde Manuel mehr in die Geschichte seiner Großeltern hineingezogen. Er konnte sich kaum vorstellen, dass die Menschen, die er sein ganzes Leben lang gekannt hatte – liebevoll und fürsorglich – einst jung und voller Leidenschaft gewesen waren. Die Briefe spiegelten nicht nur ihre Liebe wieder, sondern auch die gesellschaftlichen Herausforderungen, mit denen sie konfrontiert waren. Es war eine Zeit der Kriege, der Unsicherheiten, und doch schien ihre Liebe unbeirrbar. *„Ich vermisse dich, mein Herz,"* schrieb seine Großmutter in einem anderen Brief. *„Die Tage ohne dich sind wie Schatten,* *die über mein Leben ziehen. Wenn ich an dich denke, blühen die Blumen in meinem Herzen. Versprich mir, dass wir bald wieder zusammen sein werden."* Manuel fühlte sich, als wäre er ein ungebetener Zeuge in einer so intimen Angelegenheit. Er konnte nicht anders, als die Faszination zu empfinden, die diese Worte in ihm hervorriefen. In diesem Moment wurde ihm bewusst, dass die Geschichte seiner Großeltern mehr war als nur eine Sammlung von Erinnerungen; sie war ein lebendiges Zeugnis der Liebe, das es wert war, entdeckt zu werden. Die Zeit verging rasch, während er die Briefe las. Er verlor das Zeitgefühl und wurde von den Emotionen, die in den Zeilen gefangen waren, mitgerissen. Die Leidenschaft, die sie füreinander empfanden, war so stark, dass sie ihn sogar in seiner eigenen Realität berührte. Er dachte an seine eigene Beziehung zu Sarah, seiner besten Freundin. Hatte er jemals so tiefgehende Gefühle für sie gehabt? Er konnte nicht anders, als sich zu fragen, ob diese Briefe auch für ihn eine Bedeutung hatten. Mit einem Kloß im Hals und einem Lächeln auf den Lippen packte Manuel die Briefe vorsichtig in eine alte Kiste. Er wusste, dass er diese Entdeckung nicht für sich behalten konnte. Sarah würde die Bedeutung dieser Briefe verstehen und ihre Neugier würde sie anregen, mehr über die Geschichte seiner Großeltern herauszufinden. Sie war immer an der Vergangenheit interessiert, und die Idee, gemeinsam auf Spurensuche zu gehen, ließ sein Herz schneller schlagen. Er entschied sich, am nächsten Tag zu Sarah zu gehen. Die Vorstellung, die Briefe mit ihr zu teilen und ihr von seinem unerwarteten Fund zu erzählen, erfüllte ihn mit Vorfreude. Manuel schloss den Dachboden hinter sich und machte sich auf den Weg nach Hause, immer noch im Bann der Worte, die er gelesen hatte. Am nächsten Morgen stand er früh auf, seine Gedanken immer noch bei den Briefen. Er überlegte, wie er Sarah am besten von seiner Entdeckung erzählen könnte. Sein Herz schlug schneller, als er an ihre gemeinsamen Abenteuer dachte. Sarah war die Art von Freundin, die immer für Aufregung und Entdeckung zu haben war. Ihre Neugier war ansteckend, und er wusste, dass sie begeistert reagieren würde. Er packte die Briefe sorgfältig in seine Tasche und machte sich auf den Weg zu Sarahs Wohnung. Die frische Morgenluft umhüllte ihn, während er durch die Straßen schlenderte, und die Sonne schien warm auf sein Gesicht. Es war ein schöner Tag, und Manuel fühlte sich voller Hoffnung und Vorfreude auf das, was kommen würde. Als er an Sarahs Tür klopfte, hörte er sie hinter der Tür lachen. Es war ein Klang, der ihm immer Freude bereitete. Sie öffnete die Tür und strahlte ihn an, ihre Augen funkelten vor Neugier. *„Hey, Manuel! Was für eine Überraschung! Was führt dich zu mir?"* „Hallo, Sarah!

Ich habe etwas gefunden, das ich dir zeigen möchte. Etwas wirklich Aufregendes!" Er hielt die Kiste mit den Briefen in der Hand und sah, wie ihre Augen sich weiteten. *„Was ist das?"* fragte sie, während sie ihn neugierig anstarrte. Manuel setzte sich auf das Sofa und öffnete die Kiste vor ihr. *„Es sind Liebesbriefe. Alte Liebesbriefe von meinen Großeltern. Ich habe sie gestern im Dachboden gefunden."* Sarahs Gesicht leuchtete auf. *„Oh wow! Das klingt unglaublich! Lass mich sehen!"* Manuel reichte ihr die Briefe, und sie begann, sie durchzublättern. Ihre Augen huschten über die Seiten, während sie die Worte las. Er konnte sehen, wie sie in die Geschichte eintauchte, und es erfüllte ihn mit Freude, dies mit ihr zu teilen. „Das ist so romantisch! Ich kann mir kaum vorstellen, wie es war, als deine Großeltern jung waren. *Was steht da noch?"* fragte sie aufgeregt. *„Es ist nicht nur romantisch, es erzählt auch viel über die Zeit, in der sie gelebt haben. Es gibt so viele Herausforderungen, die sie überwinden mussten, aber ihre Liebe scheint immer stärker gewesen zu sein,"* antwortete Manuel. Sarah nickte nachdenklich. *„Das ist so inspirierend. Wir sollten mehr über ihre Geschichte herausfinden! Lass uns ins Archiv gehen und nach Informationen suchen!"* Manuels Herz schlug schneller. Die Idee, gemeinsam in die Vergangenheit einzutauchen, war genau das, was er sich erhofft hatte. *„Das klingt* *großartig! Lass uns das machen.*" Die beiden machten sich auf den Weg ins örtliche Archiv, während sie über die Briefe und die Geschichte seiner Großeltern sprachen. Sarah war begeistert, und ihre Begeisterung steckte Manuel an. Er erkannte, dass dieser unerwartete Fund nicht nur eine Entdeckung der Vergangenheit war, sondern auch der Beginn einer neuen Reise für ihn und Sarah. Im Archiv angekommen, durchsuchten sie alte Zeitungen und Fotos, die die Geschichte seiner Großeltern zum Leben erweckten. Die Atmosphäre war von Aufregung und Neugier geprägt, und Manuel fühlte sich, als ob er in die Fußstapfen seiner Vorfahren trat. Die Briefe hatten ihn nicht nur an die Vergangenheit gebunden, sondern auch an eine Zukunft, die er mit Sarah gestalten wollte. Während sie durch die alten Dokumente blätterten, dachte Manuel darüber nach, wie sehr sich sein Leben in nur wenigen Stunden verändert hatte. Die Briefe hatten eine Verbindung zwischen ihm und seiner Familie geschaffen, und durch Sarah fühlte er sich, als ob er endlich die Bedeutung dieser Verbindung verstand. Es war, als wäre er auf der Suche nach Antworten, nicht nur über die Vergangenheit, sondern auch über sich selbst und die Zukunft, die vor ihm lag. Die Stunden vergingen wie im Flug, und als sie schließlich den Raum verließen, war Manuel voller neuer Erkenntnisse. Die Briefe hatten nicht nur eine Geschichte enthüllt, sondern auch die Möglichkeit, eine eigene Geschichte zu schreiben – eine Geschichte voller Liebe, Hoffnung und Entdeckungen. Und mit Sarah an seiner Seite fühlte er sich bereit, jede Herausforderung anzunehmen, die das Leben für ihn bereithielt.

Kapitel 2: Das Geheimnis der Briefe

Die Sonne schien hell und warm auf die Stadt, als Manuel und Sarah das Archiv verließen. Ihr Gespräch war lebhaft und voller Aufregung, während sie über die Briefe und die Geschichte von Manuels Großeltern sprachen. Sarah war in ihrem Element, und ihr Enthusiasmus steckte Manuel an. Er spürte, wie die Neugier in ihm wuchs und sein Herz schneller schlug, während sie über die nächsten Schritte nachdachten. *„Ich kann es kaum erwarten, mehr über sie herauszufinden!"* rief Sarah, während sie die Treppe hinunterlief. *„Es gibt so viele Möglichkeiten, wo wir anfangen können. Hast du noch weitere Hinweise aus den Briefen?" „Ja, einige der Briefe erwähnen Orte, die sie besucht haben, und es gibt sogar einen Hinweis auf den Namen einer Stadt, in der sie einige Zeit gelebt haben. Vielleicht können wir dort nach weiteren*

Informationen suchen", schlug Manuel vor. *„Das klingt nach einem Plan! Lass uns zuerst einen Kaffee holen und dann die nächsten Schritte planen"*, antwortete Sarah mit einem strahlenden Lächeln. Sie machten sich auf den Weg zu ihrem Lieblingscafé, das nur wenige Straßen entfernt lag. Als sie eintraten, wurden sie von dem vertrauten Duft frisch gebrühten Kaffees und dem Klang von leisen Gesprächen empfangen. Sie suchten sich einen Tisch in der Ecke und bestellten ihre Getränke, während sie immer noch über die Briefe sprachen. *„Ich finde es faszinierend, wie sehr die Briefe uns Einblicke in die Vergangenheit geben"*, sagte Manuel, während er einen Schluck von seinem Kaffee nahm. *„Es ist, als würden wir direkt in ihre Gedanken und Gefühle eintauchen."* *„Ja, und ich kann mir vorstellen, dass wir noch viele weitere Geschichten entdecken werden! Vielleicht gibt es auch alte Fotos oder andere Dokumente, die uns helfen, die Lücken zu füllen"*, fügte Sarah hinzu, während sie nachdenklich die Tasse in den Händen hielt. Nach einer Weile und mehreren Tassen Kaffee waren sie bereit, ihre Recherche fortzusetzen. Sarah zog ihr Handy heraus und begann, nach Informationen über die Stadt zu suchen, die in den Briefen erwähnt wurde. Manuel beobachtete sie, fasziniert von ihrer Entschlossenheit.

„Hier ist es! Das ist die Stadt, die die Briefe erwähnen. Sie heißt Altstadt, und es gibt ein Archiv dort, das auf historische Dokumente spezialisiert ist", erklärte Sarah aufgeregt. *„Das klingt vielversprechend! Lass uns dorthin fahren und sehen, was wir finden können"*, schlug Manuel vor. Sie verließen das Café und machten sich auf den Weg zur Altstadt. Die Fahrt war voller Vorfreude und Aufregung. Manuel konnte kaum glauben, dass er auf der Schwelle stand, die Geschichte seiner Familie zu entdecken. Es war, als würde sich ein neuer Teil seines Lebens entfalten. Als sie in der Altstadt ankamen, waren sie von der Atmosphäre der Stadt beeindruckt. Die engen Gassen, die von alten Gebäuden gesäumt waren, versetzten sie in eine andere Zeit. Manuel fühlte sich, als würde er durch die Straßen seiner Großeltern gehen. Sie parkten das Auto und begaben sich zu dem Archiv, das sich in einem beeindruckenden alten Gebäude befand. Im Inneren des Archivs empfing sie die kühle, ruhige Atmosphäre. Die Wände waren mit Regalen voller Bücher und Dokumente gesäumt, und der Geruch von Papier und Tinte lag in der Luft. Ein freundlicher Mitarbeiter begrüßte sie und bot seine Hilfe an. *„Hallo! Wie kann ich Ihnen helfen?"* fragte der Mitarbeiter mit einem Lächeln. *„Wir suchen nach Informationen über eine Familie, die in der Vergangenheit in dieser Stadt gelebt hat. Es geht um die Großeltern meines*

Freundes. Wir haben einige Briefe gefunden, die sie geschrieben haben, und hoffen, dass wir hier mehr über sie herausfinden können", erklärte Sarah. *„Das klingt spannend! Ich kann Ihnen helfen, die entsprechenden Archive zu durchsuchen. Haben Sie spezifische Namen oder Daten, die wir verwenden können?"* Manuel und Sarah schauten sich an, bevor Manuel antwortete: *„Ja, die Namen sind Franz und Anna. Die Briefe sind aus den 1940er Jahren, also vielleicht gibt es hier einige historische Aufzeichnungen aus dieser Zeit."* Der Mitarbeiter nickte und führte sie zu einem Computerbereich. *„Ich werde einige Suchanfragen für Sie durchführen. In der Zwischenzeit können Sie sich in der Bibliothek umsehen oder alte Zeitungen durchblättern. Es gibt viele interessante Informationen über die Stadt und ihre Bewohner."* Manuel und Sarah setzten sich an einen Tisch und begannen, alte Zeitungen durchzusehen. Während sie blätterten, warf Manuel einen Blick auf Sarah. Sie war ganz in ihre Aufgabe vertieft, ihre Augen funkelten vor Aufregung, und er konnte nicht anders, als zu lächeln. In diesem Moment wurde ihm klar, wie viel er für sie empfand. Es war mehr als nur Freundschaft; es war eine tiefe Verbindung, die durch ihre gemeinsamen Entdeckungen gewachsen war. *„Schau mal hier!"*, rief Sarah plötzlich und hielt eine Zeitung hoch. *„Hier ist ein Artikel über ein Fest,* das in der Stadt stattfand. Es wird erwähnt, dass Franz und Anna dort waren!" Manuel beugte sich vor, um einen besseren Blick auf den Artikel zu werfen. „Das ist fantastisch! Vielleicht können wir herausfinden, was sie dort erlebt haben!" Sie lasen den Artikel gemeinsam und entdeckten, dass das Fest ein wichtiger Teil des sozialen Lebens in der Stadt war. Es war eine Zeit der Freude und des Zusammenkommens, trotz der Herausforderungen, die die Menschen durchlebten. Die Worte auf der Seite erweckten in ihnen das Bild einer lebhaften Feier, in der Franz und Anna zusammen tanzten und lachten. Nach einer Weile kam der Mitarbeiter zurück und brachte ihnen die Ergebnisse seiner Suche. „Ich habe einige Aufzeichnungen über Franz und Anna gefunden. Es scheint, dass sie in den 1940er Jahren in dieser Stadt lebten. Es gibt einige Einträge über ihre Heiratsurkunde und sogar einige steuerliche Aufzeichnungen." Manuel und Sarah waren begeistert. „Könnten wir diese Dokumente sehen?" fragte Manuel aufgeregt. „Ja, natürlich! Ich werde sie für Sie heraussuchen", antwortete der Mitarbeiter und verschwand wieder in den hinteren Teil des Archivs. In der Zwischenzeit konnten Manuel und Sarah nicht aufhören, über die neuen Informationen zu spekulieren. „Ich frage mich, wie ihre Beziehung sich entwickelt hat", sagte Sarah nachdenklich. „Waren sie glücklich? Gab es auch Herausforderungen?" „Ich denke, das werden wir herausfinden, sobald wir mehr über ihr Leben erfahren", antwortete Manuel. „Die Briefe erzählen eine schöne Geschichte, aber ich bin sicher, dass es auch andere Facetten gab, die wir entdecken müssen." Der Mitarbeiter kam schnell zurück und brachte einige Dokumente mit. „Hier sind die Informationen, die Sie angefordert haben. Es gibt einige interessante Details in der Heiratsurkunde." Manuel und Sarah blätterten durch die Dokumente, während sie sich gegenseitig ihre Eindrücke mitteilten. Die Heiratsurkunde enthielt nicht nur die Namen ihrer Großeltern, sondern auch das Datum und den Ort ihrer Hochzeit. Manuel war erstaunt über die Formalitäten, die in der Vergangenheit nötig waren, um eine Ehe zu schließen. „Es ist so interessant zu sehen, wie sich die Dinge im Laufe der Jahre verändert haben", bemerkte Sarah, während sie die Urkunde betrachtete. „Ja, und es gibt so viel mehr zu entdecken", fügte Manuel hinzu. „Ich kann es kaum erwarten, die nächsten Schritte zu unternehmen." Sie durchforsteten die weiteren Dokumente, die sie gefunden hatten, und stießen auf einige alte Fotos von Franz und Anna. Die Bilder zeigten sie in verschiedenen Lebensphasen – jung, verliebt, voller Hoffnung. Manuel fühlte sich, als würde er einen Blick in die Seele seiner Großeltern werfen. „Sie sehen so glücklich aus", murmelte Sarah, während sie eines der Fotos betrachtete. *„Es ist so schön zu sehen, dass sie trotz aller Widrigkeiten zusammengehalten haben."* *„Ja, und das gibt mir Hoffnung. Vielleicht können wir auch etwas aus ihrer Geschichte lernen",* sagte Manuel, während er über die Herausforderungen nachdachte, mit denen er und Sarah in ihrem eigenen Leben konfrontiert waren. Die Stunden vergingen, während sie tiefer in die Geschichte seiner Großeltern eintauchten. Sie fanden heraus, dass Franz und Anna nach dem Krieg in dieser Stadt lebten und eine Familie gründeten. Es gab Einträge über ihre Kinder, die in der Stadt aufwachsen, und die verschiedenen Herausforderungen, die sie als Familie bewältigen mussten. Nachdem sie eine Vielzahl von Informationen gesammelt hatten, beschlossen Manuel und Sarah, eine Pause zu machen. Sie verließen das Archiv und setzten sich in einen kleinen Park in der Nähe, um die frische Luft zu genießen und über das Gelernte nachzudenken. *„Ich kann gar nicht glauben, wie viel wir heute herausgefunden haben",* sagte Sarah, während sie auf einer Bank Platz nahmen. *„Es fühlt sich an, als hätten wir ein ganzes Kapitel aus der Geschichte deiner Familie aufgedeckt." „Ja, das ist unglaublich! Ich hätte nie gedacht, dass diese Briefe uns so viel über ihre Vergangenheit erzählen würden",* antwortete Manuel. *„Es ist faszinierend, und ich bin wirklich froh, dass wir das gemeinsam machen." „Ich* *auch! Es macht so viel Spaß, zusammen zu forschen und die Geheimnisse der Vergangenheit zu entdecken"*, sagte Sarah mit einem Lächeln. *„Ich bin sicher, dass wir noch viel mehr finden werden."* Manuel betrachtete sie und spürte, wie sich etwas in ihm regte. Es war mehr als nur Neugier, die ihn antrieb. Es war eine Verbindung, die sich zwischen ihnen entwickelte, während sie gemeinsam auf Entdeckungsreise gingen. In diesem Moment wurde ihm klar, dass diese Reise nicht nur eine Erkundung der Vergangenheit war, sondern auch eine Möglichkeit, ihre eigene Beziehung zu vertiefen. *„Weißt du, ich hätte nie gedacht, dass wir durch diese Briefe so viel über uns selbst lernen könnten"*, sagte Manuel nach einer Weile. *„Es ist, als ob wir durch die Augen meiner Großeltern sehen und verstehen, was es bedeutet, wirklich zu lieben."* Sarah nickte zustimmend. *„Es ist wahr. Ihre Geschichte ist so inspirierend, und ich hoffe, dass wir auch in unserer Beziehung die gleiche Stärke finden können."* Die Worte hingen in der Luft, und Manuel fühlte, wie eine Welle der Emotionen über ihn hinwegrollte. Es gab eine Tiefe in Sarahs Worten, die ihn berührte und ihm das Gefühl gab, dass sie auf dem richtigen Weg waren. Nach einer Weile beschlossen sie, zurück ins Archiv zu gehen und weitere Dokumente zu durchforsten. Mit jedem Schritt, den sie in die Vergangenheit machten, wuchs die Verbindung zwischen ihnen.

Kapitel 3: Die ersten Ermittlungen

Die Aufregung, die Manuel und Sarah nach ihrem ersten Ausflug ins Archiv verspürten, war kaum zu bändigen. Sie hatten nicht nur einige Dokumente und Fotos gefunden, sondern auch das Gefühl, dass sie auf dem richtigen Weg waren, um die Geheimnisse der Vergangenheit zu lüften. Am nächsten Morgen stand Manuel früh auf und konnte kaum stillsitzen. Er hatte den ganzen Abend über die Briefe und die damit verbundenen Geschichten nachgedacht. Sarah hatte vorgeschlagen, dass sie an diesem Tag einen weiteren Schritt in ihrer Recherche unternehmen sollten. Sie wollten so viele Informationen wie möglich sammeln, um das Bild von Franz und Anna weiter zu vervollständigen. Manuel war begeistert von der Idee, und während er sich fertig machte, überlegte er, was er alles mitbringen sollte. *„Hey, Sarah! Bist du bereit für unser nächstes Abenteuer?"* rief Manuel, als er vor ihrer Wohnungstür stand. Sarah öffnete die Tür und strahlte ihn an. *„Ich bin mehr als bereit! Ich habe ein paar Fragen vorbereitet, die wir den Archivaren stellen sollten, und ich habe auch einige alte Stadtpläne mitgebracht, die wir in den Aufzeichnungen finden könnten",* sagte sie, während sie ihre Tasche schloss. *„Perfekt! Lass uns keine Zeit verlieren",* antwortete

Manuel, während sie gemeinsam zum Auto gingen. Die Sonne schien hell und die Vögel zwitscherten, als ob sie die beiden auf ihrem Weg begleiten wollten. Als sie im Archiv ankamen, war die Atmosphäre wieder ruhig und konzentriert. Manuel fühlte sich ein wenig wie ein Geschichtenerzähler, der bereit war, die Geheimnisse seiner Vorfahren zu enthüllen. Der freundliche Mitarbeiter, der ihnen beim letzten Mal geholfen hatte, begrüßte sie erneut. *„Willkommen zurück! Haben Sie weitere Informationen gefunden, die Sie suchen?"*, fragte er mit einem Lächeln. *„Ja, wir möchten mehr über die Orte erfahren, an denen Franz und Anna gelebt haben. Wir haben einige Hinweise aus den Briefen und Dokumenten, die wir gestern gefunden haben"*, erklärte Sarah aufgeregt. *„Das klingt spannend! Wir haben einige alte Stadtpläne und Aufzeichnungen, die Ihnen helfen könnten. Lassen Sie uns nachsehen"*, sagte der Mitarbeiter und führte sie zu einem Bereich, der mit historischen Dokumenten gefüllt war. Manuel und Sarah begannen, die Stadtpläne zu studieren. Sie betrachteten die alten Straßen und Gebäude, die vor vielen Jahrzehnten errichtet worden waren. Sarah zeigte auf einen Bereich auf dem Plan. *„Das hier könnte der Ort sein, an dem sie gelebt haben. Es gibt einige Hinweise in den Briefen, die darauf hindeuten, dass sie in dieser Gegend häufig waren."* *„Ja, das könnte stimmen! Lass uns* *herausfinden, ob wir weitere Informationen über die Nachbarschaft finden können. Vielleicht gibt es alte Fotos oder Berichte über das Leben dort"*, schlug Manuel vor. Sie durchsuchten die Unterlagen und stießen auf alte Zeitungsartikel, die über das Leben in der Stadt berichteten. Es war faszinierend zu lesen, wie das Leben in der Altstadt während der 1940er Jahre war. Die Berichte erzählten von Festen, Marktbesuchen und den Herausforderungen des Krieges. Manuel konnte sich lebhaft vorstellen, wie Franz und Anna in diesen Straßen spazierten, Händchen haltend, während das Leben um sie herum pulsierte. *„Hier!"*, rief Sarah aufgeregt, während sie einen Artikel aufschlug. *„Das ist ein Bericht über ein Fest, das in der Nachbarschaft stattfand. Es wird erwähnt, dass viele Paare dort waren, um zu feiern."* Manuel beugte sich näher heran, um den Artikel zu lesen. *„Das ist fantastisch! Vielleicht waren sie auch dort. Das könnte eine Gelegenheit gewesen sein, bei der sie sich nähergekommen sind."* Die Zeit verging, während sie die Artikel lasen und Notizen machten. Sie diskutierten lebhaft darüber, was sie gefunden hatten, und die Aufregung wuchs immer weiter. Manuel bemerkte, wie Sarahs Augen leuchteten, während sie über die Möglichkeiten sprach. Es war ein schöner Anblick, und er fühlte sich glücklich, diese Momente mit ihr zu teilen. Nach einer Weile beschlossen sie, sich eine kurze Pause zu gönnen. Sie verließen das Archiv und setzten sich in ein nahegelegenes Café, um einen Snack zu sich zu nehmen. Während sie ihre Sandwiches aßen, sprach Manuel darüber, wie sehr ihn die Entdeckungen über seine Großeltern berührten. *„Es ist so interessant, mehr über sie zu erfahren. Ich kann nicht glauben, dass ich erst jetzt beginne, ihre Geschichte zu verstehen"*, sagte er. *„Das ist das Schöne an der Vergangenheit. Sie lebt in den Erinnerungen und Geschichten, die wir entdecken"*, antwortete Sarah. *„Es ist, als ob du ein Teil ihrer Geschichte wirst, während du mehr über sie lernst."* Manuel nickte. *„Ich denke, das ist auch der Grund, warum ich mich so stark mit diesen Briefen verbunden fühle. Sie sind nicht nur Worte auf Papier; sie sind eine Verbindung zu meiner Familie und zu meinem Erbe."* Nach ihrer Pause kehrten sie ins Archiv zurück, um weitere Informationen zu sammeln. Sie hatten das Gefühl, dass sie den Schlüssel zu den Geheimnissen von Franz und Anna in den Händen hielten, und sie waren entschlossen, alles zu entdecken, was sie konnten. Als sie das Archiv betraten, sahen sie, dass der Mitarbeiter bereits einige weitere Dokumente für sie vorbereitet hatte. *„Ich habe einige alte Geburts- und Sterbeurkunden gefunden, die Ihnen helfen könnten"*, erklärte er. Manuel und Sarah nahmen die Dokumente entgegen und begannen, sie zu durchforsten. Es war faszinierend, die Namen und Daten ihrer Vorfahren zu sehen. Sie entdeckten, dass Franz und Anna nicht nur ein Paar waren, sondern auch Eltern von mehreren Kindern wurden, die in der Stadt aufwuchsen. *„Hier steht, dass sie 1943 geheiratet haben und dass ihr erstes Kind ein Jahr später geboren wurde"*, bemerkte Sarah. *„Das ist unglaublich! Es zeigt, dass sie trotz der schwierigen Zeiten eine Familie gegründet haben."* *„Ja, und das bringt uns zu einer weiteren Frage: Wie haben sie es geschafft, in einer so herausfordernden Zeit eine Familie zu gründen?"*, fügte Manuel nachdenklich hinzu. Um mehr über das Leben von Franz und Anna zu erfahren, beschlossen sie, nach weiteren Aufzeichnungen über ihre Kinder zu suchen. Sie fanden Einträge über die Schule, die sie besucht hatten, und entdeckten sogar einige alte Fotos von Schulaufführungen und Festen. *„Schau dir das an!"*, rief Sarah, als sie ein Bild von einem Schulfest entdeckte. *„Das könnte eines der Kinder von Franz und Anna sein!"* Manuel beugte sich näher, um das Bild zu betrachten. *„Wow, das sieht aus wie eine lebhafte Feier! Ich kann mir gut vorstellen, dass Franz und Anna dort waren, um ihre Kinder anzufeuern."* Die Zeit verging schnell, während sie die alten Fotos und Dokumente durchblätterten. Manuel fühlte sich, als würde er in die Vergangenheit eintauchen, und er konnte die Emotionen der Menschen auf den Bildern spüren. Es war eine Zeit voller Herausforderungen, aber auch voller Freude und Hoffnung. Plötzlich hatte Sarah eine Idee. *„Wir sollten vielleicht auch versuchen herauszufinden, welche Berufe Franz und Anna hatten. Das könnte uns helfen, ein besseres Bild von ihrem Leben zu bekommen."* *„Das ist ein guter Punkt. Lass uns nach alten Gewerbeanmeldungen und ähnlichen Dokumenten suchen",* schlug Manuel vor. Sie durchsuchten die Unterlagen und stießen auf einige interessante Aufzeichnungen. Franz hatte als Mechaniker gearbeitet, während Anna eine Schneiderin war. Manuel konnte sich gut vorstellen, wie sie lange Stunden arbeiteten, um ihre Familie zu unterstützen. *„Es ist beeindruckend zu sehen, wie hart sie gearbeitet haben, um für ihre Kinder zu sorgen",* sagte Sarah, während sie die Aufzeichnungen betrachtete. *„Ja, und das gibt uns einen weiteren Einblick in ihr Leben. Sie waren nicht nur verliebt, sondern kämpften auch darum, ihre Träume zu verwirklichen",* antwortete Manuel. Die Stunden vergingen wie im Flug, und bevor sie es merkten, war es bereits spät am Nachmittag. Sie hatten eine Fülle von Informationen gesammelt, und ihre Aufregung war kaum zu bändigen. *„Ich denke, wir sollten für heute Schluss machen und alles, was wir gelernt haben, durchgehen",* schlug Sarah vor. *„Wir haben so viel zu verarbeiten!"* Manuel stimmte zu. *„Ja, ich denke, es ist* *wichtig, alles zu reflektieren, bevor wir unsere nächsten Schritte planen."* Sie packten ihre Unterlagen zusammen und verabschiedeten sich von dem Mitarbeiter, der ihnen so hilfreich gewesen war. Draußen auf der Straße atmeten sie tief durch und genossen die frische Luft. *„Ich kann es kaum erwarten, all diese Informationen durchzugehen und zu sehen, was wir als Nächstes tun können"*, sagte Sarah, während sie in die untergehende Sonne blickte. *„Ja, ich fühle mich, als ob wir auf etwas Großartigem stehen"*, antwortete Manuel. *„Es ist mehr als nur die Geschichte meiner Großeltern; es ist auch eine Reise für uns beide."* Sarah lächelte. *„Es ist schön, dass wir das gemeinsam erleben. Ich habe das Gefühl, dass wir nicht nur die Vergangenheit erforschen, sondern auch unsere Zukunft gestalten."* Manuel nickte, während sie den Weg zurück zum Auto gingen. Seine Gedanken kreisten um die Worte, die sie gerade ausgetauscht hatten. Er fühlte sich mehr denn je zu Sarah hingezogen, und die gemeinsame Suche nach den Geheimnissen der Vergangenheit hatte eine tiefere Verbindung zwischen ihnen geschaffen. Als sie ins Auto stiegen, dachte Manuel darüber nach, was sie als Nächstes tun sollten. *„Vielleicht sollten wir unsere nächsten Schritte planen und uns darauf konzentrieren, die Geschichte von Franz und Anna weiter zu erforschen"*, schlug er vor. *„Das klingt nach* *einem Plan! Wir könnten auch ein paar alte Orte besuchen, die in den Briefen erwähnt werden. Vielleicht gibt es noch Spuren ihrer Vergangenheit, die wir finden können"*, antwortete Sarah aufgeregt. Die Idee, die Vergangenheit an den Orten zu erkunden, die Franz und Anna einst besucht hatten, ließ Manuels Herz schneller schlagen. Es war eine Möglichkeit, eine tiefere Verbindung zu seinen Vorfahren herzustellen und zu verstehen, wie sie gelebt hatten. *„Lass uns eine Liste der Orte erstellen, die wir besuchen wollen"*, sagte Manuel, während sie die Fahrt in die Stadt zurück antraten. *„Wir sollten uns auch die Zeit nehmen, die Briefe und die Dokumente, die wir gesammelt haben, noch einmal durchzugehen." „Auf jeden Fall! Ich bin so aufgeregt, was wir noch entdecken werden"*, erwiderte Sarah. Die Vorfreude auf die kommenden Abenteuer erfüllte die Luft, als sie darüber sprachen, was sie alles unternehmen könnten. Manuel fühlte sich energiegeladen und inspiriert, und er wusste, dass dies erst der Anfang ihrer Reise war. Als sie schließlich zu Hause ankamen, setzten sie sich mit ihren Unterlagen und den gesammelten Informationen an einen Tisch. Die Sonne war mittlerweile untergegangen, und das Zimmer war in warmes Licht getaucht. Manuel und Sarah begannen, die Dokumente durchzugehen und ihre Notizen zu vergleichen. *„Hier sind die wichtigsten Punkte, die wir* *herausgefunden haben"*, sagte Sarah, während sie ihr Notizbuch aufschlug. *„Wir wissen jetzt, dass Franz Mechaniker war und Anna Schneiderin. Sie lebten in der Altstadt, hatten mehrere Kinder und waren aktiv in der Gemeinschaft."* *„Ja, und die Briefe geben uns einen tiefen Einblick in ihre Beziehung. Es ist erstaunlich zu sehen, wie sie die Herausforderungen des Lebens gemeistert haben"*, fügte Manuel hinzu. Sie diskutierten die Informationen, die sie gesammelt hatten, und es war klar, dass die Geschichte von Franz und Anna vielschichtiger war, als sie ursprünglich angenommen hatten. Es war eine Geschichte von Liebe, Hoffnung und dem unermüdlichen Streben, für die Familie zu kämpfen. Während sie ihre Gedanken und Ideen austauschten, wurde Manuel klar, dass diese Reise nicht nur eine Entdeckung der Vergangenheit war, sondern auch eine Möglichkeit, ihre eigene Beziehung zu vertiefen. Sie waren nicht nur Freunde, die zusammen arbeiteten; sie waren Partner auf einer gemeinsamen Reise, die sie näher zusammenbrachte. *„Ich denke, wir sollten einen Plan für die nächsten Schritte machen"*, sagte Sarah, während sie ihre Notizen durchging. *„Wir könnten morgen die ersten Orte besuchen, die in den Briefen erwähnt werden. Was hältst du davon?"* *„Das klingt großartig! Ich kann es kaum erwarten, mehr über ihre Vergangenheit zu erfahren und die Orte zu sehen, die* *für sie wichtig waren"*, antwortete Manuel. So setzten sie ihre Pläne in Bewegung, voller Vorfreude auf die nächsten Schritte in ihrer gemeinsamen Entdeckungsreise.

Kapitel 4: Ein unerwartetes Treffen

Der nächste Morgen brach an, und Manuel erwachte mit einem Gefühl der Vorfreude, das ihn den ganzen Tag begleiten sollte. Er hatte kaum geschlafen, so aufgeregt war er über die bevorstehende Erkundungstour. Sarah hatte ihm in der Nacht zuvor eine Nachricht geschickt, dass sie bereit war, die ersten Orte zu besuchen, die in den Briefen von Franz und Anna erwähnt wurden. Manuel sprang aus dem Bett und bereitete sich hastig vor, während seine Gedanken immer noch bei den Entdeckungen der letzten Tage waren. Nach einem schnellen Frühstück machte er sich auf den Weg zu Sarahs Wohnung. Die Sonne schien hell, und die Vögel sangen in den Bäumen; alles schien perfekt für das, was vor ihnen lag. Als er ankam, öffnete Sarah die Tür mit einem strahlenden Lächeln. *„Guten Morgen, Abenteurer! Bist du bereit, die Vergangenheit zu erkunden?"* rief sie, während sie ihm die Tür aufhielt. *„Guten Morgen! Ich* *bin mehr als bereit! Lass uns keine Zeit verlieren"*, antwortete Manuel, während er die Treppe hinaufstieg. Sarah hatte bereits einige wichtige Unterlagen und ihre Stadtpläne in einer Tasche verstaut. *„Ich habe die Orte markiert, die wir heute besuchen wollen. Es wird spannend zu sehen, ob wir etwas finden können, das mit den Briefen übereinstimmt"*, erklärte sie begeistert. *„Ja, und ich hoffe, wir finden vielleicht sogar einige interessante Geschichten oder Erinnerungen von anderen, die dort leben"*, fügte Manuel hinzu. Sie stiegen ins Auto und fuhren in die Altstadt. Manuel fühlte sich wie ein Entdecker, der auf der Suche nach wertvollen Schätzen war. Die Straßen waren voller Leben, und das geschäftige Treiben der Stadt schien die beiden zu motivieren. Bald erreichten sie den ersten Ort, der in den Briefen erwähnt wurde – ein kleiner Park, in dem Franz und Anna oft spazieren gegangen waren. Der Park war idyllisch, mit alten Bäumen, die Schatten spendeten, und bunten Blumenbeeten, die in voller Blüte standen. Manuel und Sarah stiegen aus und schlenderten entlang der Wege, während sie die Umgebung erkundeten. *„Kannst du dir vorstellen, wie sie hier zusammen gesessen haben könnten?"* fragte Sarah, während sie auf eine Bank deutete, die unter einem großen Baum stand. *„Es muss eine wunderschöne Zeit gewesen sein." „Ja, ich kann es mir vorstellen. Es war eine andere Zeit, aber* *die Schönheit der Natur muss immer gleich geblieben sein"*, antwortete Manuel und setzte sich neben sie auf die Bank. Sie saßen eine Weile in Stille und genossen die Atmosphäre des Parks. Manuel dachte daran, wie viel Glück seine Großeltern gehabt haben mussten, dass sie sich in solch einer Umgebung verlieben konnten. Plötzlich fiel sein Blick auf ein älteres Paar, das ebenfalls im Park spazieren ging. Sie schienen in ein tiefes Gespräch vertieft und lächelten einander an. Manuel konnte die Liebe und Zuneigung zwischen ihnen spüren. *„Sieh dir die beiden an"*, flüsterte Sarah. *„Es ist schön zu sehen, wie die Liebe über all die Jahre bestehen bleibt." „Ja, das ist es. Vielleicht sollten wir sie fragen, ob sie etwas über die Geschichte des Parks wissen"*, schlug Manuel vor. Sarah nickte zustimmend, und sie standen auf, um das Paar anzusprechen. *„Entschuldigung, dürfen wir Sie etwas fragen? Wir erforschen die Vergangenheit dieses Parks und wollten wissen, ob Sie hier schon lange leben und vielleicht einige Geschichten darüber erzählen können"*, begann Sarah. Das ältere Paar lächelte freundlich. Der Mann, der eine Brille trug und einen grauen Bart hatte, nickte. *„Ja, wir leben schon seit über dreißig Jahren hier. Der Park hat sich im Laufe der Jahre verändert, aber er ist immer noch ein wunderbarer Ort." „Wissen Sie etwas über die Geschichte des Parks? Gab es hier besondere Ereignisse oder Feiern?"*, fragte Manuel neugierig. Die

Frau, die neben dem Mann stand, erinnerte sich. *„Oh ja, in den 1940er Jahren gab es hier viele Feste. Die Menschen kamen zusammen, um zu tanzen und zu feiern, besonders nach dem Krieg. Es war eine Zeit des Wiederaufbaus und der Hoffnung."* Manuels Herz schlug schneller. *„Das klingt so ähnlich wie die Feste, von denen in den Briefen meiner Großeltern die Rede ist. Waren Sie damals auch hier?" „Ja, wir waren jung und voller Träume",* antwortete der Mann mit einem nostalgischen Lächeln. *„Wir haben viele dieser Feste miterlebt. Es war eine Zeit, in der die Menschen sich zusammenfanden, um Freude zu teilen, trotz der Herausforderungen, die sie durchlebt hatten." „Hatten Sie auch Freunde in der Umgebung? Vielleicht kennen Sie Franz und Anna?",* fragte Sarah vorsichtig. Der Mann überlegte kurz. *„Franz und Anna? Ja, ich erinnere mich an die beiden. Sie waren ein schönes Paar. Es war toll zu sehen, wie sie in dieser Zeit zusammengehalten haben. Ich kann mich erinnern, dass sie oft hier im Park waren."* Manuel und Sarah schauten sich überrascht an. *„Könnten Sie uns mehr über sie erzählen? Was wissen Sie über ihr Leben hier?",* fragte Manuel aufgeregt. *„Nun, ich erinnere mich, dass sie besonders aktiv in der Gemeinschaft waren. Sie haben oft an den Festen teilgenommen und waren immer freundlich zu den Nachbarn. Es war schwer für sie, aber sie sind nie aufgegeben",* erzählte der Mann. Seine Frau fügte hinzu: „*Das Leben war nicht einfach, aber sie hatten immer ein Lächeln auf den Lippen. Es war eine Inspiration, sie zu beobachten.*" Die Geschichten, die sie hörten, berührten Manuel tief. Es war, als würden die Worte der beiden ihn in die Vergangenheit zurückversetzen und ihm einen Blick auf das Leben seiner Großeltern geben. „*Das ist so schön zu hören*", sagte Manuel. „*Es bedeutet mir viel, mehr über sie zu erfahren. Wir haben so viele Fragen, und Ihre Erinnerungen helfen uns, ein Bild ihrer Geschichte zusammenzusetzen.*" „*Das freut uns! Wenn Sie mehr über die Geschichte des Parks erfahren möchten, können Sie auch im Archiv nach alten Aufzeichnungen suchen. Dort gibt es noch viele Erinnerungen, die festgehalten wurden*", schlug die Frau vor. Manuel und Sarah bedankten sich herzlich für die Geschichten und die freundlichen Worte. Es war ein unerwartetes und kostbares Treffen, das ihre Entdeckungsreise um eine wertvolle Perspektive bereicherte. Sie verabschiedeten sich von dem Paar und setzten ihren Weg fort. „*Das war unglaublich! Ich kann nicht glauben, dass wir mit jemandem gesprochen haben, der Franz und Anna gekannt hat*", sagte Manuel aufgeregt, während sie den Park verließen. „*Ja, das war wirklich etwas Besonderes. Es ist, als würden wir ein Puzzlestück finden, das uns hilft, das Bild zu vervollständigen*", antwortete Sarah, während sie den nächsten Ort auf ihrer Liste ansah. Ihr nächster Halt war ein kleines Café, das in den Briefen erwähnt wurde. Es war ein Ort, an dem Franz und Anna oft Zeit verbrachten, und sie hofften, dass sie dort vielleicht noch einige alte Erinnerungen finden könnten. Als sie das Café betraten, wurden sie von der warmen Atmosphäre und dem verführerischen Duft frisch gebrühten Kaffees empfangen. „Es sieht so einladend aus! Ich kann mir gut vorstellen, dass sie hierher gekommen sind, um eine Tasse Kaffee zu genießen", sagte Sarah, während sie sich umblickte. Sie setzten sich an einen Tisch in der Ecke und bestellten zwei Tassen Kaffee. Während sie auf ihre Bestellungen warteten, bemerkte Manuel, dass die Wände des Cafés mit alten Fotos geschmückt waren. Einige der Bilder zeigten das Café in früheren Zeiten, mit Menschen, die fröhlich miteinander sprachen und lachten. *„Schau dir diese Fotos an!"*, rief Manuel und zeigte auf ein besonders altes Bild. *„Das könnte aus der Zeit von Franz und Anna stammen!" „Ja, genau! Vielleicht haben sie hier gesessen und diese genau diesen Platz gewählt"*, fügte Sarah hinzu, während sie das Bild betrachtete. Ihre Getränke wurden serviert, und sie nahmen einen Schluck, während sie die Atmosphäre auf sich wirken ließen. Manuel dachte darüber nach, wie viel Geschichte in diesen Wänden steckte. *„Es ist faszinierend zu wissen, dass Menschen* *hier zusammengekommen sind, um ihre Geschichten zu teilen, genau wie wir das tun"*, sagte er nachdenklich. *„Ja, ich liebe es, dass wir durch diese Erkundung nicht nur Franz und Anna näher kommen, sondern auch unsere eigenen Geschichten und Erinnerungen schaffen"*, bemerkte Sarah mit einem Lächeln. Nach einer Weile verließen sie das Café und machten sich auf den Weg zum nächsten Ort, der in den Briefen erwähnt wurde – die alte Schule, die Franz und Anna besucht hatten. Die Schule war ein historisches Gebäude, das immer noch in voller Pracht stand. *„Kannst du dir vorstellen, wie sie hier als Kinder gespielt haben?"*, fragte Sarah, während sie das Gebäude betrachteten. *„Ja, ich kann mir vorstellen, dass sie hier viele glückliche Erinnerungen hatten. Lass uns hineingehen und sehen, ob wir etwas finden können"*, antwortete Manuel. Im Inneren der Schule war es ruhig und friedlich. Die Wände waren mit alten Bildern geschmückt, die die Geschichte der Schule und ihrer Schüler dokumentierten. Manuel und Sarah durchstreiften die Flure und schauten sich um. *„Hier ist das Klassenzimmer!"*, rief Sarah und öffnete die Tür zu einem großen Raum, der mit alten Schulbänken und Tafeln ausgestattet war. *„Wow, das ist so cool! Stell dir vor, wie sie hier gelernt haben"*, sagte Manuel und setzte sich auf eine der Bänke. Sarah nahm Platz neben ihm und betrachtete die Wandtafeln. *„Es gibt so* *viele Geschichten, die hier erzählt werden könnten."* Plötzlich bemerkte Sarah ein kleines Regal in der Ecke des Raumes. *„Schau mal, vielleicht gibt es hier alte Schulunterlagen oder Bücher",* schlug sie vor. Sie durchsuchten das Regal und fanden einige alte Schulbücher und Dokumente. Während sie durch die Seiten blätterten, entdeckten sie einige Informationen über die Schüler, die damals zur Schule gingen. Manuel fühlte sich, als wäre er Teil einer Entdeckungsreise in die Vergangenheit. *„Das ist so aufregend! Vielleicht finden wir hier die Namen von Franz und Anna",* sagte Sarah aufgeregt. Nach einer Weile stießen sie auf eine alte Klassenliste, die die Namen der Schüler enthielt. Manuel überflog die Liste und hielt plötzlich inne. *„Hier ist der Name von Franz! Und hier ist Anna!"* Sarahs Augen leuchteten. *„Das ist fantastisch! Wir haben sie gefunden!"* Sie betrachteten die Liste und die alten Dokumente, die sie gesammelt hatten. Es war ein weiterer Schritt in der Geschichte ihrer Großeltern, und sie fühlten sich, als würden sie die Puzzlestücke zusammenfügen. Nach einer Weile verließen sie die Schule und setzten sich auf eine Bank im Schulhof. Die Sonne schien warm auf ihre Gesichter, und sie konnten die Geräusche des Spiels von Kindern in der Nähe hören. *„Das war ein unglaublicher Tag",* sagte Manuel. *„Ich kann nicht glauben, wie viel wir gelernt haben." „Ja, und ich liebe* es, *dass wir die Orte besuchen, die für Franz und Anna wichtig waren. Es fühlt sich an, als würden wir ihre Reise nachvollziehen"*, erwiderte Sarah. *„Ich hoffe, dass wir noch mehr über ihre Geschichte erfahren können. Es gibt so viele Fragen, die wir noch beantworten müssen"*, sagte Manuel nachdenklich. *„Wir werden das! Und ich freue mich darauf, all diese Geschichten mit dir zu teilen"*, antwortete Sarah, während sie ihm in die Augen sah. In diesem Moment spürte Manuel einen tiefen Wunsch, diese Reise nicht nur mit Sarah, sondern auch mit seinen eigenen Gefühlen zu teilen. Die Verbindung, die sie während dieser Erkundungen aufgebaut hatten, war stark, und er wollte, dass sie wussten, wie viel sie ihm bedeutete. *„Sarah, ich..."*, begann Manuel, aber bevor er weitersprechen konnte, wurden sie von einem vertrauten Gesicht unterbrochen. *„Manuel! Sarah! Was für eine Überraschung, euch hier zu sehen!"* Es war ein alter Freund von Manuel, Tim, den er seit Jahren nicht mehr gesehen hatte. Tim war ein fröhlicher Typ, der immer für einen Scherz zu haben war. Manuel war überrascht, ihn hier zu sehen. *„Hey, Tim! Was machst du hier?"*, rief Manuel erfreut. *„Ich bin in der Stadt für ein paar Tage, um meine Familie zu besuchen. Ich habe gehört, dass die alte Schule hier noch steht. Also dachte ich, ich schaue mal vorbei"*, erklärte Tim. *„Das ist lustig! Wir erforschen gerade die*

Vergangenheit von Manuels Großeltern", sagte Sarah und lächelte. *„Wow, das klingt spannend! Was habt ihr herausgefunden?"*, fragte Tim neugierig. *„Wir haben einige alte Briefe gefunden und gehen den Hinweisen nach. Es gibt so viele Geschichten zu entdecken"*, erklärte Manuel. Tim schien interessiert. *„Das klingt fantastisch! Ich würde gerne mehr darüber hören. Vielleicht kann ich euch helfen!" „Das wäre toll!"*, sagte Sarah begeistert. *„Je mehr Menschen wir haben, desto mehr können wir herausfinden!"* Während sie redeten, fühlte Manuel, wie sich die Dynamik der Gruppe veränderte. Es war schön, Tim wiederzusehen, aber er spürte auch, dass er mit Sarah etwas Besonderes teilte, das nicht nur in der Vergangenheit lag. *„Lass uns gemeinsam nach den nächsten Hinweisen suchen!"*, schlug Tim vor. *„Ich habe ein bisschen Zeit, und ich bin sicher, dass ich etwas beitragen kann."* Die drei beschlossen, ihre Erkundung fortzusetzen, und Manuel konnte die Spannung in der Luft spüren. Es fühlte sich wie ein neues Abenteuer an, und er war gespannt, was sie gemeinsam entdecken würden. Sie gingen zu einem weiteren Ort, der in den Briefen erwähnt war – ein kleiner Markt, der nicht weit von der Schule entfernt war. Dort hatten Franz und Anna oft frisches Gemüse und andere Waren gekauft. Der Markt war lebhaft, und die bunten Stände boten eine Vielzahl von frischen Produkten an. Manuel und Sarah schlenderten zwischen den Ständen und genossen die Atmosphäre. Tim war begeistert und stellte viele Fragen an die Verkäufer, während Manuel und Sarah sich umschauten. *„Hier ist ein Stand mit alten Postkarten! Vielleicht finden wir etwas über die Geschichte der Stadt"*, rief Tim, als er einen Stand entdeckte, der mit alten Postkarten dekoriert war. *„Das klingt großartig! Lass uns einen Blick darauf werfen"*, sagte Sarah und folgte ihm. Die drei durchsuchten die Karten und fanden einige interessante Ansichten der Stadt aus vergangenen Zeiten. Es war faszinierend zu sehen, wie sich die Stadt im Laufe der Jahre verändert hatte. Manuel fühlte sich, als wäre er Teil dieser Geschichte, und die Begeisterung der beiden Freunde steckte ihn an. Nach einer Weile fanden sie eine Postkarte, die das Café zeigte, das sie am Morgen besucht hatten. *„Schaut mal! Das ist das Café! Es sieht genauso aus wie damals!"*, rief Sarah begeistert. *„Das ist wirklich beeindruckend! Wir sollten ein Foto davon machen und es zu unseren Notizen hinzufügen"*, schlug Manuel vor. Als sie die Postkarte kauften und ein Foto machten, spürte Manuel, wie die Verbindung zwischen ihnen wuchs. Es war nicht nur die Entdeckung der Vergangenheit, sondern auch das Teilen von Erinnerungen und Geschichten, die ihre Freundschaft vertieften. Nach dem Markt beschlossen sie, den Tag mit einem Besuch des alten Theaters abzuschließen, das in den Briefen erwähnt worden war. Es war ein Ort, an dem Franz und Anna oft Zeit verbracht hatten und an dem viele wichtige Ereignisse stattfanden. Das Theater war ein beeindruckendes Gebäude, das immer noch in voller Pracht stand. Als sie eintraten, wurden sie von der majestätischen Atmosphäre empfangen. Die Wände waren mit alten Bildern geschmückt, die die Geschichte des Theaters dokumentierten. *„Wow, das ist unglaublich! Ich kann mir vorstellen, dass sie hier viele glückliche Stunden verbracht haben"*, sagte Sarah, während sie die Innenräume bewunderte. *„Ja, und vielleicht gab es hier auch besondere Aufführungen, die sie besucht haben"*, fügte Tim hinzu. Die drei durchstreiften das Theater und entdeckten einige alte Plakate und Programme, die die Geschichte der Aufführungen dokumentierten. Manuel fühlte sich, als würde er die Atmosphäre der damaligen Zeit wieder aufleben lassen, während sie durch die Gänge gingen. *„Ich kann es kaum erwarten, all das in unsere Notizen aufzunehmen"*, sagte Manuel aufgeregt. *„Wir haben so viel entdeckt und so viele Geschichten gehört."* Als sie das Theater verließen, war die Sonne bereits untergegangen, und die Lichter der Stadt leuchteten auf. Manuel fühlte sich erfüllt von den Erlebnissen des Tages und der Verbindung, die er mit Sarah und Tim geteilt hatte. *„Das war ein fantastischer Tag! Ich kann* *es kaum erwarten, alles zu dokumentieren und zu sehen, was wir als Nächstes tun können"*, sagte Sarah. *„Ja, und ich freue mich darauf, mit euch beiden weiter auf Erkundungstour zu gehen!"*, antwortete Tim enthusiastisch. Auf dem Weg zurück zum Auto spürte Manuel, dass sich etwas in der Luft verändert hatte. Die Entdeckungsreise hatte nicht nur ihre Freundschaft gestärkt, sondern auch neue Möglichkeiten für ihre Beziehungen eröffnet. Er wusste, dass sie auf einem aufregenden Weg waren, und die Geheimnisse von Franz und Anna würden weiterhin ihre Geschichten erzählen. Als sie schließlich ins Auto stiegen, dachte Manuel darüber nach, wie viel er an diesem Tag über seine Großeltern und sich selbst gelernt hatte. Es war eine Reise, die nicht nur in die Vergangenheit führte, sondern auch in die Zukunft, und er konnte es kaum erwarten, die nächsten Schritte zu unternehmen.

Kapitel 5: Das erste Date

Der nächste Tag begann für Manuel mit einer Mischung aus Aufregung und Nervosität. Nachdem er und Sarah so viele kostbare Erinnerungen über seine Großeltern entdeckt hatten, war er entschlossen, den Tag zu nutzen, um seine eigenen Gefühle für sie zu erkunden. Es war nicht nur ein weiteres Abenteuer; es war eine Gelegenheit, die besondere Verbindung, die zwischen ihnen gewachsen war, auf eine neue Ebene zu bringen. Er hatte an diesem Morgen lange nachgedacht und beschlossen, ein kleines Picknick vorzubereiten. Es war der perfekte Weg, um Zeit miteinander zu verbringen und gleichzeitig die Atmosphäre des Parks zu genießen, in dem Franz und Anna oft Zeit verbracht hatten. Manuel packte eine Decke, ein paar Snacks und Getränke in eine Kühlbox und machte sich auf den Weg zu Sarahs Wohnung. Als er vor der Tür stand, klopfte er nervös. Es fühlte sich an, als wäre er nicht nur auf dem Weg zu einer Erkundung, sondern auch auf dem Weg zu einem wichtigen Moment in seinem Leben. Sarah öffnete die Tür und strahlte ihn an. *„Hallo, Abenteurer! Was hast du heute für uns geplant?"* fragte sie, während sie einen Blick auf die Kühlbox warf. *„Ich habe ein Picknick vorbereitet. Ich dachte, wir könnten zurück in den Park gehen und dort* *ein bisschen Zeit verbringen. Es ist so ein schöner Tag"*, erklärte Manuel, wobei er hoffte, dass sie die Idee genauso spannend fand wie er. *„Das klingt wunderbar! Lass mich schnell meine Sachen holen"*, antwortete Sarah begeistert und verschwand für einen Moment in ihrer Wohnung. Als sie zurückkam, trug sie einen leichten, farbenfrohen Sommerhut und eine Sonnenbrille. *„Ich bin bereit! Lass uns gehen!"* Sie machten sich auf den Weg zum Park, und während sie gingen, unterhielten sie sich über die Entdeckungen der letzten Tage. Manuel fühlte sich glücklich, dass er Sarah an seiner Seite hatte. Ihre Begeisterung für die Geschichte und die Erinnerungen, die sie entdeckten, schien die Bindung zwischen ihnen zu stärken. Im Park angekommen, suchten sie sich einen ruhigen Platz unter einem großen Baum, der Schatten spendete. Manuel breitete die Decke aus und stellte die Kühlbox auf. Sarah setzte sich und sah sich um, während sie die friedliche Umgebung genoss. *„Es ist so schön hier. Ich kann mir vorstellen, dass Franz und Anna viele glückliche Momente in diesem Park hatten"*, sagte sie und lächelte. *„Ja, das denke ich auch. Und ich hoffe, dass wir hier auch einige schöne Erinnerungen schaffen können"*, antwortete Manuel, während er die Snacks aus der Kühlbox holte. Sie begannen, das Essen zu genießen und plauderten über alles Mögliche. Manuel fühlte, wie sich die Nervosität langsam legte, und er konnte die Leichtigkeit des Moments spüren. Es war, als würden sie nicht nur die Vergangenheit erkunden, sondern auch die Gegenwart und Zukunft miteinander teilen. *„Weißt du, ich habe das Gefühl, dass wir in den letzten Tagen so viel über Franz und Anna gelernt haben, und es hat mir auch geholfen, über uns nachzudenken"*, begann Manuel vorsichtig. *„Ja, mir geht es genauso. Es ist so inspirierend, ihre Geschichte zu sehen und zu wissen, dass sie trotz aller Herausforderungen eine starke Verbindung hatten"*, antwortete Sarah, während sie ihm in die Augen sah. In diesem Moment spürte Manuel, dass er den richtigen Zeitpunkt gefunden hatte. *„Ich denke, es ist wichtig, dass wir auch über unsere eigenen Gefühle sprechen. Ich habe das Gefühl, dass wir in letzter Zeit näher zusammengekommen sind."* Sarah lächelte sanft. *„Ich habe das auch gespürt. Es ist, als ob wir durch diese Erkundung nicht nur die Vergangenheit entdecken, sondern auch uns selbst und unsere Beziehung zueinander."* Manuel fühlte sich ermutigt von ihren Worten. *„Ich möchte, dass du weißt, dass ich wirklich gerne Zeit mit dir verbringe. Du bist nicht nur meine beste Freundin; du bist auch jemand, der mir sehr wichtig ist."* Sarahs Gesicht wurde ernst, und sie schaute ihn an. *„Das bedeutet mir viel, Manuel. Ich fühle mich auch sehr zu dir hingezogen. Es ist schön,* *dass wir diese Reise zusammen machen, und ich glaube, dass wir eine besondere Verbindung haben.“* Die Worte hingen in der Luft, und Manuel spürte, wie sein Herz schneller schlug. Es war der Moment, auf den er gewartet hatte. *„Ich wollte dich fragen, ob du dir vorstellen könntest, dass wir mehr als nur Freunde sind. Vielleicht könnten wir ein Date haben?“* Ein Lächeln breitete sich auf Sarahs Gesicht aus, und ihre Augen funkelten vor Freude. *„Ich würde mich freuen, mit dir auszugehen. Ja, ich denke, das wäre großartig!“* Die Erleichterung und Freude überwältigten Manuel. Er hatte das Gefühl, dass sie einen neuen Abschnitt ihrer Beziehung erreicht hatten, und die Aussicht, mit Sarah auszugehen, erfüllte ihn mit Glück. Nach dem Picknick beschlossen sie, den Rest des Tages im Park zu verbringen. Sie spielten Frisbee, lachten und genossen die Gesellschaft des anderen. Es war, als ob die Zeit stillstand, und alles, was zählte, war der Moment, den sie teilten. Als die Sonne begann, unterzugehen, setzten sie sich wieder auf die Decke und schauten auf den See im Park, der in warmen Orangetönen schimmerte. Manuel fühlte sich glücklich und erfüllt. Es war der perfekte Abschluss eines perfekten Tages. *„Das war ein wunderschöner Tag“*, sagte Sarah, während sie in den Sonnenuntergang blickte. *„Ich bin so froh, dass wir das gemacht haben.“* „Ich auch. Ich kann es kaum erwarten, die nächsten Schritte in* *unserer gemeinsamen Entdeckungsreise zu gehen",* antwortete Manuel. Sie verbrachten die letzten Minuten des Tages damit, über ihre Träume und Wünsche zu sprechen. Manuel erzählte Sarah von seinen Zielen, während sie ihm von ihren eigenen Ambitionen berichtete. Es war eine tiefgehende Verbindung, die sich zwischen ihnen entwickelte, und er spürte, dass sie auf dem richtigen Weg waren. Als sie schließlich aufstanden und sich auf den Rückweg zum Auto machten, fühlte Manuel, dass dieser Tag nicht nur eine Erkundung der Vergangenheit gewesen war, sondern auch ein Wendepunkt in ihrer Beziehung. Er hatte den Mut gefunden, seine Gefühle auszudrücken, und Sarah hatte ihm offenbart, dass sie ähnlich fühlte. *„Ich freue mich darauf, was die Zukunft für uns bereithält",* sagte Manuel, als sie ins Auto stiegen. *„Ich auch! Lass uns die Geschichte von Franz und Anna weiter erforschen und gleichzeitig unsere eigene Geschichte schreiben",* erwiderte Sarah mit einem strahlenden Lächeln. Auf der Rückfahrt sprachen sie über die nächsten Schritte in ihrer Erkundung. Sie planten, weitere Orte zu besuchen und mehr über die Vergangenheit von Franz und Anna zu erfahren. Manuel fühlte sich, als ob dies der Beginn eines neuen Kapitels in ihrem Leben war – nicht nur in der Erkundung der Vergangenheit, sondern auch in ihrer eigenen Beziehung. Als sie schließlich bei Sarahs

Wohnung ankamen, hielt Manuel an und drehte sich zu ihr um. *„Ich hatte wirklich einen großartigen Tag. Danke, dass du mit mir gekommen bist."* „Ich danke dir, *Manuel. Es war perfekt, und ich freue mich darauf, mehr Zeit mit dir zu verbringen"*, antwortete Sarah und lächelte. Sie verabschiedeten sich, und Manuel konnte die Vorfreude auf das nächste Treffen spüren. Es war ein neuer Anfang für sie beide, und er konnte es kaum erwarten, herauszufinden, wohin ihre Reise sie führen würde. In den nächsten Tagen konnte Manuel kaum an etwas anderes denken als an Sarah und die neuen Möglichkeiten, die sich für sie eröffnet hatten.

Kapitel 6: Die Schatten der Vergangenheit

Die Tage nach ihrem ersten Date vergingen wie im Flug, und Manuel fühlte sich, als würde er in einem Traum leben. Die Beziehung zu Sarah hatte sich auf eine neue Ebene gehoben, und jede gemeinsame Erkundung der Geschichte seiner Großeltern ließ ihn nicht nur mehr über sie, sondern auch über sich selbst und seine Gefühle für Sarah lernen. Doch trotz der Freude und Aufregung war da auch eine leise Unsicherheit, die ihn manchmal überkam. An einem Dienstagabend, als er allein in seinem Zimmer saß und die Briefe seiner Großeltern durchblätterte, wurde ihm plötzlich bewusst, dass die Geschichte von Franz und Anna nicht nur von Liebe und Hoffnung handelte. Es gab auch Herausforderungen und Schatten, die sie überwinden mussten. Manuel wusste, dass er Sarah davon erzählen musste, aber er war sich nicht sicher, wie sie reagieren würde. Am nächsten Tag trafen sich Manuel und Sarah wieder im Archiv, um weitere Informationen über Franz und Anna zu sammeln. Sarah war voller Vorfreude und brachte eine Liste von Fragen mit, die sie den Archivaren stellen wollte. Manuel hingegen war in Gedanken versunken und kämpfte mit den emotionalen Schatten, die ihn beschäftigten. *„Hey, alles in Ordnung? Du scheinst* *etwas nachdenklich"*, bemerkte Sarah, als sie in den Archivraum eintraten. *„Ja, es ist nur... ich habe darüber nachgedacht, was wir bisher herausgefunden haben. Es ist so viel mehr als nur eine Liebesgeschichte"*, antwortete Manuel und versuchte, seine Gedanken zu ordnen. *„Ich verstehe, was du meinst. Es ist wichtig, die ganze Geschichte zu sehen – die guten und die schlechten Teile. Ich denke, das macht es umso wertvoller"*, sagte Sarah und lächelte ermutigend. *„Ja, genau. Ich habe das Gefühl, dass wir einige der Herausforderungen, mit denen sie konfrontiert waren, noch nicht vollständig verstanden haben. Ich möchte sicherstellen, dass wir die gesamte Wahrheit herausfinden"*, erklärte Manuel. Sie setzten sich an einen Tisch und begannen, alte Dokumente zu durchforsten. Die Atmosphäre im Archiv war ruhig, und das Rascheln der Seiten erfüllte den Raum. Manuel blätterte durch die Briefe und bemerkte, dass einige Passagen von Traurigkeit und Verlust sprachen. Es war, als würde er die Schatten der Vergangenheit spüren, die über der Geschichte seiner Großeltern schwebten. *„Hier steht etwas über eine schwierige Zeit während des Krieges"*, sagte Manuel und zeigte Sarah einen Briefausschnitt. *„Franz erwähnt, dass sie um ihre Zukunft fürchten mussten und dass sie oft in der Unsicherheit lebten."* Sarah beugte sich vor, um den Text besser lesen zu können. *„Das ist hart. Es macht* mich traurig zu wissen, dass sie solche Herausforderungen durchgemacht haben. Aber es zeigt auch, wie stark ihre Liebe war." Manuel nickte, aber in seinem Inneren fühlte er sich unruhig. „Es gibt auch Hinweise auf Konflikte innerhalb der Familie. Es ist klar, dass nicht jeder ihre Beziehung unterstützte. Ich frage mich, wie sehr sie das belastet hat." Sarah sah ihn an. „Das ist verständlich. Jede Beziehung hat ihre Herausforderungen, besonders in schwierigen Zeiten. Aber ich glaube, dass die Liebe zwischen ihnen stark genug war, um das zu überstehen." Die Worte von Sarah gaben Manuel Trost, doch er konnte nicht umhin, die Parallelen zwischen Franz und Anna und seiner eigenen Situation mit Sarah zu sehen. Was, wenn auch sie mit Herausforderungen konfrontiert wurden, die sie nicht vorhersehen konnten? Nach einer Weile beschlossen sie, eine Pause einzulegen. Sie verließen das Archiv und setzten sich auf eine Bank im nahegelegenen Park. Trotz der schönen Umgebung fühlte sich Manuel unruhig. „Was ist los? Ich kann sehen, dass dich etwas beschäftigt", fragte Sarah, als sie in die Ferne schaute. Manuel zögerte. „Ich denke, ich mache mir Gedanken über die Schatten der Vergangenheit. Ich frage mich, ob wir in unserer eigenen Beziehung auch auf ähnliche Herausforderungen stoßen könnten." Sarah lächelte sanft. „Es ist normal, sich darüber Gedanken zu machen. *Aber wir können nicht die Vergangenheit vorhersehen. Was zählt, ist, dass wir uns gegenseitig unterstützen und offen über unsere Gefühle sprechen."* „*Das stimmt. Ich möchte nur sicherstellen, dass wir stark genug sind, um alles zu überstehen, was auf uns zukommt"*, gestand Manuel. Sarah legte ihre Hand auf seine. „*Wir sind stark, weil wir ein Team sind. Lass uns die Herausforderungen gemeinsam angehen, egal was kommt."* Manuel fühlte sich durch ihre Worte bestärkt. Er wusste, dass sie zusammenarbeiten konnten, um alles zu bewältigen, was auf sie zukommen könnte. Doch die Gedanken an die Vergangenheit ließen ihn nicht los. Nachdem sie eine Weile im Park gesessen hatten, beschlossen sie, zurück ins Archiv zu gehen und weitere Informationen zu sammeln. Sie fanden neue Dokumente, die die Herausforderungen und Prüfungen von Franz und Anna weiter beleuchteten. Während sie lasen, entdeckten sie, dass die beiden nicht nur mit den äußeren Herausforderungen des Lebens fertig werden mussten, sondern auch mit inneren Konflikten und der Unsicherheit, die das Leben in dieser Zeit mit sich brachte. „*Hier steht, dass Franz während des Krieges in die Armee eingezogen wurde und Anna allein zurückgelassen wurde. Das muss eine sehr schwierige Zeit für sie gewesen sein"*, sagte Sarah, während sie den Brief las. „*Ja, das kann ich mir vorstellen. Die Angst um ihre Sicherheit und die Unsicherheit über ihre Zukunft müssen belastend gewesen sein"*, antwortete Manuel. Sie fanden auch Hinweise auf Spannungen in der Familie. *„Es gibt Berichte darüber, dass Annas Eltern nicht mit der Beziehung einverstanden waren. Das könnte die Dinge noch komplizierter gemacht haben"*, bemerkte Manuel und spürte, wie sich ein Schatten über seine Gedanken legte. *„Das zeigt, dass sie wirklich für ihre Liebe kämpfen mussten"*, sagte Sarah. *„Es ist inspirierend zu sehen, wie stark sie geblieben sind, trotz allem, was ihnen in den Weg gelegt wurde."* Trotz der Inspiration, die sie aus der Geschichte schöpften, fühlte Manuel eine wachsende Sorge. Was, wenn auch sie Hindernisse zu überwinden hatten? Was, wenn ihre eigene Beziehung in der Zukunft auf die Probe gestellt wurde? Sie verbrachten den Rest des Tages damit, die Dokumente zu studieren und die Geschichten ihrer Vorfahren zu erkunden. Manuel konnte die tiefe Emotion in den Worten spüren, die er las. Es war eine Mischung aus Liebe, Verlust und dem unaufhörlichen Streben nach Glück. Als sie schließlich das Archiv verließen, war der Himmel bereits dunkel, und die Lichter der Stadt leuchteten auf. Manuel und Sarah gingen schweigend nebeneinander her, beide verloren in ihren Gedanken. *„Ich denke, wir sollten eine Pause von der Forschung einlegen und etwas Spaß haben"*, schlug Sarah plötzlich vor, während sie die Stadt betrachtete. *„Das klingt gut. Was hast du im Sinn?"* fragte Manuel, froh über die Ablenkung. *„Wie wäre es mit einem Filmabend? Wir könnten etwas Leichtes und Lustiges ansehen, um unsere Köpfe freizubekommen",* schlug sie vor. *„Das klingt perfekt! Lass uns nach einem Film suchen und ein paar Snacks besorgen",* antwortete Manuel und fühlte, wie sich die Anspannung etwas löste. Sie fuhren zu einem nahegelegenen Kino und kauften Tickets für eine Komödie. Manuel konnte die Vorfreude in Sarahs Augen sehen, und es machte ihn glücklich, dass sie einen Weg fanden, die Schwere des Tages hinter sich zu lassen. Im Kino angekommen, setzten sie sich in die hinterste Reihe und bestellten Popcorn und Getränke. Während die Lichter dimmten und der Film begann, fühlte sich Manuel erleichtert. Es war eine willkommene Ablenkung von den emotionalen Themen, die sie in den letzten Tagen behandelt hatten. Der Film war voller Lachen und unterhaltsamer Momente, und Manuel genoss die Zeit mit Sarah. Er beobachtete, wie sie über die witzigen Szenen lachte, und konnte nicht anders, als sich zu fragen, wie viel Freude sie noch miteinander teilen könnten. Nach dem Film verließen sie das Kino mit einem Lächeln auf den Lippen. *„Das war genau das, was wir gebraucht haben!",* sagte Sarah, als sie auf die Straßen der Stadt hinaustraten. *„Ja, es war eine* *großartige Abwechslung von all den schweren Themen. Ich bin froh, dass wir das gemacht haben"*, antwortete Manuel. Sie beschlossen, noch einen Spaziergang durch die Stadt zu machen. Die Lichter der Geschäfte leuchteten, und die Atmosphäre war lebhaft. Manuel fühlte sich leicht und glücklich, als sie durch die Straßen schlenderten. Plötzlich hielt Sarah an und zeigte auf ein kleines Straßenfest, das gerade stattfand. *„Schau mal! Lass uns hingehen!"* Manuel nickte begeistert, und sie machten sich auf den Weg zu dem Fest. Die Musik spielte lebhaft, und die Menschen tanzten und lachten. Es war eine perfekte Möglichkeit, den Abend zu verbringen. *„Das erinnert mich an die Feste, von denen wir in den Briefen gelesen haben"*, sagte Sarah, während sie sich umblickte. *„Es ist schön zu sehen, dass die Leute sich hier versammeln und Spaß haben."* *„Ja, das ist es! Es ist, als ob wir Teil der Geschichte werden, die wir erforschen"*, erwiderte Manuel, während er die fröhliche Atmosphäre genoss. Sie verbrachten einige Zeit auf dem Fest, probierten verschiedene Snacks und tanzten zu den Klängen der Musik. Manuel fühlte sich lebendig und glücklich, und die Sorgen, die ihn zuvor beschäftigt hatten, schienen für einen Moment verschwunden. Als sie schließlich zurück zu Sarahs Wohnung gingen, spürte Manuel, dass sich etwas in ihm verändert hatte. Die Schatten der Vergangenheit waren immer noch da, aber sie hatten auch eine neue Perspektive auf ihre eigene Beziehung gewonnen. Sie waren bereit, die Herausforderungen anzunehmen, die das Leben ihnen stellte, und gemeinsam weiterzuwachsen. *„Danke für diesen tollen Abend"*, sagte Manuel, als sie vor Sarahs Tür standen. *„Es war genau das, was ich gebraucht habe."* *„Ich auch. Es ist schön, die Verbindung zu unserer Vergangenheit zu erkunden und gleichzeitig Spaß zu haben"*, antwortete Sarah mit einem Lächeln. In diesem Moment wusste Manuel, dass sie auf dem richtigen Weg waren. Die Schatten der Vergangenheit waren zwar unvermeidlich, aber sie hatten auch das Potenzial, sie zu stärken und zu vereinen. Er fühlte sich bereit, die Herausforderungen anzunehmen und die Geschichte ihrer eigenen Liebe zu schreiben. *„Ich freue mich darauf, mehr Zeit mit dir zu verbringen und unsere eigene Geschichte zu entwickeln"*, sagte Manuel, während er Sarahs Hand hielt. *„Ich auch, Manuel. Lass uns gemeinsam alles meistern, was kommt"*, erwiderte Sarah und lächelte. Mit einem letzten Blick in ihre Augen verabschiedeten sie sich, und Manuel ging nach Hause, erfüllt von der Hoffnung und dem Wissen, dass sie zusammen alles erreichen konnten.

Kapitel 7: Ein missverständliches Geständnis

Die Woche nach ihrem ersten Date verging in einem aufregenden Tempo. Manuel und Sarah verbrachten viel Zeit miteinander, erforschten die Geschichte von Franz und Anna und genossen gleichzeitig die Freude an ihrer eigenen wachsenden Beziehung. Doch trotz der glücklichen Momente schwebte ein Schatten über Manuel, den er nicht ganz abschütteln konnte. Er wusste, dass sie in der Vergangenheit auf Herausforderungen stoßen würden, und die Angst vor dem Unbekannten nagte an ihm. Eines Abends, als sie nach einem langen Tag im Archiv zusammen auf der Couch saßen und einen Film schauten, spürte Manuel, dass der richtige Moment gekommen war, um über seine inneren Ängste zu sprechen. Der Film war ein leichter, humorvoller Streifen, doch seine Gedanken waren woanders. Er wollte Sarah nicht mit seinen Sorgen belasten, aber er wusste, dass es wichtig war, offen über seine Gefühle zu sprechen. *„Sarah"*, begann Manuel vorsichtig, als der Abspann des Films über den Bildschirm rollte. *„Können wir für einen Moment über etwas Ernstes reden?"* Sarah sah ihn an, ihre Augen wurden sofort aufmerksam. *„Natürlich, was ist los?"* Er nahm einen tiefen Atemzug. *„Ich habe in letzter Zeit viel über unsere Beziehung nachgedacht und auch* *über die Herausforderungen, die Franz und Anna durchgemacht haben. Ich mache mir Gedanken darüber, was passieren könnte, wenn wir auf ähnliche Schwierigkeiten stoßen."* Sarah nickte. *„Das ist verständlich. Beziehungen sind nicht immer einfach, und es ist normal, sich darüber Gedanken zu machen. Aber wir können alles zusammen meistern, das weiß ich."* *„Ja, das weiß ich auch"*, erwiderte Manuel. *„Aber ich habe manchmal das Gefühl, dass ich nicht stark genug bin, um für uns beide zu kämpfen. Was, wenn wir irgendwann an einen Punkt kommen, an dem wir nicht mehr weiter wissen?"* Sarah legte ihre Hand auf seine. *„Manuel, es gibt keine Garantie dafür, dass alles immer perfekt sein wird. Aber ich glaube fest daran, dass wir, solange wir ehrlich und offen miteinander sind, alles bewältigen können. Du bist nicht allein."* Manuel fühlte sich durch ihre Worte getröstet, doch gleichzeitig überkam ihn ein Gefühl der Unsicherheit. Er wollte Sarah nicht belasten, aber die Ängste, die in ihm brodelten, schienen sich nicht zurückhalten zu lassen. *„Ich... ich mache mir auch Gedanken darüber, was passieren könnte, wenn wir uns auseinanderleben. Was, wenn wir feststellen, dass wir unterschiedliche Ziele und Träume haben?"* *„Das kann passieren, aber ich glaube, dass wir das rechtzeitig bemerken würden",* antwortete sie, und es war klar, dass sie versuchte, ihn zu beruhigen. *„Wir sind hier und jetzt, und das zählt.*

Lass uns einfach das genießen, was wir haben." Manuel nickte, doch in seinem Inneren fühlte er eine wachsende Unruhe. *„Ich möchte einfach sicherstellen, dass ich nicht der Grund dafür bin, dass wir uns auseinanderleben. Ich möchte nicht, dass du irgendwann unglücklich bist." „Manuel, ich bin glücklich mit dir. Du bedeutest mir viel, und ich will nicht, dass du dir darüber Sorgen machst"*, sagte Sarah, und ihre Stimme war sanft, aber bestimmt. Doch gerade als er sich sicherer fühlte, überkam Manuel ein Gefühl der Panik. Er wollte nicht, dass Sarah dachte, er wäre unzufrieden oder dass er die Beziehung nicht ernst nahm. *„Ich... ich habe manchmal das Gefühl, dass ich nicht genug bin"*, gestand er schließlich, und seine Stimme war kaum mehr als ein Flüstern. *„Was meinst du damit?"* fragte Sarah, und ihr Blick war besorgt. *„Ich meine, dass ich nicht so stark bin wie Franz. Ich kann nicht die gleichen Dinge tun, die er für Anna getan hat, und ich will nicht, dass du denkst, dass ich nicht für dich kämpfen kann"*, erklärte Manuel und spürte, wie seine Unsicherheit ihn überwältigte. Sarah zog ihre Hand zurück und sah ihn an. *„Manuel, das ist nicht wahr. Du bist du, und das ist genug. Du musst dich nicht mit Franz vergleichen. Jeder hat seine eigene Geschichte, und du bist auf deine Weise stark."* Die Worte, die sie sprach, waren wichtig, aber in diesem Moment hörte Manuel sie nicht wirklich. Die Angst, nicht zu genügen, war wie ein Schatten, der sich über ihn legte. *„Ich weiß, dass ich manchmal nicht so offen bin, wie ich es sein sollte, und ich möchte einfach nicht, dass du verletzt wirst"*, gab er zu. *„Manuel, du bist nicht der Einzige, der Ängste hat. Ich habe auch meine Sorgen"*, sagte Sarah leise. *„Aber wir müssen darüber reden, nicht in Vermutungen leben."* *„Ich möchte darüber reden, ich will es wirklich. Aber ich habe Angst, dass ich etwas sage, das dich verletzt oder dass ich nicht die richtigen Worte finde"*, gestand Manuel. *„Du musst nicht immer die richtigen Worte finden. Du musst einfach ehrlich sein. Wir sind hier, um uns gegenseitig zu unterstützen"*, erwiderte Sarah, und es war offensichtlich, dass sie sich um ihn sorgte. Manuel fühlte, wie die Anspannung in seinem Körper nachließ. *„Ich weiß, dass du recht hast. Es tut mir leid, dass ich so unsicher bin. Ich möchte, dass wir stark sind."* *„Wir sind stark, Manuel. Und wir werden noch stärker, je mehr wir miteinander sprechen"*, sagte Sarah, und ihr Lächeln beruhigte ihn. Doch in diesem Moment, als sie sich gegenseitig in die Augen sahen, war etwas in der Luft, das die Leichtigkeit des Augenblicks trübte. Manuel bemerkte, dass Sarahs Gesichtsausdruck sich veränderte. Sie schien nachdenklich, fast besorgt. *„Was ist, Sarah? Ist etwas nicht in Ordnung?"* fragte Manuel, als er ihre plötzliche Veränderung bemerkte.

„Es ist nur... ich habe das Gefühl, dass wir über etwas Wichtiges sprechen sollten", begann sie zögerlich. *„Ich denke, dass wir beide uns über unsere Zukunft Gedanken machen sollten, und darüber, was wir wollen." „Was meinst du genau?"* Manuel fühlte, wie sich ein Kloß in seinem Hals bildete. Was, wenn sie etwas anderes wollte als er? *„Ich meine, dass wir klarstellen sollten, wo wir stehen und was wir uns voneinander erwarten",* erklärte Sarah, und ihre Stimme war fest, aber sanft. Manuels Herz schlug schneller. *„Ich möchte, dass wir offen sind, und ich glaube, dass das wichtig ist. Was denkst du über uns?"* Sarah sah ihn direkt an. *„Ich denke, dass ich mich in dich verliebe. Aber ich mache mir Sorgen, dass wir uns in unterschiedliche Richtungen entwickeln könnten, wenn wir nicht darüber sprechen."* Die Worte trafen Manuel wie ein Blitz. Er hatte gehofft, dass sie ähnliche Gefühle hätten, aber nun war er sich nicht mehr sicher. *„Ich fühle mich auch zu dir hingezogen, Sarah. Aber ich habe Angst, dass ich nicht das sein kann, was du brauchst",* gestand er. *„Das ist nicht wahr. Ich brauche dich, so wie du bist",* entgegnete Sarah, und es war klar, dass sie ihn ernst meinte. *„Aber ich möchte wissen, dass wir beide auf derselben Seite stehen, wenn es um unsere Zukunft geht."* Die Unsicherheit schien sich zwischen ihnen auszubreiten. Manuel wollte nicht, dass ihre Beziehung aufgrund von Missverständnissen

und Ängsten belastet wurde. *„Lass uns darüber sprechen. Ich möchte wissen, was du denkst und fühlst"*, sagte er, während er versuchte, einen klaren Kopf zu bewahren. *„Ich denke, dass wir beide viel über uns selbst und über unsere Beziehung lernen müssen. Ich möchte nicht, dass etwas zwischen uns steht"*, erklärte Sarah. *„Ich auch nicht. Ich möchte, dass wir ehrlich zueinander sind, egal wie schwer es sein mag"*, erwiderte Manuel. *„Ich fürchte nur, dass ich nicht stark genug bin, um diese Herausforderungen zu meistern."* *„Wir sind stark, Manuel. Wir müssen nur zusammenarbeiten"*, sagte Sarah, und in ihrer Stimme lag eine Entschlossenheit, die ihm Mut gab. In diesem Moment wurde Manuel bewusst, dass die Schatten der Vergangenheit nicht nur eine Belastung waren, sondern auch eine Gelegenheit, ihre Beziehung zu vertiefen. Wenn sie die Herausforderungen annehmen würden, könnten sie stärker daraus hervorgehen. *„Lass uns einen Schritt zurückgehen und darüber nachdenken, was wir wirklich wollen"*, schlug Manuel vor. *„Wir sollten uns nicht unter Druck setzen, aber wir sollten auch nicht vor unseren Gefühlen davonlaufen."* Sarah nickte. *„Das klingt nach einem Plan. Lass uns ehrlich über unsere Träume sprechen und darüber, wo wir uns in der Zukunft sehen."* Die beiden verbrachten die nächsten Stunden damit, über ihre Hoffnungen und Ängste zu sprechen. Manuel öffnete sich über seine Unsicherheiten, während Sarah ihre eigenen Bedenken teilte. Es war ein intensives Gespräch, das sowohl herausfordernd als auch befreiend war. Schließlich fühlte sich Manuel, als ob eine Last von seinen Schultern genommen wurde. Als sie schließlich aufbrachen, waren sie beide emotional erschöpft, aber auch erleichtert. *„Ich habe das Gefühl, dass wir einen wichtigen Schritt gemacht haben",* sagte Sarah, als sie den Park verließen. *„Ja, ich auch. Ich glaube, dass wir jetzt besser zueinander stehen",* antwortete Manuel. *„Es war schwer, aber notwendig."*

Kapitel 8: Die Entschuldigung

Die Tage nach ihrem tiefgründigen Gespräch waren für Manuel und Sarah sowohl aufregend als auch herausfordernd. Sie hatten eine neue Ebene der Kommunikation erreicht und fühlten sich enger verbunden, doch die Unsicherheiten, die Manuel während ihrer letzten Unterhaltung geäußert hatte, schienen immer noch in der Luft zu hängen. Während Sarah optimistisch blieb, nagten die Gedanken an seiner Unzulänglichkeit an Manuel. Eines Nachmittags, als sie sich im Archiv trafen, um weitere Informationen über Franz und Anna zu sammeln, spürte Manuel, dass ein Missverständnis zwischen ihnen wuchs. Er wollte die positive Energie ihrer letzten Begegnung bewahren, doch er fand es zunehmend schwierig, seine Gedanken zu ordnen. *„Hey, alles in Ordnung? Du scheinst abwesend zu sein"*, bemerkte Sarah, als sie sich an einen Tisch setzten, um ihre Unterlagen durchzugehen. *„Ja, alles gut. Ich... ich denke nur nach"*, antwortete Manuel und zwang sich zu lächeln. Doch in seinem Inneren war er unruhig. Er wollte nicht, dass Sarah sich Sorgen machte oder dass sie dachte, er wäre unzufrieden. *„Ich verstehe. Wenn du darüber reden möchtest, bin ich hier"*, sagte Sarah, und ihr freundlicher Blick ermutigte ihn, sich zu öffnen. *„Ich weiß, dass wir darüber gesprochen haben, wie wichtig es ist, offen zu sein. Aber ich habe das Gefühl, dass ich nicht genug tue"*, begann Manuel, und seine Stimme klang zögerlich. *„Es tut mir leid, wenn ich manchmal so wirke, als würde ich nicht für uns kämpfen."* *„Manuel, das musst du nicht. Du tust so viel, und ich schätze alles, was du tust"*, erwiderte Sarah, und ihre Augen strahlten Verständnis aus. *„Wir sind ein Team, und das bedeutet, dass wir uns gegenseitig unterstützen, egal was kommt."* Trotz ihrer Worte fühlte Manuel sich immer noch unwohl. *„Ich mache mir nur Sorgen, dass ich nicht der Partner bin, den du brauchst. Dass ich nicht stark genug bin."* Sarah legte ihre Hand auf seine. *„Es ist okay, sich so zu* *fühlen. Aber du bist stark genug, und ich bin hier, um dich zu unterstützen. Wir müssen uns gegenseitig vertrauen.*" „*Ich weiß, aber manchmal habe ich das Gefühl, dass ich die Erwartungen nicht erfülle*", gestand Manuel. „*Besonders wenn ich an Franz und Anna denke. Sie hatten so viele Herausforderungen, und ich will nicht, dass wir in eine ähnliche Situation geraten.*" „*Wir sind nicht Franz und Anna. Wir sind Manuel und Sarah, und wir haben unsere eigene Geschichte*", erklärte sie sanft. „*Lass uns daran arbeiten, unsere Beziehung zu stärken, ohne uns ständig mit anderen zu vergleichen.*" Manuel nickte, fühlte aber, dass er immer noch nicht ganz im Reinen mit sich selbst war. „*Ich möchte einfach nicht, dass du unglücklich bist.*" „*Ich bin glücklich, Manuel. Aber ich möchte auch, dass du das weißt. Lass uns offen über unsere Ängste sprechen, damit wir sie gemeinsam überwinden können*", sagte Sarah. Die Worte ihrer Bestärkung gaben Manuel etwas Trost, doch die innere Unruhe blieb. Er wusste, dass er nicht einfach weiter machen konnte, ohne die Dinge klarzustellen. Nach einem langen Nachmittag im Archiv beschlossen sie, eine Pause einzulegen und in ein nahegelegenes Café zu gehen. Das Café war ein einladender Ort, voller Menschen, die lachten und plauderten. Manuel und Sarah suchten sich einen Tisch in der Ecke und bestellten ihre Getränke. Während sie warteten, spürte

Manuel, dass der Moment gekommen war, um die Dinge zwischen ihnen zu klären. *„Sarah, ich muss dir etwas sagen",* begann er. *„Ich habe das Gefühl, dass ich nicht immer ehrlich zu dir war. Ich habe Angst, dass ich im Vergleich zu anderen nicht genug bin. Und ich möchte, dass du weißt, dass ich wirklich für uns kämpfen will."* Sarah sah ihn aufmerksam an. *„Manuel, ich weiß, dass du dir Sorgen machst. Aber das Wichtigste ist, dass du hier bist und versuchst, für uns da zu sein. Das allein zählt."* *„Es tut mir leid, wenn ich dir jemals das Gefühl gegeben habe, dass ich nicht für dich kämpfe. Ich will, dass du glücklich bist, und ich möchte, dass wir gemeinsam stark sind",* sagte er und spürte, wie seine Stimme zitterte. *„Es ist in Ordnung, dass du so fühlst. Wir alle haben Ängste und Zweifel. Aber wir sollten uns gegenseitig ermutigen, anstatt uns zurückzuhalten",* erwiderte Sarah, und ihre Stimme war sanft, aber bestimmt. *„Ich möchte das. Ich möchte, dass wir stark sind. Ich möchte, dass wir zusammenarbeiten, egal was kommt",* gestand Manuel. *„Das können wir, Manuel. Lass uns einfach ehrlich miteinander sein",* sagte Sarah und lächelte. *„Wir sind auf dem richtigen Weg."* Die Worte füllten Manuel mit Hoffnung, aber auch mit der Erkenntnis, dass sie noch einen langen Weg vor sich hatten. Nach einer Weile beschlossen sie, wieder ins Archiv zu gehen und ihre Recherchen fortzusetzen. Doch während sie dort waren, spürte Manuel, dass das Gespräch über ihre Gefühle und Ängste noch nicht abgeschlossen war. In den folgenden Tagen arbeiteten sie weiter an der Geschichte von Franz und Anna und fanden immer mehr Dokumente, die die Herausforderungen und Prüfungen ihrer Beziehung beleuchteten. Manuel spürte, wie ihre eigenen Herausforderungen in den Geschichten seiner Großeltern widerhallten, und er wusste, dass sie sich den Schatten der Vergangenheit stellen mussten. Eines Abends, nach einem langen Tag im Archiv, saßen sie in einem kleinen Restaurant und genossen ihr Abendessen. Manuel beobachtete Sarah, wie sie voller Begeisterung von den neuesten Entdeckungen sprach, und sein Herz füllte sich mit Wärme. Doch der Schatten der Unsicherheit war immer noch da, und er wusste, dass sie noch nicht vollständig darüber gesprochen hatten. *„Sarah, ich denke, wir sollten noch einmal über unsere Ängste sprechen. Ich habe das Gefühl, dass wir noch nicht alles geklärt haben"*, begann Manuel. *„Ich bin bereit. Lass uns darüber reden"*, antwortete Sarah, und ihre Augen waren voller Verständnis. Sie verbrachten den Rest des Abends damit, über ihre Sorgen und Ängste zu sprechen. Manuel öffnete sich über seine Unsicherheiten, während Sarah ihre eigenen Bedenken teilte. Es war eine intensive, aber notwendige Diskussion, die beiden half, die Dinge klarzustellen und ihre Bindung zu stärken. *„Ich habe das Gefühl, dass wir stärker werden, je mehr wir miteinander sprechen. Ich möchte, dass du weißt, dass ich für dich da bin"*, sagte Sarah. *„Ich auch. Ich möchte, dass wir an unserer Beziehung arbeiten und sie stark halten"*, antwortete Manuel, und ein Gefühl der Erleichterung überkam ihn. Als sie das Restaurant verließen, fühlte Manuel, dass sie einen wichtigen Schritt gemacht hatten. Er hatte das Gefühl, dass sie jetzt besser zueinander standen und dass die Schatten der Vergangenheit zwar immer noch da waren, aber nicht mehr die Kontrolle über ihr Leben hatten. *„Ich freue mich darauf, was die Zukunft für uns bereithält"*, sagte Manuel, als sie durch die Straßen der Stadt gingen. *„Ich auch! Lass uns die Geschichte von Franz und Anna weiter erforschen und gleichzeitig unsere eigene Geschichte schreiben"*, erwiderte Sarah mit einem strahlenden Lächeln. In den folgenden Wochen vertieften sie ihre Erkundungen und fanden immer mehr über die Herausforderungen, mit denen Franz und Anna konfrontiert waren. Die Geschichten über ihre Kämpfe und Triumphe inspirierten Manuel und Sarah, ihre eigene Beziehung zu schätzen und zu pflegen. Doch eines Abends, während sie an einem neuen Dokument arbeiteten, bemerkte Manuel, dass Sarah plötzlich nachdenklich wurde. *„Was ist los? Du scheinst wieder in Gedanken* versunken", sagte Manuel besorgt. *„Ich mache mir nur Gedanken über die Dinge, die wir gefunden haben. Es ist so überwältigend, wie viel sie durchgemacht haben"*, erwiderte Sarah. *„Ja, das stimmt. Aber ich denke, ihre Geschichte zeigt uns auch, dass Liebe stark genug ist, um alle Herausforderungen zu überwinden"*, sagte Manuel und versuchte, sie zu beruhigen. *„Das glaube ich auch. Ich möchte nur sicherstellen, dass wir aus ihren Erfahrungen lernen und nicht in die gleichen Fallen tappen"*, bemerkte Sarah. Manuel nickte. *„Wir können das. Wir werden offen und ehrlich miteinander umgehen, egal was kommt. Ich möchte, dass wir stark bleiben und uns gegenseitig unterstützen."*

Kapitel 9: Die Entdeckung der wahren Gefühle

Die Wochen vergingen, und die Entdeckungen über Franz und Anna schienen endlos. Manuel und Sarah tauchten tiefer in die Geschichte seiner Großeltern ein, und je mehr sie erfuhren, desto mehr fühlte Manuel sich mit der Vergangenheit verbunden. Doch während die Geschichten über ihre Vorfahren mehr Klarheit und Inspiration brachten, blieben die Schatten der eigenen Unsicherheiten nicht ohne Einfluss auf ihre Beziehung. Eines Abends, an einem besonders kühlen Herbsttag, saßen sie in Sarahs Wohnung und durchforsteten alte Briefe und Dokumente. Der Geruch von frisch gebrühtem Kaffee erfüllte den Raum, und die warme Atmosphäre sorgte für ein Gefühl von Geborgenheit. Doch während Sarah mit Begeisterung über die neuesten Funde sprach, konnte Manuel nicht umhin, über die eigene Unsicherheit nachzudenken, die ihn in letzter Zeit beschäftigte. *„Manuel, schau dir das an! In diesem Brief spricht Anna darüber, wie sie sich während der schwierigen Zeiten gefühlt hat. Es ist so bewegend, was sie durchgemacht hat"*, sagte Sarah und hielt einen vergilbten Brief hoch. *„Ja, es ist beeindruckend. Aber ich habe auch darüber nachgedacht, wie belastend es für sie gewesen sein muss, so viele Herausforderungen zu meistern"*, antwortete Manuel, aber seine Gedanken waren woanders. Sarah bemerkte die Veränderung in seiner Stimme und sah ihn besorgt an. *„Was ist los? Du scheinst abwesend zu sein",* fragte sie sanft. Manuel zögerte einen Moment, dann seufzte er. *„Es ist nur... ich mache mir Gedanken über uns. Ich möchte nicht, dass wir in eine ähnliche Situation geraten wie Franz und Anna. Was, wenn wir eines Tages vor Herausforderungen stehen, die wir nicht meistern können?"* Sarah legte den Brief zur Seite und wandte sich ihm zu. *„Manuel, wir sind nicht Franz und Anna. Wir haben unsere eigene Geschichte, und wir können die Dinge anders angehen. Es ist okay, sich Sorgen zu machen, aber lass uns darüber reden." „Ich weiß, dass du recht hast. Ich möchte einfach, dass wir stark sind. Ich habe manchmal das Gefühl, dass ich nicht die Unterstützung bieten kann, die du brauchst",* gestand Manuel und sah Sarah in die Augen. *„Du gibst mir die Unterstützung, die ich brauche, einfach indem du hier bist und mit mir sprichst. Das ist das Wichtigste",* erwiderte Sarah und lächelte. *„Aber wir müssen auch bereit sein, uns gegenseitig zu ermutigen und unsere Ängste zu teilen."* Manuel nickte, doch er spürte, dass eine tiefere Unsicherheit in ihm schwelte. *„Ich habe Angst, dass ich nicht genug für dich bin. Was, wenn du eines Tages erkennst, dass du mehr brauchst als das, was ich dir geben kann?" „Manuel, ich habe nie daran* gezweifelt, dass du genug bist. Du bist genau der Mensch, den ich brauche", versicherte Sarah ihm. "Aber ich denke, wir sollten uns auch mit unseren wahren Gefühlen auseinandersetzen. Wir müssen herausfinden, was wir wollen und wo wir hinwollen." Die Worte von Sarah hatten Gewicht, und Manuel fühlte, wie sich die Anspannung in seinem Körper allmählich löste. "Was meinst du mit 'was wir wollen'?" "Ich denke, wir sollten darüber sprechen, was uns wirklich wichtig ist. Was erwarten wir von dieser Beziehung? Wo sehen wir uns in ein paar Jahren?", erklärte Sarah und sah ihn ernst an. "Das ist eine große Frage", antwortete Manuel und überlegte. "Ich möchte, dass wir gemeinsam stark sind. Ich möchte, dass wir die Herausforderungen meistern, die auf uns zukommen. Aber ich habe auch das Gefühl, dass ich manchmal nicht genug bin, um deine Erwartungen zu erfüllen." "Die Erwartungen, die ich habe, sind nicht unrealistisch. Ich möchte, dass wir uns gegenseitig unterstützen und füreinander da sind. Das ist das Wichtigste für mich", sagte Sarah. "Ich möchte nicht, dass du dich unter Druck gesetzt fühlst, um jemand zu sein, der du nicht bist." "Ich weiß, dass ich an meinen Unsicherheiten arbeiten muss. Ich möchte einfach nicht, dass du unglücklich bist", gestand Manuel. "Wir können das gemeinsam angehen. Lass uns die Dinge Schritt für Schritt besprechen. Wir haben Zeit, um herauszufinden, was wir wollen", erwiderte Sarah und legte sanft ihre Hand auf seine. In diesem Moment fühlte Manuel, dass er sich öffnen konnte. „Ich glaube, ich habe Angst davor, dass ich nicht genug bin. Ich will, dass du glücklich bist, und ich mache mir Sorgen, dass ich nicht die richtige Person für dich sein kann." Sarah sah ihn an, und in ihren Augen lag Verständnis. „Du bist genug, Manuel. Du bist für mich wichtig, und ich schätze alles, was du tust. Lass uns einfach ehrlich miteinander sein und uns gegenseitig unterstützen." Die Worte von Sarah gaben Manuel neuen Mut. Er wusste, dass sie zusammenarbeiten konnten, um ihre Beziehung zu stärken. „Ich möchte, dass du weißt, dass ich für dich kämpfen will. Ich möchte, dass wir stark sind und jede Herausforderung gemeinsam meistern", sagte er, während er ihre Hand festhielt. „Und ich will, dass du weißt, dass ich für dich da bin, egal was passiert. Wir sind ein Team, und wir werden das gemeinsam schaffen", erwiderte Sarah mit einem Lächeln. Nach dieser intensiven Unterhaltung fühlte sich Manuel leichter. Er wusste, dass sie auf dem richtigen Weg waren und dass es wichtig war, ihre wahren Gefühle zu erkennen und zu teilen. Sie waren bereit, die Herausforderungen, die auf sie zukommen würden, gemeinsam zu bewältigen. In den nächsten Tagen vertieften sie ihre Erkundungen. Sie fanden immer mehr Dokumente, die die Geschichte von Franz und Anna beleuchteten, und Manuel spürte, dass die Geschichten seiner Großeltern auch ihm halfen, sich mit seinen eigenen Ängsten auseinanderzusetzen. Eines Nachmittags, als sie im Archiv arbeiteten, stießen sie auf einen besonders emotionalen Brief von Anna. Sie sprach darüber, wie schwer es für sie war, während des Krieges allein zu sein, und wie sehr sie sich nach Franz sehnte. Manuel spürte die tiefen Emotionen, die in den Worten festgehalten waren, und es ließ ihn an seine eigenen Unsicherheiten denken. *„Das ist so bewegend"*, sagte Sarah, während sie den Brief las. *„Es zeigt, wie stark ihre Liebe war, trotz aller Widrigkeiten." „Ja, und es macht mich nachdenklich. Ich frage mich, ob wir in der Lage wären, so stark zu sein"*, bemerkte Manuel, während er die Zeilen betrachtete. *„Ich glaube, dass wir das können, wenn wir bereit sind, offen über unsere Gefühle zu sprechen und uns gegenseitig zu unterstützen"*, erwiderte Sarah. Die Worte von Sarah hallten in Manuel nach. Er wusste, dass sie stark waren, solange sie zusammenhielten. Und während sie weiter in die Geschichte von Franz und Anna eintauchten, fühlte Manuel, dass er nicht nur mehr über seine Großeltern, sondern auch über sich selbst und seine Beziehung zu Sarah lernte. Am Abend, als sie das Archiv verließen, war der Himmel in ein warmes Orange getaucht. *„Ich denke, wir sollten* *ein kleines Fest für uns selbst veranstalten, um all die Fortschritte, die wir gemacht haben, zu feiern"*, schlug Sarah vor. *„Das klingt nach einer großartigen Idee! Lass uns ein paar Snacks und Getränke besorgen und an einen Ort gehen, den wir lieben"*, antwortete Manuel, und seine Stimmung hellte sich auf. Sie entschieden sich für einen kleinen Hügel, von dem aus man einen atemberaubenden Blick auf die Stadt hatte. Als sie dort ankamen, breiteten sie eine Decke aus und setzten sich, während die Sonne hinter den Gebäuden verschwand. Manuel fühlte sich erleichtert und glücklich, dass er diesen Moment mit Sarah teilen konnte. *„Ich bin so froh, dass wir gemeinsam diesen Weg gehen"*, sagte Sarah, während sie einen Schluck von ihrem Getränk nahm. *„Ich auch. Ich fühle, dass wir durch alles, was wir zusammen durchgemacht haben, gewachsen sind"*, erwiderte Manuel und sah in den Himmel. *„Es ist, als ob wir die Herausforderungen, die Franz und Anna überwunden haben, auch in unserem eigenen Leben meistern können."* Die beiden verbrachten den Abend damit, zu plaudern, zu lachen und ihre Träume zu teilen. Manuel fühlte sich, als ob er die Last der Vergangenheit hinter sich gelassen hatte. Er wusste, dass die Schatten immer noch da waren, aber sie hatten die Kraft, sie gemeinsam zu überwinden. Als die Sterne am Himmel funkelten, fühlte Manuel einen tiefen Wunsch, die Verbindung zu

Sarah zu vertiefen. *„Sarah, ich… ich möchte, dass du weißt, dass ich mich in dich verliebe. Ich habe das Gefühl, dass wir etwas ganz Besonderes haben."* Sarah sah ihn überrascht an, und für einen Moment schien die Zeit stillzustehen. *„Manuel, das bedeutet mir so viel. Ich fühle mich genauso. Ich liebe es, wie wir uns gegenseitig unterstützen und wie stark unsere Verbindung ist."* Die Worte, die sie teilten, schufen einen warmen, leuchtenden Raum zwischen ihnen, und Manuel wusste, dass sie bereit waren, die Herausforderungen, die vor ihnen lagen, gemeinsam anzugehen. Sie waren nicht nur auf der Suche nach der Wahrheit über die Vergangenheit, sondern auch bereit, ihre eigene Geschichte zu schreiben. *„Lass uns die Schatten der Vergangenheit hinter uns lassen und jeden Moment genießen, den wir zusammen haben"*, schlug Manuel vor. *„Das werden wir tun, Manuel. Lass uns die Zukunft mit offenen Armen begrüßen"*, antwortete Sarah und nahm seine Hand.

Kapitel 10: Ein neuer Anfang

Eines Morgens, als die ersten Sonnenstrahlen durch das Fenster von Sarahs Wohnung fielen, spürte Manuel eine frische Energie in der Luft. Es war ein neuer Tag voller Möglichkeiten, und er wusste, dass er eine Entscheidung treffen musste. Er hatte das Gefühl, dass es an der Zeit war, den nächsten Schritt in seiner Beziehung zu Sarah zu wagen. Nach einem schnellen Frühstück machte er sich auf den Weg zu Sarah. Er hatte eine besondere Überraschung für sie vorbereitet, etwas, das ihre Verbindung weiter vertiefen könnte. Als er ankam, öffnete Sarah die Tür mit einem breiten Lächeln. *„Guten Morgen, Abenteurer! Was hast du heute für uns geplant?"* fragte sie und bemerkte die Aufregung in seinem Blick. *„Guten Morgen, Sarah! Ich habe eine Überraschung für dich"*, antwortete Manuel und zog ein kleines, sorgfältig verpacktes Geschenk aus seiner Tasche. *„Oh, was ist das?"* fragte Sarah neugierig und nahm das Geschenk entgegen. *„Öffne es und schau selbst"*, forderte Manuel sie auf, während er aufgeregt zusah. Sarah öffnete das Geschenk vorsichtig und entblößte einen handgefertigten, ledergebundenen Notizbuch. *„Wow, das ist wunderschön! Woher hast du das?" „Ich habe es von einem lokalen Kunsthandwerker gekauft. Ich* *dachte, dass du es nutzen kannst, um deine Gedanken und Entdeckungen aufzuschreiben, während wir unsere Reise fortsetzen"*, erklärte Manuel. *„Das ist eine wunderbare Idee! Ich liebe es!"*, rief Sarah begeistert und umarmte ihn. *„Danke, Manuel. Das bedeutet mir viel."* *„Ich wollte, dass du etwas hast, um unsere gemeinsamen Erlebnisse festzuhalten. Und ich hoffe, dass wir noch viele Abenteuer erleben werden"*, sagte Manuel und spürte das warme Gefühl der Zufriedenheit in sich. Nachdem sie eine Weile über ihre Pläne gesprochen hatten, entschlossen sie sich, an einem sonnigen Tag nach Altstadt zu fahren, einem Ort, der in den Briefen häufig erwähnt wurde. Dort wollten sie die alten Straßen erkunden und vielleicht sogar mit den Nachkommen von Freunden und Verwandten von Franz und Anna sprechen. Die Fahrt war voller Vorfreude, und Manuel fühlte sich optimistisch. Er wusste, dass sie nicht nur die Vergangenheit erforschten, sondern auch ihre eigene Beziehung weiterentwickelten. Das Gefühl, dass sie auf dem richtigen Weg waren, erfüllte ihn. Als sie in Altstadt ankamen, war die Atmosphäre lebhaft. Die alten Gassen waren mit bunten Blumen geschmückt, und die Menschen, die umhergingen, strahlten eine positive Energie aus. Manuel und Sarah machten sich auf den Weg zu einem kleinen Café, das in den Briefen erwähnt wurde. *„Hier ist es! Das Café, in dem Franz* *und Anna oft Zeit verbracht haben"*, sagte Sarah, während sie auf das einladende Gebäude deutete. Sie betraten das Café und wurden von dem vertrauten Duft frisch gebrühten Kaffees empfangen. Es war gemütlich eingerichtet, und die Wände waren mit Bildern der Stadt aus vergangenen Zeiten geschmückt. Manuel fühlte sich sofort in die Vergangenheit zurückversetzt. *„Lass uns einen Tisch am Fenster suchen"*, schlug er vor. *„Es wird schön sein, den Blick auf die Straße zu genießen."* Nachdem sie sich gesetzt hatten, bestellten sie ihre Getränke und begannen, die Umgebung zu beobachten. Manuel spürte, wie sich die Aufregung in ihm aufbaute. Sie waren auf der Suche nach Antworten, nach Geschichten, die ihnen helfen würden, die Verbindung zu Franz und Anna zu verstehen. *„Ich kann es kaum erwarten, mehr über die Menschen zu erfahren, die hier leben. Vielleicht gibt es noch Nachfahren von Franz und Anna"*, sagte Sarah und sah sich um. *„Ja, und ich denke, dass wir vielleicht auch einige spannende Geschichten hören können"*, erwiderte Manuel. Während sie im Café saßen und ihre Gedanken austauschten, bemerkten sie einen älteren Mann, der am Nebentisch saß und ein Buch las. Er hatte eine vertraute Ausstrahlung, die Manuel dazu brachte, ihn anzusprechen. *„Entschuldigung, Sir, dürfen wir Sie kurz stören?"* begann Manuel. *„Wir erforschen die Geschichte von Franz und Anna, die in* dieser Stadt gelebt haben. Wissen Sie zufällig etwas über sie oder ihre Familie?" Der Mann schaute von seinem Buch auf und lächelte. „Franz und Anna? Ja, ich erinnere mich an sie. Sie waren wunderbare Menschen. Ich habe sie in meiner Kindheit gekannt. Sie lebten nicht weit von hier." Manuels Herz machte einen Sprung. „Wirklich? Das ist großartig! Könnten Sie uns etwas mehr über sie erzählen?" Der Mann nickte und schloss sein Buch. „Ich erinnere mich gut an die Feste, die sie veranstaltet haben. Es war eine Zeit, in der die Menschen trotz aller Herausforderungen zusammenkamen, um Freude zu teilen. Franz war ein Mechaniker und ein hervorragender Handwerker. Anna war eine talentierte Schneiderin." Sarah beugte sich vor, um besser zuzuhören. „Das klingt so schön. Wie war ihre Beziehung?" Der ältere Mann lächelte nostalgisch. „Es war eine starke Liebe. Trotz aller Widrigkeiten, die sie durchlebt haben, blühten sie immer wieder auf. Ich erinnere mich an die Wärme und Freundlichkeit, die sie ausstrahlten. Sie waren ein Vorbild für viele von uns." Manuel und Sarah hörten fasziniert zu, während der Mann weiter über seine Erinnerungen erzählte. Er sprach von den Festen im Park, den gemeinsamen Abenden im Café und den Herausforderungen, die das Leben für Franz und Anna bereithielt. „Wissen Sie, ob es noch Verwandte von ihnen gibt?" fragte Manuel, als der Mann eine Pause machte. „Ja, ich glaube, ihre Kinder leben noch in der Stadt. Vielleicht könnten Sie versuchen, sie zu kontaktieren. Sie hatten eine Tochter, die in der Nachbarschaft bekannt ist", erklärte der Mann. „Das wäre fantastisch! Vielen Dank für Ihre Hilfe", sagte Sarah begeistert. Nach dem Gespräch verabschiedeten sie sich von dem Mann und machten sich auf den Weg, um mehr über die Tochter von Franz und Anna zu erfahren. Manuel fühlte sich lebendig, als sie durch die Straßen von Altstadt schlenderten und die vertrauten Szenen der Vergangenheit vor ihren Augen zum Leben erweckten. „Es ist unglaublich, wie viele Geschichten in dieser Stadt verborgen sind", sagte Sarah, während sie an einem kleinen Blumenstand vorbeigingen. „Ja, und ich habe das Gefühl, dass wir gerade erst anfangen, die Geheimnisse zu entdecken", erwiderte Manuel, der die Vorfreude in Sarahs Stimme spüren konnte. Sie fanden heraus, dass die Tochter von Franz und Anna in einem kleinen Haus am Ende der Straße lebte. Mit klopfendem Herzen klopften sie an die Tür und warteten gespannt. Ein paar Minuten später öffnete eine freundliche Frau in den Fünfzigern die Tür. „Hallo! Wie kann ich Ihnen helfen?" fragte sie herzlich. „Guten Tag! Wir sind hier, um mehr über Franz und Anna zu erfahren. Wir sind ihre Enkel und möchten ihre Geschichte erforschen", erklärte Manuel. Die Frau lächelte warm. *„Oh, das ist schön zu hören! Ich bin die Tochter von Franz und Anna. Kommt herein!"* Sie traten ein und wurden von einer gemütlichen Atmosphäre empfangen. Die Wände waren mit Bildern und Erinnerungen an die Familie geschmückt. Manuel fühlte sich sofort willkommen und spürte die Verbindung zu seinen Vorfahren. *„Setzt euch"*, sagte die Frau und deutete auf das Sofa. *„Ich habe so viele Geschichten über meine Eltern. Sie waren wunderbare Menschen."* Manuel und Sarah setzten sich und hörten gebannt zu, während die Frau von den Abenteuern ihrer Eltern erzählte. Sie sprach von den Schwierigkeiten, die sie während des Krieges durchgemacht hatten, und von der Liebe, die sie durch all die Herausforderungen hindurch zusammenhielt. *„Es war nie einfach, aber sie haben nie aufgegeben. Ihre Liebe war stark genug, um alle Hindernisse zu überwinden"*, sagte sie mit einem nostalgischen Lächeln. *„Es ist inspirierend zu hören, wie sie mit allem umgegangen sind"*, bemerkte Sarah. *„Wir haben viel über sie gelernt, aber es ist etwas ganz anderes, von jemandem zu hören, der sie gekannt hat."* Die Frau nickte. *„Ja, ich denke, es ist wichtig, dass die Geschichten weitergegeben werden. Franz und Anna haben viel für ihre Familie getan, und ich hoffe, dass ihr Erbe weiterlebt."* Manuel fühlte sich in diesem Moment tief verbunden mit seiner Geschichte und der

Geschichte seiner Großeltern. Die Schatten der Unsicherheit schienen zu verschwinden, während er die Stärke und den Mut seiner Vorfahren spürte. *„Danke, dass Sie Ihre Erinnerungen mit uns teilen",* sagte Manuel. *„Es bedeutet uns viel, mehr über sie zu erfahren." „Ich tue das gerne. Es ist wichtig, die Liebe und die Geschichten zu bewahren",* erwiderte die Frau. Nachdem sie einige Zeit miteinander verbracht hatten und viele Geschichten ausgetauscht hatten, wusste Manuel, dass er nicht nur mehr über seine Großeltern erfahren hatte, sondern auch, wie stark die Liebe zwischen ihnen war. Diese Erkenntnis gab ihm das Vertrauen, das er brauchte, um auch in seiner eigenen Beziehung zu Sarah zu wachsen. Später, als sie das Haus verließen, spürte Manuel, dass sich etwas in ihm verändert hatte. Die Geschichten über Franz und Anna hatten ihm gezeigt, dass die Liebe, die sie teilten, stark genug war, um alle Herausforderungen zu meistern. *„Das war unglaublich",* sagte Sarah, als sie die Straße entlang gingen. *„Ich kann nicht glauben, dass wir die Tochter von Franz und Anna getroffen haben." „Ja, es war eine berührende Erfahrung. Ich fühle mich, als hätten wir eine Verbindung zu unserer Geschichte hergestellt",* erwiderte Manuel. *„Es zeigt uns, dass wir auch in unserer Beziehung stark sein können."* Als sie zurück zu Sarahs Wohnung gingen, spürte Manuel, dass der Druck, den er vorher gefühlt hatte, nachgelassen hatte. Die Gespräche über ihre Ängste und Unsicherheiten waren wichtig gewesen, aber die Geschichten seiner Großeltern gaben ihm das Gefühl, dass sie alles schaffen konnten, solange sie sich gegenseitig unterstützten. In den folgenden Wochen vertieften sie ihre Erkundungen weiter. Manuel und Sarah fanden immer mehr Dokumente, die nicht nur die Herausforderungen, sondern auch die Freuden und die Liebe von Franz und Anna zeigten. Jeder neue Fund half ihnen, ihre eigene Beziehung zu stärken. Eines Abends, als sie in Sarahs Wohnung saßen und über die letzten Entdeckungen diskutierten, spürte Manuel, dass er bereit war, den nächsten Schritt zu gehen. *„Sarah, ich möchte, dass wir über unsere Zukunft sprechen. Ich weiß, dass wir schon viel erreicht haben, aber ich denke, dass es wichtig ist, auch darüber nachzudenken, wo wir hinwollen."* Sarah sah ihn an, und Manuel konnte die Neugier in ihren Augen sehen. *„Was meinst du?"* *„Ich möchte, dass wir uns gemeinsam Ziele setzen und darüber sprechen, was wir in den kommenden Jahren erreichen möchten. Ich glaube, dass es uns helfen wird, unsere Beziehung weiter zu festigen",* erklärte Manuel. *„Das klingt nach einer großartigen Idee! Ich denke, es ist wichtig, dass wir eine gemeinsame Vision für die Zukunft haben",* erwiderte Sarah begeistert. Sie verbrachten den Abend damit, über ihre Träume und Wünsche zu sprechen.

Manuel erzählte von seinen beruflichen Zielen und den Orten, die er gerne bereisen würde, während Sarah von ihren kreativen Projekten und dem Wunsch, in ihrer Karriere voranzukommen, berichtete. Es war eine ermutigende und belebende Unterhaltung, die ihre Verbindung weiter vertiefte. *„Ich glaube, dass wir gemeinsam alles schaffen können, was wir uns vornehmen"*, sagte Manuel, während er Sarah in die Augen sah. *„Ja, das glaube ich auch. Lass uns unsere Ziele aufschreiben und uns gegenseitig ermutigen, sie zu erreichen"*, schlug Sarah vor. Sie erstellten eine Liste ihrer gemeinsamen Ziele und Träume und hängten sie an die Wand in Sarahs Wohnung. Es war ein Symbol für ihre Entschlossenheit, an ihrer Beziehung zu arbeiten und eine Zukunft aufzubauen, die auf Vertrauen und Offenheit basierte. In den folgenden Wochen widmeten sie sich nicht nur ihrer Forschung, sondern auch der Verwirklichung ihrer Ziele. Sie unterstützten sich gegenseitig bei ihren Projekten und ermutigten sich, neue Dinge auszuprobieren. Die Schatten der Vergangenheit waren immer noch da, aber sie hatten gelernt, dass sie stark genug waren, um sie zu bewältigen. Eines Tages, als sie im Park spazieren gingen, hielt Manuel an und sah Sarah an. *„Ich möchte, dass du weißt, wie viel du mir bedeutest. Du bist eine unglaubliche Unterstützung in meinem Leben, und ich bin so dankbar, dass wir diesen Weg zusammen* gehen", sagte er ernsthaft. Sarah lächelte. *„Das bedeutet mir viel, Manuel. Ich fühle mich auch so. Du bist ein wichtiger Teil meines Lebens, und ich freue mich darauf, die Zukunft mit dir zu teilen."* In diesem Moment spürte Manuel, dass die Beziehung, die sie aufgebaut hatten, stark und stabil war. Sie waren bereit, die Herausforderungen, die auf sie zukommen würden, gemeinsam anzugehen, und sie hatten die Werkzeuge, um das zu tun. *„Lass uns weiterhin an unserer Geschichte arbeiten und die Schatten der Vergangenheit hinter uns lassen"*, schlug Manuel vor. *„Das werden wir tun, Manuel. Ich freue mich darauf, mit dir alles zu meistern, was das Leben für uns bereithält"*, antwortete Sarah mit einem strahlenden Lächeln. Sie setzten ihren Spaziergang fort, Hand in Hand, und Manuel wusste, dass sie auf dem besten Weg waren, eine Zukunft voller Liebe und Hoffnung zu gestalten.

Kapitel 11: Herausforderungen im Alltag

Die Monate vergingen, und der Herbst verwandelte die Stadt in ein farbenfrohes Spektakel aus goldenen, roten und orangen Blättern. Manuel und Sarah hatten in dieser Zeit nicht nur ihre Forschung über Franz und Anna weitergeführt, sondern auch gelernt, wie sie ihre eigene Beziehung stärken konnten. Doch während die grundlegenden Elemente ihrer Verbindung stark blieben, begannen die Herausforderungen des Alltags, ihre Beziehung auf die Probe zu stellen. Eines Morgens, als sie sich in Sarahs Wohnung trafen, um an ihren Projekten zu arbeiten, bemerkte Manuel, dass Sarah etwas abwesend wirkte. Sie saß am Tisch, blätterte durch ihre Notizen, aber ihre Gedanken schienen woanders zu sein. *„Hey, alles in Ordnung? Du scheinst nachdenklich zu sein",* fragte Manuel und sah sie besorgt an. Sarah seufzte und legte ihren Stift nieder. *„Es ist nur... ich fühle mich in letzter Zeit ein bisschen überfordert. Die Arbeit ist stressig, und ich habe das Gefühl, dass ich nicht genug Zeit für unser Projekt aufbringen kann",* gestand sie. Manuel spürte ein Ziehen in seinem Herzen. *„Ich verstehe, wie du dich fühlst. Die Arbeit kann wirklich stressig sein. Aber wir können das gemeinsam meistern. Lass uns einen Plan erstellen, damit wir beide Zeit für unsere Projekte* haben und uns gegenseitig unterstützen können." „Das klingt gut, aber ich habe auch das Gefühl, dass ich in anderen Bereichen meines Lebens nicht genug leiste. Es ist frustrierend", sagte Sarah und sah aus dem Fenster, als ob sie nach einer Antwort suchen würde. Manuel wollte sie nicht drängen, aber er wusste, dass sie über ihre Gefühle sprechen musste, um die Spannung zu lösen. „Wenn es dir hilft, können wir auch über andere Dinge sprechen, die dich belasten. Wir sind ein Team, und ich bin hier, um dich zu unterstützen." Sarah nickte, aber es war offensichtlich, dass sie mit ihren Gedanken kämpfte. „Es ist nur, dass ich das Gefühl habe, dass ich nicht die beste Version von mir selbst bin. Ich möchte, dass du stolz auf mich bist, und ich habe Angst, dass ich nicht genug tue." „Du tust mehr, als du denkst. Du bist so engagiert und leidenschaftlich in allem, was du tust. Und ich bin stolz auf dich, egal was passiert", antwortete Manuel und legte eine Hand auf ihre. „Aber du musst dir auch Zeit für dich selbst nehmen und dir erlauben, nicht perfekt zu sein." Die Worte schienen Sarah zu erreichen, doch die Sorgen blieben. „Ich weiß, dass ich mehr Balance finden sollte, aber manchmal fühle ich mich wie in einem Hamsterrad. Ich kann die ganze Arbeit und die Erwartungen nicht mehr bewältigen", gestand sie. „Ich verstehe das. Vielleicht sollten wir einen Tag für uns selbst einplanen, an dem wir einfach abschalten und *genießen können, ohne an Arbeit oder andere Dinge zu denken"*, schlug Manuel vor. *„Das klingt nach einer großartigen Idee. Ich denke, das würde uns beiden guttun"*, erwiderte Sarah und lächelte schwach. Nachdem sie einige Zeit darüber gesprochen hatten, beschlossen sie, einen Tag im kommenden Wochenende für sich zu planen. Manuel fühlte sich erleichtert, dass sie offen über ihre Gefühle gesprochen hatten, und er war entschlossen, ihr beizustehen. Am Samstagmorgen fuhren sie zu einem nahegelegenen Naturpark, der für seine atemberaubenden Ausblicke und Wanderwege bekannt war. Der Himmel war strahlend blau, und die frische Luft fühlte sich belebend an. Manuel bemerkte, wie Sarahs Stimmung sich zu heben begann, als sie die Schönheit der Natur um sich herum wahrnahm. *„Es ist so beruhigend hier. Ich kann die Sorgen des Alltags fast vergessen"*, sagte Sarah und atmete tief ein. *„Ja, das ist genau der Grund, warum ich diesen Platz ausgesucht habe. Lass uns einfach die Zeit genießen und uns auf die Natur konzentrieren"*, antwortete Manuel und lächelte. Sie begaben sich auf einen der Wanderwege und genossen die Stille der Natur. Während sie gingen, sprach Sarah über ihre Leidenschaften und Träume, und Manuel hörte aufmerksam zu. Es war, als ob die Belastungen des Alltags für einen Moment verschwanden. Nach einer Weile setzten sie sich auf eine Bank mit Blick auf einen malerischen See. Die Farben des Herbstlaubs spiegelten sich im Wasser wider, und Manuel fühlte sich glücklich, diesen Moment mit Sarah teilen zu können. *„Ich denke, das ist der beste Weg, um uns wieder aufzuladen"*, sagte Manuel. *„Ich möchte, dass wir uns regelmäßig Zeit für uns selbst nehmen, um einfach zu entspannen und zu reflektieren."* Sarah nickte und sah ihn an. *„Das klingt nach einem großartigen Plan. Ich denke, wir können viel von diesen Auszeiten profitieren, um unsere Gedanken zu sortieren und uns gegenseitig zu unterstützen."* Doch während sie dort saßen und die Aussicht genossen, spürte Manuel, dass die Herausforderungen des Alltags immer noch in der Luft schwebten. Er wusste, dass sie nicht nur die positiven Seiten ihrer Beziehung betrachten konnten, sondern auch die Schwierigkeiten, die sie meistern mussten. *„Sarah"*, begann er vorsichtig, *„ich denke, wir sollten auch über die schwierigen Aspekte sprechen, die wir überwinden müssen. Es ist wichtig, dass wir uns gegenseitig helfen, wenn wir auf Probleme stoßen."* *„Das stimmt. Ich denke, wir müssen auch darüber sprechen, wie wir mit Stress umgehen können, wenn er aufkommt"*, erwiderte Sarah und nickte zustimmend. *„Ich denke, es ist wichtig, dass wir uns gegenseitig ermutigen, uns eine Auszeit zu nehmen, wenn wir es brauchen, und dass wir unser eigenes Wohlbefinden* priorisieren", sagte Manuel. *„Ja, und ich möchte, dass du weißt, dass ich auch für dich da sein möchte, wenn du mit Stress kämpfst. Wir sollten gemeinsam daran arbeiten, die Balance zu finden"*, antwortete Sarah. Die Offenheit zwischen ihnen half Manuel, sich sicherer zu fühlen. Er wusste, dass es in einer Beziehung Herausforderungen geben würde, aber wenn sie bereit waren, offen über ihre Gefühle zu sprechen und sich gegenseitig zu unterstützen, könnten sie alles bewältigen. Nach ihrem Ausflug in die Natur fühlten sich Manuel und Sarah erfrischt und gestärkt. Sie hatten nicht nur Spaß gehabt, sondern auch die Gelegenheit genutzt, über ihre Ängste und Herausforderungen zu sprechen. In den folgenden Tagen arbeiteten sie weiter an ihren Projekten, und die Unterstützung, die sie einander boten, half ihnen, die alltäglichen Herausforderungen besser zu bewältigen. Doch trotz der positiven Entwicklung waren nicht alle Tage einfach. Eines Abends, als sie an einem neuen Dokument im Archiv arbeiteten, spürte Manuel, dass Sarah wieder nachdenklich war. Sie hatte den Kopf gesenkt und schien in ihre eigenen Gedanken vertieft zu sein. *„Sarah, was ist los? Du scheinst wieder abwesend zu sein"*, fragte Manuel besorgt. *„Es ist nur... ich mache mir Gedanken über meine Arbeit. Ich habe das Gefühl, dass ich nicht genug leiste und dass die Fristen immer näher rücken"*, gestand sie und sah frustriert aus. *„Ich verstehe, dass du unter Druck stehst. Aber lass uns einen Plan erstellen, um die Arbeit zu bewältigen, ohne dass du dich überfordert fühlst"*, schlug Manuel vor. *„Das klingt gut, aber ich habe auch das Gefühl, dass ich manchmal nicht die Unterstützung bekomme, die ich brauche. Es ist frustrierend, wenn ich das Gefühl habe, dass ich allein kämpfe"*, sagte Sarah und ihre Stimme war leise. *„Das tut mir leid, wenn du so fühlst. Ich möchte, dass du weißt, dass ich hier bin, um dir zu helfen, und ich werde mein Bestes tun, um dich zu unterstützen"*, erwiderte Manuel. *„Ich schätze das sehr, Manuel. Es ist nur so, dass ich manchmal das Gefühl habe, dass ich nicht genug für uns beide tue. Ich möchte, dass wir erfolgreich sind und dass du stolz auf mich bist"*, gab Sarah zu. *„Ich bin stolz auf dich, egal was passiert. Du tust so viel, und ich sehe die Arbeit, die du investierst. Lass uns gemeinsam an diesen Herausforderungen arbeiten"*, antwortete Manuel und legte seine Hand auf ihre. *„Ich weiß, dass du recht hast. Ich denke, ich werde versuchen, offener über meine Gefühle zu sprechen, wenn ich mich überfordert fühle"*, sagte Sarah, und es war klar, dass sie sich bemühte, ihre Gedanken zu ordnen. Nach diesem Gespräch fühlte sich Manuel erleichtert. Es war wichtig, dass sie über ihre Gefühle sprachen und sich gegenseitig unterstützten. Er wusste, dass sie zusammen stärker waren und dass sie die Herausforderungen des Alltags gemeinsam meistern konnten. In den folgenden Tagen konzentrierten sie sich nicht nur auf ihre Arbeit, sondern auch darauf, sich regelmäßig Auszeiten zu nehmen und Zeit für sich selbst zu finden. Sie entdeckten neue Wege, ihre Beziehung zu stärken, und die Schatten der Unsicherheiten schienen allmählich zu schwinden. Eines Abends, als sie in einem Restaurant saßen und über ihre Fortschritte sprachen, blickte Manuel auf Sarah und wusste, dass sie auf dem besten Weg waren, eine Zukunft voller Liebe und Hoffnung zu gestalten. *„Ich bin so froh, dass wir diese Reise zusammen machen",* sagte Manuel. *„Wir haben so viel über uns selbst und unsere Beziehung gelernt."*

„Ich auch, Manuel. Ich fühle mich, als würden wir immer stärker werden. Lass uns weiterhin an unserer Geschichte arbeiten", erwiderte Sarah mit einem strahlenden Lächeln.

Kapitel 12: Ein romantisches Wochenende

Die ersten Wochen des Herbstes hatten Manuel und Sarah nicht nur die Möglichkeit gegeben, ihre Beziehung zu vertiefen, sondern auch den Drang, etwas Besonderes zu planen. In den letzten Gesprächen hatten sie oft über ihre gemeinsamen Träume und Ziele gesprochen. Nun fühlte Manuel, dass es an der Zeit war, ihre Verbindung mit einem romantischen Wochenende zu feiern – einer Pause vom Alltag, um sich aufeinander zu konzentrieren und die Liebe, die zwischen ihnen gewachsen war, zu zelebrieren. Eines Morgens, während sie bei einer Tasse Kaffee in Sarahs Wohnung saßen, entschied Manuel, den Vorschlag zu unterbreiten. *„Sarah, wie wäre es, wenn wir ein romantisches Wochenende planen? Einfach du und ich, ohne Ablenkungen, um unsere Zeit zusammen zu genießen?"* Sarahs Augen leuchteten auf. *„Das klingt fantastisch! Ich kann es kaum erwarten. Wo hast du gedacht, dass wir hinfahren könnten?" „Ich habe von einem kleinen, charmanten Bed and Breakfast in den Bergen gehört, das für seine atemberaubende Aussicht und seine ruhige Lage bekannt ist. Es wäre der perfekte Ort, um dem Alltag zu entfliehen"*, schlug Manuel vor. *„Das klingt traumhaft! Lass uns das buchen und unser*

Wochenende planen", erwiderte Sarah begeistert. In den nächsten Tagen verbrachten sie viel Zeit damit, die Details ihres romantischen Wochenendes zu planen. Sie suchten nach Aktivitäten, die sie unternehmen konnten, und überlegten, welche besonderen Dinge sie einpacken sollten, um die Zeit miteinander zu genießen. Manuel fühlte sich aufgeregt und voller Vorfreude auf die gemeinsame Zeit, die vor ihnen lag. Am Freitagabend war es endlich so weit. Manuel hatte das Auto gepackt und wartete gespannt auf Sarah. Als sie die Tür öffnete, strahlte sie in einem gemütlichen, aber stilvollen Outfit. *„Ich bin bereit für unser Abenteuer!"* *„Du siehst großartig aus! Ich kann es kaum erwarten, mit dir zu fahren"*, sagte Manuel und gab ihr einen Kuss auf die Wange. Die Fahrt in die Berge war voller Vorfreude und Lachen. Sie hörten Musik, sangen mit und sprachen über alles, was ihnen in den Sinn kam. Als sie schließlich am Bed and Breakfast angekommen waren, waren sie von der Schönheit der Umgebung überwältigt. Die Bäume waren in leuchtenden Herbstfarben gekleidet, und die frische Bergluft war ein willkommener Kontrast zur Hektik des Alltags. Das Bed and Breakfast war ein malerisches, zweigeschossiges Gebäude mit einer einladenden Veranda. Die Besitzer begrüßten sie herzlich und zeigten ihnen ihr gemütliches Zimmer, das mit einem großen Fenster ausgestattet war, das einen atemberaubenden Blick auf die umliegenden Berge bot. *„Das ist der perfekte Ort für uns"*, sagte Sarah, während sie das Zimmer betrachtete. Manuel stimmte zu und fühlte sich glücklich, dass sie diesen Ort gewählt hatten. Nachdem sie sich eingerichtet hatten, beschlossen sie, den Abend mit einem Spaziergang in der Umgebung zu beginnen. Die Luft war kühl, und der Sonnenuntergang malte den Himmel in warmen Farben, während sie Hand in Hand durch die malerischen Wege schlenderten. *„Es ist so friedlich hier"*, bemerkte Sarah, als sie den Blick auf die Berge genossen. *„Ich kann die Sorgen des Alltags fast vergessen." „Ja, und ich liebe es, dass wir diese Zeit für uns haben. Es fühlt sich an, als wären wir in einer anderen Welt"*, antwortete Manuel und drückte ihre Hand sanft. Sie setzten sich auf eine Bank und schauten in die Ferne. *„Ich hoffe, dass wir in den kommenden Tagen viele schöne Erinnerungen schaffen können"*, sagte Manuel und blickte Sarah an. *„Ich bin mir sicher, dass wir das tun werden. Es fühlt sich schon jetzt magisch an"*, erwiderte Sarah mit einem Lächeln. Nachdem sie eine Weile dort gesessen hatten, kehrten sie zum Bed and Breakfast zurück und beschlossen, im Restaurant des Hauses zu essen. Das Abendessen war köstlich, und die Atmosphäre war warm und einladend. Manuel genoss es, Sarah beim Essen zuzusehen, wie sie die Aromen der verschiedenen Gerichte lobte. Nach dem Abendessen zogen sie sich in ihr Zimmer zurück, wo sie eine Flasche Wein öffneten, die sie mitgebracht hatten. Sie setzten sich auf die Veranda und genossen den klaren Sternenhimmel. *„Es ist so romantisch hier. Ich fühle mich, als ob die Zeit stillsteht",* sagte Sarah, während sie in die Sterne schaute. *„Ich fühle mich auch so. Es ist schön, einfach hier zu sein und die Verbindung zu genießen, die wir haben",* erwiderte Manuel und sah sie bewundernd an. Sie verbrachten den Abend damit, über ihre Träume, Wünsche und die Zukunft zu sprechen. Manuel fühlte, wie sich die Liebe zwischen ihnen vertiefte, und er wusste, dass diese Zeit für sie beide von großer Bedeutung war. Am nächsten Morgen wachten sie früh auf, um die Schönheit der Berge zu genießen. Nach einem herzhaften Frühstück beschlossen sie, eine Wanderung zu unternehmen. Sie packten einen Rucksack mit Snacks und Wasser und machten sich auf den Weg zu einem der Wanderwege, die in der Nähe des Bed and Breakfast begannen. Die Wanderung war atemberaubend. Die Farben der Blätter waren lebendig, und die frische Luft füllte ihre Lungen mit neuer Energie. Manuel und Sarah lachten, während sie durch die malerischen Landschaften gingen, und die Gespräche flossen mühelos. *„Ich bin so froh, dass wir das gemacht haben. Es fühlt sich an, als ob wir die Welt für uns allein haben",* sagte Sarah, während sie einen kleinen Hügel erklommen. *„Ja, es ist perfekt. Und ich genieße jede Minute mit dir"*, antwortete Manuel und zog sie näher zu sich. Als sie einen Aussichtspunkt erreichten, hielten sie an und bewunderten die beeindruckende Aussicht. Der Blick auf die Berge und Täler war atemberaubend, und die Sonne schien hell in den blauen Himmel. *„Das ist der schönste Ort, den ich je gesehen habe"*, sagte Sarah und drehte sich zu Manuel um. *„Ich bin so froh, dass wir hier sind."* Manuel sah sie an und spürte, wie sich sein Herz öffnete. *„Ich möchte, dass du weißt, wie viel du mir bedeutest. Ich liebe es, mit dir zusammen zu sein, und ich freue mich darauf, die Zukunft mit dir zu teilen."* Sarahs Augen leuchteten vor Freude. *„Das bedeutet mir so viel, Manuel. Ich fühle mich auch so. Unsere Verbindung ist etwas ganz Besonderes."* In diesem Moment wussten sie, dass die Herausforderungen des Alltags zwar präsent waren, aber sie hatten die Stärke und den Mut, sie gemeinsam zu bewältigen. Die Zeit in den Bergen half ihnen, ihre Liebe zu vertiefen und die Bindung, die sie aufgebaut hatten, zu festigen. Nach der Wanderung kehrten sie ins Bed and Breakfast zurück und planten, den Rest des Tages am See zu verbringen. Sie packten ein Picknick und machten sich auf den Weg zu einem kleinen Strand, wo sie die Sonne genießen und die Natur um sich herum bewundern konnten. Am Strand ausgebreitet, genossen sie das Picknick und unterhielten sich über alles, was ihnen in den Sinn kam. Manuel fühlte sich glücklich und erfüllt, und die Sorgen, die ihn zuvor belastet hatten, schienen für einen Moment in den Hintergrund zu rücken. *„Ich möchte, dass wir diesen Tag immer in Erinnerung behalten. Es ist einer der besten Tage meines Lebens“*, sagte Manuel, während er Sarah anlächelte. *„Mir geht es genauso. Es ist so schön, einfach hier zu sein und die Zeit miteinander zu genießen“*, erwiderte Sarah und legte ihren Kopf auf seine Schulter. Der Tag verging schnell, und als die Sonne langsam unterging, wussten sie, dass ihre Zeit im Bed and Breakfast bald zu Ende ging. Doch anstatt traurig zu sein, fühlten sie sich inspiriert und voller Hoffnung für die Zukunft. *„Lass uns den Abend mit einem schönen Spaziergang am See ausklingen lassen“*, schlug Manuel vor. *„Das klingt perfekt“*, antwortete Sarah, und sie machten sich auf den Weg. Am See angekommen, setzten sie sich auf eine Bank und schauten auf das Wasser, das im Licht des Sonnenuntergangs schimmerte. Es war ein perfekter Abschluss eines perfekten Wochenendes. *„Ich fühle mich so glücklich, hier mit dir zu sein“*, sagte Manuel und sah Sarah an. *„Das bedeutet mir viel. Ich bin so froh, dass wir diesen Moment miteinander teilen können“*, erwiderte Sarah und griff nach seiner Hand.

In diesem Moment wusste Manuel, dass sie auf dem besten Weg waren, eine Zukunft voller Liebe und Hoffnung aufzubauen. Sie hatten die Herausforderungen des Alltags gemeinsam gemeistert und waren stärker daraus hervorgegangen. Als die Sterne am Himmel zu leuchten begannen, fühlte Manuel, dass dies nicht nur ein romantisches Wochenende war, sondern der Beginn eines neuen Kapitels in ihrer Beziehung. Sie hatten die Schatten der Unsicherheiten hinter sich gelassen und waren bereit, die Zukunft mit offenen Armen zu begrüßen. *„Lass uns weiterhin an unserer Beziehung arbeiten und die schönen Momente feiern, die wir miteinander teilen",* sagte Manuel. *„Ja, das werden wir tun. Ich freue mich darauf, mit dir alles zu meistern, was das Leben für uns bereithält",* antwortete Sarah, während sie sich an ihn kuschelte.

Kapitel 13: Die Rückkehr der Vergangenheit

Die Rückkehr von Manuel und Sarah aus den Bergen war von einem Gefühl der Erneuerung und der Hoffnung geprägt. Die Erinnerungen an ihr romantisches Wochenende waren frisch und lebendig, und sie fühlten sich bereit, die Herausforderungen des Alltags mit neuer Energie anzugehen. Doch während die ersten Tage nach ihrer Rückkehr ruhig verliefen, schien sich am Horizont etwas zusammenzubrauen, das die Idylle ihrer Beziehung stören könnte. Eines Nachmittags, als sie in Sarahs Wohnung arbeiteten, erhielt Manuel eine Nachricht von einem alten Freund. Es war ein einfacher Text, der ihn einlud, an einem Treffen der alten Schulfreunde teilzunehmen. Zuerst war Manuel begeistert, doch als er den Namen eines ehemaligen Klassenkameraden las, der bekannt dafür war, Gerüchte und Spannungen zu verbreiten, überkam ihn ein mulmiges Gefühl. *„Sarah, ich habe eine Einladung zu einem Treffen mit alten Schulfreunden erhalten"*, begann Manuel, während er auf sein Handy sah. *„Es scheint, als ob viele von uns zusammenkommen werden." „Das klingt interessant! Wer wird alles da sein?"* fragte Sarah und sah ihm neugierig über die Schulter. *„Es sind einige von meinen alten Freunden* dabei, aber ich kann nicht umhin, mich über Ben Gedanken zu machen. Er war immer derjenige, der die Leute gegeneinander aufbrachte und Gerüchte verbreitete", antwortete Manuel und spürte, wie sich seine Sorgen regten. „Wenn du nicht hingehen möchtest, ist das in Ordnung. Du musst dich nicht zu etwas verpflichten, das dir unangenehm ist", erwiderte Sarah und legte eine Hand auf seine. „Ich weiß, aber ich habe das Gefühl, dass es wichtig wäre, alte Freunde wiederzusehen. Ich möchte nicht, dass Bens Verhalten mich davon abhält, die Menschen zu treffen, die mir wichtig sind", sagte Manuel, während er über die Einladung nachdachte. Sarah nickte verständnisvoll. „Das ist fair. Aber lass uns sicherstellen, dass du nicht alleine gehst. Wir könnten zusammen hingehen und es als ein weiteres Abenteuer betrachten." Die Idee, gemeinsam zu gehen, beruhigte Manuel. „Das klingt gut. Ich möchte nur sicherstellen, dass ich nicht in alte Muster zurückfalle oder mich von Ben provozieren lasse." „Wir werden zusammenhalten. Wir sind ein Team, und ich werde da sein, um dich zu unterstützen", versicherte Sarah ihm. Am Abend des Treffens war Manuel nervös, aber auch gespannt. Als sie das Restaurant betraten, in dem die Zusammenkunft stattfand, spürte er die vertraute Mischung aus Aufregung und Unbehagen. Die Gesichter, die er so lange nicht gesehen hatte, waren sowohl beruhigend als auch beängstigend. *„Es wird alles gut",* flüsterte Sarah, als sie durch die Menge gingen. *„Wir müssen nur Spaß haben und die Zeit genießen."* Manuel nickte und versuchte, seine Sorgen abzuschütteln. Als sie sich mit einigen alten Freunden unterhielten, erinnerte er sich daran, wie wichtig diese Verbindungen einmal gewesen waren. Doch als Ben schließlich auftauchte, fühlte Manuel, wie sich die Anspannung in ihm verstärkte. *„Hey, wenn es nicht der große Manuel ist! Wie geht's?",* rief Ben mit einem breiten Grinsen, das nicht gerade ehrlich wirkte. *„Mir geht's gut, danke",* antwortete Manuel, während er versuchte, neutral zu bleiben. *„Und wer ist das? Deine neue Freundin?",* fragte Ben und sah Sarah an, als wäre sie ein Stück Fleisch, das er begutachtete. *„Ja, das ist Sarah. Wir sind zusammen",* sagte Manuel, und er spürte, wie sich eine Welle des Schutzinstinkts in ihm regte. *„Schön, dich kennenzulernen",* sagte Sarah freundlich und reichte ihm die Hand. *„Oh, ich kann mir vorstellen, dass du ihm viel besser tust als die anderen. Aber ich hoffe, du weißt, mit wem du es zu tun hast",* entgegnete Ben mit einem schadenfrohen Lächeln. Manuel fühlte, wie sich ein Kloß in seinem Hals bildete. *„Ben, lass uns einfach die Zeit genießen und uns nicht mit alten Geschichten aufhalten",* versuchte er, die Situation zu entschärfen. *„Klar, klar. Nur ein bisschen Spaß, oder? Es ist schließlich ein*

Wiedersehen", sagte Ben, aber die Schärfe in seinen Augen war nicht zu übersehen. Sarah bemerkte die Spannung und legte ihre Hand beruhigend auf Manuels Arm. *„Lass uns einfach weitermachen und die Leute begrüßen"*, schlug sie vor. Die restliche Zeit des Abends war ein ständiger Balanceakt. Manuel und Sarah versuchten, sich auf die positiven Gespräche zu konzentrieren, während Ben immer wieder provozierende Bemerkungen machte. Manuel spürte, wie sich die alte Unruhe in ihm regte, und ärgerte sich über Ben, der es nicht lassen konnte, die Dinge zu stören. *„Könnte er sich nicht einfach benehmen?"*, murmelte Manuel, als Ben einmal mehr in die falsche Richtung stichelte. *„Ignoriere ihn einfach. Wir sind hier, um Spaß zu haben"*, antwortete Sarah und versuchte, ihn abzulenken. Doch als der Abend fortschritt, wurde es immer schwieriger, Ben zu ignorieren. Schließlich kam es zu einem Punkt, an dem Manuel nicht mehr stillsitzen konnte. Während ein paar Freunde über alte Zeiten lachten, stand er auf und ging nach draußen, um frische Luft zu schnappen. *„Ich kann das nicht mehr ertragen"*, murmelte er, während er die kühle Abendluft einatmete. *„Er macht mich wahnsinnig. Warum kann er nicht einfach in Frieden leben?"* Sarah folgte ihm und stellte sich neben ihn. *„Es ist okay, Manuel. Du musst nicht mit ihm interagieren. Lass uns einfach einen anderen Ort suchen, an dem wir uns* wohlfühlen." „*Das ist nicht so einfach. Ich möchte nicht, dass er die Kontrolle über die Situation hat. Es sollte ein schöner Abend sein, und ich fühle mich, als würde er alles ruinieren*", sagte Manuel frustriert. „*Es ist wichtig, dass du dich nicht von ihm beeinflussen lässt. Wir sind hier für uns, nicht für ihn*", erwiderte Sarah, und ihre Stimme war fest, doch sanft. „*Lass uns einfach die positiven Aspekte des Abends in den Vordergrund rücken und versuchen, Spaß zu haben. Wenn es zu viel wird, können wir immer gehen.*" Manuel atmete tief ein und nickte. „*Du hast recht. Ich lasse mich nicht von ihm aus der Ruhe bringen. Lass uns zurückgehen und den Abend genießen, egal was passiert.*" Sie kehrten ins Restaurant zurück, und Manuel versuchte, sich auf die Gespräche mit Freunden zu konzentrieren, die ihm nahestanden. Es war eine Herausforderung, Ben zu ignorieren, der sich weiterhin in die Gespräche einmischte, aber Manuel spürte, dass Sarah an seiner Seite ihm die Kraft gab, die er brauchte. „*Ich habe gehört, du bist jetzt in der Forschung tätig*", sagte ein Freund, der sich zu ihnen gesellte. „*Wie läuft das?*" „*Es läuft gut, danke! Ich arbeite an einem Projekt, das sich mit der Geschichte meiner Großeltern beschäftigt*", erklärte Manuel und spürte, dass das Thema ihn aufbaute. „*Das klingt spannend! Ich erinnere mich, dass du schon immer ein Interesse an Geschichte hattest*", erwiderte der

Freund. Während sie sich unterhielten, bemerkte Manuel, dass Ben sie beobachtete. Er fühlte sich unwohl, aber er wollte sich nicht von der Situation ablenken lassen. Sarah bemerkte seinen Unmut und legte ihm sanft die Hand auf den Arm. *„Lass uns über etwas anderes sprechen. Wie wäre es mit unseren nächsten gemeinsamen Plänen?"* „Das klingt gut", sagte Manuel dankbar und wandte sich wieder Sarah zu. *„Ich habe darüber nachgedacht, dass wir vielleicht ein Wochenende in einer anderen Stadt verbringen könnten – eine kleine Auszeit, nur wir beide."* „Oh, das klingt wunderbar! Ich würde gerne neue Orte erkunden und neue Erinnerungen schaffen", antwortete Sarah mit einem strahlenden Lächeln. Das Gespräch über ihre zukünftigen Abenteuer half Manuel, die Spannung mit Ben zu vergessen. Während sie ihre Pläne schmiedeten, fühlte Manuel, wie die Energie zwischen ihnen wieder aufblühte. Es war ein gutes Gefühl, und er wollte es festhalten. Doch als das Gespräch weiterging, mischte sich Ben erneut ein. *„Na, was habt ihr zwei Turteltauben für verrückte Ideen? Lasst mich raten, ihr habt schon die perfekten Instagram-Posts geplant"*, sagte er mit einem spöttischen Lachen. Manuel spürte, wie sich seine Geduld erneut auf die Probe stellte. *„Ben, wir versuchen einfach, Spaß zu haben und Pläne zu schmieden. Wenn dir das nicht gefällt, ist das dein Problem"*, erwiderte er und versuchte, ruhig zu bleiben. *„Oh, ich wollte nur sicherstellen, dass ihr nicht zu viel träumt. Manchmal ist die Realität nicht so schön wie die Illusion",* grinste Ben. Sarah sah Manuel an und schüttelte den Kopf. *„Das ist nicht fair, Ben. Wir haben das Recht, unsere Träume zu haben und sie zu verfolgen. Du solltest uns unterstützen, anstatt uns runterzuziehen."* Die Worte von Sarah hatten Gewicht, und für einen Moment schien Ben überrascht. Doch dann zuckte er nur mit den Schultern. *„Jeder hat seine Meinung, und ich kann euch nicht davon abhalten, die Realität zu ignorieren."* Manuel spürte, wie sich der Kloß in seinem Hals wieder bildete. *„Wir sind hier, um Spaß zu haben, und das sollten wir uns nicht nehmen lassen. Lass uns einfach in Ruhe feiern",* sagte er und wandte sich wieder den anderen Freunden zu. In diesem Moment wurde Manuel klar, dass er sich nicht von Ben beeinflussen lassen durfte. Er hatte Sarah an seiner Seite, und das war das Wichtigste. Sie hatten eine liebevolle und unterstützende Beziehung, und er war entschlossen, sie zu schützen. Als der Abend zu Ende ging, fühlte Manuel eine Mischung aus Erleichterung und Unbehagen. Sie hatten die Herausforderungen bewältigt, aber Ben hatte seine Schatten über die Nacht geworfen. Während sie nach Hause fuhren, konnte Manuel die negative Energie nicht ganz abschütteln. *„Es tut mir leid, dass Ben so unhöflich* *war. Ich hätte besser darauf reagieren sollen"*, murmelte er, während sie durch die Straßen fuhren. *„Du hast dich gut geschlagen, Manuel. Es ist nicht einfach, mit Menschen umzugehen, die versuchen, andere herunterzuziehen"*, erwiderte Sarah und legte ihre Hand auf seine. *„Ich bin stolz auf dich, dass du nicht in seine Provokationen gefallen bist."* *„Danke, Sarah. Ich weiß, dass ich nicht alleine bin, und das hilft mir. Ich möchte nur, dass wir uns auf das Positive konzentrieren"*, sagte Manuel und fühlte sich dankbar für ihre Unterstützung. Die nächsten Tage vergingen, und während die Erinnerungen an das Treffen noch frisch waren, spürte Manuel, dass es an der Zeit war, sich den Herausforderungen zu stellen, die Ben repräsentierte. Er wollte nicht, dass die Vergangenheit die Gegenwart belastete. Stattdessen entschied er sich, mit Sarah über alles zu sprechen, was ihn beschäftigte. Eines Abends saßen sie zusammen und schauten einen Film, als Manuel das Thema ansprach. *„Sarah, ich denke, ich muss noch einmal über Ben und das Treffen sprechen. Es hat mich mehr belastet, als ich dachte."* *„Das ist in Ordnung. Lass uns darüber reden"*, antwortete Sarah und sah ihn an. *„Ich habe das Gefühl, dass ich mit ihm nie wirklich einen Schlussstrich gezogen habe. Er war immer ein Teil meiner Schulzeit, und ich möchte nicht, dass er mich in der Gegenwart beeinflusst"*, erklärte Manuel. *„Das* *ist verständlich. Vielleicht wäre es hilfreich, wenn du deine Gedanken und Gefühle zu ihm klar formulierst. So kannst du besser damit umgehen"*, schlug Sarah vor. *„Ja, ich denke, das könnte helfen. Ich möchte, dass ich mich nicht mehr von ihm provozieren lasse, sondern die Kontrolle über meine Reaktionen habe"*, sagte Manuel nachdenklich. *„Wir können das gemeinsam angehen. Lass uns einen Plan machen, wie du mit solchen Situationen umgehen kannst, wenn sie auftreten"*, schlug Sarah vor. Manuel fühlte sich erleichtert, dass er mit Sarah darüber sprechen konnte. *„Danke, dass du mir zuhörst. Es bedeutet mir viel, dass wir zusammenarbeiten können, um diese Herausforderungen zu meistern."* In den folgenden Tagen arbeiteten sie an Strategien, um mit stressigen Situationen umzugehen und sich gegenseitig zu unterstützen. Manuel fühlte sich gestärkt und wusste, dass er nicht alleine war. Eines Morgens, während sie frühstückten, spürte Manuel, dass er bereit war, einen weiteren Schritt zu gehen. *„Sarah, ich denke, ich möchte Ben direkt ansprechen. Ich will nicht, dass er so viel Kontrolle über meine Gedanken hat"*, erklärte er. *„Das klingt nach einer mutigen Entscheidung. Ich unterstütze dich dabei, egal was passiert"*, erwiderte Sarah, ihre Augen funkelten vor Entschlossenheit. Am nächsten Tag traf er sich zufällig mit Ben in einem Café. Manuel fühlte den Kloß in seinem Hals, aber er wusste, dass er es jetzt tun musste. *„Hey, Ben"*, begann er, als er ihn sah. *„Könnte ich kurz mit dir reden?"* Ben sah auf und hob eine Augenbraue. *„Oh, der große Manuel will reden? Was gibt's?"* *„Ich möchte einfach, dass wir die Dinge klären. Ich fühle mich unwohl, wenn du provokante Dinge sagst, und ich möchte nicht, dass das unsere Freundschaften belastet"*, erklärte Manuel, während er versuchte, ruhig zu bleiben. *„Ach komm schon, es ist doch nur Spaß. Du nimmst das alles viel zu ernst"*, sagte Ben und schüttelte den Kopf. *„Es ist nicht nur Spaß, wenn es andere verletzt. Ich möchte nicht, dass unsere Freundschaft von den alten Mustern belastet wird. Lass uns einfach respektvoll miteinander umgehen"*, sagte Manuel mit fester Stimme. Ben schaute ihn einige Sekunden an, als ob er über seine Worte nachdachte. Schließlich zuckte er mit den Schultern. *„Wenn du so empfindest, dann ist das dein Problem, nicht meins."* Manuel spürte, wie die Frustration in ihm aufstieg, aber er atmete tief ein. *„Ich wollte einfach ehrlich mit dir sein. Ich hoffe, du kannst das respektieren."* Mit diesen Worten wandte Manuel sich ab und verließ das Café. Er fühlte sich erleichtert, dass er seine Stimme erhoben hatte, auch wenn Ben nicht reagiert hatte, wie er es sich erhofft hatte. Als er nach Hause kam, wartete Sarah bereits auf ihn. Sie erkannte sofort, dass er aufgewühlt war. *„Wie ist es gelaufen?"* *„Ich habe mit ihm gesprochen, aber ich* *glaube nicht, dass es etwas geändert hat. Er scheint nicht bereit zu sein, respektvoll zu sein"*, erklärte Manuel und ließ sich auf das Sofa fallen. *„Das ist in Ordnung. Du hast deinen Standpunkt klar gemacht, und das ist wichtig. Du kannst nicht die Verantwortung für sein Verhalten übernehmen"*, sagte Sarah und setzte sich neben ihn. *„Ich weiß, aber ich hätte mir gewünscht, dass er offener gewesen wäre. Es ist frustrierend, wenn jemand so festgefahren in seinen alten Mustern ist"*, murmelte Manuel. *„Es ist okay, enttäuscht zu sein. Aber denk daran, dass wir uns auf das konzentrieren, was uns verbindet, und nicht auf die, die versuchen, uns auseinanderzubringen"*, sagte Sarah und legte ihren Kopf an seine Schulter. Manuel schloss die Augen und genoss den Moment. Er wusste, dass er trotz der Herausforderungen, die sie durchlebten, an der Seite von Sarah war und dass er bereit war, die Hürden gemeinsam zu überwinden. In den folgenden Wochen arbeiteten sie weiterhin an ihrer Beziehung und schufen eine unterstützende und liebevolle Umgebung. Manuel lernte, mit den Herausforderungen umzugehen, die Ben repräsentierte, und Sarah blieb eine konstante Quelle der Stärke und des Trostes.

Kapitel 14: Ein Liebesbrief an die Zukunft

Die Zeit verging, und die Monate nach dem Treffen mit Ben waren sowohl herausfordernd als auch lehrreich für Manuel und Sarah. Sie hatten an ihrer Beziehung gearbeitet, ihre Träume geträumt und ihre Ängste besprochen. Doch während sie sich immer mehr auf ihre Zukunft konzentrierten, spürte Manuel, dass er Sarah etwas Besonderes sagen wollte – etwas, das die Tiefe seiner Gefühle und seine Hoffnungen für die Zukunft widerspiegelte. Eines Abends, als sie zusammen in Sarahs Wohnung saßen und an ihren Projekten arbeiteten, kam Manuel die Idee, einen Liebesbrief zu schreiben. Er wollte seine Gedanken und Gefühle auf eine Weise festhalten, die für sie beide bedeutungsvoll war. Während Sarah in ihren Notizen vertieft war, nahm Manuel ein Blatt Papier und einen Stift und begann zu schreiben.

Liebste Sarah,

In der Stille dieses Abends, während du hier neben mir sitzt und an deinen Träumen arbeitest, fühle ich mich inspiriert, dir zu schreiben. Ich möchte dir sagen, wie viel du mir bedeutest und wie dankbar ich bin, dich an meiner Seite zu haben. Jeder Tag mit dir ist ein Geschenk. Du bist nicht nur meine Partnerin, sondern auch meine beste Freundin und meine größte Unterstützerin. Du hast mir gezeigt, was es bedeutet, bedingungslose Liebe zu empfinden. Deine Stärke und dein Mut inspirieren mich, und ich bewundere die Art und Weise, wie du mit Herausforderungen umgehst. Ich erinnere mich an die Tage, an denen wir zusammen in den Bergen waren, die Freiheit und die Freude, die wir dort erlebt haben. Es war nicht nur die Schönheit der Natur, sondern auch die Verbindung zwischen uns, die diesen Moment so besonders machte. In diesen Augenblicken wurde mir klar, dass ich meine Zukunft mit dir teilen möchte. Die Herausforderungen, die wir überwunden haben, haben uns nicht auseinandergebracht, sondern uns näher zusammengebracht. Ich habe gelernt, dass es wichtig ist, offen über unsere Ängste zu sprechen und uns gegenseitig zu unterstützen. Du warst immer da, um mir zu helfen, und ich hoffe, dass ich dir dasselbe bieten kann. Ich träume von einer Zukunft, in der wir gemeinsam lachen, reisen und unsere Träume verwirklichen. Eine Zukunft, in der wir uns gegenseitig ermutigen, die besten Versionen von uns selbst zu sein. Ich möchte, dass wir gemeinsam neue Abenteuer erleben, neue Orte entdecken und die kleinen Momente des Lebens zusammen genießen. Ich verspreche dir, dass ich immer für dich da sein werde. Ich werde deine Träume unterstützen und an deiner Seite stehen, egal was kommt. Ich möchte, dass du weißt, dass du in meinem Herzen einen besonderen Platz hast, und ich möchte, dass dieser Platz für immer bleibt. Sarah, du bist der Grund, warum ich jeden Morgen mit einem Lächeln aufwache. Du machst mein Leben reicher und erfüllter. Ich liebe dich mehr, als Worte es ausdrücken können, und ich freue mich darauf, unsere Reise gemeinsam fortzusetzen.

Mit all meiner Liebe,

Manuel

Als Manuel den Brief beendet hatte, fühlte er sich erleichtert und erfüllt. Es war, als hätte er einen Teil seines Herzens auf das Papier gelegt. Er wusste, dass dieser Brief für Sarah von großer Bedeutung sein würde, und er freute sich darauf, ihn ihr zu geben. In der folgenden Woche beobachtete Manuel, wie Sarah sich auf ihre bevorstehenden Projekte vorbereitete. Während sie an ihren Notizen arbeitete, begann er, den Brief in einem schönen Umschlag zu verpacken. Er wollte sicherstellen, dass es etwas Besonderes war, wenn er es ihr überreichte. Am Freitagabend, nach einer langen Woche, beschlossen sie, sich eine Auszeit zu nehmen und gemeinsam zu kochen. In der Küche herrschte eine gesellige Atmosphäre, während sie sich gegenseitig halfen und lachten. Manuel genoss die Leichtigkeit des Moments und wusste, dass es der perfekte Zeitpunkt war, ihr den Brief zu geben. Nachdem sie das Essen zubereitet hatten und am Tisch saßen, sah Manuel Sarah an und spürte, wie seine Nerven zurückkamen. *„Sarah, ich habe etwas für dich"*, sagte er und zog den Umschlag aus seiner Tasche. *„Oh, was ist das?"*, fragte Sarah neugierig und legte ihre Gabel nieder. *„Es ist ein Brief. Ich wollte dir einfach etwas sagen, das mir am Herzen liegt"*, erklärte Manuel und reichte ihr den Umschlag. Sarah sah ihn überrascht an, bevor sie den Umschlag öffnete und den Brief herauszog. Während sie las, konnte Manuel die verschiedenen Emotionen in ihrem Gesicht sehen – Freude, Überraschung und schließlich Rührung. Als sie den Brief beendet hatte, sah sie Manuel an, und ihre Augen waren feucht. *„Das ist so schön, Manuel. Ich kann nicht glauben, wie viel Mühe du dir gemacht hast"*, sagte sie mit zitternder Stimme. *„Ich wollte einfach, dass du weißt, wie viel du mir bedeutest. Du bist nicht nur meine Partnerin, sondern auch mein bester Freund. Ich möchte, dass wir eine Zukunft gemeinsam aufbauen"*, erklärte Manuel. Sarah lächelte, und die Tränen in ihren Augen verwandelten sich in Freudentränen. *„Ich fühle mich so geliebt und geschätzt. Deine Worte bedeuten mir alles. Ich liebe dich, Manuel."* In diesem Moment umarmten sie sich fest und spürten die Tiefe ihrer Verbindung. Manuel wusste, dass sie gemeinsam stark waren und dass sie die Herausforderungen des Lebens meistern könnten. An diesem Abend verbrachten sie viel Zeit damit, ihre Träume und Wünsche zu besprechen. Manuel fühlte sich glücklich, dass er seine Gefühle auf so bedeutungsvolle Weise mit Sarah geteilt hatte, und er wusste, dass dies nur der Anfang eines neuen Kapitels in ihrer Beziehung war. In den folgenden Wochen arbeiteten sie weiterhin an ihren gemeinsamen Projekten und planten ihre Zukunft. Sie sprachen über ihre Träume, Ziele und die vielen Abenteuer, die noch vor ihnen lagen. Die Liebe, die sie füreinander empfanden, wurde nur stärker und tiefer, und Manuel wusste, dass er das Glück hatte, jemanden wie Sarah an seiner Seite zu haben. Jeden Tag, an dem sie zusammen waren, fühlte sich Manuel gesegnet. Er wusste, dass sie gemeinsam alles erreichen konnten, was sie sich vornahmen. Die Herausforderungen der Vergangenheit waren zwar präsent, aber sie hatten gelernt, dass sie sich nicht von ihnen zurückhalten lassen durften. Eines Abends, als sie auf dem Sofa saßen und einen Film schauten, sah Manuel Sarah an und wusste, dass er seine Liebe zu ihr auf eine weitere Weise festhalten wollte. *„Sarah, ich denke, wir sollten ein gemeinsames Projekt starten – ein Buch über unsere Reise, unsere Träume und die Liebe, die wir miteinander teilen"*, schlug er vor. *„Das klingt großartig! Ich liebe die Idee, unsere Erfahrungen und Erinnerungen festzuhalten"*, antwortete Sarah begeistert.

Kapitel 15: Die Kraft der Worte

Die Monate vergingen schnell, und die Zusammenarbeit an ihrem Buch wurde zu einem wichtigen Teil des Lebens von Manuel und Sarah. Sie fanden Freude daran, ihre Gedanken und Erfahrungen aufzuschreiben, und jeder Satz, den sie gemeinsam verfassten, brachte sie näher zusammen. Die Kraft der Worte, so erkannten sie, war nicht nur in den Geschichten verborgen, die sie erzählten, sondern auch in der Art und Weise, wie sie einander unterstützten und stärkten. An einem sonnigen Sonntagmorgen, während sie in Sarahs Wohnung saßen und an ihrem Buch arbeiteten, bemerkte Manuel, dass Sarah in Gedanken versunken war. *„Was beschäftigt dich?"*, fragte er und legte seine Hand auf ihre. *„Ich denke über die Kapitel nach, die wir noch schreiben müssen. Ich möchte, dass wir die richtigen Worte finden, um unsere Geschichte zu erzählen"*, antwortete Sarah und sah nachdenklich aus. *„Es ist schwer, die perfekten Worte zu finden, aber ich glaube, dass die Ehrfurcht vor dem, was wir erlebt haben, uns leiten wird"*, erwiderte Manuel. *„Wir sollten einfach ehrlich und authentisch sein." „Das stimmt, aber ich möchte sicherstellen, dass wir die Emotionen und die Tiefe unserer Erfahrungen einfangen"*, sagte Sarah und schaute ihn an. *„Ich möchte nicht, dass wir etwas übersehen, was für uns wichtig ist."* Manuel nickte, während er über ihre Worte nachdachte. *„Vielleicht sollten wir eine Liste der Themen erstellen, die uns am meisten bewegen und die wir unbedingt in unser Buch aufnehmen möchten. So können wir sicherstellen, dass wir nichts vergessen." „Das klingt nach einem hervorragenden Plan",* sagte Sarah und begann, ein neues Blatt Papier herauszuholen. Gemeinsam machten sie sich daran, eine Liste zu erstellen, die ihre wichtigsten Erinnerungen, Herausforderungen und die Lektionen, die sie gelernt hatten, umreißen sollte. Während sie schrieben, spürte Manuel, wie die Worte, die sie wählten, eine besondere Kraft hatten. Es war nicht nur eine Sammlung von Gedanken, sondern auch ein Ausdruck ihrer Liebe und ihrer Reise. Die Verbindung zwischen ihnen wurde durch das Schreiben noch stärker. Nach einer Weile schlugen sie das Fenster auf, um den frischen Wind hereinzulassen, der durch den Raum strömte. *„Es ist so schön draußen. Vielleicht sollten wir eine kleine Pause machen und einen Spaziergang im Park machen",* schlug Manuel vor. *„Das klingt wunderbar! Ein bisschen frische Luft wird uns gut tun",* antwortete Sarah, und sie machten sich auf den Weg. Im Park angekommen, genossen sie die warmen Sonnenstrahlen auf ihrer Haut und die Schönheit der

Natur um sie herum. Während sie entlang der Wege schlenderten, sprachen sie über die Themen, die sie in ihrem Buch behandeln wollten. Die Gespräche flossen leicht, und Manuel fühlte sich inspiriert von Sarahs Leidenschaft. *„Ich denke, wir sollten auch darüber sprechen, wie wichtig Kommunikation in einer Beziehung ist. Es hat uns wirklich geholfen, die Herausforderungen zu meistern"*, sagte Sarah. *„Ja, das ist ein entscheidender Punkt. Ich glaube, dass viele Paare an ihren Problemen scheitern, weil sie nicht offen miteinander sprechen"*, stimmte Manuel zu. *„Wir hatten auch unsere Schwierigkeiten, aber durch das Teilen unserer Gedanken und Gefühle sind wir gewachsen."* Sie setzten sich auf eine Bank und schauten den Familien und Freunden zu, die im Park Zeit miteinander verbrachten. Manuel genoss diesen Moment der Ruhe und Verbundenheit. *„Es ist erstaunlich, wie Worte Brücken zwischen Menschen bauen können"*, sagte er nachdenklich. *„Absolut. Worte können heilen, inspirieren und verbinden. Es ist wichtig, dass wir diese Kraft nutzen, um unsere Geschichte so authentisch wie möglich zu erzählen"*, erwiderte Sarah und sah ihn an. *„Ich bin so froh, dass wir dieses Projekt zusammen angehen. Es gibt uns die Möglichkeit, nicht nur unsere eigene Beziehung zu reflektieren, sondern auch anderen zu helfen, die ähnliche Erfahrungen machen"*, sagte Manuel und fühlte sich motiviert. Nach ihrem Spaziergang kehrten sie zurück zu Sarahs Wohnung und setzten sich wieder an ihren Schreibtisch. Manuel spürte eine neue Energie, die ihn durchströmte, während sie an ihrem Buch weiterarbeiteten. Sie schrieben über die Kraft der Worte und wie sie in der Lage waren, die Herzen der Menschen zu berühren. In den folgenden Wochen vertieften sie ihre Arbeit an dem Buch und begannen, die verschiedenen Kapitel zu strukturieren. Sie schrieben über ihre Kindheit, die Herausforderungen, die sie überwunden hatten, und die Lektionen, die sie aus ihren Erfahrungen gelernt hatten. Jedes Kapitel wurde zu einem Teil von ihnen, und die Worte, die sie wählten, waren voller Bedeutung. Eines Abends saßen sie in der gemütlichen Atmosphäre von Sarahs Wohnung, umgeben von Notizen und Büchern. Manuel hatte den Laptop geöffnet und sie arbeiteten an einem neuen Kapitel über die Bedeutung von Vertrauen in einer Beziehung. *„Ich denke, es ist wichtig, dass wir auch über die Momente sprechen, in denen wir unser Vertrauen auf die Probe gestellt haben"*, schlug Sarah vor. *„Das stimmt. Wir sollten ehrlich über die Schwierigkeiten sprechen, die wir überwunden haben, weil sie uns geholfen haben, stärker zu werden"*, sagte Manuel und tippte die ersten Sätze. Während sie daran arbeiteten, spürte Manuel, wie die Erinnerungen an ihre Herausforderungen und die Art und Weise, wie sie damit umgegangen waren, ihn berührten. Die Worte flossen aus ihm heraus, und er konnte die Emotionen, die mit jeder Erfahrung verbunden waren, spüren. *„Es ist erstaunlich, wie weit wir gekommen sind. Ich erinnere mich an die Zeiten, in denen ich nicht sicher war, ob wir das alles überstehen könnten"*, sagte er nachdenklich. *„Ja, aber wir haben nie aufgegeben. Wir haben uns gegenseitig unterstützt und sind zusammengewachsen"*, erwiderte Sarah und sah ihn an. *„Das ist das, was unsere Beziehung so stark macht."* Die Gespräche über Vertrauen und die Herausforderungen, die sie überwunden hatten, halfen ihnen nicht nur, ihr Buch weiterzuentwickeln, sondern auch, ihre Verbindung zu vertiefen. Manuel fühlte sich dankbar für die Stärke, die sie gemeinsam gefunden hatten. Eines Nachmittags, während sie an einem neuen Kapitel arbeiteten, klingelte das Telefon von Sarah. Es war ein Anruf von ihrer Mutter. Sarah nahm das Gespräch an und hörte aufmerksam zu. Doch als sie auflegte, bemerkte Manuel sofort, dass etwas nicht stimmte. *„Was ist passiert?"*, fragte er besorgt. *„Es ist meine Mutter. Sie hat gesagt, dass es einige Probleme in der Familie gibt, und sie möchte, dass ich bald nach Hause komme"*, erklärte Sarah, und ihre Stimme war besorgt. *„Alles wird gut, oder? Was ist los?"*, fragte Manuel und nahm ihre Hand. *„Es ist nur... sie hat von einem Konflikt zwischen meinen*

Geschwistern erzählt. *Es belastet sie sehr, und sie möchte, dass ich da bin, um zu helfen"*, sagte Sarah mit einem Seufzer. *„Wenn du nach Hause gehen möchtest, dann tue das. Ich unterstütze dich dabei"*, erwiderte Manuel und sah sie an. *„Ich weiß, aber ich mache mir Sorgen. Ich möchte nicht, dass unsere Arbeit an dem Buch darunter leidet, und gleichzeitig fühle ich mich verpflichtet, für meine Familie da zu sein"*, erklärte Sarah und sah nachdenklich aus. *„Deine Familie ist wichtig, und es ist in Ordnung, dich um sie zu kümmern. Wir können immer wieder an unserem Buch arbeiten, wenn du zurückkommst. Ich werde hier sein, um dich zu unterstützen"*, sagte Manuel und spürte, wie er ihre Hand festhielt. Sarah nickte, und obwohl die Sorge in ihren Augen noch immer sichtbar war, fühlte sie sich durch Manuels Worte gestärkt. *„Danke, dass du so verständnisvoll bist. Es bedeutet mir viel, dass du hinter mir stehst."* *„Ich bin immer für dich da, egal was passiert. Egal, wie lange es dauert, wir werden unser Buch fertigstellen"*, erwiderte Manuel und lächelte. In den folgenden Tagen bereitete sich Sarah auf ihre Reise vor. Manuel half ihr, ihre Sachen zu packen und sicherzustellen, dass sie alles hatte, was sie brauchte. Während sie ihre Vorbereitungen trafen, spürte Manuel, dass die Abreise nicht nur eine Herausforderung für Sarah, sondern auch für ihn selbst war. Er wollte nicht, dass die Veränderungen in ihrem Leben ihre Beziehung belasteten. Als der Tag kam, an dem Sarah abreisen musste, standen sie am Eingang von Sarahs Wohnung. Sie umarmten sich fest, und Manuel spürte, wie die Emotionen in ihm aufwallten. *„Ich werde dich vermissen",* murmelte er. *„Ich werde dich auch vermissen. Aber ich verspreche, so schnell wie möglich zurückzukommen",* sagte Sarah und sah ihn an. *„Nimm dir die Zeit, die du brauchst. Ich werde hier auf dich warten",* erwiderte Manuel und drückte ihre Hand. Sie verabschiedeten sich, und als Sarah das Gebäude verließ, spürte Manuel eine Mischung aus Traurigkeit und Hoffnung. Er wusste, dass ihre Beziehung stark genug war, um diese Herausforderung zu meistern, und dass sie sich schließlich wiedersehen würden. In den Tagen nach Sarahs Abreise fühlte sich Manuel oft einsam. Er arbeitete an ihrem Buch, aber ohne Sarah an seiner Seite fehlte ihm der kreative Austausch. Die Gedanken an ihre gemeinsame Reise und die Liebe, die sie teilten, halfen ihm, die Zeit zu überstehen. Er nutzte die Gelegenheit, um an seinem eigenen Schreiben zu arbeiten und seine Gedanken und Gefühle festzuhalten. Manuel schrieb über die Kraft der Worte, über die Bedeutung von Vertrauen und die Herausforderungen, die sie gemeinsam gemeistert hatten. Es wurde zu einer Art Therapie für ihn, und er fühlte sich durch das

Schreiben verbunden mit Sarah. Eines Abends, während er an einem Kapitel arbeitete, erhielt er eine Nachricht von Sarah. *„Ich bin gut angekommen. Es ist emotional, aber ich werde mein Bestes tun, um alles zu klären. Ich vermisse dich!"* Manuel lächelte beim Lesen der Nachricht und fühlte sich sofort besser. Er antwortete schnell: *„Ich vermisse dich auch! Nimm dir die Zeit, die du brauchst. Ich bin hier und denke an dich."* Die Tage vergingen, und während Sarah mit ihrer Familie beschäftigt war, konzentrierte sich Manuel darauf, an ihrem Buch weiterzuarbeiten. Er wusste, dass sie in der Lage sein würden, ihre Geschichte zu erzählen und die Herausforderungen, die sie überwunden hatten, zu reflektieren. Schließlich, nach einer Woche, erhielt er einen Anruf von Sarah. *„Manuel, ich wollte dich hören. Es war eine harte Woche, aber ich glaube, dass wir es geschafft haben"*, sagte sie. *„Das ist großartig! Ich freue mich, dass du es geschafft hast. Ich habe die Zeit genutzt, um an unserem Buch zu arbeiten. Ich kann es kaum erwarten, dir alles zu zeigen"*, erwiderte Manuel aufgeregt. *„Ich kann es auch kaum erwarten, zurückzukommen und unsere Arbeit fortzusetzen. Du bist der Beste"*, sagte Sarah mit einem Lächeln in ihrer Stimme. In den folgenden Tagen fühlte Manuel, wie die Vorfreude auf Sarahs Rückkehr wuchs. Er wusste, dass sie gemeinsam stark waren und dass ihre Liebe die

Herausforderungen überstehen würde. Es war eine Zeit des Wachstums und der Reflexion, und er war bereit für das nächste Kapitel in ihrem Leben. Als Sarah schließlich zurückkehrte, wurde sie von Manuel herzlich empfangen. *„Willkommen zurück! Ich habe dich vermisst",* sagte er und umarmte sie fest. *„Ich habe dich auch vermisst! Es fühlt sich gut an, wieder hier zu sein",* erwiderte Sarah und lächelte. Sie verbrachten die ersten Tage damit, sich über ihre Erlebnisse auszutauschen und die Momente, die sie getrennt hatten, zu reflektieren. Manuel erzählte Sarah von den Fortschritten, die er am Buch gemacht hatte, und Sarah teilte ihre Erkenntnisse über ihre Familie und die Herausforderungen, die sie bewältigt hatte. Gemeinsam setzten sie ihre Arbeit am Buch fort und schrieben mit neuer Energie. Die Erfahrungen, die sie während ihrer Zeit getrennt gemacht hatten, bereicherten ihre Geschichte und halfen ihnen, ihre Verbindung zu vertiefen.

Kapitel 16: Ein neuer Lebensabschnitt

Die Tage verstrichen, und die Arbeit an ihrem Buch nahm konkrete Formen an. Manuel und Sarah waren in einem kreativen Fluss, der ihnen half, ihre Gedanken und Gefühle in Worte zu fassen. Während sie an ihren Kapiteln arbeiteten, spürten sie eine tiefere Verbindung zueinander – eine Mischung aus Teamarbeit und persönlichem Wachstum, die beide inspirierte. Eines Morgens, während sie an einem neuen Kapitel über die Herausforderungen des Erwachsenwerdens schrieben, kam Sarah mit einem Vorschlag auf ihn zu. *„Manuel, ich habe darüber nachgedacht, dass wir vielleicht nicht nur unser Buch schreiben sollten, sondern auch über die Art und Weise, wie wir unser Leben gestalten wollen. Es könnte für uns beide eine Chance sein, einen neuen Lebensabschnitt zu beginnen"*, sagte sie mit einem nachdenklichen Ausdruck. *„Was meinst du genau?"*, fragte Manuel und legte den Stift beiseite. *„Nun, ich denke, dass wir uns Ziele setzen sollten, die über das Buch hinausgehen. Dinge, die wir erreichen wollen, beruflich und privat. Vielleicht sogar darüber nachdenken, wie wir unser Leben in den nächsten Jahren gestalten möchten"*, erklärte Sarah. Manuel nickte. *„Das klingt nach einer großartigen Idee. Wir* *haben bereits so viel über unsere Träume gesprochen, aber es könnte hilfreich sein, sie konkret zu formulieren und einen Plan zu erstellen, um sie zu verwirklichen."* Sarah lächelte. *"Genau! Lass uns eine Liste erstellen von all den Dingen, die wir in der nächsten Zeit erreichen möchten. Das könnte uns helfen, unsere Prioritäten zu setzen und uns auf das Wesentliche zu konzentrieren."* Sie machten sich daran, eine Liste zu erstellen. Während sie schrieben, kamen ihnen viele Ideen in den Sinn – Reisen, berufliche Ziele, persönliche Entwicklungsprojekte und sogar gemeinsame neue Hobbys, die sie ausprobieren wollten. Die Aufregung, die sie bei der Planung ihrer Zukunft empfanden, war ansteckend. *"Ich möchte unbedingt eine Reise nach Italien machen. Es war schon immer ein Traum von mir, die Toskana zu erkunden und die Kultur zu erleben"*, sagte Sarah mit leuchtenden Augen. *"Das klingt fantastisch! Ich würde auch gerne mit dir hinfahren. Vielleicht könnten wir dort auch ein paar unserer Kapitel über unsere Reise schreiben"*, schlug Manuel vor. *"Ja! Das wäre eine großartige Möglichkeit, Inspiration zu tanken und gleichzeitig an unserem Buch zu arbeiten"*, antwortete Sarah begeistert. Sie beschlossen, ihre Liste zu erweitern und konkrete Schritte zu skizzieren, um ihre Träume zu verwirklichen. Es war eine aufregende Erfahrung, und während sie weiter schrieben, spürten sie, dass sie nicht nur an ihrem Buch arbeiteten, sondern auch an ihrem gemeinsamen Lebensweg. Einige Wochen später setzten sie ihre Pläne in die Tat um. Sie buchten die Reise nach Italien, planten ihre zukünftigen Ziele und begannen, neue Aktivitäten auszuprobieren. Eines Abends entschlossen sie sich, einen Kochkurs zu besuchen, um ihre Fähigkeiten in der Küche zu erweitern und neue Rezepte auszuprobieren. Im Kochstudio angekommen, waren sie beide aufgeregt und ein wenig nervös. Die Atmosphäre war lebhaft, und die anderen Teilnehmer waren ebenfalls motiviert, neue Kochtechniken zu lernen. Manuel und Sarah fanden schnell ihren Platz in der Gruppe und begannen, gemeinsam zu arbeiten. *„Ich kann es kaum erwarten, das erste Gericht zuzubereiten. Was denkst du, welches Gericht wir machen werden?"*, fragte Sarah, während sie die Zutaten für die Pasta vorbereiteten. *„Ich hoffe, es gibt eine gute Bolognese. Das ist eines meiner Lieblingsgerichte"*, antwortete Manuel und lächelte. Der Kurs war eine unterhaltsame Erfahrung, und sie lernten nicht nur, wie man köstliche italienische Gerichte zubereitet, sondern auch, wie wichtig Teamarbeit in der Küche ist. Manuel und Sarah arbeiteten harmonisch zusammen, schnippelten Gemüse, rührten Soßen und lachten über ihre kleinen Missgeschicke. *„Ich kann nicht glauben, wie viel Spaß* *das macht! Das sollten wir öfter machen"*, sagte Sarah, während sie die fertige Pasta bewunderten. *„Absolut! Vielleicht können wir sogar unsere eigenen Rezeptideen entwickeln und ein kleines Kochbuch erstellen, das wir zusammen schreiben"*, schlug Manuel vor. *„Das ist eine brillante Idee! Ein Buch über unsere kulinarischen Abenteuer"*, stimmte Sarah zu und sie begannen, ihre Erfahrungen ins Schreiben zu übertragen. Die Wochen vergingen, und ihre Beziehung blühte auf. Sie fanden Freude daran, neue Dinge auszuprobieren und ihre Träume zu verwirklichen. Jedes neue Erlebnis brachte sie ein Stück näher zueinander und stärkte die Bindung, die sie teilten. Eines Abends, während sie an ihrem Buch arbeiteten, spürte Manuel, dass der richtige Moment gekommen war, um ein weiteres Kapitel ihrer Beziehung zu beginnen. *„Sarah, ich denke, wir sollten über den nächsten Schritt in unserer Beziehung sprechen"*, begann er vorsichtig. Sarah sah ihn an, und in ihren Augen lag Neugier. *„Was meinst du?" „Ich denke, dass wir darüber nachdenken sollten, wie es wäre, zusammenzuziehen. Es wäre eine neue Phase in unserem Lebensabschnitt und würde uns helfen, noch enger zusammenzuwachsen"*, erklärte Manuel. Sarah lächelte, und Manuel konnte die Aufregung in ihrer Stimme hören. *„Das klingt nach einer großartigen Idee! Ich habe auch darüber nachgedacht. Es wäre schön,* *jeden Tag zusammen zu sein und unser Leben noch mehr zu teilen."* Sie begannen, über die praktischen Aspekte des Zusammenziehens zu sprechen – die Suche nach einer gemeinsamen Wohnung, die Gestaltung ihres neuen Zuhauses und wie sie ihre individuellen Stile kombinieren könnten. Es war ein aufregendes Gespräch, das von Träumen und Vorfreude geprägt war. In den folgenden Wochen setzten sie ihre Pläne in die Tat um. Sie besichtigten verschiedene Wohnungen und fanden schließlich ein charmantes kleines Apartment, das perfekt für sie war. Die Vorfreude auf ihre gemeinsame Zukunft wuchs, während sie die Details für ihren Umzug planten. Am Tag des Umzugs waren Manuel und Sarah voller Aufregung. Sie packten ihre Sachen und luden alles in das Auto. Während sie die Kisten schleppen und Möbel transportieren, spürten sie das Gewicht der Veränderungen, die vor ihnen lagen. *„Es ist erstaunlich, wie viel wir in so kurzer Zeit erreicht haben",* bemerkte Manuel, als sie eine Kiste mit Geschirr in die neue Wohnung trugen. *„Ja, und ich kann es kaum erwarten, unser neues Zuhause einzurichten. Es wird ein Ort voller Erinnerungen und gemeinsamer Abenteuer",* antwortete Sarah mit einem strahlenden Lächeln. Nachdem sie alles eingerichtet hatten, setzten sie sich auf das Sofa und sahen sich in ihrem neuen Zuhause um. *„Es fühlt sich schon jetzt* *wie ein Zuhause an"*, sagte Sarah und lehnte sich an Manuel. *„Das liegt an uns. Solange wir zusammen sind, wird es immer ein Zuhause sein"*, erwiderte Manuel und umarmte sie. In den kommenden Wochen arbeiteten sie hart daran, ihr neues Leben zu gestalten. Sie dekorierten ihre Wohnung, kauften neue Möbel und schufen einen Raum, der ihre Persönlichkeiten widerspiegelte. Die ersten Nächte in ihrem neuen Zuhause waren voller Lachen, Gespräche und dem Gefühl, dass sie in einen neuen Lebensabschnitt eintraten. Eines Abends, während sie in der Küche zusammen kochten, spürte Manuel, dass er die Gelegenheit nutzen sollte, um Sarah zu zeigen, wie wichtig sie für ihn war. *„Weißt du, ich habe das Gefühl, dass wir zusammen etwas wirklich Besonderes aufgebaut haben. Unser neues Zuhause, unser Buch – es fühlt sich an, als würden wir gemeinsam wachsen"*, sagte er, während er die Zutaten für das Abendessen vorbereitete. *„Ich fühle das auch. Es ist, als ob wir ein Team sind, und ich liebe es, was wir gemeinsam erreichen"*, antwortete Sarah und lächelte. In diesem Moment wusste Manuel, dass er einen weiteren Schritt in ihrer Beziehung gehen wollte. *„Sarah, ich habe darüber nachgedacht, dir etwas zu sagen. Ich möchte, dass du weißt, dass ich mir vorstellen kann, dass wir eines Tages noch weiter gehen – vielleicht sogar die nächsten Schritte in unserer Beziehung machen"*, gestand er. Sarahs Augen leuchteten auf. *„Was meinst du damit?"* *„Ich denke, dass wir in der Zukunft über Verlobung und Heiratspläne nachdenken sollten. Ich liebe dich und möchte, dass du meine Partnerin fürs Leben wirst"*, erklärte Manuel, seine Stimme war fest und klar. *„Das ist so schön, Manuel. Ich habe auch darüber nachgedacht. Ich liebe dich so sehr, und ich kann mir ein Leben mit dir an meiner Seite vorstellen"*, erwiderte Sarah und spürte, wie ihr Herz schneller schlug. Die Gespräche über ihre Zukunft wurden intensiver, und sie begannen, konkrete Pläne zu schmieden. Sie sprachen über ihre Träume von einer Familie, Reisen und gemeinsamen Abenteuern, die sie noch erleben wollten. Die Vorstellung, ein gemeinsames Leben zu führen, erfüllte sie mit Freude und Aufregung. In den folgenden Monaten arbeiteten sie weiterhin an ihrem Buch und an ihrem gemeinsamen Leben. Sie fanden die Balance zwischen Arbeit und Freizeit, genossen romantische Abende und erkundeten gemeinsam neue Orte. Manuel und Sarah hatten nicht nur ihre Beziehung vertieft, sondern auch die Kraft der Worte und ihre Bedeutung in ihrem Leben erkannt. Eines Abends, während sie auf dem Balkon saßen und den Sonnenuntergang beobachteten, spürte Manuel, dass es an der Zeit war, Sarah eine besondere Frage zu stellen. Er hatte den perfekten Plan ausgearbeitet und wollte sicherstellen, dass es ein unvergesslicher Moment wurde. *„Sarah, ich habe etwas, das ich dir sagen möchte"*, begann Manuel und nahm ihre Hand. *„Was ist es? Du siehst so ernst aus"*, fragte Sarah neugierig. *„Ich habe darüber nachgedacht, wie viel du mir bedeutest und wie sehr ich mir wünsche, dass wir gemeinsam in die Zukunft gehen. Ich möchte, dass du weißt, dass ich bereit bin, den nächsten Schritt zu machen"*, erklärte Manuel und griff in seine Tasche. *„Was meinst du damit?"*, fragte Sarah, und ihre Augen wurden größer. Manuel zog einen kleinen, eleganten Ring aus seiner Tasche. *„Sarah, ich möchte, dass du meine Verlobte wirst. Willst du mich heiraten?"* In diesem Moment blieb die Zeit stehen. Sarahs Augen füllten sich mit Tränen der Freude, und sie konnte kaum glauben, was gerade geschehen war. *„Oh mein Gott, ja! Ja, ich will!"*, rief sie aus und fiel Manuel in die Arme. Die Freude und die Liebe, die sie in diesem Moment spürten, waren überwältigend. Manuel schlüpfte den Ring an ihren Finger, und sie sahen sich in die Augen, während die Welt um sie herum verblasste.

Kapitel 17: Abschied und Neubeginn

Die Monate vergingen, und die Vorfreude auf die bevorstehende Hochzeit von Manuel und Sarah wuchs mit jedem Tag. Sie hatten alle Details ihrer Feier sorgfältig geplant, von der Auswahl der Location bis hin zu den Einladungen – alles sollte perfekt sein. Doch während sie sich auf diesen neuen Lebensabschnitt vorbereiteten, spürten beide, dass sie gleichzeitig auch Abschied nehmen mussten – von ihrem alten Leben, von der Unbeschwertheit ihrer bisherigen Beziehung und von den Erinnerungen, die sie in ihrer ersten gemeinsamen Wohnung gesammelt hatten. Eines Abends, während sie gemeinsam in der Küche standen und das Abendessen zubereiteten, sprach Manuel das Thema an. *„Sarah, ich habe darüber nachgedacht, dass wir bald umziehen werden. Es fühlt sich merkwürdig an, unsere erste Wohnung hinter uns zu lassen"*, sagte er, während er Gemüse schnitt. *„Ja, das stimmt. Diese Wohnung hat so viele Erinnerungen für uns, und es wird seltsam sein, sie zurückzulassen"*, erwiderte Sarah und sah nachdenklich aus. *„Aber ich freue mich auch auf das, was vor uns liegt. Unser neues Zuhause wird voller neuer Erinnerungen sein."* Manuel nickte. *„Das stimmt. Vielleicht sollten wir einen besonderen Abschied planen, um all die* *schönen Momente zu würdigen, die wir hier erlebt haben. Ein kleiner Abend mit unseren Freunden, um die Zeit, die wir hier verbracht haben, zu feiern."* „*Das ist eine großartige Idee! Wir könnten ein gemeinsames Abendessen veranstalten und all unsere Freunde einladen. Es wird eine schöne Möglichkeit sein, uns zu verabschieden und gleichzeitig unsere Vorfreude auf die Hochzeit zu teilen",* schlug Sarah vor. Sie machten sich sofort daran, die Vorbereitungen zu treffen. Sie entwarfen Einladungen und luden ihre engsten Freunde ein, um gemeinsam einen letzten Abend in ihrer Wohnung zu verbringen. Während sie ihre Pläne schmiedeten, wurde Manuel bewusst, wie wichtig dieser Abend für sie beide war. Es war nicht nur ein Abschied von der Wohnung, sondern auch ein Abschied von einem Lebensabschnitt, der sie geprägt hatte. Als der Abend des Abschieds schließlich kam, war die Wohnung festlich dekoriert. Lichterketten hingen über dem Esstisch, und der Duft von köstlichem Essen erfüllte den Raum. Manuel und Sarah hatten ihr Bestes gegeben, um eine einladende Atmosphäre zu schaffen, und als ihre Freunde eintrafen, erfüllte Lachen und Freude den Raum. „*Es fühlt sich so schön an, alle hier zu haben. Danke, dass ihr gekommen seid!",* begrüßte Sarah die Gäste, während Manuel Getränke servierte. Die Stimmung war heiter, und während sie zusammen aßen, wurden viele Erinnerungen ausgetauscht. Geschichten über lustige Missgeschicke, die sie in der Wohnung erlebt hatten, und die vielen Nächte, die sie gemeinsam verbracht hatten, wurden erzählt. Manuel fühlte sich glücklich, dass sie diesen besonderen Moment mit den Menschen teilen konnten, die ihnen am nächsten standen. *„Denkt ihr noch an die Zeit, als ihr hierhergezogen seid und die Wohnung noch leer war? Ihr hattet keine Möbel, nur ein Bett und einen Tisch"*, grinste ein Freund, und alle lachten. *„Ja, und wir haben uns gefragt, ob wir jemals alles zusammenbekommen würden"*, sagte Manuel und sah Sarah an. *„Aber wir haben es geschafft, und das Ergebnis ist wunderschön."* Als das Essen zu Ende ging, schlug Sarah vor, dass jeder einen kurzen Toast aussprechen sollte. *„Lasst uns auf die Erinnerungen anstoßen, die wir in dieser Wohnung gemacht haben, und auf all die Abenteuer, die noch vor uns liegen!"* Die Freunde erhoben ihre Gläser, und die Atmosphäre war voller Wärme und Zuneigung. *„Auf euch beiden! Möge eure Zukunft voller Glück und Liebe sein!"*, rief ein Freund, und die Gläser klirrten laut. Nach dem Toast fühlte sich Manuel emotional. Er wusste, dass dieser Abend nicht nur ein Abschied war, sondern auch ein Neuanfang. Während sie Geschichten und Erinnerungen teilten, wurde ihm klar, wie stark die Bande zwischen ihnen und ihren Freunden waren. Später am Abend, als die

Gäste sich auf den Weg nach Hause machten, blieben Manuel und Sarah noch eine Weile in der Wohnung. Sie schauten sich um und erinnerten sich an die besonderen Momente, die sie hier erlebt hatten. *„Es fühlt sich seltsam an, alles hinter uns zu lassen"*, sagte Sarah leise, während sie sich an die Wand lehnte. *„Ja, aber wir tragen all diese Erinnerungen in unseren Herzen mit uns. Nichts kann das, was wir hier erlebt haben, ändern"*, erwiderte Manuel und nahm ihre Hand. *„Und wir werden neue Erinnerungen in unserem neuen Zuhause schaffen."* Sarah lächelte. *„Du hast recht. Lass uns diesen neuen Abschnitt mit offenen Armen begrüßen."* In den folgenden Tagen packten sie ihre Sachen, und der Umzug rückte näher. Es war eine aufregende, aber auch anstrengende Zeit. Während sie die Räume leerten und Kisten packten, spürten sie die Veränderung, die vor ihnen lag. Am Tag des Umzugs war Manuel aufgeregt, aber auch ein wenig melancholisch. Sie luden das Auto und machten sich auf den Weg zu ihrer neuen Wohnung. Als sie ankamen, spürten sie die Aufregung, die in der Luft lag. *„Das wird unser neues Zuhause. Ich kann es kaum erwarten, alles einzurichten!"*, sagte Sarah begeistert und sah sich um. *„Ja, es hat viel Potenzial. Lass uns gleich anfangen!"*, erwiderte Manuel und begann, die Kisten aus dem Auto zu holen. Die ersten Tage in der neuen Wohnung waren geprägt von Umräumarbeiten und dem Auspacken von Kisten. Sie arbeiteten hart daran, den Raum nach ihren Vorstellungen zu gestalten. Es war eine aufregende Zeit voller Lachen und Zusammenarbeit. *„Ich denke, wir sollten das Wohnzimmer so einrichten, dass wir dort gemütlich Zeit verbringen können"*, schlug Manuel vor, während sie den Raum betrachteten. *„Und die Küche! Lass uns sicherstellen, dass sie einladend ist, damit wir viele gemeinsame Kochabende haben können"*, erwiderte Sarah. Während sie ihre Wohnung einrichteten, spürten sie die Freude, die darin lag, gemeinsam an etwas Neuem zu arbeiten. Die Veränderungen waren nicht nur physischer Natur, sondern auch emotional. Manuel und Sarah wussten, dass sie bereit waren, den nächsten Schritt in ihrer Beziehung zu gehen. Eines Abends, nachdem sie fast alles eingerichtet hatten, setzten sie sich auf das Sofa und schauten sich in ihrem neuen Zuhause um. *„Es fühlt sich so gut an, hier zu sein"*, sagte Sarah und lächelte. *„Ja, es ist aufregend, und ich freue mich auf all die Erinnerungen, die wir hier schaffen werden"*, erwiderte Manuel. In den folgenden Wochen fühlten sie sich immer mehr in ihrem neuen Zuhause wohl. Sie entdeckten die Umgebung, lernten neue Nachbarn kennen und begannen, sich in der neuen Gemeinschaft einzuleben. Eines Tages, während sie im Park spazieren gingen, spürte Manuel, dass er den perfekten Moment für eine weitere Überraschung hatte. *„Sarah, ich habe eine Idee"*, begann er. *„Was für eine Idee?"*, fragte sie neugierig. *„Ich denke, wir sollten ein kleines Fest für unsere Freunde organisieren, um unser neues Zuhause zu feiern. Ein Abend voller guter Musik, Essen und Spaß!"*, schlug Manuel vor. *„Das klingt großartig! Lass uns das machen!"*, antwortete Sarah begeistert. Sie begannen sofort mit den Vorbereitungen. Manuel kümmerte sich um die Einladungen und Sarah plante das Essen. Als der Tag des Festes endlich kam, war die Aufregung groß. Sie dekorierten die Wohnung und bereiteten alles vor, um ihren Freunden einen unvergesslichen Abend zu bereiten. Als die Gäste eintrafen, erfüllte Lachen und Freude die Wohnung. Manuel und Sarah fühlten sich glücklich, ihre Freunde um sich zu haben und ihr neues Zuhause mit ihnen zu teilen. Das Fest war ein voller Erfolg, und die Atmosphäre war voller Wärme und Liebe. *„Ich bin so froh, dass wir das gemacht haben. Es fühlt sich an, als würden wir diese neue Phase in unserem Leben mit den Menschen feiern, die uns am nächsten stehen"*, sagte Sarah, während sie mit einem Glas Wein anstoßen. *„Ja, und es zeigt, wie weit wir gekommen sind. Unser neues Zuhause, unsere Träume und all die Unterstützung, die wir haben"*, erwiderte Manuel und sah sich um. In den folgenden Wochen arbeiteten sie weiterhin an ihrem Buch und genossen ihr neues Leben. Sie fanden die Balance zwischen Arbeit und Freizeit und schufen ein Zuhause, das ihre Persönlichkeiten widerspiegelte. Eines Abends, als sie am Tisch saßen und an ihrem Buch arbeiteten, spürte Manuel, dass er bereit war, Sarah einen weiteren Schritt in ihrer Beziehung vorzuschlagen. *„Sarah, ich denke, wir sollten nicht nur über unsere Zukunft sprechen, sondern auch über die kleinen Dinge, die wir im Alltag umsetzen können"*, begann er. *„Was meinst du?"*, fragte Sarah, und ihre Augen funkelten vor Neugier. *„Ich denke, dass wir uns auch Ziele setzen sollten, die uns helfen, als Paar zu wachsen. Vielleicht könnten wir uns gemeinsame Hobbys suchen, die uns weiterbringen und uns noch näher miteinander verbinden"*, schlug Manuel vor. *„Das ist eine großartige Idee! Was hältst du von regelmäßigen Wochenend-Ausflügen oder gemeinsamen Projekten, die wir ausprobieren können?"*, antwortete Sarah begeistert. Sie begannen, Ideen zu sammeln und planten, neue Hobbys zusammen auszuprobieren. Die Vorstellung, gemeinsam zu wachsen und neue Erfahrungen zu sammeln, erfüllte sie beide mit Vorfreude. In den kommenden Monaten erkundeten sie neue Aktivitäten, begannen mit dem Tanzen, lernten Fotografie und versuchten sich sogar in der Malerei. Jedes neue Hobby brachte sie ein Stück näher zueinander und stärkte die Bindung, die sie teilten. Eines Abends, während sie gemeinsam malten und über ihre Fortschritte lachten, fühlte Manuel, dass sie in eine neue Phase ihrer Beziehung eingetreten waren. *„Sarah, ich liebe es, dass wir so viele neue Dinge zusammen ausprobieren. Es zeigt, wie stark unsere Verbindung ist"*, sagte er mit einem Lächeln. *„Ich liebe es auch! Es ist aufregend, und ich kann es kaum erwarten, was wir als Nächstes entdecken werden"*, erwiderte Sarah und sah ihn an.

Kapitel 18: Der große Schritt

Die Monate zogen ins Land, und die Vorbereitungen für die Hochzeit von Manuel und Sarah liefen auf Hochtouren. Die Aufregung über den bevorstehenden großen Tag wuchs, und die beiden fühlten sich bereit, den nächsten Schritt in ihrer Beziehung zu gehen. Die Planung hatte sowohl Freude als auch Herausforderungen mit sich gebracht, aber sie meisterten alles gemeinsam und fanden Freude daran, ihre Träume in die Realität umzusetzen. An einem sonnigen Samstagmorgen, während sie in ihrem neuen Zuhause frühstückten, fragte Sarah: *„Wie fühlst du dich, wenn du an den großen Tag denkst?"* *„Ich bin aufgeregt, aber auch ein bisschen nervös. Es ist so viel, was wir planen müssen, und ich möchte, dass alles perfekt wird",* antwortete Manuel und nahm einen Schluck Kaffee. *„Ich auch. Aber denk daran, dass es nicht um die perfekte Feier geht, sondern um uns und das, was wir füreinander empfinden. Egal, was passiert, solange wir zusammen sind, wird es ein wunderschöner Tag",* sagte Sarah und lächelte. *„Du hast recht. Ich freue mich einfach darauf, diesen Moment mit dir zu teilen und unsere Liebe zu feiern",* erwiderte Manuel und spürte, wie die Vorfreude in ihm wuchs. In den folgenden Wochen arbeiteten sie weiterhin an den Details ihrer Hochzeit. Sie besuchten die Location, wählten das Menü aus, planten die Dekoration und überlegten, welche Musik sie für ihre Feier spielen wollten. Jedes Mal, wenn sie über ihre Pläne sprachen, wurde ihnen bewusst, wie viel Liebe und Hingabe sie in diesen besonderen Tag steckten. Eines Abends, während sie an ihrem Buch arbeiteten, fiel Manuel auf, dass sie inmitten all der Vorbereitungen für die Hochzeit auch über ihre zukünftigen Ziele sprechen sollten. *„Sarah, ich denke, wir sollten auch darüber nachdenken, was nach der Hochzeit kommt. Was sind unsere Pläne für die Zukunft?"*, begann er. *„Das ist ein wichtiger Punkt. Ich denke, wir sollten uns weiterhin Ziele setzen, die über den großen Tag hinausgehen. Es wird wichtig sein, dass wir auch nach der Hochzeit an unserer Beziehung arbeiten"*, antwortete Sarah. Sie begannen, eine Liste mit ihren Zielen zu erstellen – sowohl für ihre Ehe als auch für ihr persönliches Wachstum. Reisen, berufliche Entwicklungen und gemeinsame Hobbys standen ganz oben auf der Liste. Manuel und Sarah wussten, dass sie ihre Träume weiterhin verfolgen wollten, auch nachdem sie den Bund fürs Leben geschlossen hatten. Einige Wochen vor der Hochzeit entschieden sie sich, ein romantisches Wochenende zu verbringen, um sich eine Auszeit von dem ganzen Trubel zu gönnen. Sie buchten ein hübsches Hotel in der Nähe eines Sees, um die Natur zu genießen und sich zu entspannen. *„Ich kann es kaum erwarten, die frische Luft zu schnappen und einfach nur Zeit mit dir zu verbringen",* sagte Sarah begeistert, während sie ihre Koffer packten. *„Das wird eine willkommene Abwechslung. Wir haben in letzter Zeit so viel gearbeitet, dass wir uns eine Pause verdient haben",* stimmte Manuel zu. Als sie im Hotel ankamen, waren sie von der Schönheit der Umgebung überwältigt. Der See glitzerte in der Sonne, und die Bäume umgaben das Hotel wie ein ruhiger Schutzraum. Manuel und Sarah schauten sich an und wussten, dass dies der perfekte Ort war, um die bevorstehende Hochzeit zu feiern. In den folgenden Tagen genossen sie Spaziergänge am See, unternahmen Bootsausflüge und schwelgten in romantischen Abenden bei Kerzenschein. Es war eine Zeit der Entspannung und des Glücks, und Manuel fühlte sich dankbar, dass sie diese kostbaren Momente miteinander teilen konnten. Eines Abends, während sie am Ufer des Sees saßen und den Sonnenuntergang beobachteten, spürte Manuel, dass es der richtige Moment war, um Sarah etwas zu sagen, das ihm am Herzen lag. *„Sarah, ich möchte, dass du weißt, wie viel du mir bedeutest. Du bist meine beste Freundin, meine Partnerin und die Liebe meines Lebens",* begann er. Sarah sah ihn an, und ihre Augen glänzten. *„Das bedeutet mir so viel,*

Manuel. Ich fühle mich genauso. Ich kann mir ein Leben ohne dich nicht mehr vorstellen." „Ich habe das Gefühl, dass wir bereit sind, diesen nächsten Schritt zu gehen und unser Leben gemeinsam zu gestalten. Ich freue mich darauf, die Zukunft mit dir zu teilen", sagte Manuel und nahm ihre Hand. *„Das tun wir! Ich kann es kaum erwarten, all die Abenteuer zu erleben, die vor uns liegen",* antwortete Sarah und lächelte. Nach ihrem romantischen Wochenende kehrten sie mit neuer Energie und Begeisterung für die Hochzeitsvorbereitungen zurück. Die letzten Monate vergingen wie im Flug, und der große Tag rückte immer näher. Manuel und Sarah waren aufgeregt und voller Vorfreude auf den neuen Lebensabschnitt, der vor ihnen lag. Am Tag der Hochzeit war die Atmosphäre voller Spannung und Vorfreude. Manuel stand am Altar und wartete auf Sarah, während seine Familie und Freunde um ihn herum versammelt waren. Der Moment, auf den sie so lange hingearbeitet hatten, war endlich gekommen. Als Sarah in ihrem wunderschönen Hochzeitskleid den Gang entlang kam, hielt Manuel den Atem an. Sie sah atemberaubend aus, und in dem Moment, als sich ihre Blicke trafen, wusste er, dass sie bereit waren, diesen Schritt gemeinsam zu gehen. Die Zeremonie war emotional und voller Liebe. Sie tauschten ihre Gelübde aus und versprachen sich, in guten wie in schlechten

Zeiten füreinander da zu sein. Manuel spürte, wie die Tränen der Freude in seinen Augen brannten, als er Sarah ansah und seine Liebe zu ihr in Worte fasste. *„Ich verspreche, dass ich immer an deiner Seite stehen werde, dich unterstützen und dich lieben werde, egal was passiert",* sagte er mit fester Stimme. *„Und ich verspreche, dass ich dich immer respektieren, unterstützen und lieben werde",* erwiderte Sarah, und ihre Stimme zitterte vor Emotion. Als sie sich das Ja-Wort gaben, fühlte es sich an, als würde die Zeit stillstehen. Der Moment, in dem sie sich küssten, war magisch, und die Freude, die sie empfanden, erfüllte den Raum. Ihre Freunde und Familie brachen in Applaus aus, und Manuel und Sarah wussten, dass sie einen neuen Lebensabschnitt begonnen hatten. Nach der Zeremonie feierten sie mit ihren Lieben und genossen das Fest, das sie für ihre Hochzeit geplant hatten. Es gab gutes Essen, Musik und viele fröhliche Momente. Manuel und Sarah tanzten, lachten und schwelgten in der Freude, die sie umgab. *„Ich kann nicht glauben, dass wir tatsächlich verheiratet sind!",* rief Sarah, während sie auf der Tanzfläche herumwirbelten. *„Ich auch nicht! Es fühlt sich an wie ein Traum. Aber ich könnte mir nichts Schöneres vorstellen, als mit dir an meiner Seite zu sein",* antwortete Manuel und zog sie näher zu sich. Der Abend war voller unvergesslicher Momente, und während die Sterne am Himmel funkelten, spürten sie, dass sie auf dem richtigen Weg waren. Ihre Liebe war stark, und sie waren bereit, alle Herausforderungen zu meistern, die das Leben für sie bereithielt. In den Wochen nach der Hochzeit begannen sie, ihren neuen Lebensabschnitt zu gestalten. Sie zogen in ihre gemeinsame Wohnung und richteten sie nach ihren Vorstellungen ein. Es war eine aufregende Zeit des Wachstums, in der sie ihre Träume und Ziele weiterverfolgten. Eines Abends, während sie auf dem Balkon saßen und den Sonnenuntergang betrachteten, spürte Manuel, dass die Zukunft voller Möglichkeiten lag. *„Sarah, ich bin so glücklich, dass wir diesen Schritt gegangen sind. Ich kann es kaum erwarten, all die Abenteuer zu erleben, die noch vor uns liegen"*, sagte er und umarmte sie. *„Ich auch! Es fühlt sich an, als ob wir gemeinsam alles erreichen können. Unsere Liebe wird uns führen"*, antwortete Sarah und sah ihm in die Augen.

Kapitel 19: Der große Schritt

Die Monate nach der Hochzeit waren für Manuel und Sarah eine Zeit des Wachstums und der Entdeckung. Die Buchhandlung blühte auf, und die beiden hatten sich in ihrer neuen Rolle als Ehepaar gut eingelebt. Doch während sie die Höhen des Lebens genossen, spürten sie, dass auch Herausforderungen vor ihnen lagen, die sie nicht ignorieren konnten. Eines Abends, als sie nach einem langen Arbeitstag in die Wohnung zurückkehrten, saßen sie auf dem Sofa und schauten sich an. *„Ich habe das Gefühl, dass wir in einer Art Routine gefangen sind"*, begann Sarah und sah nachdenklich aus. *„Es ist alles so chaotisch geworden mit der Buchhandlung und dem Alltag. Ich schätze die Routine, aber ich vermisse auch das Abenteuer."* Manuel nickte. *„Ich verstehe, was du meinst. Wir haben so viel Zeit in die Buchhandlung gesteckt, dass wir manchmal vergessen, uns Zeit für uns selbst zu nehmen. Vielleicht sollten wir etwas unternehmen, um das zu ändern – einen kleinen Ausbruch aus der Routine." „Das wäre großartig! Was hast du im Sinn?"*, fragte Sarah und ihre Augen funkelten vor Aufregung. *„Wie wäre es mit einem Wochenendtrip? Ein Ort, an dem wir die Natur genießen können und einfach nur Zeit miteinander verbringen"*, schlug Manuel vor. *„Das* *klingt perfekt! Ich habe von einem wunderschönen Nationalpark gehört, der nicht weit von hier entfernt ist. Vielleicht könnten wir dorthin fahren und ein bisschen wandern gehen"*, antwortete Sarah begeistert. Sie beschlossen, das Wochenende zu planen und alles Nötige vorzubereiten. Manuel fühlte sich erfrischt von der Vorstellung, etwas Neues und Aufregendes zu erleben. Die Vorfreude auf das bevorstehende Abenteuer brachte frischen Wind in ihre Beziehung. Am Freitagabend packten sie ihre Sachen und machten sich auf den Weg zum Nationalpark. Die Fahrt war voller Lachen und Musik, und als sie ankamen, wurden sie von der Schönheit der Natur überwältigt. Hohe Bäume umgaben sie, und die frische Luft war eine willkommene Abwechslung zur Stadt. *„Es ist so schön hier! Ich kann es kaum erwarten, die Wanderwege zu erkunden"*, sagte Sarah, während sie den Ausblick genoss. *„Lass uns gleich loslegen! Ich habe ein paar Wanderkarten dabei. Wir könnten einen der markierten Wege ausprobieren und sehen, wo er uns hinführt"*, schlug Manuel vor. Die beiden machten sich auf den Weg. Während sie durch die Wälder wanderten, genossen sie die Stille und die Klänge der Natur. Es war eine willkommene Abwechslung von ihrem hektischen Alltag, und sie fühlten sich lebendig und frei. Nach einer Weile entdeckten sie einen kleinen Aussichtspunkt, der einen atemberaubenden Blick auf das Tal bot. Sie setzten sich auf einen Stein und schauten in die Ferne. Die Farben des Sonnenuntergangs malten den Himmel in lebhaften Rot- und Orangetönen. *„Das ist der perfekte Ort, um einfach zu sein und den Moment zu genießen"*, sagte Sarah und lehnte ihren Kopf an Manuels Schulter. *„Ja, ich könnte hier stundenlang sitzen und einfach nur die Aussicht bewundern. Es erinnert mich daran, wie wichtig es ist, sich Zeit für die kleinen Dinge zu nehmen"*, antwortete Manuel und legte seinen Arm um sie. In diesem Moment fühlte Manuel, dass sie nicht nur ihre Beziehung vertieften, sondern auch neue Perspektiven auf ihre Zukunft entdeckten. Es war eine Zeit des Wandels, und er wusste, dass die Herausforderungen, die sie in der Buchhandlung erlebten, auch Gelegenheiten zum Wachsen waren. *„Was denkst du, wie wird unsere Zukunft aussehen?"*, fragte Sarah, während sie den Blick über das Tal schweifen ließ. *„Ich glaube, wir werden weiterhin wachsen und uns weiterentwickeln. Die Buchhandlung ist nur der Anfang. Wir haben so viele Träume und Ziele, die wir erreichen wollen"*, antwortete Manuel nachdenklich. *„Ja, aber manchmal habe ich das Gefühl, dass wir uns auch auf etwas Größeres vorbereiten sollten. Irgendetwas, das unser Leben wirklich verändern könnte"*, erwiderte Sarah und sah ihn an. Manuel spürte, dass in ihren Worten eine tiefere Bedeutung lag. *„Was meinst du damit?"* „Ich weiß nicht genau. *Vielleicht die Idee, eine Familie zu gründen?"*, schlug sie vorsichtig vor und sah ihn mit leuchtenden Augen an. Die Frage hing in der Luft und ließ Manuel für einen Moment innehalten. Er hatte auch über diese Möglichkeit nachgedacht, wusste aber, dass es ein großer Schritt war. *„Ich habe darüber nachgedacht, aber ich möchte sicherstellen, dass wir bereit sind. Es ist eine riesige Verantwortung, und wir müssen an vielen Dingen arbeiten, bevor wir diesen Schritt gehen"*, erklärte er. *„Das verstehe ich, aber ich glaube, dass wir es schaffen können, wenn wir es gemeinsam angehen. Unsere Beziehung ist stark, und ich bin mir sicher, dass wir auch die Herausforderungen einer Familie meistern können"*, antwortete Sarah und gab ihm das Gefühl, dass sie bereit war. *„Es ist eine große Entscheidung, und ich denke, wir sollten darüber nachdenken, wie wir unsere Träume verwirklichen können, während wir das tun"*, sagte Manuel und spürte, dass sie an einem Scheideweg standen. Sie sprachen weiter über ihre Gedanken und Gefühle, während sie den Sonnenuntergang betrachteten. Es war ein Moment der Reflexion und der Ehrfurcht vor der Zukunft, die vor ihnen lag. In den folgenden Tagen genossen sie weiterhin die Natur und die Zeit miteinander. Sie wanderten, erkundeten die Umgebung und sprachen über alles, was ihnen in den Sinn kam. Es war eine erfrischende Abwechslung und half ihnen, sich auf das Wesentliche zu konzentrieren. Als sie schließlich zurückkehrten, fühlten sie sich erfrischt und bereit, sich den Herausforderungen des Alltags zu stellen. Aber die Gespräche über die Zukunft, die sie in der Natur geführt hatten, blieben in ihren Köpfen. In den darauf folgenden Wochen arbeiteten sie weiterhin an der Buchhandlung und organisierten verschiedene Veranstaltungen. Doch es schien, als ob etwas in der Luft lag, etwas, das ihre Beziehung auf die nächste Ebene bringen könnte. Eines Abends, als sie nach einem langen Tag nach Hause kamen, spürte Manuel, dass er etwas loswerden musste. *„Sarah, ich denke, wir sollten ernsthaft über die Idee nachdenken, eine Familie zu gründen. Ich weiß, dass es ein großer Schritt ist, aber ich kann mir ein Leben mit dir und unseren Kindern vorstellen"*, begann er. Sarahs Augen leuchteten auf, und sie lächelte. *„Ich kann mir das auch vorstellen, Manuel. Es ist etwas, worüber ich nachgedacht habe, und ich fühle mich bereit, diesen Schritt zu gehen. Lass uns gemeinsam einen Plan entwickeln, wie wir das angehen können."* Die Vorstellung, eine Familie zu gründen, erfüllte sie beide mit Vorfreude und Aufregung. Sie begannen, über ihre Träume und Wünsche zu sprechen, wie sie ihr Leben als Eltern gestalten möchten, und was das für ihre

Beziehung bedeuten würde. Doch während sie diese wichtigen Gespräche führten, spürten sie auch die Herausforderungen, die mit solchen Entscheidungen verbunden waren. Die Zeit verging, und sie mussten sich den Fragen stellen, die mit dem Erwachsenwerden und den Veränderungen in ihrem Leben einhergingen. Eines Abends saßen sie auf dem Sofa und schauten sich alte Fotos von ihrem Leben an. *„Schau dir das an! Das war unser erster Urlaub zusammen. Wir waren so jung und unbeschwert",* sagte Manuel und lachte. *„Ja, und jetzt stehen wir vor so vielen Entscheidungen. Es ist verrückt, wie schnell die Zeit vergeht",* antwortete Sarah und betrachtete die Bilder. *„Ich denke, wir müssen uns auch darüber klar werden, was wir uns wirklich wünschen. Wenn wir eine Familie gründen, wird sich alles verändern. Wir sollten sicherstellen, dass wir bereit sind",* sagte Manuel nachdenklich. *„Das stimmt. Wir sollten auch über unsere finanziellen Möglichkeiten sprechen und darüber, wie wir die nächsten Schritte planen können. Es ist wichtig, dass wir uns gut vorbereiten",* stimmte Sarah zu. In den nächsten Wochen beschäftigten sie sich intensiv mit ihren Plänen. Sie sprachen über finanzielle Sicherheit, die Notwendigkeit von Stabilität und wie sie ihre Träume verwirklichen könnten, während sie gleichzeitig den Wunsch nach einer Familie in Betracht zogen. Die Gespräche führten zu einer tiefen Reflexion über ihre Werte und Prioritäten. Sie fanden, dass die Kommunikation in ihrer Beziehung entscheidend war, um die nächsten Schritte zu besprechen. Eines Abends, während sie in der Buchhandlung arbeiteten, kam ein Kunde herein, der sie ansprach. *„Ich habe gehört, dass ihr bald eine Buchlesung veranstaltet. Das klingt spannend!"*, sagte er und lächelte. *„Ja, wir freuen uns darauf! Es wird eine großartige Möglichkeit sein, lokale Autoren zu unterstützen"*, antwortete Sarah enthusiastisch. *„Das ist eine tolle Idee! Ich bin sicher, dass viele Menschen interessiert sind. Es ist wichtig, solche Veranstaltungen in der Gemeinschaft zu haben"*, erwiderte der Kunde. Diese positive Rückmeldung gab Manuel und Sarah das Gefühl, dass sie mit ihrer Buchhandlung auf dem richtigen Weg waren. Es war eine Möglichkeit, nicht nur ihre Leidenschaft zu leben, sondern auch die Gemeinschaft zu bereichern. In den folgenden Wochen organisierten sie erfolgreich mehrere Veranstaltungen, und die Buchhandlung wurde zu einem beliebten Treffpunkt für Literaturinteressierte. Manuel und Sarah spürten, wie ihr Traum Wirklichkeit wurde, und sie waren stolz auf das, was sie erreicht hatten. Doch während sie sich auf die Buchhandlung konzentrierten, blieb die Frage der Familienplanung weiterhin präsent. Sie hatten das Gefühl, dass der richtige Moment noch nicht gekommen war, dass sie sich erst in ihrer neuen Rolle als Ehepaar und Unternehmer etablieren mussten. Eines Abends, als sie auf dem Balkon saßen und den Sonnenuntergang betrachteten, spürte Manuel, dass er etwas Wichtiges ansprechen musste. *„Sarah, ich habe darüber nachgedacht, und ich glaube, dass wir auch über die Möglichkeit von Elternschaft nachdenken sollten, wenn wir uns bereit dafür fühlen"*, sagte er. *„Ich denke, das ist eine wichtige Entscheidung, und wir sollten uns die Zeit nehmen, um darüber nachzudenken. Es ist nicht nur eine Frage des Wollens, sondern auch der richtigen Umstände"*, erwiderte Sarah und sah ihn ernst an. Sie sprachen weiter über ihre Gedanken und Ängste. Es war klar, dass sie beide den Wunsch nach einer Familie hatten, aber sie wussten auch, dass sie sich die Zeit nehmen mussten, um sich auf diese neue Rolle vorzubereiten. Die Monate vergingen, und die Buchhandlung florierte. Manuel und Sarah hatten nicht nur ihre Träume verwirklicht, sondern auch eine Gemeinschaft geschaffen, die ihre Leidenschaft teilte. Doch während sie in ihrem Arbeitsleben erfolgreich waren, spürten sie, dass sie auch in ihrem persönlichen Leben noch vor Herausforderungen standen. Eines Abends, als sie nach einem langen Tag nach Hause kamen, spürte Manuel, dass es an der Zeit war, eine Entscheidung zu treffen. *„Sarah, ich denke, wir sollten uns nicht nur auf* *die Buchhandlung konzentrieren. Ich möchte auch darüber nachdenken, wie wir unsere Zukunft als Familie gestalten können"*, sagte er. *„Das ist ein wichtiger Schritt. Ich denke, dass wir bereit sind, diesen Teil unseres Lebens anzugehen und zu sehen, wie wir es umsetzen können"*, erwiderte Sarah und lächelte.

Kapitel 20: Ein neuer Anfang

Die Monate vergingen, und während Manuel und Sarah weiterhin an ihrer Buchhandlung arbeiteten, spürten sie eine wachsende Vorfreude auf die Zukunft. Ihre Gespräche über Familie und gemeinsame Träume wurden intensiver, und sie fanden, dass die Vorstellung, Eltern zu werden, sie nicht nur zusammenschweißte, sondern auch dazu anregte, über ihre Werte und Prioritäten nachzudenken. Eines Abends, während sie in der Buchhandlung an einem neuen Projekt arbeiteten, sprach Sarah über ihre Gedanken. *„Ich habe über das nachgedacht, was wir besprochen haben. Es gibt so viele Dinge, die wir uns wünschen – ein Zuhause, eine Familie, vielleicht sogar ein größeres Geschäft. Aber ich frage mich, wie wir das alles unter einen Hut bringen können"*, sagte sie nachdenklich. Manuel nickte. „*Das ist eine berechtigte Frage. Es ist wichtig, dass wir uns nicht nur auf das Jetzt konzentrieren, sondern auch auf das, was wir langfristig erreichen wollen. Vielleicht sollten wir einen Plan ausarbeiten, der uns hilft, unsere Ziele zu visualisieren.*" Sarahs Augen leuchteten auf. „*Das klingt nach einer großartigen Idee! Lass uns eine Liste mit unseren Prioritäten erstellen und sehen, wie wir sie umsetzen können.*" In den kommenden Wochen arbeiteten sie an ihrem Plan. Sie setzten sich gemeinsam an einen Tisch, um ihre Vorstellungen zu sammeln. „*Wir könnten mit dem Wunsch nach einer Familie beginnen. Was sind die Schritte, die wir unternehmen müssen, um uns darauf vorzubereiten?*", schlug Manuel vor. Sarah überlegte kurz. „*Vielleicht sollten wir erst unsere finanzielle Situation überprüfen und sicherstellen, dass wir bereit sind, die Verantwortung zu übernehmen. Und wir sollten uns auch über unsere Lebensweise Gedanken machen – es ist wichtig, dass wir ein stabiles Umfeld schaffen.*" Sie notierten ihre Ideen und wurden immer konkreter. Als sie die Liste durchgingen, entdeckten sie, dass sie nicht nur ihre Prioritäten aufschrieben, sondern auch ihre Träume und Ängste offen teilten. Es war eine wertvolle Übung, die ihre Kommunikation und ihr Verständnis füreinander vertiefte. „*Ein weiterer wichtiger Punkt könnte sein, dass wir uns über unsere*

Rollen als Eltern Gedanken machen müssen. Welche Werte möchten wir unseren Kindern vermitteln?", fragte Manuel und sah Sarah an. *„Das ist ein guter Punkt. Ich möchte, dass unsere Kinder die Liebe zur Musik und zur Kreativität in sich tragen, genauso wie die Disziplin und den Respekt, die du durch deine Sportarten gelernt hast",* antwortete Sarah mit einem Lächeln. Die gemeinsamen Gespräche über ihre Zukunft halfen Manuel und Sarah nicht nur, ihre Wünsche zu konkretisieren, sondern auch ihre Bindung zu stärken. Sie begannen, sich nicht nur als Ehepaar, sondern auch als zukünftige Eltern zu sehen. Als die Wochen vergingen, fühlten sie sich ermutigt, ihre Pläne in die Tat umzusetzen. Sie besuchten Finanzberater, um ihre Ersparnisse zu überprüfen und zu sehen, wie sie für die Zukunft sparen konnten. Außerdem schauten sie sich nach einem größeren Wohnraum um, der Platz für eine Familie bieten könnte. Eines Wochenendes besuchten sie eine Wohnungsbesichtigung in einem gemütlichen Viertel, das von Parks und Spielplätzen umgeben war. Als sie die Wohnung betraten, spürten sie sofort eine Verbindung. *„Das fühlt sich gut an, oder? Hier könnte eine Familie wachsen",* sagte Sarah begeistert. *„Ja, ich kann mir vorstellen, dass wir hier glücklich sein würden",* stimmte Manuel zu und sah sich um. Die hellen Räume, die große Küche und der Balkon mit

Blick auf den nahegelegenen Park schafften eine einladende Atmosphäre. Nach einigem Überlegen entschieden sie sich, ein Angebot für die Wohnung abzugeben. Es war ein wichtiger Schritt in ihrer gemeinsamen Reise, und beide waren aufgeregt über die Möglichkeiten, die die Zukunft bereithielt. In den folgenden Wochen arbeiteten sie an ihrem Umzug und der Einrichtung der neuen Wohnung. Dabei entdeckten sie, wie viel Freude es ihnen bereitete, gemeinsam an einem neuen Lebensabschnitt zu arbeiten. Sie fanden die perfekte Mischung aus Ernsthaftigkeit und Spaß, während sie die Wände streichen und Möbel auswählen. Eines Abends, während sie zusammen an einem neuen Regal arbeiteten, sagte Manuel: *„Weißt du, ich habe das Gefühl, dass wir bereit sind, diesen Schritt zu gehen. Wir haben in den letzten Monaten so viel über uns selbst gelernt und uns gegenseitig unterstützt. Ich freue mich darauf, eine Familie mit dir zu gründen."* Sarah sah ihn an und lächelte. *„Das denke ich auch. Wir haben eine starke Basis, und ich bin stolz auf alles, was wir gemeinsam erreicht haben. Ich kann es kaum erwarten, was wir als Familie erschaffen werden."* Die Monate vergingen, und sie lebten glücklich in ihrer neuen Wohnung. Die Buchhandlung florierte weiter, und sie fanden ein Gleichgewicht zwischen Arbeit und persönlichem Leben. Doch während sie sich in ihrem neuen Zuhause einrichteten, spürten sie, dass eine neue Phase in ihrem Leben bevorstand. Eines Abends, als sie nach einem langen Tag nach Hause kamen, bemerkte Sarah, dass Manuel nachdenklich war. *„Was ist los? Du siehst aus, als ob du über etwas nachdenkst"*, fragte sie. Manuel zögerte einen Moment, bevor er antwortete. *„Ich habe darüber nachgedacht, wie wir uns auf die nächste Phase vorbereiten können. Vielleicht sollten wir uns auch über die Möglichkeiten der Familienplanung informieren – wie es biologisch funktioniert und welche Optionen wir haben könnten."* Sarah nickte. *„Das ist ein guter Punkt. Lass uns gemeinsam recherchieren und uns über die verschiedenen Möglichkeiten informieren. Es ist wichtig, dass wir uns gut vorbereiten und alle Optionen kennen."* Sie begannen, sich intensiv mit dem Thema auseinanderzusetzen und besuchten Informationsveranstaltungen sowie Beratungen. Sie lasen Bücher über Schwangerschaft, Erziehung und die Herausforderungen, die das Elternsein mit sich bringt. Es war eine aufregende, aber auch herausfordernde Zeit, die sie beide zusammenschweißte. Mit jeder neuen Erkenntnis wuchs ihre Vorfreude auf die Zukunft. Sie fühlten sich bereit, die nächsten Schritte zu gehen und ihre Träume zu verwirklichen. Eines Abends, während sie auf dem Balkon saßen und den Sonnenuntergang betrachteten, sahen sie sich an und spürten, dass sie an einem Wendepunkt standen. *„Ich bin so dankbar für alles, was wir erreicht haben. Ich kann es kaum erwarten zu sehen, was die Zukunft für uns bereithält",* sagte Sarah und lächelte. *„Ich auch. Egal, was kommt, ich weiß, dass wir es gemeinsam meistern werden",* antwortete Manuel und nahm ihre Hand.

Kapitel 21: Die Reise der Vorbereitung

Die Monate vergingen, und die Vorfreude auf die Zukunft wuchs weiter. Manuel und Sarah hatten sich intensiv mit dem Thema Familienplanung beschäftigt und fühlten sich bereit, den nächsten Schritt zu gehen. Sie hatten viel über sich selbst und ihre Werte gelernt, und jetzt war es an der Zeit, ihre Träume in die Tat umzusetzen. Eines Abends, während sie in der Buchhandlung arbeiteten, bemerkte Sarah ein neues Buch über Elternschaft, das gerade eingetroffen war. *„Schau mal, Manuel! Dieses Buch könnte uns helfen, uns noch besser vorzubereiten",* rief sie und hielt das Buch hoch. Manuel kam näher und blätterte durch die Seiten. *„Das sieht vielversprechend aus. Ich denke, wir sollten es kaufen und zusammen lesen. Es ist wichtig, dass wir informiert sind, bevor wir eine Familie* *gründen"*, stimmte er zu. Sie kauften das Buch und begannen, es gemeinsam zu lesen. Jede Seite war voller wertvoller Informationen, und sie diskutierten leidenschaftlich über die verschiedenen Ansätze zur Erziehung, die sie lasen. Es war spannend, ihre Meinungen auszutauschen und zu entdecken, welche Werte sie für ihre zukünftige Familie wichtig fanden. In den folgenden Wochen besuchten sie auch verschiedene Workshops und Informationsveranstaltungen zu Themen wie Geburtsvorbereitung und Erziehung. Die Veranstaltungen waren nicht nur lehrreich, sondern auch eine Gelegenheit, andere Paare kennenzulernen, die ähnliche Träume hatten. Manuel und Sarah fühlten sich in dieser neuen Gemeinschaft wohl und fanden Trost in den Erfahrungen anderer. Eines Abends, während sie nach einem Workshop nach Hause fuhren, sprachen sie über die neuen Informationen, die sie erhalten hatten. *„Ich finde es faszinierend, wie viele verschiedene Ansätze es zur Erziehung gibt. Es gibt nicht nur einen richtigen Weg"*, sagte Sarah nachdenklich. *„Ja, das stimmt. Ich glaube, es ist wichtig, dass wir unseren eigenen Stil entwickeln, der zu uns als Paar passt"*, antwortete Manuel und sah sie an. *„Was ist dir am wichtigsten, wenn es um die Erziehung geht?"* Sarah überlegte kurz. *„Ich denke, es ist wichtig, dass unsere Kinder die Liebe zur Kreativität* *und zur Musik in sich tragen, so wie ich es immer getan habe. Aber ich möchte auch, dass sie Disziplin und Respekt lernen, so wie du es im Kampfsport gelernt hast."* Manuel nickte. *„Das klingt nach einem guten Ansatz. Wir sollten auch Wert auf eine offene Kommunikation legen, damit sie sich wohlfühlen, ihre Gedanken und Gefühle mit uns zu teilen."* In den Wochen, die folgten, arbeiteten sie weiterhin an ihren Plänen für die Zukunft. Sie begannen, ihre Wohnung zu gestalten, um Platz für ein Kinderzimmer zu schaffen. Es war eine aufregende Zeit, in der sie viele kreative Ideen austauschten – von Farben und Möbeln bis hin zu Spielzeug und Dekoration. Während sie sich auf die bevorstehende Veränderung vorbereiteten, spürten sie auch die Herausforderungen des Lebens. Es gab Tage, an denen sie sich überfordert fühlten, und die Balance zwischen Arbeit und persönlichen Zielen war nicht immer einfach. Aber sie ermutigten sich gegenseitig, und jede Herausforderung, die sie meisterten, machte ihre Beziehung stärker. Eines Abends, als sie auf dem Balkon saßen und den klaren Sternenhimmel betrachteten, nahm Manuel Sarahs Hand und sagte: *„Ich weiß, dass es nicht immer einfach ist, aber ich bin so dankbar, dass wir diesen Weg zusammen gehen. Du bedeutest mir alles, und ich kann es kaum erwarten, das Abenteuer Elternschaft mit dir zu erleben."* *„Das geht mir genauso, Manuel. Ich fühle mich so* *unterstützt und geliebt. Gemeinsam können wir alles schaffen",* erwiderte Sarah und lächelte. Die Zeit verging, und eines Tages, als sie in der Buchhandlung arbeiteten, erhielt Sarah einen Anruf von ihrer besten Freundin, die ihr mitteilte, dass sie schwanger war. Sarah war überglücklich für sie und konnte es kaum erwarten, die Neuigkeiten mit Manuel zu teilen. *„Manuel, du wirst nicht glauben, was gerade passiert ist! Meine Freundin ist schwanger!",* rief sie aufgeregt, als er in die Buchhandlung kam. Manuels Gesicht erhellte sich. *„Das ist großartig! Ich freue mich so für sie. Das wird eine aufregende Zeit für sie sein",* antwortete er. *„Ja, und es hat mich zum Nachdenken gebracht. Wir sind auch bereit, diesen Schritt zu gehen. Es fühlt sich so richtig an",* sagte Sarah und sah ihn an. Manuel nickte. *„Ja, ich denke, wir sind bereit. Lass uns weiterhin alles vorbereiten und uns auf unsere Zukunft konzentrieren. Das Abenteuer wartet auf uns."* In den folgenden Wochen fühlten sie sich motiviert und ermutigt. Die positive Energie, die von Sarahs Freundin ausging, bestärkte sie darin, ihre eigenen Pläne in die Tat umzusetzen. Sie besuchten weitere Workshops und schlossen sich einer Gruppe werdender Eltern an, wo sie Erfahrungen austauschten und Unterstützung fanden. Eines Abends, während sie in einem Café saßen und über ihre Zukunft sprachen, sagte Manuel: *„Ich kann mir nicht vorstellen, wie unser Leben* *aussehen wird, wenn wir endlich Eltern sind. Aber ich weiß, dass wir alles tun werden, um unseren Kindern ein liebevolles und unterstützendes Zuhause zu bieten."* „*Das stimmt. Und ich glaube, dass wir die besten Eltern sein werden, weil wir uns gegenseitig ergänzen. Wir können die Stärken des anderen nutzen, um unseren Kindern ein ganzheitliches Bild zu vermitteln"*, antwortete Sarah mit Zuversicht. Der Gedanke, eine Familie zu gründen, erfüllte sie mit Freude und Hoffnung. Sie waren fest entschlossen, ihre Träume zu verwirklichen und das Abenteuer Elternschaft mit all seinen Höhen und Tiefen zu genießen. Als der Frühling näher rückte, spürten sie eine erneute Welle der Vorfreude. Die Natur blühte auf, und mit ihr die Hoffnung auf neue Anfänge. Manuel und Sarah waren bereit, den nächsten Schritt in ihrer Reise zu machen, und sie wussten, dass sie gemeinsam alles schaffen konnten, was das Leben für sie bereithielt. Die Wochen vergingen wie im Flug, und die Aufregung um die bevorstehenden Veränderungen in ihrem Leben wuchs. Manuel und Sarah waren jetzt in eine neue Phase ihrer Beziehung eingetreten, in der sie sich nicht nur als Partner, sondern auch als zukünftige Eltern sahen. Sie hatten begonnen, eine Liste von Dingen zu erstellen, die sie für die Ankunft ihres Kindes benötigen würden, und sie genossen die Planungsphase in vollen Zügen. Eines Samstags besuchten sie einen großen Baby-Markt, der in der Stadt stattfand. Überall waren Stände mit Babyartikeln, von Kleidung über Spielzeug bis hin zu Möbeln. Sarah war begeistert und konnte sich kaum entscheiden, wo sie zuerst hinschauen sollte. *„Schau dir all die süßen Kleidungsstücke an! Ich könnte Stunden hier verbringen!"*, rief sie und hielt ein kleines, gestreiftes Hemd in die Höhe. Manuel lachte. *„Wenn du so weitermachst, wird unser Kind mehr Kleidung haben als wir beide zusammen! Aber ich kann dir nicht widersprechen – alles sieht so niedlich aus."* Sie durchstreiften den Markt und sammelten Ideen, während sie gleichzeitig über die verschiedenen Produkte diskutierten. Sie machten eine Liste von Dingen, die sie unbedingt kaufen wollten, und einige, die sie vielleicht später brauchen würden. Es war ein schöner Tag, und sie fühlten sich voller Hoffnung und Vorfreude. Am Abend kehrten sie erschöpft, aber glücklich nach Hause zurück. *„Ich kann es kaum erwarten, dass wir all diese Dinge tatsächlich nutzen können"*, sagte Sarah, während sie die gesammelten Flyer und Broschüren durchblätterte. Manuel nickte zustimmend. *„Es ist verrückt, wie viel es zu beachten gibt. Aber ich bin froh, dass wir uns gemeinsam darauf vorbereiten. Es macht alles viel einfacher und unterhaltsamer."* In den folgenden Wochen setzten sie ihre Vorbereitungen fort. Sie besuchten noch mehr

Workshops zu Themen wie Stillen und Säuglingspflege. Eines Abends war ein Workshop über die erste Zeit mit einem Neugeborenen angesagt, und sie waren beide gespannt darauf, was sie lernen würden. *„Ich hoffe, dass wir auch praktische Tipps bekommen, die uns helfen, wenn das Baby da ist"*, sagte Sarah, als sie auf dem Weg zum Workshop waren. *„Das denke ich auch. Ich habe gehört, dass viele Eltern von den Erfahrungen anderer profitieren können. Es ist gut zu wissen, dass wir nicht alleine sind"*, antwortete Manuel. Der Workshop war informativ und sehr aufschlussreich. Die Dozentin war eine erfahrene Hebamme, die viele wertvolle Ratschläge gab. Sie sprach über die Herausforderungen der ersten Wochen nach der Geburt und gab den werdenden Eltern praktische Tipps, wie sie mit den Veränderungen umgehen können. *„Es ist wichtig, sich gegenseitig zu unterstützen und realistische Erwartungen zu haben"*, erklärte die Hebamme. *„Die ersten Wochen können überwältigend sein, und es ist völlig normal, sich manchmal überfordert zu fühlen."* Nach dem Workshop waren Sarah und Manuel inspiriert. Sie diskutierten darüber, wie sie ihre Rollen in der neuen Situation gestalten wollten. *„Ich möchte, dass wir beide aktiv in die Pflege und Betreuung des Babys eingebunden sind"*, sagte Sarah. *„Es ist wichtig, dass* *wir als Team arbeiten." „Auf jeden Fall. Ich denke, dass es auch für unsere Beziehung wichtig ist, dass wir uns gegenseitig unterstützen",* stimmte Manuel zu. Sie begannen, ihre Wochenpläne so zu gestalten, dass sie Zeit für die Pflege des Babys und für sich selbst einplanen konnten. Sie wollten sicherstellen, dass sie auch als Paar nicht aus den Augen verlieren, während sie Eltern wurden. In den folgenden Tagen nahmen sie sich Zeit, um über ihre Vorstellungen von Elternschaft zu reflektieren. Sie sprachen über ihre eigenen Kindheitserfahrungen und darüber, was sie sich für ihre eigenen Kinder wünschten. *„Ich möchte, dass unser Kind lernt, unabhängig zu sein, aber auch, dass es immer auf uns zählen kann",* sagte Sarah. *„Das ist eine gute Einstellung. Ich denke, es ist wichtig, dass wir sowohl Freiräume als auch Strukturen schaffen",* fügte Manuel hinzu. *„So fühlt sich das Kind sicher und kann seine eigenen Entscheidungen treffen."* Als der Frühling in vollem Gange war, spürten sie die Veränderung in der Luft. Die Bäume blühten, die Vögel sangen, und alles schien voller Leben zu sein. Es war eine perfekte Metapher für die Veränderungen, die sie in ihrem eigenen Leben durchmachten. Eines Nachmittags gingen sie in den Park, um einen Spaziergang zu machen. Sie setzten sich auf eine Bank und beobachteten die spielenden Kinder. *„Es ist so schön zu sehen, wie sie lachen und spielen",* bemerkte

Sarah. *„Ja, und es macht mir bewusst, wie viel Freude ein Kind in unser Leben bringen kann"*, antwortete Manuel und nahm ihre Hand. *„Ich freue mich schon darauf, gemeinsam mit unserem Kind im Park zu spielen."* Im Laufe der Zeit schlossen sie sich einer Gruppe von werdenden Eltern an, die sich regelmäßig trafen, um Erfahrungen und Ratschläge auszutauschen. Bei einem ihrer Treffen wurde ein Spielabend organisiert, und sie alle waren eingeladen. *„Lass uns hingehen! Es wird Spaß machen, die anderen Paare besser kennenzulernen"*, schlug Sarah vor. Manuel war einverstanden, und sie freuten sich auf den Abend. Es war eine Gelegenheit, sich mit Gleichgesinnten auszutauschen und die Vorfreude auf die bevorstehenden Veränderungen zu teilen. Der Abend war ein voller Erfolg. Sie spielten Brettspiele, lachten und diskutierten über ihre Erfahrungen und Erwartungen. Es war erfrischend zu hören, dass auch andere Paare ähnliche Ängste und Hoffnungen hatten. *„Ich finde es toll, dass wir hier sind. Es ist beruhigend zu wissen, dass wir nicht alleine sind"*, sagte Sarah, während sie mit einer anderen werdenden Mutter plauderte. *„Genau! Und ich finde es großartig, dass wir uns gegenseitig unterstützen können"*, fügte Manuel hinzu, als er mit einem anderen Vater sprach. Der Austausch war inspirierend, und sie gingen am Ende des Abends mit einem Gefühl der Verbundenheit und

Zuversicht nach Hause. In den folgenden Wochen bereiteten sie sich weiter auf die Ankunft ihres Babys vor. Sie kauften die ersten Möbelstücke für das Kinderzimmer und verbrachten viele Abende damit, alles einzurichten. Eines Abends saßen sie auf dem Boden des zukünftigen Kinderzimmers, umgeben von Kartons und neuen Spielsachen. *„Ich kann es kaum erwarten, all diese Sachen zu benutzen",* sagte Sarah mit einem strahlenden Lächeln. *„Ich auch. Es fühlt sich alles so real an",* antwortete Manuel und betrachtete die liebevoll ausgewählten Farben und Designs. *„Wir sollten auch über einen Namen nachdenken",* schlug Sarah vor. *„Es ist wichtig, dass wir etwas wählen, das für uns beide bedeutungsvoll ist."* Manuel nickte. *„Ja, das sollten wir. Hast du schon irgendwelche Ideen?"* Sie begannen, verschiedene Namen zu diskutieren, und jeder brachte seine eigenen Vorlieben und Vorstellungen ein. Es war ein weiterer schöner Moment, der ihre Vorfreude auf die bevorstehende Elternschaft verstärkte. Als der Monat zu Ende ging, spürten sie, dass die Zeit immer näher rückte. Sie hatten zwar noch viele Dinge zu erledigen, aber sie fühlten sich bereit. Sie waren ein Team, und gemeinsam konnten sie alles bewältigen. Eines Abends, als sie in ihrem Lieblingscafé saßen, sprachen sie über ihre Träume und Ängste. *„Ich mache mir manchmal Sorgen, ob wir alles richtig machen* *werden"*, gestand Manuel. *„Das ist normal. Aber ich denke, es ist wichtig, dass wir offen miteinander kommunizieren und uns gegenseitig unterstützen"*, antwortete Sarah. *„Wir werden unser Bestes tun, und das ist alles, was zählt."* Manuel lächelte. *„Du hast recht. Gemeinsam werden wir das schaffen, und ich vertraue darauf, dass wir die richtigen Entscheidungen für unser Kind treffen werden."* Die Zeit verging weiter, und schließlich kam der Tag, an dem sie die letzten Vorbereitungen für die Geburt treffen mussten. Sie hatten alles besorgt und waren bereit, das Abenteuer Elternschaft zu beginnen. Der Frühling neigte sich dem Ende zu, und die Welt um sie herum blühte auf. Manuel und Sarah standen an einem neuen Lebensabschnitt, voller Freude und Hoffnung. Sie wussten, dass sie gemeinsam alles schaffen konnten, was das Leben für sie bereithielt. Eines Nachts, während sie im Bett lagen, hielt Manuel Sarahs Hand und sagte: *„Ich bin so dankbar, dass wir diesen Weg zusammen gehen. Ich liebe dich und freue mich darauf, bald Eltern zu werden."* Sarah lächelte, ihre Augen strahlten vor Glück. *„Ich liebe dich auch, Manuel. Lass uns das Abenteuer erleben und unser Bestes geben."*

Kapitel 22: Der große Schritt

Der Frühling war in vollem Gange, und die Tage wurden länger und sonniger. Manuel und Sarah genossen die frische Luft und die blühende Natur, während sie weiterhin an ihren Plänen für die Zukunft arbeiteten. Die Vorfreude auf die Elternschaft wuchs mit jedem Tag, und sie fühlten sich bereit, den nächsten Schritt zu gehen. Eines Abends, als sie auf der Couch saßen und sich über ihre Zukunft unterhielten, hatte Sarah eine Idee. *„Was hältst du davon, wenn wir ein Vision Board erstellen? Es könnte uns helfen, unsere Ziele und Träume visuell darzustellen und uns daran zu erinnern, was wir erreichen wollen",* schlug sie vor. *„Das klingt nach einer großartigen Idee! Lass uns morgen Materialien besorgen und damit anfangen",* antwortete Manuel begeistert. Am nächsten Tag machten sie sich auf den Weg zu einem Bastelladen und kauften alles, was sie für ihr Vision Board benötigten: Poster, Zeitschriften, Scheren, Kleber und bunte Marker. Als sie nach Hause kamen, setzten sie sich an den Tisch und begannen, ihre Ideen zu sammeln. Sie durchblätterten die Zeitschriften und schnitten Bilder und Wörter aus, die ihre Träume symbolisierten. Sarah fand ein Bild von einem glücklichen Paar mit einem Baby und sagte: *„Das* möchte ich auf unser Board. *Es repräsentiert unsere Sehnsucht nach einer Familie."* Manuel nickte zustimmend. *„Und hier ist ein Bild von einem schönen Garten. Ich möchte, dass wir ein Zuhause haben, in dem unsere Kinder draußen spielen können. Ein Ort, an dem sie die Natur erleben und mit Freunden spielen können."* Sie arbeiteten stundenlang an ihrem Vision Board und lachten dabei viel. Es war eine kreative und inspirierende Zeit, in der sie ihre Träume und Wünsche miteinander teilten. Am Ende des Abends hatten sie ein wunderschönes Collage aus Bildern und Worten erstellt, das ihre gemeinsamen Ziele verkörperte. *„Ich liebe unser Vision Board! Es sieht fantastisch aus und erinnert uns daran, was wir erreichen möchten",* sagte Sarah stolz, als sie das fertige Werk betrachteten. *„Ja, ich denke, es wird uns helfen, fokussiert zu bleiben und unsere Träume zu verfolgen",* stimmte Manuel zu. Sie hängten das Board an die Wand in ihrem Wohnzimmer, wo sie es jeden Tag sehen konnten. In den folgenden Wochen fühlten sie sich motiviert und inspiriert, ihre Pläne in die Tat umzusetzen. Sie besuchten weiterhin Workshops und tauschten sich mit anderen werdenden Eltern aus. Die Gemeinschaft, die sie aufgebaut hatten, gab ihnen das Gefühl, nicht allein zu sein, und sie erfuhren viel über die verschiedenen Aspekte der Elternschaft. Eines Wochenendes planten sie ein Treffen mit ihren Freunden, um ihre Fortschritte zu teilen und ihre Begeisterung für die bevorstehenden Veränderungen zu feiern. Sie luden einige ihrer engsten Freunde ein, die ebenfalls über Familienplanung nachdachten. Als die Freunde an diesem Abend eintrafen, herrschte eine fröhliche Stimmung. Manuel und Sarah zogen alle in ihr Wohnzimmer und präsentierten stolz ihr Vision Board. *„Wir wollten euch zeigen, was wir in den letzten Wochen zusammen erstellt haben! Es ist unsere Vision für die Zukunft",* sagte Sarah aufgeregt. Die Freunde waren begeistert und ermutigten sie, ihre Träume weiter zu verfolgen. *„Es ist so inspirierend zu sehen, wie leidenschaftlich ihr an eurer Zukunft arbeitet. Ihr werdet großartige Eltern sein!",* sagte einer ihrer Freunde. Die Gespräche flossen, während sie über ihre eigenen Träume und Herausforderungen sprachen. Es war ein Abend voller Lachen, Unterstützung und Inspiration. Manuel und Sarah fühlten sich bestärkt in ihrem Vorhaben und waren dankbar für die Freundschaften, die sie hatten. In den Wochen nach dem Treffen spürten sie, dass sie sich in die richtige Richtung bewegten. Die Buchhandlung florierte weiterhin, und sie hatten eine klare Vorstellung davon, wie sie ihre Zukunft gestalten wollten. Doch während sie sich auf ihre Träume konzentrierten, blieb die Frage der Elternschaft weiterhin präsent. Eines Abends, als sie nach einem langen Tag nach Hause kamen, ließ Manuel eine wichtige Frage los. *„Sarah, ich habe darüber nachgedacht, und ich glaube, dass wir einen nächsten Schritt in unserer Planung machen sollten. Was hältst du davon, einen Kinderwunsch zu äußern?"* Sarahs Herz machte einen kleinen Sprung. *„Meinst du, dass wir bereit sind?"* *„Ich denke schon. Es fühlt sich richtig an, und ich glaube, dass wir alles haben, was wir brauchen, um diesen Schritt zu gehen. Es wird nicht immer einfach sein, aber ich bin überzeugt, dass wir es schaffen können",* sagte Manuel und sah sie an. Sarah lächelte und fühlte gleichzeitig Aufregung und Nervosität. *„Ja, ich glaube, ich bin bereit. Lass uns diesen Schritt wagen!"* In den folgenden Wochen konzentrierten sie sich darauf, ihre Gesundheit und ihr Wohlbefinden zu optimieren, um sich auf die mögliche Schwangerschaft vorzubereiten. Sie informierten sich über gesunde Ernährung, Fitness und die besten Möglichkeiten, um sich körperlich und emotional vorzubereiten. Eines Tages, als sie in einem nahegelegenen Park spazieren gingen, sprach Sarah über ihre Gedanken. *„Ich kann es kaum fassen, dass wir wirklich diesen Schritt gehen. Es ist so aufregend und gleichzeitig beängstigend."* *„Das verstehe ich. Es wird eine große Veränderung in unserem Leben sein, aber ich glaube, dass wir gut darauf vorbereitet sind. Wir haben uns gegenseitig und die Unterstützung unserer Freunde",* antwortete Manuel und nahm ihre

Hand. Die Zeit verging, und sie fühlten sich sowohl aufgeregt als auch nervös. Die Vorstellung, Eltern zu werden, war sowohl ein Abenteuer als auch eine Herausforderung. Manuel und Sarah waren jedoch fest entschlossen, diesen Weg gemeinsam zu gehen. Eines Morgens, als Sarah aufwachte, hatte sie ein Gefühl der Vorfreude. Sie wusste, dass sie bereit waren, diesen Schritt zu wagen. Sie setzte sich neben Manuel und weckte ihn sanft. *„Guten Morgen, Schatz! Ich habe darüber nachgedacht, und ich glaube, dass es an der Zeit ist, unsere Reise zur Elternschaft zu beginnen",* sagte sie mit einem Lächeln. Manuels Augen leuchteten auf. *„Das ist fantastisch! Ich freue mich so darauf, diesen Schritt mit dir zu gehen. Lass uns das Abenteuer beginnen!"* Die beiden umarmten sich und fühlten, dass sie bereit waren, die nächsten Schritte in ihrer Reise zu unternehmen. Es war der Beginn eines neuen Kapitels in ihrem Leben, und sie waren voller Hoffnung und Vorfreude auf das, was kommen würde. Und so lebten sie mit dem Wissen, dass die Zukunft voller Möglichkeiten war – eine Zukunft, die sie gemeinsam gestalten würden, während sie sich auf das Abenteuer der Elternschaft vorbereiteten. Die ersten Tage nach ihrer Entscheidung waren geprägt von einer Mischung aus Vorfreude und Nervosität. Manuel und Sarah spürten, dass sie einen bedeutenden Schritt in ihrem Leben gemacht hatten, und die Realität, Eltern zu werden, begann langsam Gestalt anzunehmen. Sie nahmen sich Zeit, um über ihre Ziele und Erwartungen nachzudenken und was es für sie bedeutete, die Verantwortung für ein neues Leben zu tragen. Eines Abends saßen sie in ihrem gemütlichen Wohnzimmer, umgeben von den Erinnerungen an ihre gemeinsamen Abenteuer. *„Ich habe mir Gedanken darüber gemacht, wie wir unsere ersten Monate als Eltern gestalten möchten",* begann Sarah. *„Ich denke, es ist wichtig, dass wir eine Routine entwickeln, die sowohl für uns als auch für unser Baby funktioniert."* Manuel nickte zustimmend. *„Ja, eine Routine kann helfen, Struktur in unser Leben zu bringen. Aber ich denke auch, dass wir flexibel bleiben sollten. Es gibt immer unvorhersehbare Situationen, besonders mit einem Neugeborenen."* Sie diskutierten über Schlaf-, Fütterungs- und Spielgewohnheiten. Sarah war besonders daran interessiert, eine gesunde Umgebung für das Baby zu schaffen. *„Ich möchte, dass unser Kind die Liebe zur Natur von Anfang an spürt. Vielleicht sollten wir viel Zeit im Freien verbringen, sobald es alt genug ist." „Das klingt nach einer großartigen Idee. Ich kann mir vorstellen, dass wir viele Ausflüge in den Park machen und die Natur erkunden",* fügte Manuel hinzu. *„Und wir sollten auch darüber nachdenken, wie wir unser Zuhause so gestalten können, dass es kinderfreundlich ist."* In den folgenden Wochen setzten sie sich mit der praktischen Vorbereitung auseinander. Sie schauten sich Babyzimmer-Dekorationen an, kauften sichere Möbel und planten, wie sie ihr Zuhause in einen geschützten Raum für ihr Kind verwandeln könnten. Die Vorfreude wuchs mit jedem kleinen Schritt, den sie machten. Eines Samstags besuchten sie ein Geschäft, das sich auf Babyartikel spezialisiert hatte, um sich über die besten Produkte zu informieren. *„Ich habe gehört, dass es viele verschiedene Arten von Kinderwagen gibt. Lass uns mal sehen, welche Optionen wir haben"*, schlug Sarah vor. Sie durchstöberten die Gänge und probierten verschiedene Modelle aus. Es war erstaunlich zu sehen, wie viele Möglichkeiten es gab. Während sie durch das Geschäft gingen, fühlten sie sich wie ein echtes Team. Manuel hielt den Kinderwagen und half Sarah dabei, ihn zu testen. Ihre Lacher hallten durch den Raum, während sie die verschiedenen Funktionen ausprobierten. *„Ich denke, dieser hier ist perfekt für uns. Er ist leicht und lässt sich einfach zusammenklappen"*, sagte Sarah und lächelte. *„Ja, und er sieht auch bequem aus! Perfekt für unsere zukünftigen Ausflüge"*, antwortete Manuel. Sie entschieden sich für den Kinderwagen und freuten sich darauf, ihn bald nutzen zu können. Nachdem sie die ersten Babyartikel gekauft hatten, waren sie voller Stolz. Es war ein greifbarer Schritt in Richtung ihrer

Zukunft als Familie. Sie begannen, einen weiteren Plan zu entwickeln: eine Liste von Menschen, die sie über ihre aufregenden Neuigkeiten informieren wollten. Eines Abends, während sie zusammen an ihrer Liste arbeiteten, sagte Sarah: *„Ich freue mich darauf, es unseren Eltern zu erzählen. Ich kann mir ihre Reaktionen schon vorstellen!"* „Ja, ich auch. *Es wird ein ganz besonderer Moment für uns alle",* stimmte Manuel zu. *„Aber ich denke, wir sollten zuerst unsere engsten Freunde informieren. Sie sind ein wichtiger Teil unseres Lebens und haben uns während dieser Reise so sehr unterstützt."* Nach ein paar Tagen entschieden sie sich für einen Abend, an dem sie ihre engsten Freunde zu sich nach Hause einladen würden, um ihnen die Neuigkeiten zu überbringen. Manuel und Sarah bereiteten sich sorgfältig vor und wollten sicherstellen, dass es ein unvergesslicher Moment wird. Als der Abend schließlich kam, waren sie aufgeregt und ein wenig nervös. Ihre Freunde kamen pünktlich, und die Stimmung war fröhlich. Sie plauderten, lachten und genossen die Snacks, die Sarah vorbereitet hatte. Nach einer Weile bat Manuel um die Aufmerksamkeit der Gruppe. *„Ähm, wir haben etwas, das wir mit euch teilen möchten",* begann er und sah Sarah an. Sie lächelte und nickte. *„Wir haben beschlossen, dass wir bereit sind, Eltern zu werden! Wir möchten euch mitteilen, dass wir an unserem*

Kinderwunsch arbeiten", fügte Sarah hinzu und ihre Stimme war voller Freude. Die Reaktion war überwältigend. Ihre Freunde jubelten und umarmten sie. *„Das ist großartig! Herzlichen Glückwunsch! Ihr werdet die besten Eltern sein!"*, rief eine Freundin voller Begeisterung. Die Freude und Unterstützung ihrer Freunde war überwältigend. Sie verbrachten den Rest des Abends damit, Geschichten auszutauschen, Ratschläge zu geben und darüber zu sprechen, was sie von der Elternschaft erwarteten. Es war ein wunderschöner Moment, der ihre Verbindung zu ihren Freunden noch vertiefte. In den Wochen, die folgten, spürten Manuel und Sarah eine neue Energie. Sie waren entschlossen, sich auf das Abenteuer der Elternschaft vorzubereiten, und ihre Gemeinschaft von Freunden unterstützte sie dabei, in dem sie ihre eigenen Geschichten und Erfahrungen teilten. Eines Nachmittags saßen sie im Park und genossen die Sonne, als Sarah eine Idee hatte. *„Wir sollten eine Art Tagebuch führen, um unsere Gedanken und Gefühle während dieser Zeit festzuhalten. Es könnte schön sein, später einmal darauf zurückzublicken."* Manuel nickte begeistert. *„Das ist eine großartige Idee! Lass uns jeden Sonntag einen Eintrag machen. Wir können unsere Fortschritte dokumentieren und unsere Hoffnungen für die Zukunft festhalten."* Sie begannen, ihr gemeinsames Tagebuch zu füllen, und es wurde zu einem Ort für ihre Gedanken, Ängste und Träume. Es war eine Möglichkeit, ihre Reise zu reflektieren und sich an die kleinen Momente der Vorfreude zu erinnern. Mit der Zeit lernten sie auch, wie wichtig es war, sich gegenseitig zu unterstützen. An manchen Tagen fühlten sie sich überfordert oder unsicher, aber sie fanden Trost in der Tatsache, dass sie nicht alleine waren. Sie erinnerten sich daran, dass es in Ordnung war, Ängste zu haben. Eines Abends, als sie gemeinsam im Bett lagen, sprach Manuel über seine Sorgen. *„Ich mache mir Gedanken darüber, ob ich ein guter Vater sein werde. Was ist, wenn ich nicht die richtigen Entscheidungen treffe?"* Sarah drehte sich zu ihm und nahm seine Hand. *„Manuel, jeder hat diese Gedanken. Wir müssen nur unser Bestes geben und offen für Veränderungen sein. Es geht nicht darum, perfekt zu sein, sondern darum, präsent zu sein und unser Kind zu lieben." „Du hast recht. Ich denke, es ist die Liebe und Unterstützung, die wir unserem Kind geben, die zählt",* antwortete Manuel, und ein Gefühl der Erleichterung überkam ihn. Die nächsten Wochen vergingen, und die Natur nahm allmählich ihre Farben zurück. Die Bäume blühten, und die Luft war erfüllt von einem süßen Duft. Sarah und Manuel fühlten sich bereit, die nächsten Schritte zu unternehmen. Sie hatten sich gut vorbereitet, und die Vorfreude auf die Ankunft ihres Babys war greifbar. Eines Morgens, als

Sarah aufwachte, spürte sie einen besonderen Zauber in der Luft. *„Ich habe das Gefühl, dass etwas Großes bevorsteht",* sagte sie zu Manuel, als sie ihn sanft weckte. *„Was meinst du?",* fragte er neugierig. *„Ich weiß nicht genau, aber ich habe das Gefühl, dass wir bald eine Veränderung erleben werden. Vielleicht ist es nur meine Aufregung",* antwortete sie mit einem Lächeln.

Kapitel 23: Die Vorbereitungen beginnen

Die Entscheidung, den nächsten Schritt in ihrer Reise zur Elternschaft zu wagen, erfüllte Manuel und Sarah mit einer Mischung aus Aufregung und Vorfreude. In den folgenden Wochen konzentrierten sie sich darauf, ihre Vorbereitungen zu optimieren. Sie besuchten weiterhin Workshops, lasen Bücher über Schwangerschaft und Erziehung und sprachen mit Freunden, die bereits Eltern waren. Eines Abends, während sie in ihrer gemütlichen Küche saßen und sich Notizen machten, fragte Sarah: *„Hast du schon darüber nachgedacht, was wir unserem Kind beibringen wollen? Ich meine, welche Werte und Eigenschaften sind uns wichtig?"* Manuel überlegte kurz und antwortete: *„Ich denke, es ist wichtig, dass* *wir unseren Kindern Empathie und Respekt beibringen. Sie sollten lernen, die Welt um sich herum zu schätzen und eine Verbindung zu anderen Menschen aufzubauen. Außerdem möchte ich, dass sie die Freiheit haben, ihre Leidenschaften zu entdecken."* „*Das klingt wunderbar! Ich möchte auch, dass sie die Liebe zur Musik und zur Kreativität entwickeln. Vielleicht könnten wir ihnen von klein auf die Möglichkeit geben, verschiedene Instrumente auszuprobieren oder ihre eigenen Geschichten zu schreiben"*, fügte Sarah hinzu. Die beiden diskutierten leidenschaftlich darüber, wie sie ihre Werte in die Erziehung ihrer Kinder einfließen lassen könnten. Es war eine ermutigende und inspirierende Zeit, die ihre Vorfreude auf die Zukunft nur noch verstärkte. In den folgenden Wochen begannen sie, aktiv an ihrer Gesundheit zu arbeiten. Sie achteten auf eine ausgewogene Ernährung und begannen, regelmäßig Sport zu treiben. Manuel führte Sarah in seine Fitnessroutine ein, und sie fanden, dass es ihnen nicht nur körperlich, sondern auch emotional gut tat, gemeinsam aktiv zu sein. Eines Morgens, nach einem gemeinsamen Workout, saßen sie auf der Terrasse und genossen ein gesundes Frühstück. *„Es fühlt sich gut an, gemeinsam an unseren Zielen zu arbeiten. Ich glaube, das wird uns helfen, sowohl körperlich als auch mental stark zu sein"*, sagte Sarah und lächelte.

„Absolut! Und ich bin mir sicher, dass es auch für die zukünftige Elternschaft von Vorteil sein wird. Ein aktiver Lebensstil wird uns helfen, die Energie zu haben, die wir brauchen", stimmte Manuel zu. Die Zeit verging, und während sie sich auf die Möglichkeit einer Schwangerschaft vorbereiteten, spürten sie auch den Druck der Gesellschaft und der Erwartungen. Es gab Tage, an denen sie sich fragten, ob sie wirklich bereit waren, Eltern zu werden. *„Was ist, wenn wir nicht wissen, was wir tun?"*, äußerte Sarah eines Abends besorgt. Manuel nahm ihre Hand und beruhigte sie. *„Es ist ganz normal, sich so zu fühlen. Niemand ist perfekt vorbereitet, und wir werden immer lernen. Wichtig ist, dass wir uns gegenseitig unterstützen und unser Bestes geben"*, sagte er. Sarah nickte und fühlte sich durch Manuels Worte ermutigt. Sie beschlossen, sich nicht von den Ängsten aufhalten zu lassen, sondern sich auf ihre Reise zu konzentrieren und das Abenteuer anzunehmen. Eines Wochenendes besuchten sie eine lokale Babymesse, um mehr über Produkte und Dienstleistungen für werdende Eltern zu erfahren. Die Messe war voller Informationen, und sie genossen es, mit anderen Paaren zu sprechen, die ebenfalls in der gleichen Phase waren. *„Das ist ein toller Ort, um Ideen zu sammeln! Ich hätte nie gedacht, dass es so viele verschiedene Arten von Babytragen gibt"*, sagte Sarah und betrachtete die verschiedenen

Modelle. Manuel lachte. „Ja, und schau dir die ganzen Spielzeuge an! Ich kann es kaum erwarten, mit unserem Kind zu spielen und Zeit im Freien zu verbringen." Die Messe inspirierte sie, und sie kamen mit einer Fülle von Informationen nach Hause. Sie begannen, eine Liste von Dingen zu erstellen, die sie für die Ankunft ihres Babys benötigen würden. Es war aufregend, über die Möglichkeiten nachzudenken, und sie fühlten sich motiviert, ihre Vorbereitungen weiter voranzutreiben. Einige Wochen später, als sie an einem Sonntagmorgen zusammen frühstückten, spürte Sarah ein Kribbeln in ihrem Bauch. „Ich habe das Gefühl, dass der richtige Zeitpunkt kommen könnte. Was denkst du?" Manuel schaute sie skeptisch an, dann lächelte er. „Ich denke, wenn wir es wirklich wollen und uns bereit fühlen, sollten wir den Sprung wagen. Lass uns einfach auf unser Herz hören." Sarah nickte. „Ja, lass uns das tun. Ich bin bereit, die nächste Phase zu beginnen." In den folgenden Wochen lebten sie in einer Mischung aus Vorfreude und Nervosität. Sie konzentrierten sich weiterhin auf ihre Gesundheit, besuchten regelmäßige Arzttermine und informierten sich über die verschiedenen Aspekte der Schwangerschaft. Eines Morgens, nach einem Arztbesuch, hielt Sarah ein positives Testergebnis in der Hand. Sie war nervös und aufgeregt zugleich. „Manuel, ich kann es nicht glauben! Ich habe einen *positiven Test!"*, rief sie und zeigte ihm das Ergebnis. Manuels Gesicht erhellte sich, und er umarmte sie fest. *„Das ist großartig! Wir werden Eltern! Ich bin so stolz auf uns!"* Die beiden waren überglücklich und konnten es kaum fassen, dass ihr Traum Wirklichkeit wurde. Sie feierten diesen besonderen Moment mit einem romantischen Abendessen zu Hause, bei dem sie über ihre Zukunft sprachen und ihre Vorfreude teilten. *„Ich kann es kaum erwarten, dieses Abenteuer mit dir zu beginnen. Wir werden großartige Eltern sein"*, sagte Manuel und sah Sarah liebevoll an. *„Ja, ich fühle mich so glücklich, dass wir das gemeinsam erleben. Ich weiß, dass es Herausforderungen geben wird, aber ich vertraue darauf, dass wir alles schaffen können"*, antwortete Sarah mit einem strahlenden Lächeln. In den folgenden Wochen erlebten sie die Höhen und Tiefen der Schwangerschaft. Es gab Tage, an denen Sarah sich müde und emotional fühlte, aber Manuel war immer an ihrer Seite, um sie zu unterstützen und ihr Mut zuzusprechen. Sie besuchten gemeinsam Vorsorgeuntersuchungen, hörten die Herzschläge des Babys und fühlten sich mit jedem Termin näher mit ihrem Kind verbunden. Es war eine wunderschöne, aber auch herausfordernde Zeit, die ihre Beziehung weiter festigte. Eines Abends, als sie in ihrem neuen Zuhause auf dem Sofa saßen, legte Sarah ihren Kopf auf Manuels Schulter. *„Ich bin so dankbar, dass wir* *diese Reise gemeinsam machen. Du bist mein Fels in der Brandung"*, sagte sie sanft. *„Und du bist meine Inspiration. Ich kann es kaum erwarten, zu sehen, wie unser Leben sich verändert und wie wir als Familie wachsen"*, antwortete Manuel und küsste sie sanft. In diesem Moment wussten sie, dass sie bereit waren, die Herausforderungen der Elternschaft anzunehmen. Die Reise, die vor ihnen lag, war voller Ungewissheiten, aber sie waren fest entschlossen, es gemeinsam zu meistern. Und so lebten sie mit der Vorfreude auf das, was kommen würde, während sie sich auf das Abenteuer der Elternschaft vorbereiteten. Die Wochen vergingen, und mit jedem Tag fühlten sich Manuel und Sarah mehr und mehr auf die bevorstehenden Veränderungen in ihrem Leben vorbereitet. Die Schwangerschaft war eine Achterbahnfahrt der Emotionen, und sie erlebten sowohl wunderschöne Momente als auch Herausforderungen. Die ersten Anzeichen der Schwangerschaft waren aufregend und manchmal überwältigend, aber sie waren fest entschlossen, diesen Weg gemeinsam zu gehen. Eines Morgens, als der Frühling in vollem Gange war und die Natur in voller Blüte stand, beschlossen sie, einen Ausflug in die Natur zu machen. *„Wir sollten die frische Luft und die Sonne genießen, solange wir noch die Gelegenheit dazu haben"*, sagte Sarah. Manuel stimmte begeistert zu, und sie packten ein Picknick für den Tag. Im Park breiteten sie eine Decke aus und setzten sich darauf. *„Es fühlt sich gut an, mal rauszukommen und die Natur zu genießen"*, sagte Manuel, während er das Picknick auspackte. *„Und es ist eine großartige Gelegenheit, über unsere Pläne zu sprechen." „Ja, ich habe über unsere Liste nachgedacht. Wir sollten auch über die Dinge nachdenken, die wir nicht nur für das Baby, sondern auch für uns als Familie tun möchten"*, schlug Sarah vor. Sie begannen, Pläne zu schmieden, wie sie als Familie Zeit miteinander verbringen wollten. Sie sprachen über regelmäßige Familienausflüge, gemeinsame Spieleabende und die Traditionen, die sie in ihrem eigenen Zuhause schaffen wollten. *„Ich möchte, dass wir unseren Kindern die Möglichkeit geben, die Welt zu entdecken und dabei Spaß zu haben"*, sagte Sarah. *„Das ist mir auch wichtig. Ich denke, dass wir ihnen beibringen sollten, dass das Leben voller Abenteuer steckt und dass sie die Freiheit haben sollten, ihre Träume zu verfolgen"*, antwortete Manuel. Während sie im Park saßen und die Zeit genossen, spürten sie eine tiefe Verbundenheit zueinander und zu dem kleinen Leben, das in Sarah heranwuchs. Sie konnten es kaum erwarten, ihre Familie zu erweitern und das Abenteuer der Elternschaft gemeinsam zu erleben. In den folgenden Wochen besuchten sie weiterhin Arzttermine und genossen die kleinen Momente, die die Schwangerschaft mit sich brachte. Eines Mal hörten sie das Herz ihres Babys schlagen, und es war ein Moment, den sie nie vergessen würden. *„Es ist so wunderschön, das Herz schlagen zu hören"*, flüsterte Sarah, während sie die Tränen der Freude in ihren Augen zurückhielt. *„Ja, es macht alles so real. Ich kann es kaum erwarten, unser Kind endlich in den Armen zu halten"*, sagte Manuel, und ein Gefühl der Aufregung überwältigte ihn. Die Schwangerschaft hatte nicht nur ihre Beziehung gestärkt, sondern auch ihre Freundschaften vertieft. Sie tauschten sich regelmäßig mit ihren Freunden aus, die bereits Eltern waren, und erhielten wertvolle Ratschläge und Unterstützung. Eines Abends, während sie mit einer Gruppe von Freunden zusammen saßen, sprachen sie über die Herausforderungen des Elternseins. *„Ich mache mir wirklich Sorgen, ob ich als Mutter gut genug sein werde"*, gestand Sarah. Eine ihrer Freundinnen, die bereits zwei Kinder hatte, lächelte verständnisvoll. *„Es ist normal, sich so zu fühlen. Aber denkt daran, dass ihr nicht perfekt sein müsst. Jeder macht Fehler, und das Wichtigste ist, dass ihr euch gegenseitig unterstützt und immer offen für Kommunikation seid."* Die Worte ihrer Freundin gaben Sarah und Manuel Zuversicht. Sie begannen zu verstehen, dass es in Ordnung war, Fragen zu haben und nicht immer die Antworten zu kennen. Es war ein Teil des Abenteuers, und sie waren bereit, es anzunehmen. Einige Wochen später, als der Sommer näher rückte, spürte Sarah, dass die Vorfreude auf die Geburt ihres Kindes immer stärker wurde. *„Ich habe das Gefühl, dass wir in den nächsten Wochen einige wichtige Entscheidungen treffen müssen"*, sagte sie eines Abends, als sie zusammen auf dem Sofa saßen. *„Was meinst du?"*, fragte Manuel neugierig. *„Nun, wir sollten über den Geburtsort nachdenken. Ich habe darüber nachgedacht, und ich glaube, dass ich gerne eine Geburt in einem Geburtshaus hätte. Es fühlt sich für mich natürlicher an"*, erklärte Sarah. Manuel überlegte kurz und nickte dann. *„Ich unterstütze dich. Es ist wichtig, dass du dich bei der Geburt wohlfühlst. Lass uns ein paar Geburtshäuser in der Nähe besuchen und herausfinden, welches am besten zu uns passt."* Motiviert durch die Idee besuchten sie in den folgenden Tagen verschiedene Geburtshäuser. Sie sprachen mit den Hebammen und erfuhren mehr über die verschiedenen Optionen, die ihnen zur Verfügung standen. *„Ich habe ein gutes Gefühl bei diesem Ort. Es ist so einladend und warm"*, bemerkte Sarah, als sie eines der Häuser betraten. Nach ihren Besuchen entschieden sie sich für ein Geburtshaus, das warm und einladend war und einen familiären Ansatz zur Geburt förderte. Sie fühlten sich dort wohl und wussten, dass dies der richtige Ort für sie war. In den Wochen vor der Geburt arbeiteten sie weiterhin an ihren Vorbereitungen. Sie kauften die letzten Babyartikel, dekorierten das Kinderzimmer und bereiteten alles für die Ankunft ihres kleinen Wunders vor. Eines Abends, während sie das Kinderzimmer dekorierten, hielt Manuel inne und betrachtete die liebevoll ausgesuchten Dinge. *„Es ist unglaublich, wie viel Liebe und Vorfreude in diesem Raum steckt. Ich kann es kaum erwarten, unser Baby hier willkommen zu heißen"*, sagte er. Sarah lächelte. *„Ja, es fühlt sich alles so real an. Ich bin so dankbar, dass wir diese Reise gemeinsam machen. Wir werden großartige Eltern sein."* Die letzten Tage der Schwangerschaft waren sowohl aufregend als auch herausfordernd. Sarah spürte die körperlichen Veränderungen und die Vorfreude auf die Geburt. Manuel war immer an ihrer Seite und sorgte dafür, dass sie sich wohlfühlte. Er half ihr, die letzten Vorbereitungen zu treffen, und war ständig bereit, sie zu unterstützen. Eines Nachmittags, während sie im Wohnzimmer saßen, legte Sarah ihren Kopf auf Manuels Schulter. *„Ich glaube, es ist nicht mehr lange hin. Ich habe das Gefühl, dass unser Baby bald kommt"*, sagte sie. Manuel sah sie an und lächelte. *„Ja, ich spüre es auch. Es ist aufregend, aber ich weiß, dass wir alles zusammen meistern werden."* In dieser Zeit spürten sie die Unterstützung ihrer

Familie und Freunde, die stets bereit waren, Ratschläge zu geben und sich um sie zu kümmern. Die Vorfreude auf das neue Familienmitglied war in der Luft spürbar. Eines Abends organisierten sie ein kleines Treffen mit ihren Freunden, um ihre letzten Wochen der Schwangerschaft zu feiern. Es war eine Gelegenheit, ihre Freude zu teilen und sich von ihren Freunden ermutigen zu lassen. Die Atmosphäre war voller Lachen, Unterstützung und liebevollen Worten. *„Wir sind so aufgeregt für euch! Ihr werdet großartige Eltern sein",* sagte einer ihrer Freunde, während er ihnen ein kleines Geschenk für das Baby überreichte. Sarah und Manuel waren überwältigt von der Unterstützung und der Liebe, die sie umgab. Sie fühlten sich bereit, das Abenteuer der Elternschaft anzunehmen, und wussten, dass sie nicht alleine waren. Die Zeit verging, und eines Morgens wachte Sarah auf und spürte, dass etwas anders war. *„Manuel, ich glaube, es ist Zeit",* rief sie aufgeregt und nervös. Manuel sprang sofort aus dem Bett und sah sie an. *„Bist du dir sicher?" „Ja, ich spüre es. Es fühlt sich an, als würde unser Baby kommen",* antwortete Sarah, während sie sich auf den Weg ins Badezimmer machte. Sie begannen, sich vorzubereiten und die letzten Dinge für den Weg ins Geburtshaus zu packen. Es war ein aufregender und emotionaler Moment, und sie konnten es kaum erwarten, endlich ihr Baby in den

Armen zu halten. Das Abenteuer der Elternschaft stand vor der Tür, und sie waren bereit, es mit offenen Armen zu empfangen.

Kapitel 24: Die ersten Monate der Schwangerschaft

Die ersten Monate der Schwangerschaft waren für Sarah und Manuel eine aufregende Zeit voller neuer Erfahrungen und Emotionen. Während sich Sarah körperlich veränderte, spürte sie auch, wie ihr Herz für das kleine Wesen in ihrem Bauch wuchs. Sie und Manuel waren voller Vorfreude und Liebesbeweisen, während sie sich auf die Ankunft ihres Babys vorbereiteten. Eines Morgens, während Sarah in der Küche ein gesundes Frühstück zubereitete, kam Manuel hereingestürzt. *„Guten Morgen, wie fühlst du dich heute?"*, fragte er und umarmte sie von hinten. *„Guten Morgen! Ich fühle mich gut, aber ich habe ein bisschen mit Übelkeit zu kämpfen. Es ist nicht immer einfach, aber ich kann die kleinen Bewegungen des Babys schon spüren"*, antwortete Sarah und lächelte. *„Das ist wunderschön! Ich kann es kaum erwarten, das erste Mal zu spüren, wie es sich bewegt. Das ist ein ganz besonderer Moment"*, sagte Manuel, während er ihr einen Kuss auf die Wange gab. Die beiden fanden

Trost in ihrer Verbindung und unterstützten sich, während sie die Herausforderungen der Schwangerschaft meisterten. Sarah begann, ein Tagebuch zu führen, um ihre Gedanken und Gefühle festzuhalten, und Manuel ermutigte sie dazu, ihre Erlebnisse zu teilen. An einem Sonntagmorgen, während sie im Bett lagen und das Tageslicht durch die Vorhänge strömte, fragte Sarah: *„Was denkst du, wird unser Baby einmal für Hobbys und Interessen haben?"* Manuel überlegte kurz und antwortete: *„Ich hoffe, dass es die Freiheit hat, seine eigenen Leidenschaften zu entdecken. Ich möchte, dass es die Liebe zur Natur und zur Bewegung hat, aber auch die Kreativität und die Freude am Lernen." „Ja, und ich möchte ihm die Möglichkeit geben, Musik und Kunst zu entdecken. Es wäre schön, wenn es die Welt um sich herum durch kreative Augen sehen könnte",* fügte Sarah hinzu. Diese Gespräche vertieften nicht nur ihre Vorfreude, sondern auch ihre Bindung. Sie diskutierten über die Werte, die sie ihrem Kind mitgeben wollten, und über die Erziehung, die sie anstreben würden. Als die Zeit verging, erlebte Sarah die typischen Höhen und Tiefen einer Schwangerschaft. Es gab Tage, an denen sie viel Energie hatte und voller Tatendrang war, und andere Tage, an denen sie sich müde und emotional fühlte. Manuel war immer an ihrer Seite, half im Haushalt und bereitete ihr Lieblingsessen zu. Eines Abends, als sie gemeinsam auf dem Sofa saßen und einen Film schauten, lehnte Sarah sich an Manuel und sagte: *„Ich fühle mich so glücklich, dass wir diese Reise zusammen machen. Dein Verständnis und deine Unterstützung bedeuten mir so viel."* *„Ich bin nur glücklich, dir zur Seite zu stehen. Wir sind ein Team, und ich weiß, dass wir alles gemeinsam schaffen können"*, antwortete Manuel und legte seinen Arm um sie. Im Laufe der Monate besuchten sie weiterhin regelmäßig ihre Arzttermine, und jedes Mal, wenn sie die Herzschläge ihres Babys hörten oder die Ultraschallbilder sahen, fühlten sie sich mehr und mehr mit ihrem Kind verbunden. Diese Momente waren für sie magisch und stärkten ihre Vorfreude. Eines Tages, während sie bei einem Ultraschalltermin waren, hielt der Arzt ein Bild des Babys hoch. *„Hier ist Ihr kleines Wunder"*, sagte er lächelnd. Sarah und Manuel konnten kaum glauben, dass sie bald Eltern werden würden. *„Es ist so winzig und perfekt!"*, rief Sarah aus und hielt das Bild fest in ihren Händen. *„Das ist unser Baby. Ich kann es kaum erwarten, es in unseren Armen zu halten"*, sagte Manuel und umarmte Sarah fest. Die Zeit verging, und während sich Sarah körperlich und emotional auf die Geburt vorbereitete, spürte sie auch, wie die Herausforderungen der Schwangerschaft sie stärker machten. Sie und Manuel begannen, einen Geburtsplan zu erstellen und besuchten Kurse zur Geburtsvorbereitung. In einem dieser Kurse lernten sie verschiedene Entspannungstechniken und Atemübungen. Sarah fühlte sich sicherer und besser vorbereitet, und Manuel war stolz darauf, sie in dieser Zeit zu unterstützen. *„Ich werde an deiner Seite sein, egal was passiert. Wir schaffen das zusammen",* sagte er, während sie die Übungen praktizierten. Die Vorfreude auf die Geburt des Babys wuchs, und sie begannen, sich Gedanken über den Namen zu machen. *„Ich habe eine Liste von Namen, die mir gefallen, aber ich möchte, dass wir beide uns darauf einigen",* sagte Sarah, während sie in einem Café saßen und ihre Ideen austauschten. Manuel nickte. *„Das ist eine großartige Idee! Lass uns die Namen durchgehen und sehen, welche wir beide mögen. Es ist wichtig, dass wir beide mit dem Namen glücklich sind."* In den folgenden Wochen diskutierten sie über verschiedene Namen und sammelten ihre Favoriten. Es war eine unterhaltsame und liebevolle Aktivität, die ihre Vorfreude auf das Baby weiter steigerte. Eines Abends, während sie über die Namen sprachen, sagte Sarah: *„Ich habe das Gefühl, dass wir bald bereit sein werden, unser Baby in die Welt zu bringen. Ich bin so aufgeregt und gleichzeitig ein bisschen nervös." „Das ist normal, und ich fühle mich genauso. Aber ich weiß, dass wir gut vorbereitet sind und dass wir alles tun werden, um* *unser Kind zu unterstützen und ihm ein liebevolles Zuhause zu geben"*, antwortete Manuel. Die Tage vergingen, und als der Geburtstermin näher rückte, spürten sie eine Mischung aus Vorfreude und Aufregung. Es war eine Zeit voller Erwartungen, in der sie sich auf das bevorstehende Abenteuer vorbereiteten. Eines Nachts, als sie im Bett lagen, hielt Sarah Manuels Hand und sagte: *„Ich kann es kaum erwarten, unser Baby zu sehen. Es wird unser ganzes Leben verändern, und ich hoffe, dass wir die besten Eltern sein können, die wir sein können."* *„Das werden wir, Sarah. Gemeinsam werden wir alles schaffen. Ich bin so stolz auf uns und kann es kaum erwarten, diese Reise mit dir anzutreten"*, antwortete Manuel und küsste sie sanft. In dieser aufregenden Zeit war ihnen klar, dass sie bereit waren, die Herausforderungen der Elternschaft anzunehmen. Sie lebten mit der Vorfreude auf das, was kommen würde, während sie sich auf das Abenteuer vorbereiteten, das sie als Familie erleben würden. Die Vorfreude auf die Geburt ihres Kindes erfüllte Sarah und Manuel mit einer Energie, die sie durch die anstrengenden letzten Wochen der Schwangerschaft trug. Sie hatten sich gut vorbereitet und waren in der Lage, die Herausforderungen, die vor ihnen lagen, mit Zuversicht und Hoffnung anzugehen. In den letzten Tagen vor dem Geburtstermin spürten sie eine

Mischung aus Aufregung und Nervosität, während sie die letzten Vorbereitungen trafen. Eines Morgens saßen sie zusammen am Frühstückstisch, als Sarah plötzlich innehielt und Manuel ansah. *„Weißt du, ich habe darüber nachgedacht, wie unser Leben nach der Geburt aussehen wird. Es wird alles anders sein, und ich frage mich, wie wir uns anpassen werden"*, sagte sie nachdenklich. *„Das ist ein guter Punkt. Es wird definitiv eine große Veränderung sein, aber ich glaube, dass wir uns anpassen werden. Wir haben uns die letzten Monate darauf vorbereitet, und wir werden uns gegenseitig unterstützen"*, antwortete Manuel und nahm ihre Hand. *„Ja, ich denke, das Wichtigste wird sein, dass wir flexibel bleiben und uns auf die Bedürfnisse unseres Babys einstellen. Wir werden lernen, während wir gehen"*, sagte Sarah und lächelte. Mit jedem Tag, der verging, wurden ihre Gespräche tiefer und reflektierten die Vorfreude auf das Unbekannte, das vor ihnen lag. Sie sprachen über die Herausforderungen der ersten Monate, die schlaflosen Nächte und die Anpassungen, die sie vornehmen mussten, um eine harmonische Familie zu sein. *„Ich habe viel über das Stillen gelesen und darüber, wie wichtig es für die Bindung ist"*, sagte Sarah an einem Abend, als sie auf dem Sofa saßen. *„Ich möchte, dass wir beide in dieser Zeit eng zusammenarbeiten, um sicherzustellen, dass unser Baby die beste*

Unterstützung erhält." Manuel nickte zustimmend. *„Ich werde da sein, um dich zu unterstützen, egal ob es darum geht, dir beim Füttern zu helfen oder einfach nur für dich da zu sein. Wir sind ein Team."* Die Vorbereitungen für die Geburt waren in vollem Gange, und sie hatten alles für den großen Tag organisiert. Sie hatten ihre Krankenhaustasche gepackt, das Kinderzimmer fertig eingerichtet und sogar einen kleinen Vorrat an Babynahrung und Windeln angelegt. Eines Nachmittags entschieden sie sich, einen Spaziergang im Park zu machen, um frische Luft zu schnappen und sich zu entspannen. Während sie Hand in Hand gingen, sprachen sie über die bevorstehenden Veränderungen. *„Ich finde es toll, dass wir jetzt ein Kinderzimmer haben, das nur für unser Baby gedacht ist",* sagte Sarah und betrachtete die Blumen, die in voller Blüte standen. *„Es fühlt sich so real an."* *„Ja, und ich kann es kaum erwarten, die ersten gemeinsamen Momente als Familie dort zu erleben. Es wird eine ganz neue Welt für uns",* antwortete Manuel, während er sie liebevoll ansah. Die Tage vergingen, und Sarah bemerkte, dass sich ihr Körper auf die bevorstehende Geburt vorbereitete. Sie spürte ein leichtes Ziehen im Bauch und wusste, dass es nicht mehr lange dauern konnte. Eines Abends, als sie zusammen in ihrem Schlafzimmer lagen, spürte sie, wie die Aufregung in ihr wuchs. *„Ich habe das*

Gefühl, dass es bald losgeht", sagte sie mit einem Lächeln, während sie Manuels Hand hielt. *„Es ist so aufregend, aber ich bin auch ein bisschen nervös."* *„Das ist vollkommen normal. Wir werden das gemeinsam durchstehen, und ich bin mir sicher, dass du großartig sein wirst"*, beruhigte Manuel sie. Er küsste ihre Stirn und legte sich dann neben sie. Am nächsten Tag besuchten sie einen weiteren Geburtsvorbereitungskurs. Die Trainerin sprach über die verschiedenen Phasen der Geburt und die Möglichkeiten der Schmerzlinderung. Sarah hörte aufmerksam zu und stellte Fragen, während Manuel neben ihr saß und sie ermutigte. *„Es ist so wichtig, gut informiert zu sein. So können wir besser auf die Situation reagieren, wenn der große Moment kommt"*, sagte Manuel. *„Ja, ich fühle mich nach jedem Kurs ein bisschen sicherer"*, stimmte Sarah zu. Nach dem Kurs gingen sie essen, und während sie auf ihr Essen warteten, sprachen sie über die verschiedenen Techniken zur Entspannung, die sie gelernt hatten. *„Ich denke, die Atemtechniken könnten mir wirklich helfen, mich während der Wehen zu entspannen"*, sagte Sarah. *„Ich werde alles tun, um dir zu helfen, diese Techniken anzuwenden. Ich werde an deiner Seite sein, und wir werden das gemeinsam meistern"*, antwortete Manuel und lächelte. Die Zeit verging, und die Vorfreude wuchs mit jedem Tag. Sarah und Manuel begannen, eine Liste von Dingen zu erstellen, die sie nach der Geburt des Babys benötigen würden. Sie sprachen über die ersten Tage zu Hause und wie sie die Übergangszeit gestalten wollten. *„Ich denke, wir sollten auch etwas Zeit für uns selbst einplanen, um uns als Paar zu unterstützen"*, schlug Manuel vor. *„Es wird wichtig sein, dass wir uns nicht aus den Augen verlieren, während wir Eltern werden."* *„Das ist ein wichtiger Punkt. Wir sollten auch sicherstellen, dass wir auch Zeit für uns selbst haben und uns regelmäßig kleine Auszeiten gönnen"*, stimmte Sarah zu. Die Gespräche über ihre Zukunft und die Herausforderungen, die vor ihnen lagen, vertieften ihre Bindung und gaben ihnen das Gefühl, dass sie bereit waren, den nächsten Schritt zu gehen. Eines Abends, als sie im Bett lagen, hielt Sarah Manuels Hand und sagte: *„Ich kann es kaum erwarten, unser Baby in den Armen zu halten. Es wird unser Leben für immer verändern."* *„Ja, und ich bin so stolz auf uns. Wir haben so hart gearbeitet, um uns darauf vorzubereiten, und ich weiß, dass wir alles tun werden, um unser Kind zu unterstützen"*, antwortete Manuel. Die letzten Tage vor der Geburt waren voller Aufregung und Nervosität. Sarah spürte, dass ihr Körper sich auf den großen Moment vorbereitete, und der Geburtstermin rückte immer näher. Eines Morgens, während sie zusammen frühstückten, fühlte Sarah, wie der Druck in ihrem

Bauch intensiver wurde. *„Ich glaube, es könnte bald losgehen", sagte sie, während sie nervös auf ihren Teller starrte.* Manuel sah sie an, seine Augen weiteten sich. *„Bist du dir sicher?"* *„Ich weiß es nicht, aber ich habe das Gefühl, dass es nicht mehr lange dauern kann",* antwortete sie und versuchte, ihre Nervosität zu verbergen. Die Stunden vergingen, und die Anspannung wuchs. Sie verbrachten den Tag damit, die letzten Vorbereitungen zu treffen, und als der Abend kam, spürte Sarah, dass die Wehen begannen. *„Manuel, ich glaube, es ist wirklich Zeit!"* Er sprang auf und half ihr, sich zu sammeln. *„Okay, lass uns zur Tasche gehen und dann ins Geburtshaus fahren. Du schaffst das, ich bin bei dir!"* Die Aufregung und Nervosität waren greifbar, als sie sich auf den Weg machten. Die Straßen schienen endlos zu sein, aber Manuel blieb ruhig und konzentriert. *„Wir sind fast da, Sarah. Denk daran, dass alles gut wird."*

Kapitel 25: Die Ankunft des Babys

Die letzten Wochen der Schwangerschaft zogen sich für Sarah und Manuel wie Kaugummi. Sie waren voller Vorfreude und Aufregung, aber auch ein wenig nervös, was die Ankunft ihres Babys angehen würde. Sarah spürte die Bewegungen des kleinen Wesens immer intensiver, und jedes Mal, wenn sie einen Tritt oder eine Bewegung spürte, lächelte sie und sah zu Manuel. *„Ich kann es kaum glauben, dass wir bald Eltern sein werden. Es fühlt sich so surreal an"*, sagte Sarah eines Abends, während sie auf dem Sofa saßen und sich eine Dokumentation über Babys ansahen. *„Ja, es ist unglaublich. Ich habe das Gefühl, dass unser Leben bald auf den Kopf gestellt wird, aber auf eine wunderschöne Art und Weise"*, antwortete Manuel und legte seine Hand auf ihren Bauch. *„Ich kann es kaum erwarten, unser Kind in den Armen zu halten."* Der Geburtstermin rückte näher, und die Vorbereitungen in ihrem Zuhause waren fast abgeschlossen. Sie hatten das Kinderzimmer eingerichtet, das mit liebevoll ausgesuchten Möbeln und Spielzeugen ausgestattet war. Jeder Winkel war mit viel Liebe gestaltet, und es war ein Ort, der nur darauf wartete, mit Leben gefüllt zu werden. Eines Nachmittags, während sie gemeinsam im Kinderzimmer standen und letzte Hand an die

Dekoration anlegten, sagte Sarah: *„Ich bin so glücklich, dass wir all das zusammen machen konnten. Es fühlt sich an, als ob wir wirklich bereit sind."* *„Wir sind bereit, und ich freue mich darauf, diese Reise mit dir zu beginnen",* antwortete Manuel und legte seinen Arm um sie. Die Tage vergingen, und als der angekündigte Geburtstermin endlich näher rückte, begann Sarah zu spüren, dass sich etwas in ihrem Körper tat. Sie wurde unruhig und konnte nachts nicht gut schlafen. Manuel bemerkte ihre Anspannung und versuchte, sie zu beruhigen. *„Wir sind gut vorbereitet. Denk daran, dass es in Ordnung ist, nervös zu sein. Das ist eine große Veränderung",* sagte er und hielt sie fest. Eines Morgens, als sie gerade gefrühstückt hatten, spürte Sarah einen scharfen Schmerz und wusste sofort, dass die Wehen begonnen hatten. *„Manuel, ich glaube, es geht los!",* rief sie und sprang auf. Manuels Herz schlug schneller. *„Okay, lass uns alles vorbereiten. Hast du deine Tasche gepackt?",* fragte er aufgeregt. *„Ja, ich habe alles bereit, aber ich brauche noch einen Moment",* antwortete Sarah und versuchte, sich zu entspannen. Sie atmete tief ein und erinnerte sich an die Atemtechniken, die sie gelernt hatte. Nach ein paar Minuten fühlte sie sich bereit. Manuel half ihr, die Tasche zu schnappen, und sie machten sich auf den Weg ins Krankenhaus. Während der Fahrt spürte Sarah die Wehen stärker werden, aber sie hielt

Manuels Hand fest. Er sprach beruhigend mit ihr und erinnerte sie daran, dass sie das gemeinsam durchstehen würden. Im Krankenhaus angekommen, wurden sie freundlich empfangen, und die Ärzte und Schwestern führten sie zu einem Untersuchungsraum. Sarah war nervös, aber auch voller Vorfreude. *„Wir schaffen das, Schatz. Du bist so stark"*, flüsterte Manuel, während sie auf das Bett halfen. Die Stunden vergingen, und die Wehen wurden intensiver. Sarah konzentrierte sich auf ihre Atmung und die Techniken, die sie gelernt hatte. Manuel war an ihrer Seite, hielt ihre Hand und sprach beruhigende Worte. Sie fühlten sich wie ein Team, das eine gemeinsame Herausforderung meisterte. Als die Zeit näher rückte, spürte Sarah, dass sie kurz davor war, ihr Baby zur Welt zu bringen. *„Ich kann es nicht glauben, dass wir gleich Eltern sein werden"*, sagte sie zwischen den Wehen. *„Ich auch nicht! Du machst das großartig, Sarah. Bald haben wir unser kleines Wunder hier bei uns"*, antwortete Manuel und lächelte sie an. Schließlich war der Moment gekommen. Mit der Unterstützung des medizinischen Teams und Manuels anfeuernden Worten brachte Sarah ihr Baby zur Welt. Der Raum war erfüllt von Emotionen, und als das Baby schließlich schrie, brach Sarah in Tränen aus. *„Herzlichen Glückwunsch, es ist ein gesundes Mädchen!"*, sagte die Ärztin und legte das kleine Wesen auf Sarahs Brust.

Sarah sah auf ihr Baby hinunter und fühlte eine Welle der Liebe und des Glücks über sich hinwegrollen. *„Hallo, kleines Mädchen. Ich bin deine Mama",* flüsterte sie und küsste das weiche Gesicht des Neugeborenen. Manuel stand neben ihr und war überwältigt. *„Sie ist perfekt, Sarah. Sie ist perfekt!",* sagte er mit Tränen in den Augen. Die beiden hielten ihr Baby in den Armen, und in diesem Moment fühlten sie sich vollkommen. Es war der Beginn eines neuen Kapitels in ihrem Leben, und sie wussten, dass sie alles geben würden, um ihre Tochter zu lieben und zu unterstützen. In den Tagen nach der Geburt erlebten sie eine Mischung aus Freude und Herausforderung. Sie waren erschöpft, aber auch voller Glück, während sie sich an die neue Rolle als Eltern gewöhnten. Manuel half Sarah, wo er nur konnte, und sie fanden einen Rhythmus, der es ihnen ermöglichte, sich in dieser neuen Phase ihres Lebens zurechtzufinden. Die ersten Nächte waren schlaflos, aber sie genossen die intimen Momente, in denen sie ihr Baby fütterten und beruhigten. Sarah hielt die kleine Hand ihrer Tochter und fühlte sich, als ob sie die ganze Welt in ihrer Hand hielt. *„Ich kann nicht glauben, dass wir jetzt eine Familie sind. Es ist so surreal",* sagte Manuel eines Abends, während sie auf dem Sofa saßen und das schlafende Baby in ihren Armen hielten. *„Ja, es ist wie* *ein Traum. Ich liebe es, Mama zu sein, und ich liebe dich dafür, dass du an meiner Seite bist",* antwortete Sarah und sah ihn liebevoll an. Die Wochen vergingen, und mit jeder Herausforderung, die sie meisterten, wuchsen ihre Fähigkeiten als Eltern. Sie lernten, die Bedürfnisse ihrer Tochter zu verstehen und fanden Freude in den kleinen Momenten, die sie als Familie verbrachten. Eines Nachmittags, während Sarah das Baby fütterte, sah sie zu Manuel und sagte: *„Du bist ein großartiger Papa. Ich sehe, wie viel Liebe du für sie hast, und das macht mich so glücklich." „Es ist einfach. Ich liebe euch beide mehr als Worte ausdrücken können. Du hast so viel Stärke gezeigt, und ich bin so stolz auf dich",* antwortete Manuel und küsste Sarah sanft. Mit der Zeit gewöhnten sie sich an die Herausforderungen des Elternseins und fanden schließlich auch wieder Zeit für sich selbst. Sie erkannten, wie wichtig es war, sich gegenseitig zu unterstützen und auch Momente der Zweisamkeit zu schaffen. Eines Abends, als das Baby schlief, setzten sie sich auf die Terrasse und genossen den Sonnenuntergang. *„Ich kann mir nichts Schöneres vorstellen, als diesen Moment mit dir zu teilen",* sagte Manuel und sah Sarah an. *„Das ist ein neuer Anfang für uns, und ich freue mich darauf, die Zukunft gemeinsam zu gestalten",* erwiderte Sarah. In dieser neuen Phase ihres Lebens fühlten sich Manuel und Sarah mehr denn je als Team. Sie waren bereit, die Herausforderungen und Freuden des Elternseins anzunehmen und ihre Familie mit Liebe und Hingabe zu gestalten. Und so lebten sie mit der Gewissheit, dass die Reise gerade erst begonnen hatte. Die Zukunft war voller Möglichkeiten, und sie waren entschlossen, jeden Moment zu genießen, während sie ihre Tochter aufwachsen sahen. Die ersten Wochen der Elternschaft waren für Sarah und Manuel eine Zeit voller Emotionen. Während sie sich an die neuen Routinen gewöhnten, erlebten sie eine Mischung aus Freude, Liebe und gelegentlicher Erschöpfung. Ihre Tochter, die sie auf den Namen Mia getauft hatten, war das Licht ihres Lebens und brachte so viel Glück in ihr Zuhause. Eines Morgens, als die Sonne durch das Fenster schien, wachte Sarah früh auf, um Mia zu füttern. Sie saß in ihrem bequemen Sessel im Kinderzimmer und genoss den Anblick ihres schlafenden Babys. *„Du bist so perfekt, mein kleines Mädchen",* flüsterte sie und küsste Maditas Stirn. Gerade in diesem Moment betrat Manuel den Raum, die Augen noch verschlafen, aber mit einem Lächeln auf den Lippen. *„Guten Morgen, du zwei",* sagte er sanft und setzte sich neben Sarah. *„Wie war die Nacht?"*

„Naja, sie hat ein paar Mal geweint, aber ich denke, wir gewöhnen uns langsam daran", antwortete Sarah und sah ihn lächelnd an. „Es ist erstaunlich, wie schnell sich unser Leben verändert hat." *„Ja, das ist es. Aber ich finde es toll, dass wir das zusammen erleben dürfen",* erwiderte Manuel und nahm Maditas kleine Hand in seine. *„Ich liebe es, Papa zu sein."* Die ersten Monate waren geprägt von kleinen, intimen Momenten. Manuel und Sarah fanden Freude daran, Madita beim Schlafen zuzusehen, ihr beim Füttern zuzuhören und sie in den Schlaf zu wiegen. Trotz der schlaflosen Nächte fühlten sie sich oft wie im Himmel. Eines Nachmittags, während Madita schlief, nutzten Sarah und Manuel die Gelegenheit, um sich etwas Zeit füreinander zu nehmen. Sie setzten sich auf die Terrasse und genossen eine Tasse Tee. *„Ich finde es so wichtig, dass wir auch Zeit für uns haben",* sagte Sarah und sah den Sonnenuntergang an. *„Es ist leicht, in den neuen Routinen unterzugehen." „Ich stimme dir zu. Lass uns jeden Sonntagabend einen „Date Night" einrichten, auch wenn es nur für eine Stunde ist. Wir können etwas zusammen kochen oder einen Film schauen",* schlug Manuel vor. „Das klingt perfekt! Ich freue mich darauf", antwortete Sarah und fühlte sich durch Manuels Vorschlag ermutigt. Die ersten Besuche von Verwandten und Freunden waren ebenfalls ein aufregender Teil ihrer neuen Realität. Es war schön, die Familie um sich zu haben, um Madita zu begrüßen. Jeder war begeistert, sie zu sehen, und die kleinen Geschenke und Aufmerksamkeiten, die sie mitbrachten, machten die Atmosphäre noch fröhlicher. Eines Wochenendes kamen Sarahs Eltern zu Besuch. *„Wir sind so aufgeregt, Madita zu sehen!",* rief ihre Mutter, als sie die Tür öffnete. Sarah und Manuel lachten und umarmten sie herzlich. *„Hier ist das kleine Wunder",* sagte Sarah stolz und zeigte auf Madita, die friedlich in ihrem Kinderbett schlief. *„Sie ist so süß! Ihr habt sie wirklich gut gemacht",* lobte Sarahs Mutter, während sie Madita vorsichtig aufnahm. Die Besuche von Freunden und Familie waren nicht nur eine Freude, sondern auch eine wertvolle Unterstützung für Sarah und Manuel. Sie lernten, wie wichtig es war, Hilfe anzunehmen und sich nicht scheuten, um Unterstützung zu bitten, wenn sie sie brauchten. Eines Abends, als sie mit Sarahs Eltern am Tisch saßen, sprach ihr Vater über seine eigenen Erfahrungen als junger Vater. *„Es war nicht immer einfach, aber die besten Erinnerungen kommen oft aus den herausfordernden Zeiten",* erzählte er. *„Ihr werdet viele schöne Momente haben, die euch als Familie zusammenschweißen werden."* Sarah und Manuel hörten aufmerksam zu und fühlten sich ermutigt von den Geschichten ihrer Eltern. Es war eine Erinnerung daran, dass sie nicht alleine waren und dass jede

Familie ihre eigenen Herausforderungen hatte. Die Wochen vergingen, und Madita begann, sich in ihrem eigenen Tempo zu entwickeln. Sie machte erste Fortschritte beim Lächeln und begann, die Welt um sich herum zu erkunden. Für Sarah und Manuel war jeder neue Meilenstein ein Grund zur Freude. Eines Morgens, als sie Madita im Kinderwagen im Park schoben, sagte Sarah: *„Ich kann nicht glauben, wie schnell sie wächst. Es ist, als würde sich die Zeit wie im Flug verfliegen."* *„Ich weiß, was du meinst. Aber ich denke, es ist wichtig, die kleinen Momente zu schätzen und die Zeit zusammen zu genießen",* antwortete Manuel und hielt Maditas Hand. *„Wir werden immer wieder auf diese Zeiten zurückblicken und uns daran erinnern, wie glücklich wir waren."* Die ersten Monate als Eltern waren auch von neuen Herausforderungen geprägt. Es gab Tage, an denen sie sich überfordert fühlten, und Momente, in denen sie sich fragten, ob sie alles richtig machten. Doch sie fanden Trost darin, dass sie sich gegenseitig hatten. Eines Nachts, als Madita weinte und nicht schlafen wollte, sahen sich Sarah und Manuel an. *„Ich bin so müde",* gestand Sarah mit einem schiefen Lächeln. *„Ich habe das Gefühl, dass wir nie wieder durchschlafen werden."* Manuel lächelte verständnisvoll. *„Das ist nur eine Phase. Wir schaffen das. Lass uns abwechseln, damit wir beide etwas Schlaf bekommen",* schlug er vor.

„*Das klingt nach einem Plan. Ich bin so froh, dass ich dich an meiner Seite habe*", sagte Sarah und fühlte sich von Manuels Unterstützung gestärkt. Mit der Zeit fanden sie ihren Rhythmus und lernten, wie sie die Herausforderungen des Elternseins bewältigen konnten. Sie schätzten die kleinen Dinge, wie das Lachen von Madita oder die ruhigen Momente, in denen sie einfach nur zusammen waren. Eines Abends, als sie das Baby in den Schlaf wiegten, hielten sie inne und schauten sich an. „*Ich liebe es, wie wir gemeinsam als Familie wachsen*", sagte Sarah. „*Ich auch. Es ist eine aufregende Reise, und ich bin so stolz auf uns*", antwortete Manuel und küsste sie sanft. Die

Kapitel 26: Die ersten Schritte

Die ersten Monate mit ihrer Tochter waren für Sarah und Manuel eine aufregende, aber auch herausfordernde Zeit. Sie hatten sich in ihre Rolle als Eltern eingelebt, und während sie die besondere Bindung zu ihrem Baby genossen, lernten sie gleichzeitig, mit den vielen Anforderungen des Elternseins umzugehen. Eines Morgens, als Sarah das Baby fütterte, fragte sie Manuel: *„Wann denkst du, werden wir die ersten Schritte unserer Kleinen sehen?"* Manuel lächelte und setzte sich neben sie. *„Ich denke, es dauert nicht mehr lange. Die Zeit vergeht so schnell, und ich kann es kaum erwarten, sie auf ihren kleinen Füßen zu sehen." „Es wird ein ganz besonderer Moment sein. Ich kann es kaum erwarten, das festzuhalten und mit dir zu teilen",* antwortete Sarah und sah auf das schlafende Baby in ihren Armen. In den folgenden Wochen erlebten sie die typischen Meilensteine der frühen Kindheit. Ihre Tochter begann, ihre ersten Geräusche zu machen, und bald darauf drehte sie sich zum ersten Mal. Manuel und Sarah waren begeistert und hielten jeden Moment mit Fotos und Videos fest. Eines Nachmittags, während sie mit ihrem Baby auf dem Spielteppich spielten, bemerkte Sarah, dass ihre Tochter sich an einem Spielzeug hochzog. „*Schau mal, Manuel! Sie versucht, sich hochzuziehen!*", rief sie aufgeregt. Manuel kam näher und sah zu, wie ihre Tochter sich an einem kleinen Tisch festhielt. „*Das ist unglaublich! Sie ist so entschlossen*", sagte er und klatschte in die Hände. Die beiden feuerten ihr Baby an, und während sie versuchte, ihre Balance zu finden, stellte Sarah fest, wie stolz sie auf die Fortschritte ihrer Tochter war. „*Ich kann es kaum erwarten, wenn sie ihren ersten Schritt macht. Es wird so aufregend sein!*" Die Wochen vergingen, und ihre Tochter wurde immer aktiver. Sie begann, mit den ersten Wörtern zu experimentieren, und ihre kleinen Ausdrücke zauberten Manuel und Sarah oft ein Lächeln ins Gesicht. „*Mama*" und „*Papa*" waren die ersten Worte, und sie fühlten sich, als hätten sie den Jackpot gewonnen. Eines Abends, als sie alle drei im Wohnzimmer saßen, schaute ihre Tochter sie mit großen, neugierigen Augen an. „*Mama! Papa!*", rief sie und die beiden Eltern konnten nicht anders, als zu lachen. „*Das ist unser kleiner Superstar*", sagte Manuel und umarmte Sarah. Die Zeit verging, und als ihre Tochter etwa ein Jahr alt wurde, spürten Sarah und Manuel, dass der Moment, auf den sie gewartet hatten, näher rückte – die ersten Schritte. Sie hatten ein wenig Hilfe von einem Lauflernwagen organisiert, und nun war es an der Zeit, es auszuprobieren. An einem sonnigen Sonntagnachmittag stellten sie den

Lauflernwagen im Wohnzimmer auf. *„Bist du bereit, kleine Entdeckerin?"*, fragte Sarah, während sie ihre Tochter sanft an den Seiten des Wagens festhielt. Manuel kniete sich neben sie und murmelte: *„Komm schon, du kannst das! Wir sind hier, um dich zu unterstützen."* Sarah machte ein kleines Geräusch, das ihre Tochter motivieren sollte, und tatsächlich begann das Baby, sich an dem Wagen hochzuziehen. *„Schau mal!"*, rief Manuel aufgeregt. *„Sie macht es!"* Die kleine Tochter lächelte und schob den Wagen vorsichtig vor sich her. Sarah und Manuel klatschten begeistert in die Hände. *„Du machst das großartig!"*, rief Sarah. Nach ein paar Minuten des Übens bemerkten sie, dass ihre Tochter immer mutiger wurde. Sie ließ den Wagen los, wackelte ein wenig und machte die ersten Schritte in Richtung ihrer Eltern. *„Komm zu Mama!"*, rief Sarah und streckte die Arme aus. Mit einem strahlenden Lächeln und voller Entschlossenheit machte das Baby einen weiteren Schritt – und noch einen! Manuel hielt den Atem an und sah gebannt zu. *„Das ist es! Du machst es!"*, rief er begeistert. In diesem Moment fiel ihre Tochter glücklicherweise auf den Boden, aber sie begann sofort zu lachen. Sarah und Manuel stürzten sich auf sie und umarmten sie. *„Das war so mutig! Wir sind so stolz auf dich!"*, rief Manuel. Die kleine Familie verbrachte den Rest des Nachmittags damit, zu feiern und ihre Tochter zu ermutigen. Die ersten Schritte waren ein großer Schritt für sie alle – ein Zeichen des Wachstums und der Unabhängigkeit, das sie mit Stolz erfüllte. In den folgenden Wochen wurde das Gehen zur neuen Lieblingsbeschäftigung ihrer Tochter. Sie erkundete neugierig die Umgebung, und Sarah und Manuel mussten ständig auf der Hut sein, um sicherzustellen, dass sie nicht in Schwierigkeiten geriet. Eines Abends, als sie nach einem langen Tag im Park nach Hause kamen, beobachteten sie ihre Tochter, die voller Freude durch das Wohnzimmer watschelte. *„Es ist erstaunlich, wie schnell sie wächst"*, sagte Sarah und sah Manuel an. *„Es fühlt sich an, als ob wir jeden Tag etwas Neues lernen." „Ja, und ich liebe es, wie viel Freude sie in unser Leben bringt. Es ist wunderschön, sie aufwachsen zu sehen"*, antwortete Manuel und lächelte. In dieser Zeit wurde ihnen auch bewusst, wie wichtig es war, ein gutes Gleichgewicht zwischen Elternschaft und ihrem eigenen Leben zu finden. Sie versuchten, regelmäßig Zeit für sich selbst einzuplanen, um ihre Beziehung stark zu halten. Eines Wochenendes planten sie ein kleines Date-Night zu Hause, während die Großeltern auf ihre Tochter aufpassten. Sie kochten gemeinsam, schauten einen Film und sprachen über ihre Träume und Ziele. Es war eine willkommene Abwechslung, die ihnen half, sich wieder als Paar zu fühlen, nicht nur als

Eltern. *„Ich denke, es ist wichtig, dass wir auch Zeit für uns selbst haben. Unsere Beziehung ist die Grundlage für unsere Familie"*, sagte Sarah, während sie den Tisch deckte. *„Absolut. Wir müssen uns gegenseitig unterstützen und auch die Momente genießen, die nur für uns sind"*, stimmte Manuel zu. Die Wochen vergingen, und während ihre Tochter weiterhin ihre Umgebung erkundete, fühlten sich Sarah und Manuel mehr denn je als Familie. Sie hatten gelernt, die kleinen Dinge im Leben zu schätzen – die Lächeln, die ersten Worte und die kleinen Erfolge ihres Babys. Eines Nachmittags, als sie im Garten spielten, stellte Sarah fest, wie sehr sie sich verändert hatten. *„Es ist erstaunlich, wie viel Liebe und Freude unser Leben bereichert hat. Ich hätte nie gedacht, dass ich so glücklich sein könnte"*, sagte sie, während sie ihre Tochter beobachtete, die mit einem Ball spielte. *„Ich fühle mich genauso. Du bist eine großartige Mama, und ich bin so stolz, dass wir das gemeinsam erleben"*, antwortete Manuel und umarmte sie. In dieser Zeit lernten sie nicht nur, Eltern zu sein, sondern auch, wie wichtig es ist, als Paar zusammenzuwachsen. Die Herausforderungen und Freuden des Lebens machten sie stärker und lehrten sie, die kleinen Momente zu schätzen. Und so lebten sie in dem Wissen, dass das Abenteuer gerade erst begonnen hatte. Die Zukunft war voller Möglichkeiten und sie waren entschlossen, jeden Schritt gemeinsam zu gehen – als Familie. Die ersten Schritte ihrer Tochter Madita waren nur der Anfang eines aufregenden Kapitels in Sarahs und Manuels Leben. Mit jeder neuen Errungenschaft, die das kleine Mädchen machte, fühlten sich die beiden Eltern mehr mit ihr verbunden und erfuhren das wahre Glück der Elternschaft. Madita wuchs und entwickelte sich rasant. Ihre Neugierde kannte keine Grenzen, und sie begann, die Welt um sich herum zu erkunden. Eines Tages, während sie im Wohnzimmer spielten, bemerkten Sarah und Manuel, dass Madita sich für die Bücherregale interessierte. Sie zog ein Bilderbuch heraus und setzte sich mit einem entschlossenen Blick auf den Boden. *„Schau mal, sie will lesen!"*, rief Manuel begeistert, während er sich neben sie setzte. *„Das ist so süß! Ich habe das Gefühl, dass sie eine kleine Leseratte wird"*, antwortete Sarah und lächelte, als sie sah, wie Madita die bunten Bilder betrachtete. Sie wusste, wie wichtig es war, ihrer Tochter eine Liebe zur Literatur zu vermitteln, und sie freute sich darauf, sie beim Lesen zu unterstützen. In den folgenden Wochen besuchten sie regelmäßig die örtliche Bibliothek, wo sie Kinderbücher ausliehen. Madita liebte es, mit ihren Eltern Geschichten anzuschauen, und sie freute sich über die bunten Bilder und die einfachen Geschichten. Sarah und Manuel lasen ihr jeden Abend vor dem Schlafengehen vor, und es wurde zu einer schönen Tradition, auf die sie sich alle freuten. Eines Abends, als sie Madita ins Bett brachten, las Sarah ihr ein Buch über Tiere vor. *„Sieh mal, Madita, das ist ein Hund!"*, sagte sie und zeigte auf das Bild. Madita blickte auf die Seite und quietschte vor Freude. *„Hund!"*, rief sie und klatschte in die Hände. *„Genau! Du bist so schlau, meine Kleine"*, lobte Manuel, während er sie liebevoll anblickte. *„Bald kannst du uns Geschichten erzählen."* Die Zeit verging, und Madita begann, ihre ersten Worte zu kombinieren. Es war eine aufregende Phase, in der sie nicht nur *„Mama"* und *„Papa"* sagte, sondern auch einfache Sätze bildete. Eines Tages, als sie im Park waren, drehte sich Madita zu ihren Eltern um und rief: *„Mama, schau! Ball!"* *„Ja, das ist ein Ball, gut gemacht, Madita!"*, antwortete Sarah stolz. Diese kleinen Fortschritte erfüllten das Paar mit Freude und Staunen. Sie waren fasziniert von der Entwicklung ihrer Tochter und genossen jeden Moment, den sie miteinander verbrachten. Eines Nachmittags, während sie im Garten spielten, beschlossen sie, Madita beim Spielen mit Wasser zu unterstützen. Sie füllten eine kleine Wanne mit Wasser und gaben ihr einige Spielzeuge, die schwammen. *„Das wird ihr sicher Spaß machen"*, sagte Manuel, als er die Wanne auf den Rasen stellte. Madita war begeistert und planschte fröhlich im Wasser. *„Schau mal, Mama!"*, rief sie und hielt ein kleines Boot hoch.

Sarah und Manuel beobachteten sie mit Lächeln auf den Lippen und fühlten sich glücklich, dass sie ihrer Tochter solche schönen Erlebnisse bieten konnten. Die Wochen vergingen, und während Madita immer aktiver wurde, merkten Sarah und Manuel, dass sie ihre eigenen Bedürfnisse manchmal zurückstellen mussten. Die Herausforderung, Beruf und Familie unter einen Hut zu bringen, war nicht immer einfach, aber sie versuchten, sich gegenseitig zu unterstützen und die Balance zu finden. Eines Abends saßen sie zusammen auf der Couch, und Manuel sagte: *„Ich denke, wir müssen uns einen Plan machen, um mehr Zeit für uns selbst zu schaffen. Es ist wichtig, dass wir auch auf uns achten."* *„Ja, ich habe das Gefühl, dass wir manchmal in der Hektik des Alltags untergehen. Lass uns eine Liste mit Aktivitäten machen, die wir als Paar machen können",* schlug Sarah vor. Sie diskutierten über verschiedene Ideen, wie gemeinsame Spaziergänge, Kinobesuche oder einfach nur ruhige Abende zu Hause. *„Es ist wichtig, dass wir uns Zeit füreinander nehmen, damit unsere Beziehung stark bleibt",* sagte Manuel. In den kommenden Wochen setzten sie ihren Plan in die Tat um. Einmal in der Woche hatten sie einen *„Date Night"*, an dem Madita bei ihren Großeltern blieb. Es war eine willkommene Abwechslung, die es ihnen ermöglichte, als Paar Zeit miteinander zu verbringen und sich wieder miteinander zu verbinden. Eines Abends gingen sie in ihr Lieblingsrestaurant und genossen ein gemütliches Abendessen. *„Es fühlt sich so gut an, wieder hier zu sein. Ich habe es vermisst"*, sagte Sarah und lächelte. *„Ich auch. Es ist schön, mit dir über alles zu reden, ohne dass wir unterbrochen werden"*, stimmte Manuel zu. *„Ich liebe es, Zeit mit dir zu verbringen."* Die Gespräche über ihre Träume und Ziele flossen wieder, und sie fühlten sich erfrischt und gestärkt. Diese Momente halfen ihnen, sich auf ihre Beziehung zu konzentrieren und auch die Herausforderungen des Elternseins besser zu bewältigen. Während Madita weiter wuchs und sich entwickelte, bemerkten sie, wie wichtig es war, ihr ein sicheres und unterstützendes Umfeld zu bieten. Sie schufen eine liebevolle Atmosphäre, in der Madita die Freiheit hatte, zu entdecken und zu lernen. Eines Tages, als sie im Park waren, sahen sie ein anderes Kind, das mit einem Ball spielte. Madita ließ alles stehen und liegen und watschelte auf das Kind zu. *„Ball!"*, rief sie aufgeregt. Sarah und Manuel beobachteten sie und waren stolz auf Maditas Neugier und ihren Wunsch zu interagieren. *„Sie ist so mutig"*, flüsterte Sarah. *„Ja, und sie lernt, mit anderen Kindern zu spielen. Das ist so wichtig für ihre Entwicklung"*, antwortete Manuel und lächelte. In dieser Zeit wurde ihnen auch bewusst, wie wichtig es war, sozialen

Kontakt zu knüpfen. Sie begannen, regelmäßig mit anderen Eltern zu spielen und zu interagieren, und es wurde zu einer schönen Routine. Diese Treffen halfen ihnen, sich mit anderen Eltern auszutauschen und Erfahrungen zu teilen. Eines Nachmittags organisierten sie ein Spieltreffen mit Freunden, die ebenfalls Kinder hatten. Die Kinder rannten fröhlich im Garten herum, während die Erwachsenen sich austauschten. *„Es ist so schön zu sehen, wie sie miteinander spielen"*, sagte Sarah und beobachtete, wie Madita mit einem anderen Kind lachte. *„Ja, es ist eine gute Gelegenheit, Freundschaften zu pflegen und sich gegenseitig zu unterstützen"*, stimmte Manuel zu. Die Monate vergingen, und während Madita ihre ersten Schritte machte, spürten Sarah und Manuel, dass sie zusammen wuchsen – sowohl als Familie als auch als Paar. Die Herausforderungen des Lebens schweißten sie zusammen und lehrten sie, die kleinen Momente zu schätzen. Eines Abends, als sie Madita ins Bett brachten, hielt Sarah Manuels Hand und sagte: *„Ich kann mir nicht vorstellen, wie unser Leben ohne sie wäre. Sie hat unser Leben so bereichert." „Das stimmt. Sie ist unser Glück, und ich bin so dankbar, dass wir das gemeinsam erleben"*, antwortete Manuel und küsste Sarah sanft.

Kapitel 27: Maditas Entdeckungsreise

Madita wuchs schnell heran, und mit jedem neuen Tag entdeckte sie die Welt auf ihre eigene, neugierige Art. Sarah und Manuel waren oft überrascht von den kleinen Dingen, die Madita faszinieren konnten – ein schimmernder Sonnenstrahl, der durch das Fenster fiel, das Rascheln der Blätter im Wind oder das Kichern, das sie von sich gab, wenn sie mit ihrem Stofftier spielte. Eines Morgens, während Sarah das Frühstück zubereitete, hörte sie Madita im Wohnzimmer kichern. Neugierig ging sie hinüber und fand ihre Tochter, die mit einem bunten Bauklötze-Stapel spielte. *„Schau mal, Mama!"*, rief Madita und hielt stolz einen Klötzchen-Turm in die Höhe. *„Wow, Madita! Du baust einen tollen Turm! Lass uns sehen, wie hoch du ihn bauen kannst"*, sagte Sarah und setzte sich neben sie. Manuel kam gerade zur Tür herein und beobachtete das Spiel seiner Tochter mit einem breiten Lächeln. *„Das sieht nach einem Meisterwerk aus! Ich glaube, das wird der höchste Turm der Welt"*, scherzte er und kniete sich daneben. Madita kicherte und fügte einen weiteren Klotz hinzu, aber gerade in dem Moment fiel der Turm um. *„Oh nein!"*, rief sie und sah enttäuscht aus. *„Keine Sorge, Madita! Das ist ganz normal. Manchmal fallen Dinge um, und das ist okay.*

Lass uns einfach wieder neu anfangen", sagte Sarah beruhigend. Madita schaute ihre Eltern an und lächelte dann. *„Ja, neu anfangen!"*, rief sie und begann, die Klötze wieder aufzuheben. Manuel und Sarah schauten sich an und fühlten sich stolz auf die positive Einstellung ihrer Tochter. In den folgenden Wochen war Madita in ihrer Entdeckungsreise sehr aktiv. Sie begann, die Welt um sich herum zu erobern und wurde immer selbstbewusster. Sie erforschte ihren Garten, sammelte Blumen und untersuchte die verschiedenen Insekten, die sie fand. Eines Tages, als sie im Garten spielten, entdeckte Madita einen Schmetterling, der über die Blumen tanzte. *„Mama, schau mal! Ein Flatterling!"*, rief sie aufgeregt. *„Ja, das ist ein Schmetterling! Sie sind so schön und fliegen von Blume zu Blume"*, erklärte Sarah und nahm Madita sanft auf den Arm. Sie sahen gemeinsam zu, wie der Schmetterling seine bunten Flügel öffnete und schloss. *„Willst du wissen, woher die Schmetterlinge kommen?"*, fragte Manuel, der sich zu ihnen gesellte. Madita nickte eifrig, und so begannen sie, ihr die verschiedenen Stadien des Schmetterlingslebens zu erklären – von der Raupe zur Puppe und schließlich zum wunderschönen Schmetterling. Die Neugier von Madita kannte keine Grenzen, und sie wollte alles lernen. Sarah und Manuel beschlossen, regelmäßig kleine Ausflüge in die Natur zu machen, um ihrer

Tochter die verschiedenen Facetten der Welt näherzubringen. An einem sonnigen Samstag packten sie ein Picknick und fuhren zu einem nahegelegenen Wald. Die frische Luft und die Geräusche der Natur waren erfrischend. Madita lief umher, sammelte Äste und Steine und fragte ständig nach den Tieren, die sie hörte. *„Mama, was macht das Geräusch?"*, fragte sie, als sie das Zwitschern der Vögel hörte. *„Das sind die Vögel, die singen. Sie kommunizieren miteinander"*, erklärte Sarah und zeigte auf einen Baum, auf dem ein Vogel saß. Manuel nahm Madita auf den Arm. *„Sieh mal, da oben! Das ist ein Buchfink. Er hat ein wunderschönes Lied"*, fügte er hinzu, und Madita lauschte gespannt. Die Zeit im Wald war magisch. Sie entdeckten verschiedene Pflanzen, schauten sich die verschiedenen Baumarten an und ließen Madita kleine Schätze sammeln, die sie dann in ihrem *„Natur-Buch"* aufbewahrte. Es wurde zu einer wertvollen Tradition für die Familie, die sie bei jedem Ausflug pflegten. Die Monate vergingen, und Madita wurde stetig aktiver. Sie begann, neue Wörter zu lernen und ihre Gedanken mit ihren Eltern zu teilen. *„Mama, ich will den Himmel berühren!"*, rief sie eines Abends, als sie draußen spielten. Sarah lachte und sagte: *„Das ist ein großer Traum, Madita! Aber wir können den Himmel beobachten und den Sonnenuntergang gemeinsam genießen."* Sie setzten sich auf die Terrasse und schauten zu, wie die Sonne langsam unterging und den Himmel in ein wunderschönes Farbenspiel verwandelte. *„Schau mal, die Farben! Rot, Orange und Gelb – wie ein riesiges Gemälde!",* rief Manuel begeistert. Madita schloss die Augen und genoss den Moment. *„Ich liebe den Himmel, Mama und Papa!",* sagte sie fröhlich. In dieser Zeit erlebten Sarah und Manuel die Herausforderungen des Elternseins weiterhin. Manchmal gab es schlaflose Nächte, und die Balance zwischen Arbeit und Familie war nicht immer einfach. Doch sie waren dankbar für die kleinen Momente, die ihr Leben bereicherten. Eines Abends, als sie im Wohnzimmer saßen und Madita ein Bilderbuch vorlasen, spürten sie, wie viel Freude ihr Kind in ihr Leben gebracht hatte. *„Weißt du, was ich am meisten an Madita liebe?",* fragte Sarah. *„Was denn?",* fragte Manuel neugierig. *„Ihre Neugier und die Art, wie sie die Welt sieht. Es erinnert mich daran, dass wir immer wieder neu anfangen können, die Schönheit um uns herum zu entdecken",* sagte Sarah und lächelte. *„Ich denke, das ist eine der besten Eigenschaften, die wir ihr mitgeben können. Lass uns weiterhin dafür sorgen, dass sie die Welt mit offenen Augen und einem offenen Herzen erkundet",* antwortete Manuel und hielt Maditas Hand. So lebten sie als Familie, begleitet von den Abenteuern, die das Leben mit sich brachte. Madita war eine Quelle des Lichts und der Freude, und während sie die Welt entdeckte, wuchsen auch Sarah und Manuel an den Herausforderungen und Freuden, die das Elternsein mit sich brachte. Sie waren bereit, all die neuen Schritte in Maditas Leben zu unterstützen und ihre gemeinsamen Erlebnisse zu feiern. Die Entdeckungsreise von Madita war für Sarah und Manuel eine stetige Quelle der Inspiration und Freude. Mit jedem neuen Tag erlernte Madita neue Dinge und erkundete die Welt um sich herum auf ihre ganz eigene, ehrliche Weise. Die kleinen Abenteuer, die sie gemeinsam erlebten, führten nicht nur zu neuen Erkenntnissen für Madita, sondern auch zu einer tiefen Verbindung innerhalb der Familie. Eines Morgens beschloss Sarah, dass es an der Zeit war, Madita die Freude am Gärtnern näherzubringen. *„Wie wäre es, wenn wir gemeinsam einen kleinen Garten anlegen? Du kannst deinen eigenen kleinen Bereich haben, wo du Blumen oder Gemüse pflanzen kannst"*, schlug sie vor, während sie in der Küche frühstückten. *„Ja, das klingt super! Ich will bunte Blumen pflanzen!"*, rief Madita begeistert und klatschte in die Hände. Nach dem Frühstück machten sie sich auf den Weg zum Gartencenter. Madita sprang aufgeregt umher, als sie durch die bunten Gänge voller Pflanzen und Blumen schlenderten. *„Mama, schau mal, diese Blumen sind so schön!"*, rief sie und deutete auf die leuchtend roten Tulpen. *„Lass uns ein paar Samen und*

Blumenzwiebeln aussuchen, die du pflanzen möchtest", schlug Manuel vor, und gemeinsam suchten sie verschiedene Sorten aus. Zurück im Garten machten sie sich daran, einen kleinen Bereich für Maditas Garten anzulegen. Manuel grub ein kleines Beet, während Sarah Madita zeigte, wie man die Samen richtig einpflanzt. *„Du musst sie vorsichtig in die Erde setzen und dann gut gießen",* erklärte sie. Madita beobachtete aufmerksam und machte alles nach. *„Gießen!",* rief sie, während sie mit einer kleinen Gießkanne das Wasser über die frisch gepflanzten Samen schüttete. Es war ein wunderschöner Moment, der die Liebe zur Natur und die Freude am Wachsen symbolisierte. In den folgenden Wochen kümmerte sich Madita voller Eifer um ihren Garten. Sie beobachtete, wie die ersten Triebe durch die Erde brachen, und ihre Aufregung war ansteckend. *„Mama, schau! Sie wachsen!",* rief sie eines Morgens, als sie voller Freude das Beet betrachtete. *„Ja, das ist fantastisch! Du hast richtig gute Arbeit geleistet, Madita!",* lobte Sarah und umarmte sie. Die kleinen Erfolge im Garten waren für Madita nicht nur eine Lektion in Geduld, sondern auch eine Gelegenheit, Verantwortung zu lernen. Sarah und Manuel schätzten die Möglichkeit, ihrer Tochter solche wertvollen Lektionen über das Leben und die Natur beizubringen. Eines Nachmittags, während sie im Garten arbeiteten, bemerkte Madita einen Regenwurm, der aus der Erde kroch. *„Mama, schau! Ein Wurm!"*, rief sie und bückte sich neugierig. *„Das ist ein Regenwurm! Sie sind sehr wichtig für den Boden, weil sie helfen, ihn fruchtbar zu machen"*, erklärte Manuel. Madita beobachtete den Wurm fasziniert und stellte viele Fragen über das Tier und seine Rolle im Garten. *„Können wir ihm einen Namen geben?"*, fragte Madita. *„Warum nicht? Wie wäre es mit ‚Willy dem Wurm'?"*, schlug Sarah vor, und Madita kicherte. *„Ja, Willy!"*, rief sie begeistert und verabschiedete sich von dem kleinen Wurm, während sie wieder zu ihren Pflanzen zurückkehrte. Die Zeit verging, und Madita traf weiterhin viele neue Entdeckungen, die ihre Neugierde anheizten. Eines Wochenendes entschieden Sarah und Manuel, einen Ausflug in einen Tierpark zu machen. Madita war aufgeregt, als sie die Tiere sehen durfte, von den majestätischen Löwen bis zu den lustigen Affen. *„Welches Tier möchtest du zuerst sehen, Madita?"*, fragte Manuel, während sie durch den Eingang des Tierparks gingen. *„Die Elefanten! Die sind so groß!"*, rief Madita begeistert. Als sie bei den Elefanten ankamen, hielt Madita den Atem an. *„Schau mal, Mama! Sie sind riesig!"*, sagte sie mit großen Augen. Sarah und Manuel standen neben ihr und sahen, wie Madita die Tiere beobachtete. *„Ja, Elefanten sind wirklich beeindruckend. Sie sind sehr intelligent und sozial"*, erklärte Sarah. Madita stellte viele Fragen über die Tiere und wollte alles über ihren Lebensraum und ihre Gewohnheiten wissen. Es war eine Freude, ihre Begeisterung zu sehen, und Sarah und Manuel waren glücklich, ihr so viele neue Informationen vermitteln zu können. Nach dem Besuch im Tierpark kehrten sie nach Hause zurück und Madita konnte es kaum erwarten, ihren Freunden von ihrem Erlebnis zu erzählen. Sie setzte sich mit ihrem Malbuch und begann, die Tiere zu zeichnen, die sie gesehen hatte. *„Mama, schau mal! Hier ist ein Elefant und hier ein Affe!",* rief sie und hielt stolz ihre Zeichnungen hoch. *„Das sind wunderbare Zeichnungen, Madita! Du hast ein großes Talent!",* lobte Sarah und setzte sich neben sie, um die Bilder zu bewundern. In den folgenden Wochen wurde Madita immer kreativer und wollte ihre Erlebnisse durch Malen und Basteln festhalten. Sarah und Manuel unterstützten sie, indem sie ihr Materialien zur Verfügung stellten und gemeinsam mit ihr bastelten. Eines Nachmittags, als sie mit Basteln beschäftigt waren, fragte Madita: *„Mama, was ist dein Lieblingstier?"* *„Hmm, das ist eine schwierige Frage. Ich liebe viele Tiere, aber ich glaube, ich mag die Delfine am meisten. Sie sind so intelligent und verspielt",* antwortete Sarah. *„Und Papa, was ist dein Lieblingstier?",* fragte Madita. Manuel dachte einen Moment nach. *„Ich denke, ich liebe die Wölfe. Sie sind* *stark und leben in Rudeln. Es ist faszinierend, wie sie miteinander kommunizieren"*, erklärte er. Madita hörte aufmerksam zu und begann, die Tiere zu zeichnen. *„Dann mache ich ein Bild von einem Delfin und einem Wolf!"*, rief sie und malte eifrig weiter. Mit der Zeit wurde ihre Kunst immer vielfältiger, und Sarah und Manuel waren stolz auf die Kreativität ihrer Tochter. Sie hängten ihre Zeichnungen an die Wände des Wohnzimmers, und Madita fühlte sich ermutigt, weiterhin neue Dinge auszuprobieren. Eines Tages, während sie im Garten spielten, bemerkte Madita einen Regenbogen, der sich nach einem kurzen Regenschauer über den Himmel spannte. *„Mama, schau! Ein Regenbogen!"*, rief sie und sprang aufgeregt auf und ab. *„Oh, wie schön! Regenbögen entstehen, wenn die Sonne auf die Regentropfen scheint. Lass uns gemeinsam darüber lernen"*, schlug Sarah vor. Manuel nahm Madita auf den Arm, und sie schauten gemeinsam den Regenbogen an. *„Es ist wie ein Geschenk der Natur"*, sagte er und lächelte. Madita sah zu ihrem Vater auf und fragte: *„Könnte ich auch einen Regenbogen malen?"* *„Natürlich! Lass uns ein großes Bild malen, das den Regenbogen zeigt"*, antwortete Sarah und holte die Malutensilien. Sie verbrachten den Rest des Nachmittags damit, ein großes gemeinsames Kunstwerk zu schaffen, das den Regenbogen und die Natur darstellte. Es war ein weiterer wertvoller Moment, den sie als Familie teilten. In dieser Zeit lernten Sarah und Manuel nicht nur, wie wichtig es war, Maditas Neugier zu fördern, sondern auch, wie sehr sie selbst von ihrer Tochter inspiriert wurden. Die kleinen Abenteuer und Entdeckungen des Alltags bereicherten ihr Leben und halfen ihnen, die Welt mit neuen Augen zu sehen. Die Monate vergingen, und Madita wuchs und entdeckte immer mehr. Sie lernten, ihr Kind zu ermutigen und gleichzeitig die Herausforderungen des Lebens zu meistern. Eines Tages, während sie im Garten spielten, hielt Madita inne und sah zu ihren Eltern auf. *„Mama, Papa, ich liebe euch!",* sagte sie mit einem strahlenden Lächeln. *„Wir lieben dich auch, Madita!",* antworteten Sarah und Manuel im Chor und umarmten ihre Tochter.

Kapitel 28: Maditas erste Abenteuer

Die Monate vergingen, und Madita wurde immer neugieriger und aktiver. Mit jedem neuen Schritt, den sie machte, entdeckte sie die Welt auf ihre eigene, einzigartige Weise. Sarah und Manuel waren begeistert von ihrer Entwicklung und nutzten jede Gelegenheit, um ihre Tochter in ihrer Erkundungsreise zu unterstützen. Eines Morgens, als die Sonne aufgeht und der Garten in goldenes Licht getaucht war, hatten Sarah und Manuel die Idee, einen kleinen Ausflug zum nahegelegenen Zoo zu machen. Madita liebte Tiere, und sie hatten schon oft über die verschiedenen Arten gesprochen. *„Was hältst du davon, Madita? Wollen wir die Tiere im Zoo besuchen?"*, fragte Sarah aufgeregt. Maditas Augen leuchteten auf. *„Ja, Mama! Ich will die Elefanten sehen!"*, rief sie und klatschte in die Hände. Nach einem schnellen Frühstück packten sie eine kleine Tasche mit Snacks und machten sich auf den Weg. Der Zoo war nur wenige Minuten entfernt, und Madita konnte es kaum erwarten, die Tiere zu sehen. Als sie das Gelände betraten, waren ihre Augen weit aufgerissen vor Staunen. *„Schau mal, Mama! Ein Löwe!"*, rief sie und zog an Sarahs Hand, um näher heranzukommen. Sie beobachteten den majestätischen Löwen, der faul in der Sonne lag.

„Sieht so aus, als würde er sich ausruhen. Löwen sind die Könige der Tiere", erklärte Manuel und lächelte, während er Madita auf den Arm hob, damit sie besser sehen konnte. Der Zoo war voll von aufregenden Tieren – Giraffen, Zebras, Affen und viele mehr. Madita war vor Begeisterung kaum zu bremsen. Sie stellte unzählige Fragen und wollte alles wissen, was sie sehen konnte. *„Warum hat die Giraffe so einen langen Hals, Papa?"*, fragte sie, während sie auf die hohen Tiere deutete. *„Das hilft ihnen, die Blätter von den Bäumen zu erreichen. Sie sind perfekt an ihre Umgebung angepasst"*, antwortete Manuel und erklärte ihr die verschiedenen Lebensräume der Tiere. Nach ein paar Stunden im Zoo war Madita müde, aber glücklich. Sie hatten die Tiere gefüttert, aus der Nähe betrachtet und viel über sie gelernt. Auf dem Heimweg saßen sie im Auto, und Madita schlief schließlich ein, während sie von den Abenteuern des Tages träumte. In den folgenden Wochen beschäftigten sich Sarah und Manuel weiterhin mit Maditas Neugier. Sie besuchten regelmäßig Museen, Naturparks und andere interessante Orte, um ihr Wissen zu erweitern und ihre Begeisterung für die Welt zu fördern. Eines Tages beschlossen sie, einen Bastelnachmittag einzulegen, um Maditas Kreativität zu fördern. Sie bereiteten einen Tisch mit Farbe, Papier, Pinsel und Bastelmaterialien vor. *„Heute werden wir Kunstwerke schaffen!"*, erklärte

Sarah, während sie die Materialien ausbreitete. Madita war sofort begeistert und begann, mit den Farben zu experimentieren. *„Ich mache ein Bild von einem Regenbogen!"*, rief sie und malte mit fröhlichen Farben auf das Papier. Manuel setzte sich neben sie und begann ebenfalls zu malen. *„Ich mache einen Baum, und die Sonne scheint darauf"*, sagte er und fügte einige gelbe Strahlen hinzu. Die Zeit verging wie im Flug, und bald hatten sie eine ganze Sammlung von Kunstwerken erstellt. Madita war stolz auf ihre Kreationen und zeigte sie ihren Eltern. *„Schaut mal, ich habe einen Schmetterling gemalt!"*, rief sie begeistert. *„Er ist wunderschön, Madita! Du hast ein großes Talent"*, lobte Sarah. Nach dem Basteln beschlossen sie, die Kunstwerke aufzuhängen und ihr kleines *„Kunststudio"* zu gestalten. Sie brachten die Bilder an die Wände des Wohnzimmers und schufen so eine bunte Galerie, die die Freude und Kreativität ihrer Tochter widerspiegelte. Die Wochen vergingen, und während Madita weiterhin die Welt entdeckte, bemerkten Sarah und Manuel, dass sie schneller sprach und neue Wörter lernte. Eines Abends, während sie zusammen im Wohnzimmer spielten, sagte Madita plötzlich: *„Mama, ich will auch ein Buch schreiben!" „Das ist eine großartige Idee, Madita! Worüber möchtest du schreiben?"*, fragte Manuel neugierig. *„Über Tiere! Ich will ein Buch über den*

Löwen, die Giraffe und die Elefanten machen!"*, erklärte sie begeistert. Sarah und Manuel waren begeistert von Maditas Einfallsreichtum. *„Lass uns gemeinsam ein Buch erstellen! Wir können Bilder malen und Geschichten dazu schreiben"*, schlug Sarah vor. Madita war begeistert und begann sofort, ihre Ideen aufzuschreiben. Die Familie verbrachte die nächsten Wochen damit, an diesem besonderen Projekt zu arbeiten. Sie malten Bilder von den Tieren, schrieben kleine Geschichten und fügten alles in ein selbstgemachtes Buch zusammen. Als das Buch schließlich fertig war, saßen sie zusammen auf dem Sofa, und Madita hielt stolz ihr Kunstwerk in den Händen. *„Ich habe mein eigenes Buch!"*, rief sie glücklich. *„Es ist wunderschön, Madita. Du bist eine großartige Geschichtenerzählerin"*, sagte Manuel und umarmte sie. In dieser Zeit lernten Sarah und Manuel nicht nur, wie wichtig es war, Maditas Neugier zu unterstützen, sondern auch, wie viel Freude es machte, gemeinsam kreativ zu sein. Die Erlebnisse und die Zeit, die sie miteinander verbrachten, schufen unvergessliche Erinnerungen und stärkten ihre Bindung als Familie. Eines Abends, als Madita im Bett lag und sich bereit machte, zu schlafen, kam Sarah, um ihr eine Gute-Nacht-Geschichte vorzulesen. *„Mama, kannst du die Geschichte von dem Löwen lesen?"*, fragte Madita mit großen Augen. *„Natürlich,* *mein Schatz. Aber zuerst müssen wir sicherstellen, dass du bequem liegst",* antwortete Sarah und kuschelte sich zu Madita. Während sie las, bemerkte Sarah, wie sich Maditas Augen langsam schlossen, während sie in die Geschichte eintauchten. Es war ein weiterer schöner Moment, der die Liebe und das Glück in ihrer Familie verstärkte. Die Monate vergingen, und Madita wuchs weiter heran. Ihre Abenteuer und Entdeckungen waren noch lange nicht zu Ende, und Sarah und Manuel waren bereit, sie auf jedem Schritt ihres Weges zu begleiten. So lebten sie in der Gewissheit, dass die Reise voller Wunder und Abenteuer steckte und dass sie gemeinsam alles erleben konnten, was das Leben für sie bereithielt. Maditas erste Abenteuer setzten sich fort, und mit jedem neuen Tag entdeckte sie mehr von der Welt um sich herum. Ihre Neugierde und Energie schienen unerschöpflich zu sein, und Sarah und Manuel waren begeistert, sie auf ihren Erkundungstouren zu begleiten. Eines Tages beschlossen sie, einen Ausflug zum Strand zu machen. Madita hatte noch nie das Meer gesehen, und die Vorfreude war groß. *„Mama, Papa, ich will das Wasser sehen!",* rief sie aufgeregt, als sie sich auf den Weg machten. Der Strand war ein Ort voller Wunder für das kleine Mädchen. Als sie ankamen, liefen sie direkt zum Wasser. *„Schau mal, die Wellen!",* rief Madita und sprang vor Freude auf und ab. Manuel hielt ihre Hand und führte sie ans Wasser. *„Das sind die Wellen, die kommen und gehen. Du kannst im Sand spielen und die Muscheln suchen",* erklärte er und zeigte auf den feinen Sand, der sich über den Strand erstreckte. Madita kniete sich sofort hin und begann, mit ihren Händen zu buddeln. *„Mama, schau mal, ich finde Muscheln!",* rief sie, während sie ein paar kleine Muscheln aus dem Sand holte. *„Die sind wunderschön, Madita! Lass uns ein paar sammeln und später ein kleines Muschelbuch machen",* schlug Sarah vor, während sie ihre Tochter beobachtete. Die Zeit verging wie im Flug, als sie im Sand spielten, Wasser spritzten und Muscheln sammelten. Madita war fasziniert von den Wellen und den vielen verschiedenen Farben und Formen der Muscheln. *„Ich will ins Wasser!",* rief Madita nach einer Weile, und Sarah und Manuel stimmten zu, dass es Zeit war, ein wenig zu planschen. Sie führten Madita vorsichtig ins seichte Wasser, wo die Wellen sanft an ihren Füßen plätscherten. *„Es ist kalt!",* quietschte Madita und lachte, während sie herumtanzte und versuchte, den Wellen auszuweichen. Manuel und Sarah schauten sich an und lächelten. Es war ein wunderschöner Moment, der die Freude und Freiheit des Lebens am Meer einfangen konnte. Nachdem sie eine Weile im Wasser gespielt hatten, beschlossen sie, eine Pause einzulegen. Sie breiteten ein Handtuch auf dem Sand aus und setzten sich darauf. Sarah öffnete die Kühltasche, die sie mit Snacks gefüllt hatten. *„Hier, Madita, möchtest du ein paar Kekse?"*, fragte sie. *„Ja, bitte!"*, rief Madita und griff nach den Keksen. Während sie aßen, sahen sie den Vögeln zu, die über den Strand flogen und nach Futter suchten. *„Mama, warum fliegen die Vögel?"*, fragte Madita mit vollem Mund. *„Die Vögel fliegen, um Nahrung zu finden und ihre Nester zu besuchen. Sie sind sehr geschickt im Fliegen"*, erklärte Sarah und beobachtete, wie Madita mit großen Augen den Vögeln folgte. Nach dem Essen beschlossen sie, noch ein wenig im Sand zu spielen. Madita baute mit Manuel zusammen eine große Sandburg und dekorierte sie mit Muscheln und kleinen Steinen, die sie gefunden hatten. *„Das wird die schönste Sandburg aller Zeiten!"*, rief sie, während sie mit Begeisterung weiterbastelte. *„Ja, und wir sollten einen Wassergraben um die Burg machen!"*, fügte Manuel hinzu und half ihr, Wasser aus dem Meer zu schöpfen. Der Nachmittag verging, und als die Sonne langsam unterging, fühlten sich alle drei glücklich und zufrieden. *„Das war ein perfekter Tag am Strand"*, sagte Sarah, während sie Madita in den Arm nahm. Auf dem Rückweg nach Hause war Madita müde, aber glücklich. Sie erzählte ihren Eltern von all den Abenteuern, die sie erlebt hatte, und von den vielen Muscheln, die sie gesammelt hatte. *„Ich will wieder* *zum Strand!"*, rief sie und kniff sich in ihren Arm, um sicherzugehen, dass das alles wirklich passiert war. Die nächsten Tage waren geprägt von der Erkundung neuer Aktivitäten. Mit der Zeit wurde Madita immer kreativer und begann, ihre eigenen Geschichten zu erfinden. Eines Nachmittags saßen sie zusammen, während Madita mit ihren Spielzeugen spielte. *„Mama, Papa, ich habe eine Geschichte!"*, rief sie und hielt einen Teddybären hoch. *„Es geht um einen mutigen Teddy, der die Welt erkundet!"* Sarah und Manuel schauten sich an und lächelten. *„Erzähl uns mehr, Madita!"*, forderte Manuel sie auf. *„Der Teddy hatte einen Freund, einen Löwen. Sie gingen in den Dschungel und trafen einen Elefanten!"*, begann Madita und erzählte mit Begeisterung. Die Art, wie sie die Geschichte lebendig machte, war faszinierend. Sarah und Manuel hörten gebannt zu, während Madita ihre eigene Fantasiewelt erschuf. *„Das klingt nach einem großartigen Abenteuer! Lass uns ein Puppenspiel machen, um die Geschichte nachzuspielen!"*, schlug Sarah vor, und Madita war sofort begeistert. Sie verbrachten den Rest des Nachmittags damit, Puppen zu basteln und die Geschichte nachzuspielen. Es war ein kreatives Abenteuer, das nicht nur Madita, sondern auch ihre Eltern mit Freude erfüllte. Die Wochen vergingen, und Madita wurde immer selbstbewusster. Sie begann, neue Wörter und Sätze zu bilden, und ihre Eltern waren stolz auf die Fortschritte, die sie machte. Eines Tages, als sie in der Küche spielten, sagte Madita: *„Mama, ich will ein großes Abenteuer erleben!"* *„Was für ein Abenteuer möchtest du erleben?"*, fragte Sarah neugierig. *„Ich möchte in einen echten Dschungel gehen und Tiere sehen!"*, rief Madita mit funkelnden Augen. Sarah und Manuel sahen sich an und lächelten. *„Das klingt nach einer aufregenden Idee, Madita! Lass uns einen Ausflug in einen Wildpark planen, wo wir die Tiere in ihrer natürlichen Umgebung sehen können"*, schlug Manuel vor. Madita klatschte begeistert in die Hände. *„Ja! Das will ich!"* Am nächsten Wochenende machten sie sich auf den Weg zu einem Wildpark in der Nähe. Madita war aufgeregt und konnte es kaum erwarten, die Tiere zu sehen. Als sie den Park betraten, fiel ihr Blick sofort auf einen großen Gehege mit verschiedenen Tieren. *„Schau, Mama, die Zebras!"*, rief sie und zog an Sarahs Hand. *„Ja, sie sind so schön!"*, antwortete Sarah und lächelte, während sie die Tiere beobachteten. Die Familie wanderte durch den Park und entdeckte viele verschiedene Tiere. Madita war fasziniert von den Löwen, die faul in der Sonne lagen, und den Giraffen, die ihre langen Hälse zum Fressen in die Bäume streckten. *„Könnte ich einen Löwen streicheln?"*, fragte Madita und schaute zu den großen Tieren hinüber. *„Leider nicht, mein Schatz. Löwen sind* *wilde Tiere, und wir müssen sie aus sicherer Entfernung beobachten"*, erklärte Manuel sanft. Die Zeit im Wildpark war voller Freude und Staunen. Madita stellte unzählige Fragen über die Tiere und ihre Lebensweisen. Sarah und Manuel genossen es, ihr Wissen zu teilen und die Neugier ihrer Tochter zu fördern. Als sie am Ende des Tages nach Hause fuhren, war Madita müde, aber glücklich. *„Das war das beste Abenteuer! Ich will wieder in den Dschungel gehen!"*, rief sie. *„Das werden wir, Madita. Es gibt noch viele Abenteuer, die wir gemeinsam erleben können"*, sagte Sarah und lächelte.

Kapitel 29: Maditas großer Tag

Madita hatte an diesem Morgen einen besonderen Glanz in den Augen. Es war der Tag ihrer ersten großen Aufführung im Kindergarten, und sie konnte ihre Aufregung kaum zügeln. Sarah und Manuel hatten sich vorgenommen, sie zu unterstützen und waren ebenso aufgeregt, ihre kleine Tochter auf der Bühne zu sehen. *„Mama, ich bin ein bisschen nervös",* gestand Madita, während sie in ihrem bunten Kostüm aus einer kleinen Prinzessin mit glitzerndem Tüllrock und einer funkelnden Krone im Wohnzimmer stand. *„Das ist ganz normal, Madita. Jeder ist vor einem Auftritt nervös, selbst die Erwachsenen. Aber du wirst großartig sein! Denk daran, dass wir dich anfeuern werden",* sagte Sarah und half ihr, die Krone richtig zu setzen. *„Ja, wir sind ganz vorne und sehen dir zu! Du musst einfach nur dein Bestes geben und Spaß haben",* fügte Manuel hinzu und lächelte sie an. Er hatte die Kamera bereit, um diesen besonderen Moment festzuhalten. Als sie den Kindergarten erreichten, war die Aufregung in der Luft spürbar. Alle Kinder waren in ihren Kostümen und konnten es kaum erwarten, auf die Bühne zu gehen. Madita hielt Sarahs Hand fest, während sie sich den anderen Kindern anschloss. Die Aufführung begann, und die Eltern saßen auf ihren Plätzen, während die Kinder auf die Bühne gingen. Madita war ein wenig schüchtern, aber als sie die Gesichter ihrer Eltern sah, strahlte sie und fand den Mut, sich zu zeigen. Die erste Nummer war ein fröhliches Lied über Freundschaft, und Madita sang mit voller Stimme. Sarah und Manuel sahen voller Stolz zu, während ihre Tochter in ihrem Element war. Sie bewegte sich mit den anderen Kindern und hatte sichtlich Spaß. *„Schau dir sie an! Sie ist so talentiert!"*, flüsterte Sarah zu Manuel. *„Ja, ich bin so stolz auf sie. Es ist erstaunlich, dass sie sich so wohlfühlt"*, antwortete Manuel und hielt die Kamera bereit, um jeden Moment festzuhalten. Nachdem die erste Aufführung zu Ende war, gab es großen Applaus von den Eltern. Madita strahlte und verbeugte sich mit den anderen Kindern, als sie von der Bühne gingen. *„Das war toll!"*, rief sie, als sie zu ihren Eltern zurückkam. *„Du warst fantastisch, Madita! Wir sind so stolz auf dich!"*, jubelte Sarah und umarmte sie fest. *„Das hast du super gemacht! Jetzt gibt es eine kleine Überraschung für dich"*, sagte Manuel und holte ein kleines Geschenk aus seiner Tasche. Maditas Augen wurden groß. *„Für mich? Was ist das?"* *„Öffne es und schau selbst!"*, ermutigte Manuel sie. Madita öffnete das Geschenk und fand ein wunderschönes Bilderbuch über Abenteuer in der Natur. *„Wow! Das ist so schön! Ich liebe es!"*, rief sie begeistert. *„Wir* *dachten, dass es perfekt zu deinen Abenteuern passt! Jetzt kannst du deine eigenen Geschichten über die Natur und die Tiere schreiben"*, erklärte Sarah. Nachdem die Aufführung vorbei war und alle Eltern gelobt hatten, gab es ein kleines Fest mit Snacks und Spielen im Garten des Kindergartens. Madita rannte zu ihren Freunden und spielte mit ihnen, während Sarah und Manuel sich mit den anderen Eltern unterhielten. *„Es ist so schön zu sehen, wie die Kinder miteinander spielen und Spaß haben"*, sagte Sarah lächelnd. *„Ja, ich denke, das ist ein wichtiger Teil ihrer Kindheit. Sie lernen, Freundschaften zu schließen und zusammenzuarbeiten"*, stimmte Manuel zu. Die Zeit verging, und als der Tag zu Ende ging, waren alle erschöpft, aber glücklich. Madita war überglücklich und erzählte ihren Eltern von jedem Detail der Aufführung und von den Spielen, die sie gespielt hatte. *„Das war der beste Tag! Ich will bald wieder auftreten!"*, sagte sie begeistert. *„Wir werden sicher dafür sorgen, dass du die Gelegenheit bekommst. Du bist eine kleine Künstlerin, und wir lieben es, dir zuzusehen"*, erwiderte Sarah und küsste sie. In den folgenden Wochen blühte Madita weiter auf. Sie begann, mehr Interesse an Musik und Tanz zu zeigen. Sarah und Manuel beschlossen, sie in einen Tanzkurs anzumelden, um ihre Leidenschaft zu fördern. Eines Samstags brachte Manuel Madita zur ersten Tanzstunde. Sie war nervös, doch Manuel ermutigte sie, die Freude am Tanzen zu entdecken. *„Denk daran, dass es Spaß machen soll. Lass einfach deinen Körper zur Musik bewegen"*, sagte er. Als Madita in den Kurs eintrat, war sie von der fröhlichen Atmosphäre und den anderen Kindern umgeben. Sie beobachtete, wie die Lehrerin ihnen die ersten Schritte beibrachte, und bald begann sie mitzumachen. Ihr kleiner Körper bewegte sich im Rhythmus, und das Lächeln auf ihrem Gesicht zeigte, wie viel Spaß sie hatte. Nach dem Kurs kam sie strahlend zu Manuel. „Papa, ich habe getanzt! Es war so lustig!", rief sie aufgeregt. *„Das freut mich, Madita! Du bist so talentiert. Ich kann es kaum erwarten, dir bei deinem nächsten Auftritt zuzusehen"*, sagte Manuel stolz. Die Wochen vergingen, und Madita entwickelte sich zu einer kleinen Tänzerin. Sie nahm an Aufführungen und kleinen Wettbewerben teil, und Sarah und Manuel unterstützten sie bei jedem Schritt. Eines Abends, während sie nach einem langen Tag von der Tanzaufführung nach Hause fuhren, sagte Madita: *„Ich möchte eines Tages auf der großen Bühne tanzen, so wie die Tänzer im Fernsehen!" „Das kannst du schaffen, wenn du weiter hart arbeitest und an dich glaubst"*, antwortete Sarah und sah sie im Rückspiegel an. *„Und wir werden immer da sein, um dich zu unterstützen, egal wo die Reise dich hinführt"*, fügte Manuel hinzu. Madita lächelte und fühlte sich ermutigt. In dieser Zeit lernten Sarah und Manuel nicht nur, ihre Tochter zu fördern, sondern auch, wie wichtig es war, sie in ihren Träumen und Leidenschaften zu unterstützen. Die Monate vergingen, und Madita blühte weiter auf, voller Neugier und Freude am Leben. Sarah und Manuel waren dankbar für die kleinen Momente, die sie als Familie gemeinsam erlebten, und waren entschlossen, ihre Tochter auf jedem Schritt ihrer aufregenden Entdeckungsreise zu begleiten. Maditas großer Tag war nur der Anfang einer spannenden Zeit voller Abenteuer und Entdeckungen für die kleine Familie. Die Begeisterung, die Madita für das Tanzen entwickelt hatte, führte dazu, dass sie immer mehr Zeit im Tanzstudio verbrachte. Sarah und Manuel bemerkten, wie viel Freude es Madita bereitete, sich im Rhythmus der Musik zu bewegen, und sie unterstützten ihre Tochter in jeder Hinsicht. Eines Nachmittags, nachdem Madita von ihrem Tanzkurs zurückgekommen war, erzählte sie ihren Eltern begeistert von ihrem neuesten Tanz. *„Wir haben einen neuen Tanz über die vier Jahreszeiten gelernt! Ich kann es kaum erwarten, ihn euch zu zeigen!"*, rief sie und hüpfte aufgeregt durch das Wohnzimmer. *„Das klingt fantastisch! Lass uns sehen, was du gelernt hast"*, ermutigte Manuel sie und setzte sich auf das Sofa, bereit zuzusehen. Madita stellte sich in die Mitte des Raumes, machte eine tiefe Atemübung und begann zu tanzen. Sie bewegte sich mit Leichtigkeit und Freude, während sie die verschiedenen Jahreszeiten darstellte. Im Frühling hüpfte sie fröhlich, im Sommer drehte sie sich und im Herbst machte sie langsame, geschmeidige Bewegungen. Als sie schließlich den Winter darstellte, tat sie so, als würde sie im Schnee fallen und wieder aufstehen. Sarah und Manuel sahen gebannt zu und klatschten begeistert, als Madita ihren Auftritt beendete. „Das war großartig, Madita! Du bist eine wunderbare Tänzerin!", jubelte Sarah und umarmte sie fest. *„Ja, du hast das toll gemacht! Ich kann es kaum erwarten, dich bei deiner nächsten Aufführung zu sehen",* fügte Manuel hinzu und strahlte vor Stolz. Maditas Augen leuchteten vor Freude. *„Vielen Dank, Mama und Papa! Ich liebe es, zu tanzen!"* In den folgenden Wochen begann Madita, sich auf ihre erste große Tanzaufführung im Rahmen des Tanzstudios vorzubereiten. Es war ein aufregendes Ereignis, und sie übte jeden Tag fleißig, um sicherzustellen, dass sie alles richtig machte. Die Familie war voller Vorfreude auf den großen Tag. Sarah und Manuel halfen Madita, ihr Kostüm auszuwählen, und sie besorgten die passenden Accessoires für den Auftritt. Madita entschied sich für ein glitzerndes, rosa Kleid mit funkelnden Strass Steinen und einem passenden Haarband. Am Tag der Aufführung war Madita aufgeregt und ein bisschen nervös. *„Mama,* *was ist, wenn ich einen Fehler mache?"*, fragte sie, während sie im Wohnzimmer stand und sich im Spiegel betrachtete. *„Jeder macht Fehler, und das ist okay. Wichtig ist, dass du Spaß hast und dein Bestes gibst. Wir werden da sein, um dich anzufeuern"*, beruhigte Sarah sie und half ihr, die letzten Details des Kostüms zu überprüfen. Als sie im Theater ankamen, war die Aufregung in der Luft spürbar. Die verschiedenen Tänzerinnen und Tänzer liefen umher, während die Eltern ihre Plätze einnahmen. *„Schau mal, Madita! Da sind deine Freundinnen aus dem Tanzkurs!"*, sagte Manuel und zeigte auf eine Gruppe von Mädchen, die in ihren Kostümen herumtollten. Madita lächelte und lief zu ihren Freundinnen, um sich mit ihnen auszutauschen. *„Ich werde euch zuschauen! Ihr seid so toll!"*, rief sie und klatschte in die Hände. Als die Aufführung begann, saßen Sarah und Manuel auf der Kante ihrer Sitze, während sie auf Maditas Auftritt warteten. Die ersten Tänzerinnen betraten die Bühne, und das Publikum klatschte begeistert. Endlich war es Maditas Zeit. Sie betrat die Bühne mit strahlendem Lächeln und voller Energie. Sarah und Manuel hielten den Atem an, als sie ihre Tochter in ihrem glitzernden Kleid sahen. Der Vorhang öffnete sich, und die Musik begann zu spielen. Madita bewegte sich mit Anmut und Freude, und als sie tanzte, fühlte sie sich in ihrem Element. Die Zuschauer waren begeistert von ihrem Auftritt. Madita strahlte, während sie sich mit den anderen Tänzerinnen synchron bewegte. *„Sie macht das großartig!"*, flüsterte Sarah zu Manuel, der die Kamera bereithielt, um jeden Moment festzuhalten. Nach dem Auftritt gab es tosenden Applaus, und Madita verbeugte sich strahlend. Sarah und Manuel klatschten vor Freude und waren so stolz auf ihre kleine Tänzerin. Nachdem die Aufführung beendet war, rannten sie backstage, um Madita zu umarmen. *„Du warst fantastisch, Madita! Wir sind so stolz auf dich!"*, riefen sie im Chor und umarmten sie fest. *„Ich habe es geschafft! Das war das Beste!"*, lachte Madita und strahlte über das ganze Gesicht. *„Und jetzt haben wir eine kleine Überraschung für dich"*, sagte Sarah geheimnisvoll und zog ein kleines Geschenk aus ihrer Tasche. *„Für mich? Was ist das?"*, fragte Madita neugierig. *„Öffne es und sieh selbst!"*, ermutigte Manuel sie. Madita öffnete das Geschenk und fand ein wunderschönes Notizbuch mit bunten Seiten und einem Glitzercover. *„Wow! Ein Notizbuch für meine Geschichten!"*, rief sie begeistert. *„Wir dachten, es wäre perfekt für deine Tanzgeschichten und alles, was du erschaffen möchtest"*, erklärte Sarah. Madita war überglücklich und umarmte ihre Eltern. *„Danke! Ich werde ganz viele Geschichten schreiben!"* In den folgenden Tagen nutzte Madita ihr neues Notizbuch und begann, ihre

Erlebnisse und Geschichten aufzuschreiben. Sie malte Bilder, schrieb über ihre Abenteuer im Kindergarten, die Tiere, die sie gesehen hatte, und die Tänze, die sie gelernt hatte. Sarah und Manuel waren stolz auf die Kreativität ihrer Tochter und ermutigten sie, ihre Gedanken und Ideen auszudrücken. Eines Abends, als die Familie zusammen am Tisch saß, fragte Sarah: *„Madita, möchtest du uns eine Geschichte vorlesen?"* *„Ja! Ich habe eine neue Geschichte über die Abenteuer einer Prinzessin geschrieben!"*, rief Madita und blätterte in ihrem Notizbuch. Sie begann, ihre Geschichte mit Leidenschaft zu erzählen, und ihre Eltern hörten gebannt zu. *„Die Prinzessin lebte in einem wunderschönen Schloss und hatte viele Freunde im Wald. Eines Tages entschied sie sich, eine Reise zu machen, um neue Abenteuer zu erleben"*, erzählte Madita und malte mit ihren Worten Bilder in die Köpfe ihrer Zuhörer. Als sie die Geschichte beendet hatte, applaudierten Sarah und Manuel begeistert. *„Das war großartig, Madita! Du bist eine wahre Geschichtenerzählerin!"*, lobte Sarah und umarmte sie. *„Ja, das war eine wunderbare Geschichte! Ich freue mich schon auf die nächsten Abenteuer, die du erzählen wirst"*, fügte Manuel hinzu.

Kapitel 30: Maditas neue Abenteuer in der Grundschule

Madita war nun alt genug, um in die Grundschule zu gehen, und die Vorfreude auf diesen neuen Lebensabschnitt war riesig. An ihrem ersten Schultag trug sie ihren Lieblingsrucksack mit bunten Aufklebern und einem neuen Outfit, das ihre Eltern für diesen besonderen Anlass ausgesucht hatten. Sarah und Manuel begleiteten sie zur Schule und fühlten sich sowohl aufgeregt als auch nostalgisch, als sie ihre kleine Tochter voller Enthusiasmus sah. *„Mama, Papa, ich bin ein bisschen nervös! Was, wenn ich keine neuen Freunde finde?"*, fragte Madita, während sie den Schulhof betrat. *„Das ist ganz normal, Madita! Aber denke daran, dass alle anderen Kinder auch aufgeregt sind. Sei einfach du selbst, und du wirst schnell neue Freunde finden"*, ermutigte Sarah sie. *„Und vergiss nicht, dass du eine talentierte Tänzerin bist. Dein Selbstvertrauen wird dir helfen, neue Freundschaften zu schließen!"*, fügte Manuel hinzu. Als die Schulklingel läutete, stellte Madita fest, dass die Aufregung der anderen Kinder ihre Nervosität ein wenig linderte. Sie setzte sich in die erste Reihe und war sofort fasziniert von ihrer Lehrerin, die ihnen von den vielen spannenden Dingen erzählte, die sie in diesem Jahr lernen würden. In den ersten Wochen gewöhnte sich Madita an den Schulalltag und fand schnell Anschluss zu anderen Kindern, die ähnliche Interessen hatten. Ihr Freundeskreis wuchs, und sie begann sogar, einige ihrer Mitschüler in ihren Tanzkurs einzuladen. Die Kombination aus Schule und Tanz erfüllte sie mit Freude und Motivation. Sarah und Manuel waren stolz auf ihre Tochter und unterstützten sie weiterhin in ihren Hobbys. Sie sahen, wie Madita mit jeder Tanzstunde und jedem Auftritt mehr Selbstvertrauen gewann. Nach den ersten Monaten in der Grundschule hatte Madita auch den Entschluss gefasst, sich an einer Tanz- und Theaterschule anzumelden, um ihre Leidenschaft für das Theater und den Tanz weiter zu vertiefen. *„Mama, ich möchte in die Tanz- und Theaterschule gehen! Dort kann ich lernen, wie man auf der Bühne spielt und tanzt!"*, sagte Madita eines Tages mit strahlenden Augen. *„Das klingt nach einer großartigen Idee! Lass uns nach einer geeigneten Schule suchen"*, antwortete Sarah begeistert. Gemeinsam durchsuchten sie das Internet und fanden eine Tanz- und Theaterschule in der Nähe. Die Schule bot Kurse für Kinder an, die sich für Tanz, Schauspiel und kreative Ausdrucksformen interessierten. Madita war sofort begeistert und konnte es kaum erwarten, mit dem Unterricht zu beginnen. Am ersten Tag an der neuen Schule war Madita aufgeregt. *„Ich hoffe, dass* *ich schnell neue Freunde finde und viel lernen kann",* sagte sie zu ihren Eltern. *„Du wirst großartig sein! Vergiss nicht, dass es Spaß machen soll und dass du die Möglichkeit hast, deine Kreativität auszudrücken",* ermutigte Manuel sie. Die Tanz- und Theaterschule war ein Ort voller Energie und Kreativität. Madita lernte neue Tanzstile und arbeitete an verschiedenen Theaterstücken. Sie fand schnell Freunde, die ihre Leidenschaft für die Bühne teilten, und die gemeinsamen Proben wurden zu einem Höhepunkt ihrer Woche. In der Buchhandlung, in der Sarah und Manuel weiterhin arbeiteten, war die Atmosphäre ebenso lebhaft. Sie hatten regelmäßig Lesungen und Veranstaltungen, die sowohl Kinder als auch Erwachsene anlockten. Sarah hatte eine besondere Vorliebe für Kinderbücher und veranstaltete oft Lesestunden für die Kleinsten, während Manuel sich um die Organisation von Buchclubtreffen kümmerte. *„Ich liebe es, die Kinder zum Lesen zu ermutigen. Es ist so wichtig, ihre Fantasie zu fördern, während sie wachsen",* sagte Sarah, während sie einige neue Bücher für die nächsten Lesestunden auswählte. Manuel hingegen bereitete eine Veranstaltung zur Förderung lokaler Autoren vor. *„Es ist wichtig, die Talente in unserer Gemeinde zu unterstützen und den Menschen die Möglichkeit zu geben, ihre Geschichten zu teilen",* erklärte er. Die Buchhandlung wurde zu einem wichtigen Treffpunkt in der Gemeinde, und viele Familien schätzten die Veranstaltungen und die familiäre Atmosphäre. Madita besuchte oft die Buchhandlung und half ihren Eltern bei den Vorbereitungen. Sie genoss es, mit anderen Kindern zu spielen und gleichzeitig in die Welt der Bücher einzutauchen. *„Mama, ich habe eine Idee! Vielleicht könnten wir eine gemeinsame Lesestunde für Kinder organisieren, in der wir Geschichten über Tanz und Theater erzählen!"*, schlug Madita eines Tages vor. *„Das ist eine wunderbare Idee! Lass uns das zusammen planen"*, antwortete Sarah begeistert. So arbeiteten die ganze Familie zusammen, um die Veranstaltung zu organisieren. Madita bereitete eine kleine Präsentation vor, in der sie ihre Lieblingsgeschichten über Tanz und Theater vorstellte. Die Lesestunde wurde ein großer Erfolg, und die Kinder waren begeistert, teilzunehmen und mehr über die Welt des Theaters zu erfahren. Die Zeit verging, und Madita blühte in der Grundschule und an der Tanz- und Theaterschule auf. Sie entwickelte sich nicht nur künstlerisch, sondern auch sozial weiter. Sarah und Manuel waren glücklich, zu sehen, wie ihre Tochter ihre Leidenschaft entdeckte und ihre Träume verfolgte. Maditas neue Abenteuer in der Grundschule waren geprägt von Neugier, Kreativität und einem unermüdlichen Drang, die Welt um sich herum zu entdecken. Mit jedem Tag, der verging, blühte sie mehr auf und fand Freude daran, neue Fähigkeiten zu erlernen und Freundschaften zu schließen. Eines Morgens, als Madita aufwachte, hatte sie eine brillante Idee. *„Mama, Papa! Ich möchte ein Theaterstück schreiben und es mit meinen Freunden aus der Tanzschule aufführen!"*, rief sie aufgeregt, während sie sich anzog. *„Das klingt nach einem großartigen Plan! Was für eine Geschichte möchtest du erzählen?"*, fragte Sarah und half Madita, ihre Haare zu binden. *„Ich denke, ich möchte eine Geschichte über ein magisches Land schreiben, in dem Tiere sprechen können und Abenteuer erleben!"*, erklärte Madita und ihre Augen funkelten vor Begeisterung. Manuel lächelte stolz. *„Das wird sicher ein tolles Projekt. Lass uns zusammenarbeiten und sehen, wie wir es umsetzen können"*, sagte er. Madita war überglücklich. Die Familie setzte sich zusammen, um die Geschichte zu entwickeln. Sie skizzierten die Charaktere, die Handlung und die verschiedenen Szenen. Madita entblätterte ihre Vorstellungskraft und brachte ihre Ideen ein, während Sarah und Manuel sie unterstützten und ermutigten. *„Wir könnten ein großes Plakat für die Aufführung machen und die Kostüme selbst gestalten!"*, schlug Madita vor, und ihre Eltern stimmten zu. Die nächsten Wochen verbrachten sie damit, das Theaterstück zu schreiben und die Aufführung vorzubereiten. Madita und ihre Freunde aus der Tanz- und Theaterschule arbeiteten gemeinsam an den Proben und halfen sich gegenseitig bei den Rollen und dem Text. Eines Nachmittags, während sie im Wohnzimmer proben, rief Madita: *„Ich möchte, dass jeder sein eigenes Kostüm hat! Wir sollten bunte Stoffe und Glitzer verwenden!"* „Das ist eine tolle Idee! *Lass uns in den Stoffladen gehen und nach Materialien suchen"*, sagte Sarah und packte die Tasche. Im Stoffladen waren Maditas Augen weit aufgerissen vor Staunen, als sie all die bunten Stoffe und Glitzerstoffe sah. *„Ich will das hier! Und das da!"*, rief sie und zeigte auf verschiedene Muster und Farben. Sarah und Manuel halfen Madita, die passenden Materialien auszuwählen. Gemeinsam fanden sie alles, was sie für die Kostüme benötigten. Madita konnte es kaum erwarten, ihre Ideen in die Tat umzusetzen. Zu Hause arbeiteten sie zusammen an den Kostümen. Madita schnitt und klebte, während Sarah nähte und Manuel half, die verschiedenen Teile zusammenzufügen. Es war eine kreative und fröhliche Atmosphäre, die die Familie enger zusammenschweißte. *„Wir sollten auch ein Plakat für die Aufführung machen, damit die Leute wissen, wann und wo sie kommen sollen!"*, schlug Manuel vor. Madita war begeistert von der Idee und begann sofort mit dem Entwurf. Sie malte bunte Buchstaben und fügte Zeichnungen von den Charakteren aus ihrer

Geschichte hinzu. Das Plakat wurde ein Kunstwerk für sich und spiegelte die Begeisterung der ganzen Familie wider. Als der Tag der Aufführung näher rückte, war Madita aufgeregt und ein wenig nervös. *„Was, wenn ich auf der Bühne stehe und alles vergesse?"*, fragte sie, als sie sich auf die letzte Probe vorbereiteten. *„Das ist ganz normal, Madita. Wenn du auf der Bühne stehst, denke einfach an die Proben und daran, dass wir alle hier sind, um dich zu unterstützen. Du wirst das großartig machen!"*, beruhigte Sarah sie und gab ihr einen Kuss auf die Stirn. Die Aufführung fand im Garten der Grundschule statt, und die ganze Familie war eingeladen. Die Bühne war mit bunten Lichtern und Dekorationen geschmückt, und die Aufregung in der Luft war spürbar. Als die Aufführung begann, saßen Sarah und Manuel in der ersten Reihe und beobachteten, wie Madita mit ihren Freunden auf die Bühne trat. Madita trug ihr funkelndes Kostüm und hatte das Plakat in der Hand. Sie sah strahlend aus und war bereit, ihre Geschichte zu erzählen. *„Willkommen in unserem magischen Land!"*, rief Madita mit fester Stimme, und das Publikum applaudierte begeistert. Die Aufführung verlief großartig. Madita und ihre Freunde spielten ihre Rollen mit Leidenschaft und Energie. Die Geschichte über die sprechenden Tiere und ihre Abenteuer fesselte das Publikum, und die Zuschauer waren begeistert von der Kreativität der jungen Künstler. Als die letzte Szene zu Ende ging und das Publikum applaudierte, strahlte Madita vor Freude. *„Ich habe es geschafft!"*, rief sie und umarmte ihre Freunde. Nach der Aufführung stürzten Sarah und Manuel auf die Bühne, um ihre Tochter zu umarmen. *„Du warst fantastisch, Madita! Wir sind so stolz auf dich!"*, riefen sie im Chor. *„Das war das Beste! Ich möchte wieder auftreten!"*, sagte Madita aufgeregt. In den folgenden Wochen hatten die Aufführungen im Theater und die Tanzstunden für Madita einen festen Platz in ihrem Alltag eingenommen. Sie genoss es, kreativ zu sein und ihre Talente weiterzuentwickeln. Sarah und Manuel waren glücklich, dass ihre Tochter ihre Leidenschaft entdeckte und sie weiterhin unterstützen konnten. Eines Tages, während Madita in ihrem Notizbuch schrieb, kam Sarah in ihr Zimmer. *„Was machst du, Madita?"*, fragte sie neugierig. *„Ich schreibe eine neue Geschichte über eine Prinzessin, die das Geheimnis eines verborgenen Königreichs entdeckt!"*, erklärte Madita begeistert. *„Das klingt spannend! Möchtest du, dass ich dir helfe?"*, bot Sarah an. *„Ja! Du kannst mir helfen, die Charaktere zu zeichnen, während ich die Geschichte schreibe"*, schlug Madita vor. So verbrachten sie den Nachmittag zusammen, während Madita ihre Ideen in Worte fasste und Sarah die Charaktere zum Leben erweckte. Es war ein weiterer schöner Moment, der ihre Bindung stärkte und die Kreativität in der Familie förderte. Die Zeit verging, und Madita wuchs nicht nur künstlerisch, sondern auch sozial. Ihre Freundschaften vertieften sich, und sie lernte, wie wichtig es ist, Teamarbeit und Zusammenarbeit zu schätzen. Eines Abends, als sie sich für das Bett fertig machte, fragte Madita: *„Mama, Papa, was ist das Wichtigste, was ich lernen sollte?"* *„Ich denke, das Wichtigste ist, an dich selbst zu glauben und immer dein Bestes zu geben. Und vergiss nicht, dass es wichtig ist, Freude an dem zu haben, was du tust",* antwortete Sarah. *„Ja, und dass du immer auf deine Träume hinarbeiten solltest. Es gibt nichts Schöneres, als das zu tun, was du liebst",* fügte Manuel hinzu. Madita nickte und lächelte. *„Ich werde mein Bestes geben!"*

Kapitel 31: Maditas aufregende Zeit an der Tanz- und Theaterschule

Die Monate vergingen und Madita blühte an der Tanz- und Theaterschule weiter auf. Sie genoss jede Minute, die sie dort verbrachte, und ihre Leidenschaft für die darstellenden Künste wuchs mit jeder Unterrichtsstunde. Die Lehrerin, Frau Müller, war eine inspirierende Persönlichkeit, die die Kinder ermutigte, kreativ zu sein und ihre individuellen Talente zu entdecken. *„Denkt daran, dass jeder von euch einzigartig ist und dass eure Persönlichkeit auf der Bühne strahlen sollte!"*, ermutigte Frau Müller die Kinder während einer Probenstunde. Madita hatte sich schnell einen Namen in der Schule gemacht, nicht nur wegen ihres Talents, sondern auch wegen ihrer herzlichen Art, die anderen Kinder zu unterstützen. Sie hatte eine kleine Gruppe von Freunden gefunden, die ebenso begeistert von Tanz und Theater waren. Gemeinsam träumten sie von großen Auftritten und kreativen Projekten. Eines Tages kündigte Frau Müller ein besonderes Projekt an: *„Wir werden ein Stück aufführen, das von euch selbst geschrieben wird! Ihr dürft die Charaktere, die Handlung und sogar die Choreografie gestalten!"* Maditas Augen leuchteten vor Begeisterung. *„Das ist fantastisch! Wir können* *unsere eigenen Geschichten erzählen!"*, rief sie, während sie sich zu ihren Freunden umdrehte. Die Gruppe begann sofort mit der Planung. Sie setzten sich zusammen und brainstormten Ideen für das Stück. Madita hatte die Idee, eine Geschichte über Freundschaft und Abenteuer im Wald zu erzählen, die von den Tieren des Waldes handelte. Ihre Freunde waren begeistert und halfen ihr, die Charaktere zu entwickeln und die Handlung auszuarbeiten. *„Wir könnten einen mutigen Hasen, eine weise Eule und einen schelmischen Fuchs einfügen!"*, schlug ein Freund vor. *„Und die Geschichte könnte davon handeln, wie die Tiere zusammenarbeiten, um den Wald zu schützen!"*, fügte Madita hinzu. Die Kinder arbeiteten Wochen lang an ihrem Stück, schrieben Dialoge, entwarfen Kostüme und choreografierten die Tänze. Madita übernahm die Verantwortung für die Hauptrolle des mutigen Hasen und leitete die Proben mit viel Enthusiasmus. Sarah und Manuel besuchten regelmäßig die Proben und waren beeindruckt von Maditas Engagement. *„Du bist so talentiert, Madita! Es ist erstaunlich zu sehen, wie viel Freude dir das macht"*, sagte Manuel stolz. *„Ich kann es kaum erwarten, das Stück aufzuführen! Ihr werdet es lieben!"*, antwortete Madita mit einem strahlenden Lächeln. Die Tage bis zur Aufführung vergingen wie im Flug, und als der große Tag endlich kam, war die

Aufregung in der Luft spürbar. Madita und ihre Freunde hatten alles vorbereitet: die Kostüme, die Kulissen und die Musik. In der Umkleidekabine vor der Aufführung halfen sich die Kinder gegenseitig, sich fertig zu machen. *„Denkt daran, dass wir alle zusammenarbeiten und Spaß haben müssen! Lasst uns die Zuschauer mit unseren Geschichten verzaubern!"*, rief Madita, während sie ihre Freunde motivierte. Die Aufführung war ein großer Erfolg! Die Kinder spielten mit Leidenschaft und Begeisterung, und das Publikum applaudierte begeistert. Madita fühlte sich, als würde sie auf Wolken schweben, als sie die positiven Reaktionen der Zuschauer sah. Nach der Vorstellung strahlte sie vor Freude und konnte es kaum erwarten, ihre Eltern zu umarmen. *„Es war unglaublich! Wir haben es geschafft!"*, rief sie, als sie zu Sarah und Manuel lief. *„Du warst einfach fantastisch, Madita! Wir sind so stolz auf dich!"*, sagte Sarah und umarmte sie fest. *„Das war das Beste, was ich je gesehen habe! Du hast die Bühne erobert!"*, fügte Manuel hinzu, während er die Kamera zückte, um diesen besonderen Moment festzuhalten. Die positive Rückmeldung von den Zuschauern und die Freude über die gelungene Aufführung motivierten Madita, weiterhin in der Tanz- und Theaterschule aktiv zu bleiben. Sie wusste, dass sie ihre Träume verfolgen wollte, und war entschlossen, an ihren Fähigkeiten zu arbeiten. Die Begeisterung, die Madita nach ihrer ersten großen Aufführung verspürte, war unübersehbar. Sie konnte kaum stillsitzen, während sie die Bühne verließ und ihre Freunde umarmte. Die magischen Momente des Applauses hallten in ihrem Kopf wider, und sie wusste, dass sie auf dem richtigen Weg war. In den folgenden Wochen blühte Madita in der Tanz- und Theaterschule weiter auf. Sie nahm an verschiedenen Workshops teil, die ihr halfen, ihre Fähigkeiten in Tanz, Schauspiel und Gesang zu erweitern. Die Schule bot auch spezielle Kurse für die kommenden Aufführungen an, und Madita meldete sich sofort an. Eines Tages kam Frau Müller mit einer spannenden Ankündigung in die Klasse. *„Wir haben die Möglichkeit, an einem Kinderkunstfestival teilzunehmen! Ihr könnt eure eigenen Stücke aufführen, und es wird eine tolle Gelegenheit sein, eure Talente zu zeigen!"* Maditas Augen leuchteten erneut. *„Das klingt fantastisch! Können wir auch wieder unser Stück aufführen?"*, fragte sie voller Vorfreude. *„Ja, ihr könnt das Stück anpassen und weiterentwickeln oder sogar ein ganz neues schreiben! Es liegt ganz bei euch!"*, antwortete Frau Müller. Madita sammelte sofort ihre Freunde um sich. *„Lasst uns an diesem neuen Stück arbeiten! Wir könnten es noch besser machen und vielleicht sogar neue Tänze einfügen!"*, schlug sie vor. Die Gruppe war begeistert und begann schnell, Ideen zu sammeln. Sie beschlossen, ihre Geschichte über die Tiere im Wald zu erweitern und neue Charaktere hinzuzufügen. *„Wir sollten ein mutiges Eichhörnchen und eine freundliche Schildkröte einfügen! Sie könnten die anderen Tiere unterstützen!"*, fügte ein Freund hinzu. So arbeiteten sie in den nächsten Wochen daran, das Stück zu überarbeiten. Sie schrieben neue Dialoge, entwarfen die Kostüme und choreografierten die Tänze. Madita übernahm erneut die Hauptrolle des Hasen, aber diesmal war sie entschlossen, auch ihre Gesangsfähigkeiten in das Stück einzubringen. *„Ich möchte, dass wir ein Lied über Freundschaft in unser Stück einfügen! Es könnte der Höhepunkt der Aufführung sein!"*, schlug Madita vor. Ihre Freunde waren sofort begeistert und einigten sich darauf, ein fröhliches und eingängiges Lied zu schreiben. Die Proben wurden zu einer aufregenden Zeit des Experimentierens und der Kreativität. Madita und ihre Freunde arbeiteten hart, um sicherzustellen, dass alles perfekt war. Sarah und Manuel besuchten die Proben regelmäßig und waren beeindruckt von der Hingabe, die die Kinder zeigten. *„Es ist so schön zu sehen, wie ihr alle zusammenarbeitet! Euer Teamgeist ist bewundernswert"*, lobte Sarah, als sie die Kinder beobachtete. *„Madita, du bist eine wahre Anführerin! Es ist toll, wie du alle motivierst"*, fügte Manuel hinzu.

Die Vorbereitungen für das Kinderkunstfestival waren aufregend, und als der Tag endlich kam, war die Vorfreude greifbar. Madita und ihre Freunde versammelten sich in der Umkleidekabine, um sich auf die Aufführung vorzubereiten. *„Denkt daran, dass wir unser Bestes geben und die Zuschauer mit unserer Geschichte verzaubern!"*, rief Madita, während sie ihre Freunde um sich versammelte. Die Bühne war festlich geschmückt und die Zuschauer saßen gespannt auf ihren Plätzen. Als die Lichter dimmten und die Musik begann, fühlte Madita ein Kribbeln in ihrem Bauch. Sie trat mit ihren Freunden auf die Bühne und begann, die Geschichte des mutigen Hasen und seiner Freunde zu erzählen. Das Stück lief großartig. Die Kinder spielten mit Leidenschaft, und das Publikum war begeistert. Als sie das Lied über Freundschaft sangen, klatschte das Publikum im Takt mit. Madita fühlte sich, als würde sie in einem Traum leben, und die positive Energie erfüllte den Raum. Nach der Aufführung gab es tosenden Applaus, und Madita und ihre Freunde verbeugten sich strahlend. Als sie die Bühne verließen, war die Freude in der Luft spürbar. *„Das war unglaublich! Ich kann es kaum glauben, dass wir das gemacht haben!"*, rief Madita, als sie ihre Eltern umarmte. *„Du warst einfach fantastisch! Wir sind so stolz auf dich und deine Freunde!"*, sagte Sarah und umarmte sie fest. *„Das war das Beste! Ihr habt die Bühne erobert!"*, fügte Manuel hinzu und hielt die Kamera bereit, um die glücklichen Gesichter festzuhalten. Die positive Rückmeldung von den Zuschauern und der Stolz über die gelungene Aufführung motivierten Madita, weiterhin in der Tanz- und Theaterschule aktiv zu bleiben. Sie wusste, dass sie ihre Träume verfolgen wollte, und war entschlossen, an ihren Fähigkeiten zu arbeiten. In den Wochen nach dem Festival wurde Madita immer selbstbewusster. Sie nahm an weiteren Workshops und Kursen teil und entwickelte ihre Fähigkeiten in Tanz und Schauspiel weiter. Ihr Engagement und ihre Leidenschaft waren ansteckend, und sie inspirierte auch andere Kinder in der Schule. Eines Tages kam Frau Müller mit einer neuen Ankündigung in die Klasse. *„Wir werden ein großes Talent-Show-Event veranstalten, bei dem jeder von euch die Möglichkeit hat, aufzutreten und sein Talent zu zeigen!"*, kündigte sie an. Madita war begeistert. *„Das muss ich machen! Ich will tanzen und ein Lied singen!"*, rief sie voller Vorfreude. *„Das klingt nach einem tollen Plan, Madita! Lass uns zusammenarbeiten, um deinen Auftritt vorzubereiten"*, sagte Sarah und lächelte. In den folgenden Wochen bereitete sich Madita intensiv auf die Talent-Show vor. Sie wählte einen fröhlichen Song aus, den sie sowohl singen als auch tanzen wollte.

Sarah und Manuel unterstützten sie, indem sie ihr halfen, die Choreografie zu entwickeln und die notwendigen Proben zu organisieren. Der Tag der Talent-Show kam schnell näher, und die Aufregung war in der Luft spürbar. Madita übte jeden Tag und konnte es kaum erwarten, ihr Talent auf der Bühne zu zeigen. Am Abend der Talent-Show war die Aula der Schule festlich geschmückt, und die Zuschauer waren gespannt auf die Darbietungen. Madita stand backstage und atmete tief durch, während sie auf ihren Auftritt wartete. *„Du bist bereit, Madita! Denk daran, dass wir alle hier sind, um dich zu unterstützen"*, ermutigte Manuel sie, während sie sich die Kostüme anpassten. Als ihr Name aufgerufen wurde, trat Madita auf die Bühne. Die Lichter strahlten auf sie, und das Publikum applaudierte. Sie fühlte sich wie eine kleine Königin auf der Bühne. Madita begann, ihren Song zu singen, und ihre Stimme erfüllte den Raum. Sie tanzte mit Anmut und Leidenschaft, und das Publikum war gebannt. Als sie die letzten Noten ihres Songs sang, brach der Raum in jubelnden Applaus aus. Nach dem Auftritt fühlte sich Madita wie in einem Traum. *„Das war unglaublich!"*, rief sie, als sie backstage zu ihren Freunden zurückkehrte. *„Du warst fantastisch, Madita! Ich habe noch nie so einen tollen Auftritt gesehen!"*, jubelten ihre Freunde und umarmten sie. Als sie die Bühne verließen, warteten Sarah und Manuel bereits mit stolzen Lächeln auf sie. *„Du hast es großartig gemacht, Madita! Wir sind so stolz auf dich!"*, riefen sie im Chor. Die positive Rückmeldung und die Begeisterung der Zuschauer motivierten Madita, weiterhin an ihren Fähigkeiten zu feilen und ihre Leidenschaft für Tanz und Theater zu verfolgen. Sie wusste, dass sie ihre Träume verwirklichen konnte, wenn sie hart arbeitete und an sich glaubte. Die aufregende Zeit an der Tanz- und Theaterschule war für Madita nicht nur eine Möglichkeit, ihre Talente zu entfalten, sondern auch eine Chance, Freundschaften zu schließen und gemeinsam mit anderen kreativen Köpfen zu wachsen.

Kapitel 32: Sarah und Manuel – Die Buchhandlung und neue Projekte

Während Madita weiterhin an der Tanz- und Theaterschule aktiv war, arbeiteten Sarah und Manuel in ihrer Buchhandlung weiter und entwickelten neue Ideen, um die Gemeinschaft zu stärken. Die Buchhandlung war mittlerweile ein beliebter Treffpunkt für Familien, und sie planten, das Angebot weiter auszubauen. Sarah hatte die Idee, eine Reihe von Kinderbuchveröffentlichungen zu organisieren, bei denen lokale Autoren eingeladen wurden, ihre Werke vorzustellen. *„Wir könnten eine Lesereihe für Kinder ins Leben rufen, bei der die Autoren nicht nur lesen, sondern auch über ihre Inspiration erzählen"*, schlug sie vor. *„Das klingt fantastisch! Es wäre eine großartige Möglichkeit, die Kinder zu ermutigen, selbst zu schreiben und ihre eigene Kreativität zu entdecken"*, antwortete Manuel begeistert. Die ersten Veranstaltungen waren ein großer Erfolg. Die Kinder waren fasziniert von den Geschichten und durften Fragen stellen, die von den Autoren beantwortet wurden. Madita besuchte oft die Lesungen und fand neue Inspiration für ihre eigenen Geschichten und Theaterprojekte. Inzwischen beschäftigte sich Manuel mit einem weiteren Projekt: einer monatlichen

Buchclubbesprechung für Erwachsene. *„Ich denke, es wäre schön, einen Raum zu schaffen, in dem die Menschen über Bücher diskutieren und ihre Meinungen teilen können",* erklärte er Sarah. Die Buchhandlung war nicht nur ein Ort, um Bücher zu kaufen, sondern auch ein Ort für Gemeinschaft und Austausch. Sarah und Manuel waren glücklich, dass sie mit ihren Ideen einen positiven Einfluss auf die Menschen um sie herum hatten. Eines Abends saßen sie zusammen und reflektierten über die Entwicklungen in ihrem Leben. *„Es ist erstaunlich, wie unsere kleinen Ideen gewachsen sind und wie viel Freude sie uns und anderen bringen",* sagte Sarah nachdenklich. *„Ja, und es ist auch großartig zu sehen, wie Madita sich entwickelt. Ihre Leidenschaft für das Theater und den Tanz wird ihr helfen, ihre Träume zu verfolgen",* stimmte Manuel zu. In dieser Zeit entstand eine tiefere Verbindung zwischen der Familie. Die gemeinsamen Veranstaltungen in der Buchhandlung, die Aufführungen von Madita und die Unterstützung, die sie einander boten, stärkten das Band zwischen ihnen. Die Buchhandlung florierte, und die positiven Rückmeldungen aus der Gemeinschaft motivierten Sarah und Manuel, weiterhin kreative Projekte zu entwickeln. Eines Tages, während sie bei einer Tasse Kaffee im hinteren Bereich der Buchhandlung saßen, hatte Sarah eine neue Idee. *„Was hältst du von einem* *jährlichen Literaturfestival? Wir könnten lokale Autoren, Illustratoren und sogar Schauspieler einladen, um Workshops und Lesungen zu geben!",* schlug sie aufgeregt vor. Manuels Augen leuchteten vor Begeisterung. *„Das ist eine großartige Idee! Ein Festival könnte die Gemeinschaft zusammenbringen und das Interesse an Büchern und Kunst fördern. Lass uns darüber nachdenken, wie wir das umsetzen können!"* In den folgenden Wochen begannen sie, das Festival zu planen. Sie machten eine Liste von Autoren, die sie einladen wollten, und überlegten, welche Aktivitäten sie anbieten könnten. Von Lesungen über Schreibworkshops bis hin zu Theateraufführungen – die Möglichkeiten schienen endlos. *„Wir sollten auch für die Kinder etwas Besonderes einplanen. Vielleicht ein interaktives Theaterstück, bei dem die Kinder mitspielen können?",* schlug Sarah vor. *„Ja, das wäre fantastisch! Es würde den Kindern die Möglichkeit geben, ihre Kreativität auszudrücken und Spaß zu haben",* stimmte Manuel zu. Während sie an den Vorbereitungen arbeiteten, kam Madita oft in die Buchhandlung, um ihren Eltern zu helfen. Sie war begeistert von der Idee des Festivals und wollte unbedingt ein Teil davon sein. *„Darf ich das Plakat für das Festival gestalten? Ich habe so viele Ideen!",* fragte sie eines Nachmittags. *„Natürlich, Madita! Das wäre großartig! Deine Kreativität wird das Plakat wirklich* *zum Strahlen bringen"*, antwortete Sarah und umarmte sie stolz. Madita machte sich sofort an die Arbeit. Sie zeichnete bunte Buchstaben, fügte Illustrationen von Büchern und Tieren hinzu und gestaltete das Plakat mit viel Liebe. Als sie es fertigstellte, strahlte sie vor Stolz. *„Schaut mal! Ist es nicht toll?"*, rief sie, als sie das Plakat den Eltern zeigte. *„Das ist fantastisch, Madita! Du hast wirklich Talent!"*, lobte Manuel und betrachtete das Plakat. Mit Maditas Hilfe und dem Engagement von Sarah und Manuel wurde das Festival zu einem großen Erfolg. Am Tag des Festivals war die Buchhandlung festlich dekoriert, und die Atmosphäre war voller Vorfreude. Familien strömten herein, um an den verschiedenen Veranstaltungen teilzunehmen. Die Autoren lasen aus ihren neuesten Büchern, während die Kinder gespannt zuhörten. Madita war die ganze Zeit vor Ort, half bei den Vorbereitungen und fühlte sich stolz, Teil eines so großartigen Ereignisses zu sein. *„Mama, schau! Ich habe die Kinder dazu eingeladen, bei der Theateraufführung mitzumachen!"*, rief sie, als sie mit einer Gruppe von Kindern auf die Bühne trat. *„Das ist eine großartige Idee, Madita! Du bist eine wahre Anführerin"*, antwortete Sarah, während sie beobachtete, wie ihre Tochter die Kinder motivierte. Die Theateraufführung war ein Höhepunkt des Festivals. Madita und ihre Freunde präsentierten eine kleine Geschichte, die sie gemeinsam geschrieben hatten. Die Kinder spielten mit Begeisterung und das Publikum applaudierte begeistert. Am Ende des Tages waren Sarah und Manuel erschöpft, aber glücklich. *„Das war ein unglaubliches Festival! Ich bin so stolz auf alles, was wir erreicht haben"*, sagte Sarah, während sie die Buchhandlung aufräumten. *„Ja, und es war so schön zu sehen, wie die Gemeinschaft zusammengekommen ist. Wir sollten das auf jeden Fall wiederholen!"*, stimmte Manuel zu. Die positiven Rückmeldungen von den Besuchern und die Begeisterung, die das Festival ausgelöst hatte, ermutigten sie, das Event jährlich zu wiederholen. In den Wochen nach dem Festival blühte die Buchhandlung weiter auf. Die Lesungen und Veranstaltungen wurden gut besucht, und die Gemeinschaft zeigte großes Interesse an den Aktivitäten, die Sarah und Manuel organisierten. Madita, inspiriert von all den kreativen Projekten, die sie gesehen hatte, begann, ihre eigenen Geschichten zu schreiben und sie in der Buchhandlung vorzulesen. Die Kinder waren begeistert, und Sarah und Manuel waren stolz auf ihre Tochter, die ihre Leidenschaft für das Geschichtenerzählen entdeckte. Eines Abends saßen sie zusammen am Tisch, als Madita aufgeregt erzählte: *„Ich habe eine neue Geschichte über ein mutiges Mädchen geschrieben, das die Welt bereist und viele Abenteuer erlebt!" „Das klingt wunderbar,*

Madita! Möchtest du uns die Geschichte vorlesen?", fragte Sarah neugierig. *"Ja, ich will!"*, rief Madita und griff nach ihrem Notizbuch. Sie begann, mit leidenschaftlicher Stimme zu lesen, und die Worte sprudelten nur so aus ihr heraus. Sarah und Manuel hörten gebannt zu und waren beeindruckt von Maditas Kreativität und Erzählkunst. *"Du bist eine talentierte Geschichtenerzählerin, Madita! Du solltest deine Geschichten auch bei unseren Lesungen vorstellen"*, schlug Manuel vor. Madita strahlte vor Freude. *"Das wäre großartig! Ich möchte, dass viele Kinder meine Geschichten hören!"* In den folgenden Wochen wurde Madita Teil der Lesereihe in der Buchhandlung, und ihre Auftritte waren ein großer Erfolg. Die Kinder liebten es, ihr zuzuhören, und Madita fühlte sich ermutigt, ihre Leidenschaft für das Geschichtenerzählen weiterzuverfolgen. Die Buchhandlung wurde weiterhin zu einem wichtigen Treffpunkt in der Gemeinde, und Sarah und Manuel waren glücklich, einen positiven Einfluss auf die Menschen um sie herum zu haben. Eines Abends, während sie zusammen am Tisch saßen, sagte Sarah nachdenklich: *"Es ist erstaunlich, wie sehr sich unser Leben verändert hat. Von der Buchhandlung bis zu Maditas Abenteuern in der Tanz- und Theaterschule – es fühlt sich an, als wären wir alle gewachsen." "Ja, und die Unterstützung, die wir uns gegenseitig geben, macht uns stärker. Wir sind eine*

Familie, die gemeinsam träumt und arbeitet",
antwortete Manuel und hielt Maditas Hand.

Kapitel 33: Maditas neue Herausforderungen in der Realschule

Nachdem Madita die Grundschule abgeschlossen
hatte, trat sie mit voller Vorfreude in die Realschule ein.
Sie war begeistert von den neuen Fächern und der
Möglichkeit, neue Freundschaften zu schließen. Die
ersten Wochen waren aufregend, und Madita fühlte
sich gut in ihrer neuen Umgebung. Doch bald sollte sie
auf einige Herausforderungen stoßen, die sie nicht
erwartet hatte. In ihrer neuen Klasse gab es eine
Gruppe von Schülern, die sich schnell um Madita
scharte. Sie waren charmant und schienen anfangs
freundlich, und Madita fühlte sich geschmeichelt,
dass sie in deren Nähe sein durfte. Doch schon bald
bemerkte sie, dass ihre neuen Freunde nicht immer die
besten Absichten hatten. *„Komm schon, Madita, sei
nicht so langweilig! Lass uns ein bisschen Spaß
haben!"*, forderte einer ihrer neuen Freunde sie auf,
während sie versuchten, die Lehrer zu überlisten und
im Unterricht zu schummeln. Madita war hin- und
hergerissen. Einerseits wollte sie dazugehören und

akzeptiert werden, andererseits wusste sie, dass das, was sie taten, nicht richtig war. *„Ich weiß nicht... ich denke, wir sollten uns auf den Unterricht konzentrieren"*, sagte sie zögerlich. *„Ach, komm schon! Es ist nur ein bisschen harmloser Spaß!"*, insistierte ein anderer. Madita spürte den Druck, sich anzupassen, und begann, an sich selbst zu zweifeln. In den folgenden Wochen ließ sie sich von dieser Gruppe mitreißen. Sie schloss sich ihren Aktivitäten an, auch wenn sie wusste, dass sie gegen ihre eigenen Werte verstießen. Die Freude am Lernen und die Begeisterung für ihre Hobbys, einschließlich Tanz und Theater, begannen zu schwinden, während sie sich mehr und mehr in die falsche Richtung bewegte. Eines Abends, nachdem sie mit ihren neuen Freunden eine Entscheidung getroffen hatte, die sie nicht gutheißen konnte, sprach Madita mit ihren Eltern. *„Ich fühle mich so verloren, Mama, Papa. Ich weiß nicht, ob ich die richtigen Freunde habe. Manchmal fühle ich mich, als müsste ich jemand anderes sein, um akzeptiert zu werden"*, gestand sie. Sarah und Manuel hörten ihr aufmerksam zu und waren besorgt. *„Madita, es ist wichtig, dass du selbst bleibst. Wahre Freunde akzeptieren dich so, wie du bist, und respektieren deine Entscheidungen"*, sagte Sarah sanft. *„Es ist nicht immer einfach, den richtigen Weg zu finden, aber du hast die Stärke in dir, das zu tun. Du musst nicht* *mitmachen, wenn es gegen deine Werte geht",* ergänzte Manuel. Madita dachte über die Worte ihrer Eltern nach. Sie wusste, dass sie die Unterstützung ihrer Familie hat, und dass sie nicht allein war. Am nächsten Tag in der Schule beschloss sie, den Mut aufzubringen und sich von der Gruppe zu distanzieren, die ihr nicht guttat. *„Es tut mir leid, aber ich kann nicht mehr bei euren Plänen mitmachen. Ich möchte mich auf meine Schule konzentrieren und die Dinge tun, die mir wirklich Spaß machen",* erklärte sie. Die Reaktion war nicht positiv, und einige ihrer *„Freunde"* reagierten gekränkt und beleidigt. Die Abkehr von dieser Gruppe war schmerzhaft, aber Madita fühlte sich erleichtert. Sie hatte den ersten Schritt gemacht, um zu sich selbst zurückzufinden. Mit der Zeit fand sie eine neue Gruppe von Freunden, die ähnliche Interessen hatten. Sie waren an Theater und Tanz interessiert und ermutigten Madita, ihre Leidenschaft zu verfolgen. *„Wir haben gehört, dass es an der Schule eine Theater-AG gibt! Lass uns gemeinsam hingehen!",* schlug eine ihrer neuen Freundinnen vor. Madita war begeistert und meldete sich sofort für die AG an. Dort fand sie Gleichgesinnte, die ihre Liebe zur darstellenden Kunst teilten und sie in ihren Träumen unterstützten. Die neue Gruppe half Madita, sich wieder auf ihre Stärken zu konzentrieren und sie ermutigte, an ihren Talenten zu arbeiten. Eines Abends, nach einer intensiven

Probenstunde, kam Madita nach Hause und erzählte Sarah und Manuel von ihren neuen Freunden und der Theater-AG. *„Ich fühle mich so viel besser! Diese Leute verstehen mich und unterstützen mich wirklich"*, sagte sie strahlend. *„Das ist wunderbar, Madita! Es ist wichtig, mit Menschen zusammen zu sein, die dich inspirieren und dir gut tun"*, sagte Sarah, während sie Madita umarmte. *„Und vergiss nicht, dass du immer auf deine Werte hören solltest. Deine Stärke liegt darin, du selbst zu sein"*, fügte Manuel hinzu. Madita wusste, dass sie auf dem richtigen Weg war, und dass sie die Unterstützung ihrer Familie immer an ihrer Seite hatte. Die Herausforderungen, die sie in der Realschule erlebt hatte, lehrten sie viel über Freundschaft, Integrität und das Streben nach den eigenen Träumen. So setzte Madita ihren Weg fort, voller Entschlossenheit, ihre Leidenschaften zu verfolgen und sich von niemandem aufhalten zu lassen. Die Erfahrungen in der Realschule stärkten sie und halfen ihr, die Art von Freundschaften zu finden, die sie wirklich verdiente. Sie war bereit, die nächsten Schritte in ihrer kreativen Laufbahn zu gehen und ihren eigenen Weg zu finden. Maditas neue Herausforderungen in der Realschule waren nicht nur prägend, sondern auch lehrreich. Nachdem sie sich von der negativen Gruppe distanziert hatte, fühlte sie sich befreit und motiviert, die Dinge zu tun, die ihr am Herzen lagen. Die Theater-

AG wurde zu einem Rückzugsort, an dem sie sich entfalten konnte. Die ersten Sitzungen in der AG waren aufregend. Madita lernte neue Techniken, um ihre schauspielerischen Fähigkeiten zu verbessern, und nahm an verschiedenen Workshops teil, in denen sie ihre Stimme und ihren Ausdruck trainieren konnte. Ihre neue Gruppe von Freunden war unterstützend und ermutigend, was ihr half, sich selbstbewusster zu fühlen. Eines Tages kündigte die Leiterin der AG, Frau Schneider, ein besonderes Projekt an. *„Wir werden ein Stück aufführen, das von den Schülern selbst geschrieben wurde! Ihr habt die Freiheit, eure Ideen einzubringen und die Charaktere zu gestalten!"*, erklärte sie mit einem breiten Lächeln. Madita war begeistert. *„Das ist die perfekte Gelegenheit, um unsere Geschichten zu erzählen!"*, rief sie und sah ihre Freunde an, die ebenfalls vor Aufregung strahlten. Die Gruppe setzte sich zusammen, um das Stück zu brainstormen. Madita schlug vor, dass sie eine Geschichte über einen mutigen Jungen entwickeln könnten, der in einer fantastischen Welt Abenteuer erlebt, um seine Träume zu verwirklichen. *„Wir können auch eine wichtige Botschaft über Freundschaft und Mut einbauen!"*, fügte sie hinzu. Die Ideen sprudelten nur so, und bald hatten sie eine grobe Handlung skizziert. Madita übernahm die Verantwortung, die Dialoge zu schreiben und die Charaktere zu entwickeln. Die anderen unterstützten sie, indem sie ihre eigenen Ideen einbrachten und die verschiedenen Rollen verteilten. Die Proben in den kommenden Wochen waren intensiv, aber auch voller Spaß. Madita fühlte sich in ihrem Element, während sie mit ihren Freunden an den Texten und der Choreografie arbeitete. Sie genoss es, in verschiedene Rollen zu schlüpfen und die Charaktere zum Leben zu erwecken. Die Zeit verging schnell, und bald war der Tag der Aufführung gekommen. Die Aufregung war spürbar, als die Gruppe sich in der Umkleidekabine vorbereitete. Madita konnte das Kribbeln in ihrem Bauch spüren. *„Denkt daran, dass wir gemeinsam auf die Bühne gehen und unser Bestes geben!"*, motivierte sie ihre Freunde. Als sie die Bühne betraten, war das Publikum voller Eltern, Lehrer und Mitschüler. Madita atmete tief ein und konzentrierte sich auf die Rollen, die sie und ihre Freunde entwickelt hatten. Die Aufführung lief großartig, und das Publikum reagierte begeistert auf die Geschichte, die sie erzählt hatten. Madita fühlte sich lebendig und glücklich, während sie die Energie des Publikums spürte. Nach der Aufführung gab es tosenden Applaus, und die Gruppe verbeugte sich strahlend. Madita konnte ihr Glück kaum fassen. *„Wir haben es geschafft! Es war fantastisch!"*, rief sie, als sie zu ihren Freunden zurückkehrte. Die positive Rückmeldung von den Zuschauern und die Freude über die gelungene Aufführung motivierten Madita, weiterhin in der Theater-AG aktiv zu bleiben. Sie wusste, dass sie ihre Träume verfolgen wollte, und war entschlossen, an ihren Fähigkeiten zu arbeiten. In den Wochen nach der Aufführung kam Madita immer mehr in Kontakt mit ihren neuen Freunden und entwickelte tiefere Freundschaften. Sie halfen sich gegenseitig bei den Hausaufgaben, übten ihre Texte und unterstützten sich in ihren persönlichen Herausforderungen. Eines Nachmittags, während sie zusammen lernten, sagte eine ihrer Freundinnen: *„Ich habe gehört, dass es im Stadtzentrum ein großes Theater gibt, das Auditions für ein Kindermusical veranstaltet! Wir sollten alle hingehen!"* Madita spürte ein Kribbeln der Aufregung. *„Das klingt nach einer großartigen Gelegenheit! Ich möchte es versuchen!",* rief sie und fühlte sich von der Idee begeistert. *„Ich auch! Lass uns zusammen üben und vorbereiten",* schlug eine andere Freundin vor. Die Gruppe begann, sich auf die Audition vorzubereiten. Madita übte jeden Tag ihren Gesang und ihre Choreografie. Sie wollte sicherstellen, dass sie ihr Bestes geben konnte. Die Unterstützung ihrer Freunde gab ihr das Selbstvertrauen, das sie brauchte, um sich dieser neuen Herausforderung zu stellen. Am Tag der Audition waren sie alle nervös, aber auch aufgeregt. Als sie das Theater betraten, spürten sie die kreative Energie des Ortes. Madita sah sich um und fühlte sich von der Atmosphäre inspiriert. *„Wir können das schaffen! Denk daran, dass wir unser Bestes geben und einfach Spaß haben sollten!"*, ermutigte Madita ihre Freunde. Die Auditions liefen gut. Madita sang mit voller Stimme und tanzte mit Leidenschaft. Als sie von der Bühne trat, spürte sie das Adrenalin in ihrem Körper und die Freude über das, was sie erreicht hatte. *„Das war großartig!"*, rief sie zu ihren Freunden, die ihr begeistert zustimmten. Nach ein paar Tagen voller Anspannung erhielten sie die Ergebnisse der Audition. Madita hielt den Atem an, als sie das Ergebnis las. *„Ich habe es geschafft! Ich bin dabei!"*, rief sie vor Freude und umarmte ihre Freunde. Die Freude über die Rolle im Kindermusical war überwältigend. Madita war fest entschlossen, das Beste aus dieser Gelegenheit zu machen. Die Proben für das Musical begannen, und sie tauchte vollständig in die Arbeit ein. Die Proben waren intensiv, aber auch voller Spaß. Madita lernte neue Tänze, arbeitete an ihrem Gesang und entwickelte ihre schauspielerischen Fähigkeiten weiter. Die Zusammenarbeit mit den anderen Darstellern und dem Regisseur war inspirierend, und sie fühlte sich in ihrer Leidenschaft für das Theater bestätigt. Eines Abends, nach einer langen Probe, kam Madita nach Hause und erzählte ihren Eltern von der Aufregung und den Herausforderungen, die vor ihr lagen. *„Es ist so viel Arbeit, aber es macht so viel Spaß!*

Ich kann es kaum erwarten, das Musical aufzuführen!", rief sie begeistert. *„Das ist großartig, Madita! Wir sind so stolz auf dich und deine Entschlossenheit! Denk daran, dass es wichtig ist, immer an dich selbst zu glauben"*, sagte Sarah und umarmte sie. *„Ja, und vergiss nicht, dass du immer mit Freude und Leidenschaft an die Dinge herangehen solltest, die du tust"*, fügte Manuel hinzu. Madita wusste, dass sie auf dem richtigen Weg war. Die Herausforderungen in der Realschule hatten sie gelehrt, stark zu sein und ihren eigenen Werten treu zu bleiben. Sie hatte Freunde gefunden, die sie unterstützten und die ihre Leidenschaft für das Theater teilten.

Kapitel 34: Maditas neue Freundschaften und die Theater-AG

Mit der neuen Gruppe von Freunden fühlte sich Madita wieder glücklich und motiviert. Die Theater-AG wurde zu einem wichtigen Teil ihres Lebens, und sie genoss jede Minute, die sie mit ihren neuen Freunden verbrachte. Zusammen arbeiteten sie an einem neuen Stück, das sie an der Schule aufführen wollten. Die Proben waren intensiv, aber auch voller Spaß. Madita übernahm nicht nur eine Rolle im Stück, sondern half auch bei der Regie und der Choreografie. Ihre Kreativität und ihr Engagement wurden von ihren Mitschülern geschätzt, und sie fühlte sich in ihrer neuen Rolle wohl. Eines Tages, während einer Probe, hatte Madita eine Idee. *„Was wäre, wenn wir eine moderne Version von einem klassischen Märchen machen? Wir könnten die Charaktere neu interpretieren und ihnen zeitgenössische Themen geben!"*, schlug sie vor. *„Das ist genial! Lass uns das Märchen von Rotkäppchen nehmen und ihm eine neue Wendung geben!"*, rief einer ihrer Freunde begeistert. Die Gruppe war sofort begeistert von der Idee und begann, das Stück um zu kreieren. Sie arbeiteten hart daran, die alten Elemente mit neuen Themen zu kombinieren, und Madita übernahm die Hauptrolle des Rotkäppchens. Die Proben wurden zu einer Zeit voller Kreativität und Teamarbeit, und Madita spürte, wie sehr sie sich in ihrer neuen Umgebung entfalten konnte. Die Theater-AG organisierte schließlich eine Aufführung, die nicht nur Schüler, sondern auch Eltern und die Gemeinde anziehen sollte. Madita und ihre Freunde waren aufgeregt und arbeiteten Tag und Nacht, um alles vorzubereiten. Sie entwarfen Kostüme, gestalteten Kulissen und probten unermüdlich. Am Tag der Aufführung war die Aufregung greifbar. Madita hatte ihre Kostüme und Requisiten vorbereitet und konnte es kaum erwarten, auf die Bühne zu gehen. *„Lasst uns das Publikum begeistern!"*, rief sie, während sie ihre Freunde motivierte. Die Aufführung war ein großer Erfolg! Die Kombination aus klassischem Märchen und modernen Themen kam beim Publikum gut an, und Madita erntete viel Lob für ihre Leistung. Als der Vorhang fiel und die Zuschauer applaudierten, fühlte sie sich erfüllt und glücklich. *„Wir haben es geschafft! Das war fantastisch!"*, rief sie begeistert, als sie zu ihren Freunden lief. *„Du warst großartig, Madita! Deine Idee hat das Stück zum Leben erweckt!"*, lobte einer ihrer Freunde. Nach der Aufführung feierten sie ihren Erfolg mit einer kleinen Party, bei der sie sich gegenseitig gratulierten und ihre Erfolge teilten. Madita fühlte sich so dankbar, dass sie diese neuen Freunde gefunden hatte, die sie unterstützten und mit denen sie ihre Leidenschaft für das Theater teilen konnte. Die Theateraufführung war nicht nur ein Erfolg, sondern auch ein Wendepunkt für Madita und ihre neuen Freundschaften. Die Freude über das Erreichte schweißte die Gruppe noch enger zusammen, und sie beschlossen, weiterhin gemeinsam an Projekten zu arbeiten. In den Wochen nach der Aufführung blühte die Theater-AG weiter auf. Madita und ihre Freunde hatten so viel Spaß daran, neue Ideen zu entwickeln und Projekte zu planen, dass sie beschlossen, ein weiteres Stück zu schreiben. *„Wie wäre es mit einer Komödie? Etwas Lustiges, das die Leute zum Lachen bringt!"*, schlug einer ihrer Freunde vor. *„Das klingt super! Wir könnten ein Stück über verrückte Abenteuer im Klassenzimmer machen, mit vielen lustigen Charakteren!"*, ergänzte Madita und alle waren sofort begeistert. Die Gruppe begann, an der neuen Geschichte zu arbeiten. Sie schrieben Dialoge, entwarfen Charaktere und arbeiteten an verschiedenen Szenen. Madita übernahm die Rolle der Regisseurin und brachte ihre Ideen ein, während sie gleichzeitig die Hauptrolle spielte. Die Zusammenarbeit in der Gruppe war inspirierend, und sie lernten viel voneinander. Eines Nachmittags, während sie an den Proben arbeiteten, bemerkte Madita, wie wichtig Teamarbeit für den Erfolg des

Projekts war. *„Es ist so großartig, wie wir alle zusammenarbeiten und unsere Ideen einbringen können!"*, sagte sie und sah ihre Freunde an. *„Ja, das macht den kreativen Prozess so viel spannender! Wir sollten die Aufführung zu einem Fest für die ganze Schule machen!"*, schlug ein anderer Freund vor. Die Gruppe war begeistert von der Idee, das Stück nicht nur aufzuführen, sondern auch das Publikum aktiv einzubeziehen. Sie planten, das Publikum zum Lachen zu bringen und verschiedene interaktive Elemente in die Aufführung einzubauen. Die Vorbereitungen für die nächste Aufführung waren intensiv, und die Proben wurden zu einem festen Bestandteil von Maditas Alltag. Die Theater-AG wurde nicht nur ein Ort des kreativen Ausdrucks, sondern auch ein Raum, in dem sie Freundschaften knüpfte und sich weiterentwickelte. Als der Tag der nächsten Aufführung näher rückte, spürte Madita eine Mischung aus Aufregung und Nervosität. Sie wollte sicherstellen, dass alles perfekt war und dass die Zuschauer eine unvergessliche Erfahrung hatten. Am Abend der Aufführung war die Aula der Schule festlich geschmückt, und die Atmosphäre war voller Vorfreude. Madita und ihre Freunde standen backstage und motivierten sich gegenseitig. *„Denkt daran, dass wir unser Bestes geben und Spaß haben sollten!"*, rief Madita. Als sie die Bühne betraten, war das Publikum voller Eltern, Mitschüler und Lehrer. Madita fühlte sich aufgeregt, als sie die ersten Zeilen des Stücks sprach. Die Zuschauer lachten und applaudierten, während sie durch die Szenen führten. Die Interaktionen mit dem Publikum waren ein großer Hit, und Madita spürte, wie die Energie des Publikums sie weiter anfeuerte. Die Mischung aus Humor und Kreativität kam bei den Zuschauern gut an. Als der Vorhang fiel, war der Applaus überwältigend. Nach der Aufführung feierten sie erneut ihren Erfolg. *„Das war unglaublich! Ihr habt das großartig gemacht!",* rief Madita begeistert, als sie mit ihren Freunden zusammenkam. *„Wir haben zusammengehalten und es geschafft! Das war eine tolle Erfahrung!",* meinte einer ihrer Freunde. Die positiven Rückmeldungen von den Zuschauern ermutigten Madita und ihre Freunde, weiterhin kreativ zu sein. Sie begannen, neue Ideen zu entwickeln und planten, ein weiteres Stück zu schreiben. In den nächsten Wochen arbeiteten sie an verschiedenen Projekten und entwickelten ihre Fähigkeiten weiter. Madita fühlte sich in der Theater-AG wohl und wusste, dass sie sich in dieser Gemeinschaft entfalten konnte. Eines Tages, während sie nach der Probe nach Hause ging, dachte Madita über ihre Reise nach. *„Ich bin so froh, dass ich den Mut gefunden habe, mich von den falschen Freunden zu distanzieren. Es hat mir die Möglichkeit gegeben, die*

Menschen zu finden, die mich wirklich unterstützen", dachte sie. Als sie zu Hause ankam, erzählte sie Sarah und Manuel von den aufregenden Proben und den neuen Ideen für das nächste Stück. *„Ich kann es kaum erwarten, euch die neuen Szenen zu zeigen!",* rief sie begeistert. *„Das klingt wunderbar, Madita! Wir sind so stolz auf alles, was du tust",* antwortete Sarah und umarmte sie. *„Und vergiss nicht, dass du immer an dich selbst glauben solltest. Du hast das Talent und die Leidenschaft, um Großes zu erreichen",* fügte Manuel hinzu. Madita fühlte sich ermutigt und wusste, dass sie auf dem richtigen Weg war.

Kapitel 35: Die Herausforderungen der Schule

Trotz der positiven Erfahrungen in der Theater-AG gab es auch Herausforderungen in der Realschule. Madita bemerkte, dass nicht alle Schüler in ihrer Klasse freundlich waren. Einige von ihnen waren neidisch auf die Erfolge der Theater-AG und machten sich über ihre Leidenschaft lustig. *„Warum verschwendest du deine Zeit mit Theater und Tanzen? Das bringt dir nichts im Leben!"*, hörte Madita einen ihrer Klassenkameraden sagen. Diese negativen Kommentare trafen Madita hart. Obwohl sie wusste, dass sie für ihre Leidenschaft brennen sollte, fiel es ihr schwer, die negativen Stimmen auszublenden. In solchen Momenten suchte sie Trost bei Sarah und Manuel. *„Es ist schwer, die negativen Stimmen auszublenden. Ich will einfach nur das tun, was mir Spaß macht, aber manchmal fühle ich mich, als würde ich angegriffen"*, gestand Madita eines Abends. *„Madita, lass dich nicht von den Meinungen anderer beeinflussen. Es ist wichtig, dass du deinen eigenen Weg gehst und das tust, was dich glücklich macht"*, sagte Sarah mit einem warmen Lächeln. *„Denk daran, dass Neid oft von Unsicherheit kommt. Du bist talentiert, und du hast das Recht, deine Träume zu verfolgen"*, fügte Manuel hinzu. Mit diesen Worten im Hinterkopf begann Madita, sich wieder auf ihre

Leidenschaft zu konzentrieren. Sie erkannte, dass es wichtiger war, an sich selbst zu glauben und sich nicht von äußeren Meinungen beeinflussen zu lassen. Madita wusste, dass sie sich nicht von den negativen Kommentaren anderer Kinder unterkriegen lassen durfte. Die Worte ihrer Eltern gaben ihr Kraft, und sie beschloss, sich auf die positiven Aspekte ihrer Erfahrungen zu konzentrieren. Die Theater-AG und ihre neuen Freunde waren eine Quelle der Inspiration für sie, und sie wollte das, was sie liebte, weiterhin mit voller Leidenschaft verfolgen. In den folgenden Wochen setzte Madita alles daran, ihre Fähigkeiten im Theater zu verbessern. Sie nahm an Workshops teil, übte ihre Texte und arbeitete an ihrer Bühnenpräsenz. Je mehr Zeit sie in der Theater-AG verbrachte, desto stärker wurde ihr Selbstbewusstsein. Sie verstand, dass ihre Leidenschaft sie nicht nur glücklich machte, sondern auch eine wichtige Rolle bei ihrer persönlichen Entwicklung spielte. Dennoch blieben die negativen Kommentare nicht aus. In der Schule gab es immer wieder Schüler, die sich über sie lustig machten. *„Madita, du wirst nie etwas im Leben erreichen, wenn du nur mit Theater und Tanzen beschäftigt bist!",* hörte sie erneut einen ihrer Klassenkameraden rufen. Es war frustrierend, und manchmal hatte Madita das Gefühl, dass die Mauer, die sie um ihre Leidenschaft gebaut hatte, zu bröckeln begann. Eines Nachmittags, als sie nach der Schule nach Hause ging, fühlte sie sich niedergeschlagen und wollte einfach nur in ihr Zimmer verschwinden. Als sie zu Hause ankam, bemerkte Sarah, dass etwas nicht stimmte. *„Madita, alles in Ordnung? Du siehst etwas nachdenklich aus"*, fragte sie besorgt. Madita seufzte und erzählte ihren Eltern von den verletzenden Kommentaren und dem Druck, den sie verspürte. *„Es ist so schwer, immer an mich selbst zu glauben, wenn andere mir sagen, dass ich die falschen Entscheidungen treffe"*, gestand sie. Sarah und Manuel hörten aufmerksam zu. *„Es ist normal, dass du dich manchmal so fühlst. Aber du solltest dich nicht von den Meinungen anderer beeinflussen lassen. Denke daran, dass du den Mut hast, deinen eigenen Weg zu gehen"*, sagte Sarah. *„Und das Wichtigste ist, dass du deinem Herzen folgst. Die Menschen, die dich wirklich unterstützen, werden immer an deiner Seite stehen, egal was passiert"*, ergänzte Manuel. Diese Worte blieben in Maditas Kopf hängen. Sie wusste, dass ihre Eltern recht hatten, und dass sie sich nicht von den negativen Stimmen ablenken lassen durfte. Am nächsten Tag in der Schule beschloss sie, sich nicht von den Kommentaren anderer beeinflussen zu lassen und stattdessen auf das zu konzentrieren, was sie liebte. In der Theater-AG arbeitete Madita weiterhin hart. Die Proben für das nächste Stück liefen gut, und sie genoss die kreative Energie, die in der Gruppe herrschte. Ihre Freunde unterstützten sie und bestärkten sie in ihrem Vorhaben. *„Komm schon, Madita! Lass uns die nächste Szene proben! Du wirst großartig sein!"*, rief eine ihrer Freundinnen und motivierte sie. Die Vorfreude auf die Aufführung wuchs, und Madita konnte es kaum erwarten, ihre Leistung zu zeigen. In den Wochen bis zur Aufführung lernte sie nicht nur ihre Texte, sondern auch, wie wichtig es war, an sich selbst zu glauben. Sie spürte, dass das Theater ihr half, sich auszudrücken und ihre Emotionen zu verarbeiten. Am Abend der Aufführung war die Aufregung groß. Die Aula war voller Zuschauer, und die Atmosphäre war elektrisierend. Madita und ihre Freunde standen backstage und warteten darauf, dass der Vorhang sich öffnete. *„Denkt daran, dass wir unser Bestes geben und Spaß haben sollten"*, sagte Madita, um ihre Freunde zu motivieren. Als sie die Bühne betraten, fühlte Madita ein Kribbeln der Aufregung. Die Lichter strahlten auf sie, und das Publikum beobachtete gespannt. Sie erinnerte sich an die Worte ihrer Eltern und an die Unterstützung ihrer Freunde. Sie wusste, dass sie nicht allein war und dass sie ihr Bestes geben wollte. Die Aufführung verlief großartig. Madita und ihre Freunde spielten mit Leidenschaft, und das Publikum reagierte begeistert auf die Geschichte, die sie erzählten. Inmitten der

Aufführung spürte Madita, wie die negativen Stimmen in ihrem Kopf leiser wurden. Sie war einfach im Moment und genoss das Spiel. Als der Vorhang fiel und das Publikum applaudierte, fühlte Madita sich erfüllt. Sie hatte es geschafft, und die Freude über die Aufführung war überwältigend. Ihre Freunde umarmten sie und gratulierten ihr zu ihrer großartigen Leistung. *„Das war fantastisch, Madita! Du hast die Bühne erobert!"*, rief eine ihrer Freundinnen begeistert. *„Ich kann es kaum glauben, dass wir das geschafft haben!"*, antwortete Madita strahlend. Nach der Aufführung feierten sie ihren Erfolg mit einer kleinen Party, bei der sie sich gegenseitig gratulierten und ihre Erfolge teilten. Madita fühlte sich so dankbar, dass sie diese neuen Freunde gefunden hatte, die sie unterstützten und mit denen sie ihre Leidenschaft für das Theater teilen konnte. In den folgenden Wochen konzentrierte sich Madita weiterhin auf ihre Leidenschaft. Sie meldete sich für einen weiteren Workshop an, der sich auf die Schauspieltechnik konzentrierte, und sie lernte neue Fähigkeiten, um ihre darstellerischen Talente weiterzuentwickeln. Eines Abends, während sie zu Hause war, kam eine Einladung für einen Talentwettbewerb, der in der Stadt stattfinden sollte. *„Das könnte eine großartige Gelegenheit sein, um meine Fähigkeiten zu zeigen!"*, dachte Madita und beschloss, daran teilzunehmen.

„Mama, Papa, ich möchte am Talentwettbewerb teilnehmen! Ich habe eine Idee für einen Auftritt!", rief sie aufgeregt. „Das klingt fantastisch, Madita! Was hast du im Sinn?", fragte Sarah mit einem Lächeln. „Ich möchte eine Kombination aus Gesang und Tanz einstudieren! Ich denke, es wird die Zuschauer beeindrucken!", erklärte Madita voller Enthusiasmus. Sarah und Manuel unterstützten sie und halfen ihr, sich auf den Wettbewerb vorzubereiten. Sie arbeiteten gemeinsam an der Choreografie und wählten einen Song aus, den Madita liebte. Die Vorbereitungen waren intensiv, aber die Familie genoss die gemeinsame Zeit und die kreative Energie. Am Tag des Wettbewerbs war die Aufregung groß. Madita stand backstage und spürte das Adrenalin in ihrem Körper. „Du schaffst das, Madita! Denk daran, dass du einfach du selbst sein musst", ermutigte Manuel sie. Als sie auf die Bühne trat, fühlte sie sich nervös, aber auch entschlossen. Sie begann, ihren Song zu singen, und tanze mit voller Energie. Das Publikum reagierte begeistert, und Madita spürte, wie die Freude über die Aufführung sie durchströmte. Als sie ihren Auftritt beendete, gab es tosenden Applaus. Madita konnte es kaum glauben. Sie hatte es geschafft! Sie verbeugte sich und lächelte, während sie das Publikum anblickte. Nachdem die Ergebnisse bekannt gegeben wurden, war Madita überglücklich, als sie den ersten Platz belegte. „Ich *kann es nicht fassen! Ich habe gewonnen!"*, rief sie, während sie sich mit ihren Freunden umarmte. Die Unterstützung ihrer Eltern und ihrer neuen Freunde hatte Madita durch die Herausforderungen der Realschule getragen.

Kapitel 36: Ein neuer Weg

Im Laufe der Zeit wuchs Maditas Selbstbewusstsein, und sie fand einen Weg, mit den Herausforderungen umzugehen. Sie konzentrierte sich auf ihre Leidenschaft für das Theater und die Unterstützung ihrer neuen Freunde, die sie ermutigten. Einige Monate später fand an der Schule ein Talentwettbewerb statt, bei dem die Schüler ihre Talente präsentieren konnten. Madita überlegte, ob sie teilnehmen sollte. „Ich könnte ein Tanz- und Theaterstück aufführen. Das wäre eine perfekte Gelegenheit, meine Leidenschaft zu zeigen!", dachte sie. Mit der Unterstützung ihrer Freunde und ihrer Familie meldete Madita sich an. Sie begann, ein Stück zu choreografieren, das Elemente aus Tanz und Theater kombinierte. Die Proben waren intensiv, aber sie machte große Fortschritte und fühlte sich bereit für die Herausforderung. Am Tag des Wettbewerbs war Madita aufgeregt, aber auch nervös. *„Egal, was* *passiert, ich werde mein Bestes geben und einfach Spaß haben!"*, sagte sie zu sich selbst, während sie sich auf die Bühne vorbereitete. Als sie auf die Bühne trat, fühlte sie sich, als wäre sie zu Hause. Sie tanzte und spielte mit voller Leidenschaft, und das Publikum war begeistert von ihrer Darbietung. Am Ende erhielt sie tosend Applaus und viel Anerkennung für ihre Leistung. Nach dem Wettbewerb fühlte sich Madita erfüllt und glücklich. Sie hatte nicht nur ihr Talent gezeigt, sondern auch bewiesen, dass sie sich von den negativen Stimmen nicht abhalten lassen konnte. Ihre Familie und Freunde waren stolz auf sie und unterstützten sie in jedem Schritt. Madita stand backstage und hörte die begeisterten Stimmen des Publikums, während sie auf ihren Auftritt wartete. Jeder Applaus und jedes Lachen der Zuschauer erfüllte sie mit Vorfreude und Nervosität zugleich. *„Du schaffst das, Madita! Glaub an dich!"*, flüsterte sie sich selbst zu, während sie tief durchatmete. Als ihr Name aufgerufen wurde, trat sie mit einem strahlenden Lächeln auf die Bühne. Die Lichter strahlten auf sie, und das Publikum verstummte. Madita fühlte sich wie ein Teil von etwas Größerem. Sie begann ihre Darbietung, die eine harmonische Kombination aus Tanz und gesprochener Darstellung war. Die Geschichte handelte von einer mutigen Heldin, die ihre Träume verfolgte und dabei verschiedene

Herausforderungen meisterte. Die Musik setzte ein, und Madita bewegte sich mit Anmut und Energie. Sie tanzte mit Leidenschaft und ließ die Zuschauer in ihre Welt eintauchen. Ihre Bewegungen erzählten Geschichten, und die Emotionen, die sie während des Auftritts ausdrückte, waren echt und berührend. Das Publikum war von Beginn an gefesselt. Madita spürte den Zuschauern ihre Begeisterung an und ließ sich davon tragen. Als sie mit dem letzten Teil ihrer Darbietung abschloss, spürte sie das Adrenalin durch ihren Körper strömen. Der Applaus, der darauf folgte, war überwältigend. *„Das war unglaublich!"*, rief eine ihrer Freundinnen aus dem Publikum. Madita verbeugte sich und lächelte strahlend. Sie fühlte sich, als wäre sie auf Wolken. Nach der Aufführung strömten ihre Freunde auf die Bühne, um sie zu umarmen. *„Du warst einfach fantastisch! Ich habe noch nie so einen beeindruckenden Auftritt gesehen!"*, jubelte eine Freundin. *„Ich kann es nicht glauben, dass du das alles allein choreografiert hast! Du bist eine wahre Künstlerin!"*, fügte ein anderer Freund hinzu. Madita fühlte sich von all der positiven Energie umgeben und wusste, dass sie den richtigen Weg eingeschlagen hatte. Sie hatte die Herausforderungen überwunden, sich von den negativen Stimmen befreit und ihre Leidenschaft für das Theater und den Tanz in den Vordergrund gestellt. Nach dem Wettbewerb fand eine kleine Feier in der Schule statt. Lehrer und Schüler gratulierten Madita zu ihrem Erfolg. *„Du hast das Publikum wirklich berührt. Deine Darbietung war inspirierend!",* sagte Frau Schneider, die Leiterin der Theater-AG. *„Ich bin so stolz auf dich, Madita. Du hast dir das wirklich verdient!",* ergänzte Sarah, die mit Manuel in der ersten Reihe gesessen hatte, um sie zu unterstützen. *„Das war nur der Anfang! Ich möchte noch mehr Aufführungen machen und vielleicht sogar in einem größeren Theater auftreten!",* antwortete Madita voller Enthusiasmus. Die Wochen nach dem Wettbewerb waren geprägt von neuen Ideen und Projekten. Madita und ihre Freunde beschlossen, ein weiteres Stück zu schreiben und aufzuführen. Sie wollten das Publikum erneut mit einer kreativen Darbietung überraschen. Die Vorbereitungen für das neue Stück waren intensiv, und die Gruppe arbeitete hart daran, ihre Ideen in die Tat umzusetzen. Madita übernahm die Rolle der Regisseurin und half, die verschiedenen Szenen zu choreografieren. Sie fühlte sich in ihrer neuen Rolle wohl und wusste, dass sie viel zu bieten hatte. Eines Tages während der Proben hatte Madita eine weitere Idee. *„Warum machen wir nicht eine Aufführung, die sich um ein wichtiges Thema dreht? Etwas, das uns alle betrifft!",* schlug sie vor. *„Das ist eine großartige Idee! Was wäre mit Umweltschutz? Wir könnten eine Geschichte* *schreiben, die die Bedeutung des Schutzes unseres Planeten vermittelt!"*, rief eine ihrer Freundinnen begeistert. Die Gruppe war sofort begeistert von der Idee, und sie begannen, die Handlung für ihr neues Stück zu entwickeln. Sie schrieben Dialoge, entwarfen Kostüme und planten die verschiedenen Szenen. Madita fühlte sich inspiriert und motiviert, ihre Kreativität auszuleben. In den Wochen bis zur Aufführung arbeiteten sie unermüdlich. Madita spürte, dass sie in dieser Gemeinschaft nicht nur ihre Leidenschaft für das Theater auslebte, sondern auch einen positiven Einfluss auf andere ausüben konnte. Am Tag der Aufführung war die Aufregung groß. Die Aula war festlich dekoriert, und das Publikum war voller Vorfreude. Madita stand backstage und bereitete sich auf ihren Auftritt vor. *„Wir haben hart gearbeitet, und das wird großartig!"*, erinnerte sie sich selbst. Als der Vorhang sich öffnete, trat sie mit ihren Freunden auf die Bühne. Das Publikum beobachtete gespannt, und Madita konnte die Energie im Raum spüren. Sie begann, die Geschichte über den Umweltschutz zu erzählen und die Charaktere zum Leben zu erwecken. Die Aufführung war ein großer Erfolg. Das Publikum reagierte begeistert auf die Botschaft des Stücks, und Madita spürte, dass sie mit ihrer Kunst etwas bewirken konnte. Nach dem Vorhang fiel tosender Applaus, und die Freude über die gelungene Aufführung war überwältigend. Nach der Vorstellung versammelten sich Madita und ihre Freunde, um ihren Erfolg zu feiern. *„Wir haben es wieder geschafft! Dieses Stück war etwas ganz Besonderes!"*, rief Madita begeistert. *„Und das Publikum hat unsere Botschaft wirklich verstanden! Ich denke, wir haben etwas bewirkt!"*, fügte eine ihrer Freundinnen hinzu. In den folgenden Wochen erhielt Madita viele positive Rückmeldungen über die Aufführung. Lehrer, Eltern und Mitschüler lobten sie für ihre Kreativität und ihren Mut, wichtige Themen anzusprechen. Madita wusste, dass sie auf dem richtigen Weg war. Sie hatte die Unterstützung ihrer Freunde und Familie und war bereit, ihre Träume weiterhin zu verfolgen. Eines Abends, als sie mit Sarah und Manuel am Tisch saß, sprach sie über ihre Pläne für die Zukunft. *„Ich möchte unbedingt weiterhin im Theater aktiv sein und vielleicht sogar eine professionelle Schauspielschule besuchen!"*, sagte sie voller Entschlossenheit. *„Wir unterstützen dich in allem, was du tust, Madita. Du hast das Talent und die Leidenschaft, um deine Träume zu verwirklichen"*, antwortete Sarah mit einem stolzen Lächeln. *„Und vergiss nicht, dass du immer an dich glauben solltest. Die Herausforderungen, die du gemeistert hast, haben dich stärker gemacht"*, fügte Manuel hinzu. Madita fühlte sich ermutigt und wusste, dass sie die Möglichkeit hatte, ihren eigenen Weg zu gehen. Sie war bereit, die nächsten Schritte in ihrer kreativen Laufbahn zu gehen und ihre Leidenschaft für das Theater weiter zu verfolgen.

Kapitel 37: Ein neuer Anfang

Die Erfahrungen in der Realschule lehrten Madita viel über sich selbst, Freundschaft und die Bedeutung, seinen eigenen Weg zu gehen. Sie hatte gelernt, sich von negativen Einflüssen zu distanzieren und sich auf ihre Leidenschaft zu konzentrieren. Mit jeder Aufführung, jedem Wettbewerb und jedem neuen Projekt wuchs ihr Selbstbewusstsein. Madita wusste, dass sie auf dem richtigen Weg war und dass ihre Träume in Reichweite waren. Sarah und Manuel waren stolz auf ihre Tochter, die sich zu einer starken und kreativen jungen Frau entwickelt hatte. Sie ermutigten sie weiterhin, ihre Träume zu verfolgen und an sich selbst zu glauben. So lebte Madita mit der Gewissheit, dass sie die Herausforderungen des Lebens meistern konnte, und dass ihre Leidenschaft für das Theater und den Tanz sie auf einen aufregenden Weg führen würde. Die Zukunft war voller Möglichkeiten, und sie war entschlossen, jede Chance zu nutzen, um ihre Träume zu verwirklichen. Die Zeit verging schnell, und Madita bereitete sich auf den nächsten großen Schritt in ihrem Leben vor: den Übergang zur Oberstufe. Während sie voller Vorfreude auf neue Abenteuer und Herausforderungen blickte, wusste sie, dass sie alles, was sie bis jetzt gelernt hatte, mitnehmen würde. Eines Tages, während sie mit Sarah und Manuel im Garten arbeitete, sprach Madita über ihre Pläne. *„Ich habe darüber nachgedacht, welche Fächer ich in der Oberstufe wählen möchte. Ich denke, dass ich mich auf Theater und Kunst konzentrieren sollte"*, sagte sie nachdenklich. *„Das klingt nach einer großartigen Idee, Madita! Du solltest das wählen, was dir am meisten Freude bereitet"*, ermutigte Sarah. *„Ja, und es gibt viele Möglichkeiten, deine Kreativität auszudrücken und deine Fähigkeiten weiterzuentwickeln"*, fügte Manuel hinzu. Madita fühlte sich bestärkt. Sie wusste, dass sie die Unterstützung ihrer Eltern hatte, und dass sie den Mut hatte, ihren eigenen Weg zu gehen. Die Entscheidung, sich auf ihre Leidenschaft zu konzentrieren, machte sie glücklich, und sie konnte es kaum erwarten, ihre Ideen in die Tat umzusetzen. Die bevorstehenden Ferien waren eine willkommene Gelegenheit, sich zu entspannen und neue Energie zu tanken. Madita beschloss, die Zeit zu nutzen, um an ihren Fähigkeiten zu arbeiten. Sie meldete sich für einen Sommer-Workshop in einer renommierten Theaterakademie an. *„Das wird mir helfen, neue*

Techniken zu lernen und mein Schauspiel zu verbessern!", dachte sie voller Vorfreude. Als die Ferien begannen, begann Madita, sich auf den Workshop vorzubereiten. Sie übte täglich ihre Texte, tanzte zu ihren Lieblingsliedern und bereitete sich mental auf die neuen Herausforderungen vor. Die Vorfreude auf die Akademie war groß, und sie konnte es kaum erwarten, neue Gleichgesinnte zu treffen und von erfahrenen Dozenten zu lernen. Am ersten Tag des Workshops war Madita aufgeregt und nervös zugleich. Die Akademie war beeindruckend, und sie fühlte sich von der kreativen Atmosphäre umgeben. Die Teilnehmer kamen aus verschiedenen Städten, und jeder hatte seine eigenen Talente und Erfahrungen. Madita wusste, dass sie hier viel lernen würde. Während der ersten Woche arbeiteten die Teilnehmer an verschiedenen Aspekten des Schauspiels, einschließlich Improvisation, Charakterentwicklung und Bühnenpräsenz. Madita war begeistert von den Übungen und dem Austausch mit den anderen. Sie fühlte sich inspiriert und motiviert, ihre Fähigkeiten weiterzuentwickeln. *„Ich habe nie gedacht, dass ich so viel aus einer einzigen Woche lernen könnte!"*, rief sie begeistert, als sie mit einer anderen Teilnehmerin nach dem Unterricht sprach. *„Ja, und die Dozenten sind fantastisch! Sie geben uns so viele wertvolle Tipps"*, antwortete die Teilnehmerin enthusiastisch. In den folgenden Tagen erlebte Madita intensive Proben und kreative Sessions. Sie arbeitete hart an ihrer Bühnenpräsenz und lernte, wie wichtig es ist, Emotionen authentisch auszudrücken. Die Dozenten ermutigten sie, ihre Grenzen zu überschreiten und neue Wege zu finden, sich auszudrücken. Eines Abends, während eines Improvisationsspiels, hatte Madita einen Aha-Moment. *„Es ist nicht nur wichtig, die Rolle zu spielen, sondern auch, sich selbst in die Figur einzubringen"*, dachte sie. Diese Erkenntnis half ihr, sich freier zu fühlen und die Charaktere, die sie darstellte, mit mehr Tiefe zu füllen. Am letzten Tag des Workshops gab es eine Abschlussaufführung, bei der die Teilnehmer die Gelegenheit hatten, ihre neu erlernten Fähigkeiten zu präsentieren. Madita wählte ein Stück, das sie selbst geschrieben hatte, und kombinierte Elemente von Tanz und Schauspiel. Sie wollte das Publikum mit ihrer eigenen Geschichte berühren. Als der Vorhang sich öffnete und das Publikum sie anblickte, fühlte sie eine Welle von Nervosität und Aufregung. Sie begann, ihre Geschichte zu erzählen, und die Emotionen, die sie während der Aufführung ausdrückte, waren echt und bewegend. Das Publikum war gebannt, und Madita spürte, dass sie ihr Bestes gab. Nach der Aufführung erhielt sie viel Lob von den Dozenten und anderen Teilnehmern. *„Deine Darbietung war unglaublich! Du hast das*

Publikum wirklich berührt!", sagte einer der Dozenten beeindruckt. *„Das war eine tolle Erfahrung, Madita! Du hast ein echtes Talent"*, fügte ein anderer Teilnehmer hinzu. Madita fühlte sich überwältigt von der positiven Rückmeldung. Diese Woche hatte ihr nicht nur neue Fähigkeiten vermittelt, sondern auch ihr Selbstvertrauen gestärkt. Sie war bereit für die nächsten Schritte in ihrer Karriere und wusste, dass sie auf dem richtigen Weg war. Nach dem Workshop kehrte Madita nach Hause zurück, erfüllt von neuen Ideen und Inspirationen. Sie erzählte Sarah und Manuel von ihren Erfahrungen und dem, was sie gelernt hatte. *„Es war erstaunlich! Ich habe so viel über mich selbst gelernt und meine Fähigkeiten weiterentwickelt"*, sagte sie begeistert. *„Das freut uns sehr, Madita! Du hast hart gearbeitet, und es ist großartig zu sehen, wie du wächst"*, antwortete Sarah und umarmte sie stolz. *„Wir wissen, dass du deine Träume verwirklichen kannst. Deine Leidenschaft und Entschlossenheit sind bewundernswert"*, fügte Manuel hinzu. Madita war froh, dass sie eine so unterstützende Familie hatte. Sie wusste, dass sie auf dem richtigen Weg war und dass ihre Träume in Reichweite waren. Die Erfahrungen des Workshops gaben ihr das Gefühl, dass sie bereit war, die Herausforderungen der Oberstufe anzugehen. Während sie sich auf den Schulstart vorbereitete, begann Madita, ihre Pläne für die kommenden Monate zu entwickeln. Sie wollte weiterhin in der Theater-AG aktiv sein, an Wettbewerben teilnehmen und neue Projekte starten. Außerdem überlegte sie, an einem Programm für junge Talente in einer nahegelegenen Stadt teilzunehmen. *„Ich möchte meine Erfahrungen und mein Wissen teilen und auch andere inspirieren!"*, dachte sie und machte sich Notizen für mögliche Projekte. Der erste Schultag in der Oberstufe kam schneller als erwartet, und Madita war voller Vorfreude und Aufregung. Sie wusste, dass sie neue Herausforderungen und Möglichkeiten erwarten würde. In der ersten Woche lernte Madita ihre neuen Klassenkameraden kennen und stellte fest, dass viele von ihnen ähnliche Interessen hatten. Sie schloss schnell Freundschaften und fand Gleichgesinnte, die ihre Leidenschaft für das Theater und die darstellenden Künste teilten. Eines Tages, während einer Diskussion in der Klasse über kreative Projekte, äußerte Madita ihre Idee, ein Schulmusical zu inszenieren. *„Ich denke, dass es eine großartige Möglichkeit wäre, die Schulgemeinschaft zusammenzubringen und unsere Talente zu zeigen!"*, schlug sie vor. Die Reaktionen waren überwältigend positiv. Ihre Mitschüler waren begeistert von der Idee, und viele wollten mitmachen. Madita fühlte sich ermutigt und motiviert, das Projekt zu leiten und die Vision in die Tat umzusetzen. *„Wir können ein Team* *bilden und gemeinsam an der Geschichte, den Charakteren und den Choreografien arbeiten!"*, sagte sie, und die Begeisterung der Gruppe wuchs. Die Vorbereitungen für das Schulmusical begannen, und Madita übernahm die Rolle der Regisseurin. Sie leitete die Proben, schrieb die Dialoge und choreografierte die Tanzszenen. Es war eine aufregende Zeit, und Madita fühlte sich voller Energie und Inspiration. In den Wochen bis zur Aufführung arbeiteten sie hart und intensiv. Madita lernte viel über Teamarbeit, Organisation und die Bedeutung von Kommunikation. Sie stellte fest, dass es wichtig war, die Ideen und Talente aller Teammitglieder zu berücksichtigen, um das beste Ergebnis zu erzielen. Am Tag der Aufführung war die Aufregung groß. Die Aula war festlich geschmückt, und die Zuschauer waren gespannt auf das, was kommen würde. Madita und ihre Freunde standen backstage und motivierten sich gegenseitig. *„Denkt daran, dass wir unser Bestes geben und Spaß haben sollten!"*, rief Madita. Als sie die Bühne betraten, spürte Madita die Aufregung und die Energie des Publikums. Sie begann, die Geschichte des Musicals zu erzählen, und das Publikum war begeistert von der Darbietung. Die Kombination aus Musik, Tanz und Schauspiel begeisterte die Zuschauer, und Madita fühlte sich, als würde sie in ihrem Element sein. Nach der Aufführung erlebte Madita den Jubel und den

Applaus des Publikums. „*Wir haben es geschafft! Das war fantastisch!*", rief sie begeistert, als sie zu ihren Freunden lief. „*Du hast das großartig gemacht, Madita! Deine Vision hat das Stück zum Leben erweckt!*", lobte eine ihrer Freundinnen. In den folgenden Wochen erhielt Madita viel positive Rückmeldung über das Schulmusical. Lehrer, Eltern und Mitschüler lobten sie für ihre Kreativität und ihre Fähigkeit, die Schulgemeinschaft zusammenzubringen.

Kapitel 38: Maditas Entscheidung für die Zukunft

Nach dem erfolgreichen Talentwettbewerb spürte Madita, dass sie bereit war, den nächsten Schritt in ihrer Karriere zu gehen. Ihre Leidenschaft für das Theater und den Tanz hatte sie in den letzten Jahren so sehr erfüllt, dass sie entschied, eine Ausbildung im Bereich Tanz und Theater zu machen. Es war der Moment, auf den sie hingearbeitet hatte, und sie konnte es kaum erwarten, ihre Träume in die Realität umzusetzen. „*Ich habe mich für die Tanz- und Schauspielschule beworben!*", verkündete Madita eines Abends beim Abendessen. Ihre Eltern sahen sie mit Stolz und Begeisterung an. „*Das ist großartig, Madita! Ich wusste, dass du diesen Schritt machen würdest!"*, sagte Sarah, während sie sie umarmte. *„Wir unterstützen dich in jeder Hinsicht. Du hast das Talent und die Leidenschaft, um erfolgreich zu sein!"*, fügte Manuel hinzu. Die Vorbereitungen für die Ausbildung begannen. Madita besuchte die Schule für ein Vorstellungsgespräch und eine Probe. Sie fühlte sich sofort wohl in der kreativen Atmosphäre der Schule, die voller inspirierender Menschen und Talente war. Nach einigen Wochen erhielt sie die erlösende Nachricht: Sie wurde angenommen! *„Ich kann es kaum glauben! Ich werde ab dem nächsten Monat mit der Ausbildung beginnen!"*, jubelte Madita. Die Nachricht von ihrer Annahme an der Tanz- und Schauspielschule erfüllte Madita mit einer Welle an Glück und Aufregung. Es war der Beginn eines neuen Kapitels in ihrem Leben, und sie konnte es kaum erwarten, alles, was sie bis jetzt gelernt hatte, in die Praxis umzusetzen. Die Vorstellung, ihre Leidenschaft für das Theater und den Tanz in einem professionellen Umfeld weiterzuentwickeln, ließ ihr Herz höher schlagen. In den Wochen vor dem Beginn der Ausbildung bereitete sich Madita intensiv vor. Sie übte täglich, sowohl im Tanz als auch im Schauspiel, und wollte sicherstellen, dass sie fit und bereit für die Herausforderungen war, die auf sie zukommen würden. Ihre Freunde und Familie unterstützten sie dabei und gaben ihr den nötigen Rückhalt, den sie brauchte. *„Denk daran, dass du nicht nur dein Talent zeigst, sondern auch, wer du bist. Sei authentisch, Madita!"*, ermutigte Sarah sie, während sie gemeinsam an den letzten Vorbereitungen arbeiteten. *„Ich werde mein Bestes geben! Ich möchte, dass die Lehrer sehen, wie viel ich für das Theater und den Tanz brenne"*, antwortete Madita mit festem Blick. Der letzte Abend vor dem ersten Schultag war emotional. Madita packte ihre Sachen und überlegte, wie viel sie in den letzten Jahren gelernt hatte. Sie dachte an ihre ersten Schritte in der Theater-AG, die Herausforderungen, die sie überwunden hatte, und die Fortschritte, die sie gemacht hatte. Mit jedem Schritt hatte sie sich nicht nur als Künstlerin, sondern auch als Person weiterentwickelt. Am nächsten Morgen war der erste Schultag endlich da. Madita fühlte ein Kribbeln der Aufregung in ihrem Bauch, als sie die Schule betrat, die nun ihr neues Zuhause werden sollte. Die Wände waren mit inspirierenden Bildern von berühmten Tänzern und Schauspielern geschmückt, und die Atmosphäre war erfüllt von Kreativität und Leidenschaft. Sie traf schnell auf ihre Mitschüler, die alle ebenfalls voller Vorfreude waren. *„Ich bin so aufgeregt! Was denkst du, was uns erwartet?"*, fragte eine ihrer neuen Klassenkameradinnen. *„Ich weiß es nicht, aber ich kann es kaum erwarten, es herauszufinden!"*, antwortete Madita mit einem strahlenden Lächeln. Die ersten Tage an der Schule waren intensiv und aufregend. Madita nahm an verschiedenen Kursen teil, darunter Tanz, Schauspiel, Gesang und Improvisation. Jeder Kurs war eine neue Herausforderung, und sie lernte von talentierten Lehrern, die ihre Leidenschaft für die darstellenden Künste teilten. In den ersten Wochen merkte Madita schnell, dass die Ausbildung nicht nur aus Technik und Talent bestand, sondern auch aus harter Arbeit und Hingabe. Die Stunden waren lang, und die Anforderungen waren hoch. Aber Madita fühlte sich lebendig und motiviert. Sie wusste, dass sie den richtigen Weg gewählt hatte. Eines Tages, während einer Tanzstunde, forderte die Lehrerin die Schüler heraus, ihre eigenen Bewegungen zu kreieren und ihre persönliche Ausdrucksweise zu finden. Madita war zunächst unsicher, aber als sie sich auf die Musik einließ und ihren Körper bewegte, spürte sie, wie die Freude an der Bewegung sie erfüllte. *„Das ist es! Das ist mein Ausdruck!"*, dachte sie und ließ sich von der Musik treiben. Ihre Mitschüler beobachteten sie und waren beeindruckt von ihrer Kreativität. Nach der Stunde kam eine Klassenkameradin auf sie zu. *„Madita, das war unglaublich! Du hast so viel Leidenschaft in deinen Tanz gelegt. Ich habe das Gefühl, dass du wirklich etwas Besonderes hast"*, sagte sie bewundernd. Diese Worte gaben Madita das

Gefühl, dass sie auf dem richtigen Weg war. Sie begann, mehr Selbstvertrauen in ihre Fähigkeiten zu entwickeln und erkannte, dass sie nicht nur in der Technik, sondern auch in der Kreativität und im Ausdruck wachsen konnte. Die Wochen vergingen, und Madita fand ihren Platz an der Schule. Sie schloss Freundschaften mit anderen Schülern und bildete eine enge Gruppe von Gleichgesinnten, die sich gegenseitig unterstützten und motivierten. Gemeinsam arbeiteten sie an Projekten und teilten ihre Ideen. Eines Abends, während sie zusammen an einem neuen Stück arbeiteten, äußerte Madita den Wunsch, eine eigene Choreografie für die bevorstehende Abschlussaufführung zu erstellen. „Ich möchte etwas Einzigartiges schaffen, das unsere Reise hier an der Schule widerspiegelt", schlug sie vor. *„Das ist eine großartige Idee! Lass uns zusammenarbeiten und unsere Ideen einbringen!",* rief eine ihrer Freundinnen begeistert. Die Gruppe begann, an der Choreografie zu arbeiten, und Madita fühlte sich inspiriert. Sie kombinierte verschiedene Tanzstile und integrierte Elemente aus ihren bisherigen Erfahrungen. Die Zusammenarbeit mit ihren Freunden war kreativ und erfüllend, und sie spürte, dass sie gemeinsam etwas Wundervolles erschaffen konnten. Am Tag der Aufführung war die Aufregung groß. Madita konnte das Kribbeln in ihrem Bauch spüren, als sie sich auf die

Bühne vorbereitete. Sie hatte hart gearbeitet, und jetzt war es an der Zeit, ihr Talent und ihre Kreativität zu zeigen. Als der Vorhang aufging und das Publikum sie anblickte, fühlte Madita sich, als würde sie in ihrem Element sein. Sie begann, ihre Choreografie zu tanzen, und die Bewegungen flossen harmonisch zusammen. Die Zuschauer waren gebannt, und Madita spürte die Energie im Raum. Die Aufführung war ein großer Erfolg, und das Publikum applaudierte begeistert. Madita fühlte sich erfüllt und glücklich. Sie hatte nicht nur ihre Kreativität ausgedrückt, sondern auch die Bindung zu ihren Freunden und Mitschülern gestärkt. Nach der Aufführung gab es viel Lob und positive Rückmeldungen von den Lehrern und anderen Schülern. *„Du hast das Stück wirklich zum Leben erweckt, Madita! Deine Choreografie war einzigartig!"*, sagte ihre Lehrerin mit einem stolzen Lächeln. *„Danke! Es war eine Teamleistung, und ich bin so froh, dass wir das gemeinsam geschafft haben!"*, antwortete Madita voller Freude. In den Wochen nach der Aufführung erhielt Madita viele Anfragen, an weiteren Projekten teilzunehmen. Sie war begeistert von der Möglichkeit, ihre Fähigkeiten weiterzuentwickeln und an verschiedenen Aufführungen und Wettbewerben teilzunehmen.

Kapitel 39: Der Umzug in die erste eigene Wohnung

Mit dem Beginn ihrer Ausbildung stand eine weitere große Herausforderung an: Madita musste in eine eigene Wohnung ziehen. Es war eine aufregende, aber auch nervenaufreibende Zeit. Die Vorstellung, allein zu leben und sich um alles selbst zu kümmern, machte sie nervös, aber auch voller Vorfreude. *„Ich bin so aufgeregt, aber auch ein bisschen ängstlich. Was, wenn ich nicht alles schaffe?"*, gestand Madita ihren Eltern. *„Das ist völlig normal, Madita. Es ist ein großer Schritt, aber du wirst es großartig machen. Wir sind nur einen Anruf entfernt, falls du Hilfe brauchst"*, beruhigte Sarah sie. Manuel half Madita, eine kleine, gemütliche Wohnung in der Nähe der Tanz- und Schauspielschule zu finden. Es war ein charmantes kleines Apartment mit viel Tageslicht, das perfekt für ihre kreativen Aktivitäten war. Madita stellte sich bereits vor, wie sie ihre neuen Räume mit Kunstwerken und Erinnerungen aus ihren bisherigen Aufführungen dekorieren würde. Am Umzugstag halfen Sarah und Manuel, die Kisten zu tragen und alles einzurichten. *„Das wird dein neuer Rückzugsort, Madita. Hier kannst du kreativ sein und deinen Träumen nachjagen"*, sagte Manuel, während er ihr half, das Bett aufzubauen. *„Ich kann es kaum erwarten, meine ersten Schritte als Bewohnerin zu* *machen!"*, antwortete Madita voller Enthusiasmus. Als sie schließlich in ihrer Wohnung war, fühlte sie sich sofort wohl. Sie dekorierte den Raum mit Fotos von ihren bisherigen Theateraufführungen, einigen ihrer Lieblingsbücher und Pflanzen, die sie in den Fenstern aufstellte. Es war ein Raum, der ihre Persönlichkeit widerspiegelte und ihre Kreativität anregte. Der Umzug in die erste eigene Wohnung war für Madita ein bedeutender Schritt in ihrem Leben. Als sie die letzten Kisten aus dem Auto holte und in den kleinen Flur ihrer neuen Wohnung stellte, spürte sie eine Mischung aus Aufregung und Nervosität. Es war ihr persönlicher Raum, und sie war entschlossen, ihn zu einem kleinen Rückzugsort zu machen, an dem sie sich kreativ entfalten konnte. *„Hier ist die erste Kiste mit deinen Kunstwerken!"*, rief Sarah, als sie eine Kiste mit Maditas Zeichnungen und Gemälden hereintrug. *„Das wird eine tolle Wand für deine kreativen Inspirationen!"* Madita lächelte und nahm die Kiste entgegen. *„Danke, Mama! Ich habe schon einige Ideen, wo ich alles aufhängen könnte. Ich möchte, dass es hier wie ein kleines Atelier aussieht"*, sagte sie und begann, die Kiste zu öffnen. Während sie ihre Kunstwerke auspackte, fiel ihr Blick auf die leeren Wände des Wohnzimmers. *„Ich denke, ich werde auch ein paar Pflanzen aufstellen, um das Ganze aufzulockern. Vielleicht ein paar Kräuter in der Küche?"*, überlegte sie laut. *„Das klingt nach einer großartigen Idee! Pflanzen bringen Leben in den Raum und verbessern die Luftqualität"*, fügte Manuel hinzu, während er in einer anderen Kiste nach dem Geschirr suchte. Als der Umzug fortschritt, fühlte sich Madita zunehmend sicherer in ihrer neuen Umgebung. Sie half ihren Eltern, das Sofa in die richtige Position zu bringen und stellte den Tisch so auf, dass er viel Licht von den Fenstern bekam. *„Ich kann es kaum erwarten, hier mit meinen Freunden zu sitzen und zu arbeiten!"*, sagte sie begeistert. Nachdem sie den Großteil der Möbel aufgebaut und alles eingerichtet hatten, beschlossen sie, eine kleine Pause einzulegen. Sarah bereitete einen schnellen Snack in der Küche vor und fragte: *„Wie fühlt es sich an, in deiner ersten eigenen Wohnung zu sein?"* *„Es ist fantastisch! Ich fühle mich schon jetzt wohl hier. Es ist ein bisschen surreal, aber ich freue mich darauf, mein eigenes Leben zu führen"*, antwortete Madita mit einem strahlenden Lächeln. Nach dem Essen halfen ihre Eltern ihr, die letzten Kisten auszupacken. Bald war die Wohnung nicht mehr nur ein leeres Zimmer, sondern ein Ort, der schon jetzt nach Madita roch – nach frischen Blumen, einem Hauch von Farbe und der Vorfreude auf neue Abenteuer. Als der Abend anbrach, saßen sie gemeinsam auf dem neuen Sofa und betrachteten die frisch eingerichtete Wohnung. *„Ich bin so stolz auf* dich, Madita. Du hast diesen Schritt mit so viel Mut und Begeisterung gemacht", sagte Sarah und umarmte sie. „Danke, Mama! Das bedeutet mir viel. Es fühlt sich gut an, hier zu sein und meine eigenen Entscheidungen zu treffen", erwiderte Madita. Die ersten Wochen in ihrer neuen Wohnung waren aufregend. Madita genoss die Freiheit, allein zu leben und ihren Alltag selbst zu gestalten. Sie stellte schnell fest, dass es auch Herausforderungen gab, wie das Kochen eigener Mahlzeiten oder das Putzen. Doch sie nahm alles mit Humor und stellte sich den Aufgaben mit einem Lächeln. „Ich sollte ein Kochbuch für Anfänger kaufen!", lachte sie, als sie versuchte, ein einfaches Rezept nach zu kochen und dabei mehr Mehl auf dem Küchentisch als in der Schüssel landete. In den ersten Tagen nach ihrem Einzug nutzte Madita die Zeit, um sich in der Stadt umzusehen. Sie entdeckte kleine Cafés, in denen sie mit Freunden lernen konnte, und Parks, in denen sie an ihren Tanzbewegungen üben konnte. Sie fühlte sich wie eine echte Bewohnerin der Stadt. In der Tanz- und Schauspielschule war die Ausbildung intensiver geworden. Madita stellte fest, dass sie mit ihrer Kreativität nicht nur auf der Bühne glänzen konnte, sondern auch in ihren täglichen Aufgaben. Die Lehrkräfte ermutigten sie, ihre Ideen einzubringen und sich selbst auszudrücken. Eines Tages, während einer Improvisationsstunde, fragte der

Lehrer die Schüler: *„Was inspiriert euch, wenn ihr auf der Bühne steht?"* Madita überlegte einen Moment und antwortete: *„Die Freiheit, ich selbst zu sein. Das Gefühl, dass ich alles erreichen kann, was ich mir vorstelle."* *„Das ist eine großartige Einstellung! Nutzt diese Freiheit, um eure Charaktere lebendig werden zu lassen"*, ermutigte der Lehrer sie. Diese Worte blieben Madita im Gedächtnis. Sie wusste, dass sie ihre Erfahrungen und das, was sie in ihrer neuen Wohnung lernte, in ihre Darstellungen einbringen konnte. Das Gefühl, in ihrem eigenen Raum zu sein und sich selbst zu verwirklichen, half ihr, an Selbstbewusstsein zu gewinnen. In den folgenden Wochen begann Madita, ihre Wohnung nicht nur als Wohnraum, sondern auch als kreativen Rückzugsort zu betrachten. Sie richtete sich einen kleinen Arbeitsbereich ein, in dem sie an ihren Projekten arbeiten konnte. Dort schrieb sie Texte, choreografierte Tänze und übte ihre Rollen. Eines Abends, während sie an einem neuen Stück arbeitete, klopfte es an der Tür. Es war eine Nachbarin, die sich vorstellte. *„Hallo! Ich bin Lisa, deine Nachbarin. Ich habe gehört, dass du im Theater aktiv bist. Das klingt spannend!"* Madita freute sich über die Begegnung. *„Ja, ich bin gerade dabei, meine Ausbildung zu machen. Ich freue mich, dich kennenzulernen!"*, antwortete sie. Lisa war ebenfalls künstlerisch tätig und erzählte Madita von ihren eigenen Erfahrungen im

Bereich Tanz und Theater. Sie beschlossen, sich regelmäßig zu treffen, um gemeinsam zu üben und ihre kreativen Ideen auszutauschen. *„Ich bin froh, dass ich hier bin. Es ist toll, jemanden zu haben, der das gleiche Interesse teilt",* sagte Madita, während sie ihre neuen Freundschaften aufbaute. Madita fühlte sich in ihrer neuen Umgebung immer wohler. Die Herausforderungen des Alleinlebens waren nicht immer einfach, aber sie erkannte, dass sie diese Erfahrung stärker und unabhängiger machte. Ihre Wohnung wurde zu einem Ort der Inspiration und des Schaffens, der ihr half, ihre Träume zu verwirklichen. Eines Abends, während sie an einem neuen Text arbeitete, dachte Madita über ihre Reise nach. Sie wusste, dass sie noch viele Schritte vor sich hatte, aber sie fühlte sich bereit, jede Herausforderung anzunehmen. Mit einem Lächeln auf den Lippen setzte sie sich an ihren Schreibtisch und begann, ihre Gedanken und Ideen aufzuschreiben. *„Das ist erst der Anfang",* flüsterte sie und spürte, wie die Vorfreude auf das, was kommen würde, in ihr aufstieg.

Kapitel 40: Die Ausbildung beginnt

Die ersten Wochen an der Tanz- und Schauspielschule waren intensiv. Madita lernte viel über verschiedene Tanzstile, Schauspieltechniken und die Grundlagen der Bühnenproduktion. Die Lehrer waren erfahrene Künstler und motivierten die Schüler, ihr Bestes zu geben. *„Denkt daran, dass jeder von euch einzigartig ist! Lasst eure Persönlichkeit auf der Bühne erstrahlen!"*, ermutigte einer der Lehrer die Klasse während der ersten Tanzstunde. Madita blühte auf und fand schnell einen Rhythmus in den täglichen Proben und dem Unterricht. Die Herausforderungen waren groß, aber sie fühlte sich von der kreativen Energie umgeben und wusste, dass sie am richtigen Ort war. In ihrer Freizeit arbeitete Madita an Projekten, die sie während ihrer Ausbildung umsetzen konnte. Sie schrieb Ideen für eigene Stücke auf und choreografierte kleine Tänze, die sie mit ihren neuen Freunden in der Schule teilte. Die ersten Wochen an der Tanz- und Schauspielschule vergingen wie im Flug. Madita war von der Energie und Kreativität umgeben, die in der Luft lag, und sie begann, sich in diesem neuen Umfeld immer mehr wohlzufühlen. Jeder Tag brachte neue Herausforderungen und Lernmöglichkeiten, und sie war fest entschlossen, das

Beste aus ihrer Ausbildung herauszuholen. In den Tanzstunden erlernte sie verschiedene Stile, von Ballett über Jazz bis hin zu zeitgenössischem Tanz. Jeder Stil hatte seine eigenen Techniken und Ausdrucksformen, und Madita fand es faszinierend, wie viel Vielfalt es in der Welt des Tanzes gab. *„Es ist wie eine neue Sprache!"*, dachte sie oft, während sie die Bewegungen und die Körperhaltung der verschiedenen Tanzstile studierte. Die Schauspielstunden waren ebenso aufregend. Die Lehrer halfen den Schülern, ihre schauspielerischen Fähigkeiten zu entwickeln, indem sie verschiedene Übungen durchführten, die darauf abzielten, Emotionen auszudrücken und Charaktere zu verkörpern. Madita war oft überrascht, wie viel sie über sich selbst lernte, während sie an ihren Rollen arbeitete. *„Es ist erstaunlich, wie man durch das Spiel in andere Persönlichkeiten eintauchen kann"*, bemerkte sie einmal zu einer Klassenkameradin. Eines Tages wurde die Klasse in Gruppen aufgeteilt, um kurze Szenen zu entwickeln. Madita und ihre Gruppe entschieden sich für eine Komödie, die das Leben in einer Wohngemeinschaft humorvoll darstellte. *„Wir sollten die Charaktere übertrieben darstellen, damit die Zuschauer lachen"*, schlug Madita vor, und alle stimmten begeistert zu. Die Proben für die Szene waren voller Lachen und kreativer Ideen. Madita übernahm die Rolle einer chaotischen Mitbewohnerin, die stets in Schwierigkeiten geriet und ihre Freunde in absurde Situationen brachte. Während der Proben entwickelte sie ihren Charakter weiter und experimentierte mit verschiedenen Stimmen und Gesten. *„Je mehr ich spiele, desto mehr kann ich meine eigene Persönlichkeit einfließen lassen"*, dachte sie. Als der Tag der Präsentation kam, war die Aufregung in der Luft spürbar. Die Klassenkameraden waren nervös, aber auch gespannt, ihre Szenen vor den anderen Schülern und Lehrern aufzuführen. Madita fühlte sich bereit. *„Wir haben hart gearbeitet, und ich bin aufgeregt, was wir geschaffen haben!",* sagte sie zu ihrer Gruppe. Als sie auf die Bühne traten, spürte Madita das Adrenalin durch ihren Körper strömen. Sie begann, die Szene zu spielen, und die Reaktionen des Publikums waren überwältigend. Die Lacher hallten durch den Raum, und Madita fühlte sich lebendig. In diesem Moment wusste sie, dass sie genau das tun wollte – Menschen mit ihrer Kunst berühren und unterhalten. Nach der Aufführung sammelte Madita positives Feedback von ihren Lehrern und Mitschülern. *„Das war fantastisch! Du hast die Rolle wirklich lebendig gemacht",* lobte eine ihrer Lehrerinnen. Madita strahlte vor Freude und wusste, dass ihre harte Arbeit sich ausgezahlt hatte. In den folgenden Wochen vertiefte sich Madita in ihre

Projekte. Sie schrieb Ideen für eigene Stücke auf und choreografierte kleine Tänze, die sie mit ihren neuen Freunden in der Schule teilte. In einer der Tanzstunden brachte sie eine kleine Choreografie mit, die sie entwickelt hatte. *„Ich wollte etwas Fröhliches und Energetisches schaffen"*, erklärte sie ihren Mitschülern. Die Gruppe war begeistert von Maditas Ideen und sie beschlossen, die Choreografie gemeinsam zu erarbeiten. Während der Proben arbeiteten sie eng zusammen und unterstützten sich gegenseitig. *„Es ist so wichtig, dass wir uns gegenseitig inspirieren"*, sagte Madita und spürte die positive Energie in der Gruppe. Die erste große Präsentation der Schule stand bald bevor. Es sollte eine Aufführung sein, bei der alle Schüler die Möglichkeit hatten, ihre Talente zu zeigen. Madita war aufgeregt und nervös zugleich. *„Ich möchte mein Bestes geben und die Lehrer und das Publikum beeindrucken"*, dachte sie. In den letzten Wochen vor der Aufführung arbeiteten die Schüler unermüdlich an ihren Stücken. Madita stellte ihre eigene Choreografie zusammen und integrierte Elemente aus den verschiedenen Tanzstilen, die sie gelernt hatte. Sie wollte eine Darbietung schaffen, die sowohl technisch anspruchsvoll als auch emotional ansprechend war. Eines Abends, während sie an ihrer Choreografie übte, klopfte Lisa, ihre Nachbarin, an die Tür. *„Hey, ich habe gehört, dass du an etwas Großem* *arbeitest! Kann ich zuschauen?"*, fragte sie neugierig. *„Natürlich! Ich würde mich freuen, wenn du mir Feedback gibst!"*, antwortete Madita und öffnete die Tür. Lisa setzte sich auf den Boden und beobachtete, während Madita ihre Bewegungen vorführte. *„Das sieht großartig aus! Du hast wirklich ein Gefühl für Rhythmus und Ausdruck. Es wird toll!"*, lobte sie. *„Danke! Ich möchte, dass es etwas Besonderes wird"*, sagte Madita und fühlte sich ermutigt durch Lisas positive Rückmeldung. Die Tage bis zur Aufführung vergingen schnell, und Madita konnte ihre Nervosität kaum zügeln. Am Tag der Präsentation war die Aula festlich geschmückt, und das Publikum war voller Vorfreude. Madita wartete backstage und versuchte, sich zu entspannen. *„Denkt daran, dass es nicht nur um die Leistung geht, sondern auch um das Teilen von Freude und Kreativität"*, erinnerte sie sich an die Worte ihrer Lehrer. Als sie schließlich auf die Bühne trat, spürte sie das Adrenalin in ihrem Körper und die Aufregung des Publikums. Die Musik begann zu spielen, und Madita ließ sich von der Melodie mitreißen. Sie tanzte mit Leidenschaft und Ausdruck, und die Bewegungen flossen harmonisch zusammen. Das Publikum reagierte begeistert, und Madita fühlte sich lebendig. Jeder Schritt und jede Drehung waren eine Möglichkeit, ihre Emotionen auszudrücken und das Publikum zu berühren. Am Ende ihrer Darbietung erhielt sie tosenden Applaus, und sie spürte eine Welle der Freude und Erfüllung. Nach der Aufführung versammelten sich ihre Mitschüler um sie und gratulierten ihr. *„Du warst unglaublich, Madita! Deine Choreografie hat alle mitgerissen!"*, rief eine Freundin. *„Danke! Ich bin so froh, dass ich das teilen konnte"*, antwortete Madita, während sie die Begeisterung ihrer Freunde spürte. In den folgenden Wochen erhielt Madita viel positive Rückmeldung über ihre Darbietung. Lehrer, Eltern und Mitschüler lobten sie für ihre Kreativität und ihre Fähigkeit, das Publikum zu fesseln. Diese Ermutigung stärkte ihr Selbstbewusstsein und motivierte sie, weiter an ihren Fähigkeiten zu arbeiten. Madita wusste, dass sie auf dem richtigen Weg war. Die Ausbildung an der Tanz- und Schauspielschule war eine aufregende Reise, und sie war entschlossen, ihre Träume zu verfolgen. Mit jeder Aufführung, jedem Wettbewerb und jedem neuen Projekt erlebte sie, wie ihre Leidenschaft für das Theater und den Tanz weiter wuchs.

Kapitel 41: Unterstützung und Rückhalt

Obwohl das Leben in der eigenen Wohnung aufregend war, gab es auch Momente der Einsamkeit und Unsicherheit. Madita vermisste die familiären Abende und die vertrauten Gespräche mit Sarah und Manuel. Doch sie wusste, dass sie immer auf die Unterstützung ihrer Eltern zählen konnte. Eines Abends, als sie sich nach einem langen Tag müde fühlte, rief sie ihre Eltern an. *„Ich vermisse euch! Es ist alles so neu und manchmal überwältigend"*, gestand sie. *„Das ist ganz normal, Madita. Du machst einen großartigen Job, und es ist okay, sich manchmal unsicher zu fühlen. Denke daran, dass du auf deinem Weg bist, deine Träume zu verwirklichen"*, sagte Sarah. *„Wir sind stolz auf dich! Und wir werden dich bald besuchen, um deine neue Wohnung zu sehen!"*, fügte Manuel hinzu. Madita fühlte sich getröstet und motiviert. Die Worte ihrer Eltern gaben ihr Kraft, weiterzumachen und an sich selbst zu glauben. Die Gespräche mit Sarah und Manuel waren wie ein Lichtstrahl in Maditas Alltag. Sie schätzte die Momente, in denen sie einfach nur ihre Gedanken und Gefühle teilen konnte. Diese Gespräche halfen ihr, die Herausforderungen des neuen Lebensabschnitts besser zu bewältigen. Nach dem Anruf fühlte sie sich erfrischt und bereit, sich den kommenden Tagen zu stellen. In den folgenden Wochen arbeitete Madita weiterhin hart an ihrer Ausbildung. Die Anforderungen wurden intensiver, und die Schüler wurden ermutigt, ihre eigenen kreativen Projekte zu entwickeln. Madita war begeistert von der Möglichkeit, ihre Ideen auf die Bühne zu bringen, aber die ständige Kreativität forderte auch ihren Tribut. Es gab Tage, an denen sie sich überfordert fühlte und die Einsamkeit der eigenen Wohnung erdrückend war. Um sich abzulenken, beschloss Madita, regelmäßig mit ihren neuen Freunden an der Schule etwas zu unternehmen. Sie organisierten gemeinsame Abendessen, Spielabende und Ausflüge in die Stadt. Die Freundschaften, die sie knüpfte, wurden zu einem wichtigen Rückhalt in ihrem Leben. *„Es ist schön, Menschen um mich zu haben, die das Gleiche durchmachen",* dachte sie oft. Eines Abends, während eines Spiels mit ihren Freunden, stellte jemand die Frage: *„Was motiviert euch, weiterzumachen, auch wenn es schwierig wird?"* Diese Frage ließ Madita nachdenken. *„Wahrscheinlich die Leidenschaft für das, was ich tue",* antwortete sie schließlich. *„Ich kann mir ein Leben ohne Theater und Tanz nicht vorstellen. Es gibt mir einen Sinn und ein Ziel." „Genau! Und wir sind alle hier, um uns gegenseitig zu unterstützen",* fügte eine ihrer Freundinnen hinzu. Diese Worte hallten in Maditas Kopf wider und gaben ihr Kraft. Sie wusste, dass sie nicht allein war und dass ihre Freunde in der gleichen Situation waren. In den nächsten Tagen nahm Madita ihre Ausbildung sehr ernst. Sie bereitete sich auf die nächste Aufführung vor, bei der alle Schüler ihr Talent zeigen sollten. Die Nervosität stieg in ihr auf, während der Tag näher rückte. Um sich zu entspannen, begann sie, regelmäßig zu meditieren und Yoga zu praktizieren. Es half ihr, sich zu zentrieren und ihre Gedanken zu ordnen. Eines Nachmittags, während sie im Park joggte – ein neuer Weg, um den Kopf freizubekommen – kam ihr eine Idee für eine eigene Choreografie. Madita stoppte, um es in ihr Notizbuch zu skizzieren. *„Es könnte eine Geschichte über den Kampf gegen die Einsamkeit und das Finden von Gemeinschaft sein"*, dachte sie. *„Das wird eine emotionale und kraftvolle Darbietung."* Die Idee ließ sie nicht los. Am nächsten Tag begann Madita, an ihrer Choreografie zu arbeiten. Sie integrierte verschiedene Tanzstile und spielte mit den Bewegungen, um die Emotionen, die sie fühlte, auszudrücken. Während sie übte, stellte sie fest, dass der Tanz ihr half, ihre eigenen Unsicherheiten und Ängste zu verarbeiten. Es war eine Form der Selbsttherapie. Als die Aufführung näher rückte, war Madita sowohl aufgeregt als auch nervös. Sie wusste, dass sie etwas ganz Persönliches und Verletzliches präsentieren würde. *„Was, wenn die Leute es nicht verstehen?"*, dachte sie manchmal, aber dann erinnerte sie sich an die Worte ihrer Eltern: *„Du bist auf deinem Weg, deine Träume zu verwirklichen."* Am Tag der Aufführung war die Aula voller Zuschauer. Madita wartete backstage und versuchte, ihre Nervosität zu zügeln. *„Denkt daran, dass du nicht allein bist. Du hast deine Freunde und deine Leidenschaft",* wiederholte sie leise, um sich selbst zu beruhigen. Als sie auf die Bühne trat, umhüllte sie das Licht, und das Publikum verstummte. Die Musik begann, und Madita ließ sich von den Melodien tragen. Sie tanzte mit voller Hingabe und gab all ihre Emotionen in die Bewegungen hinein. Die Geschichte, die sie erzählte, war die ihrer eigenen Einsamkeit und der Suche nach Gemeinschaft. Das Publikum war gebannt. Madita spürte, wie ihre Nervosität schwand und durch das Gefühl von Freiheit und Kreativität ersetzt wurde. Nach der Darbietung gab es tosenden Applaus, und Madita fühlte sich wie auf Wolken. In diesem Moment wusste sie, dass sie etwas Großartiges geschaffen hatte. Nach der Aufführung strömten ihre Freunde auf die Bühne, um sie zu umarmen. *„Das war unglaublich, Madita! Du hast uns alle berührt!",* rief eine ihrer Freundinnen. *„Danke! Es fühlte sich so gut an, das mit euch zu teilen!",* erwiderte Madita und spürte, wie die Freude in ihr aufstieg. In den folgenden Wochen erhielt sie viel positive Rückmeldungen über ihre Darbietung. Die Lehrer waren beeindruckt von ihrer Kreativität und der emotionalen Tiefe, die sie in ihre Choreografie eingebracht hatte. *„Du hast das Publikum wirklich berührt, Madita. Das ist die Art von Kunst, die wir brauchen"*, sagte einer ihrer Lehrer. Madita fühlte sich gestärkt und wusste, dass sie auf dem richtigen Weg war. Die Unterstützung ihrer Freunde und die Ermutigung ihrer Lehrer halfen ihr, ihre Unsicherheiten zu überwinden. Sie wusste, dass sie in ihrer Ausbildung und in ihrem Leben wachsen konnte. Eines Abends, als sie mit ihren Freunden in ihrer Wohnung saß, sprach Madita über ihre Erfahrungen. *„Ich habe so viel von euch gelernt. Ihr seid nicht nur meine Freunde, sondern auch meine Familie hier"*, sagte sie mit einem Lächeln. *„Wir sind alle hier, um uns gegenseitig zu unterstützen, und das ist das Wichtigste. Du hast uns alle inspiriert, Madita"*, antwortete eine ihrer Freundinnen und umarmte sie. Madita fühlte sich glücklich und erfüllt. Sie wusste, dass sie in ihrem neuen Lebensabschnitt nicht allein war. Die Herausforderungen des Alleinlebens und der Ausbildung waren zwar manchmal überwältigend, aber die Unterstützung ihrer Familie und Freunde gab ihr den Rückhalt, den sie brauchte.

Kapitel 42: Auf dem Weg zu den Träumen

Mit der Zeit wurde Madita immer selbstbewusster in ihrer Rolle als Studentin an der Tanz- und Schauspielschule. Ihre Fähigkeiten entwickelten sich weiter, und sie fand Freude daran, neue Talente zu entdecken und ihre Kreativität auszuleben. Bei einer der ersten Schulaufführungen, an der sie teilnahm, konnte Madita all das, was sie gelernt hatte, auf die Bühne bringen. Sie spielte eine zentrale Rolle in einem Stück, das das Publikum begeisterte und viel positive Resonanz erhielt. *„Es ist unglaublich, wie weit du gekommen bist, Madita! Du bist wirklich eine talentierte Künstlerin"*, sagte eine ihrer neuen Freundinnen nach der Aufführung. Madita lächelte und dachte darüber nach, wie wichtig es war, an sich selbst zu glauben und die richtigen Menschen um sich zu haben. Ihre Reise hatte gerade erst begonnen, und sie war fest entschlossen, ihre Träume im Bereich Tanz und Theater zu verwirklichen. So lebte Madita in ihrer neuen Wohnung, voller Hoffnung und Ambitionen, bereit, die Herausforderungen der Ausbildung zu meistern und ihre Kreativität in die Welt zu tragen. Die Zukunft war vielversprechend, und sie wusste, dass sie alles erreichen konnte, was sie sich vornahm. Die Zeit verging, und Madita fühlte sich zunehmend in ihrer

Rolle als Studentin an der Tanz- und Schauspielschule verwurzelt. Die ersten Monate waren geprägt von vielen neuen Erfahrungen, und sie lernte nicht nur von ihren Lehrern, sondern auch von ihren Mitschülern. Die Atmosphäre in der Schule war kreativ und unterstützend, und Madita blühte in diesem Umfeld auf. Nach ihrer letzten Aufführung, bei der sie eine zentrale Rolle gespielt hatte, spürte sie eine Welle der Zufriedenheit. *„Es ist unglaublich, wie weit du gekommen bist, Madita! Du bist wirklich eine talentierte Künstlerin"*, hatte ihre Freundin gesagt, und diese Worte hallten in ihrem Kopf wider. Sie wusste, dass sie hart gearbeitet hatte, um dorthin zu gelangen, wo sie jetzt war, und dass diese Anstrengungen sich auszahlten. In den folgenden Wochen widmete sich Madita intensiv ihrer Ausbildung. Sie nahm an zusätzlichen Workshops teil, um ihre Fähigkeiten weiter zu verbessern. Die Lehrer ermutigten sie, ihre eigenen kreativen Projekte zu entwickeln, und sie begann, Ideen für ein eigenes Stück zu sammeln. *„Ich möchte etwas schreiben, das meine Erfahrungen und Gefühle widerspiegelt"*, dachte sie oft. Eines Abends saß sie an ihrem Schreibtisch in ihrer Wohnung und begann, ihre Gedanken aufzuschreiben. Die Worte flossen wie von selbst, während sie über ihre Reise nachdachte – die Herausforderungen, die sie gemeistert hatte, die Einsamkeit, die sie überwunden hatte, und die Freude, die sie in der Kunst fand. *„Es wird eine Geschichte über den Kampf um die eigene Identität und das Streben nach Träumen"*, murmelte sie, während sie ihre Notizen sortierte. Die nächsten Tage waren geprägt von intensivem Schreiben und Üben. Madita nahm sich vor, das Stück selbst zu inszenieren, und begann, eine Gruppe von Mitschülern zu suchen, die bereit waren, mit ihr zusammenzuarbeiten. *„Ich möchte, dass wir das gemeinsam schaffen. Es wird eine Teamleistung sein"*, erklärte sie ihren Freunden. Die Resonanz war überwältigend. Viele ihrer Mitschüler waren begeistert von der Idee und wollten mitmachen. Gemeinsam entwickelten sie die Charaktere und die Handlung, und die Begeisterung wuchs mit jedem Treffen. Madita fühlte sich wie eine Kapitänin auf einem Schiff, das in unbekannte Gewässer segelte, aber sie wusste, dass sie ein starkes Team hinter sich hatte. Während der Proben erlebten sie Höhen und Tiefen. Es gab Momente, in denen sie an ihrer Vision zweifelte und sich fragte, ob sie in der Lage war, das Stück erfolgreich auf die Bühne zu bringen. *„Was, wenn es nicht gut genug ist?"*, dachte sie manchmal. Doch dann erinnerte sie sich an die Worte ihrer Eltern: *„Glaube an dich selbst, und du kannst alles erreichen."* Die Unterstützung ihrer Freunde half ihr, die Unsicherheiten zu überwinden. *„Das wird großartig,*

Madita! Wir arbeiten zusammen, und das ist das Wichtigste", ermutigte sie eine ihrer Mitschülerinnen. Diese Zusprüche stärkten Madita und halfen ihr, das Vertrauen in ihre Fähigkeiten zurückzugewinnen. Die Proben wurden intensiver, und die Gruppe arbeitete hart, um das Stück zu perfektionieren. Madita lernte viel über die verschiedenen Aspekte der Inszenierung, von der Bühnenproduktion über die Kostümgestaltung bis hin zur Choreografie. Es war eine umfassende Erfahrung, die sie als Künstlerin und als Teamplayer wachsen ließ. Am Tag der Aufführung war die Aufregung spürbar. Madita konnte das Adrenalin in ihrem Körper fühlen, als sie sich backstage vorbereitete. Während sie kostümiert und geschminkt wartete, dachte sie an all die Stunden harter Arbeit, die in dieses Projekt geflossen waren. *„Wir haben es bis hierher geschafft, und jetzt ist es Zeit, unser Bestes zu geben"*, sagte sie zu sich selbst. Als der Vorhang sich öffnete und das Licht auf die Bühne fiel, spürte Madita ein Gefühl der Freiheit. Sie begann, ihre Rolle zu spielen, und die Emotionen, die sie in die Charaktere eingebracht hatte, wurden lebendig. Die Zuschauer waren gebannt, und Madita fühlte sich in ihrem Element. Es war der Moment, auf den sie hingearbeitet hatte, und sie genoss jede Sekunde. Nach der Aufführung gab es tosendes Applaus, und Madita fühlte sich überwältigt von der positiven Resonanz.

Das Publikum war begeistert von der Darbietung und den Geschichten, die sie erzählt hatten. Ihre Freunde umarmten sie, und die Freude über das gemeinsame Schaffen erfüllte den Raum. *„Das war fantastisch! Ich kann es kaum glauben, dass wir das geschafft haben!"*, rief eine ihrer Freundinnen. *„Danke! Ihr wart alle großartig! Ich bin so stolz auf uns"*, antwortete Madita und spürte, wie die Erleichterung und das Glück in ihr aufstiegen. In den folgenden Wochen erhielt Madita viel positives Feedback über das Stück. Lehrer, Eltern und Mitschüler lobten sie für ihre Kreativität und die Fähigkeit, das Publikum zu fesseln. Diese Ermutigung stärkte ihr Selbstbewusstsein und motivierte sie, weiterhin an ihren Fähigkeiten zu arbeiten. Madita wusste, dass sie in ihrer Ausbildung und in ihrem Leben wachsen konnte. Die Erfahrungen, die sie gemacht hatte, waren unbezahlbar, und sie war fest entschlossen, ihre Träume im Bereich Tanz und Theater zu verwirklichen. Eines Abends, als sie in ihrer Wohnung saß und über die vergangenen Wochen nachdachte, fühlte sie eine tiefe Dankbarkeit. *„Ich bin so glücklich, dass ich diesen Weg eingeschlagen habe"*, dachte sie. *„Ich möchte meine Erfahrungen und meine Leidenschaft mit anderen teilen und sie inspirieren, ihre eigenen Träume zu verfolgen."* Die Zeit verging, und Madita wurde immer selbstbewusster in ihrer Rolle als Künstlerin. Sie arbeitete weiter an ihren

Projekten und beteiligte sich aktiv an der Theater-AG der Schule. Es gab immer neue Herausforderungen und Möglichkeiten, und Madita war bereit, sie alle anzunehmen. Eines Tages erhielt sie eine Einladung zu einem Talentwettbewerb in der Stadt. Es war eine Gelegenheit, ihr Können vor einem größeren Publikum zu zeigen und möglicherweise entdeckt zu werden. *„Das könnte meine Chance sein!"*, dachte Madita voller Vorfreude. Sie begann, sich intensiv auf den Wettbewerb vorzubereiten. Sie wählte eine Kombination aus Tanz und Schauspiel, die ihre Stärken betonen würde. Die Proben waren intensiv, und Madita gab alles, um sicherzustellen, dass sie bereit war. Am Tag des Wettbewerbs war die Aufregung groß. Madita war nervös, aber auch voller Energie. Sie wusste, dass sie ihr Bestes geben würde, egal was passierte. Als sie auf die Bühne trat, spürte sie das Adrenalin durch ihren Körper strömen. *„Das ist mein Moment!"*, dachte sie und ließ sich von der Musik tragen. Die Darbietung war ein Erfolg, und das Publikum reagierte begeistert. Madita fühlte sich lebendig und erfuhr nach der Aufführung viel positives Feedback. Die Jury war beeindruckt von ihrem Talent, und sie wusste, dass sie auf dem richtigen Weg war. In den folgenden Wochen erhielt Madita Angebote für verschiedene Projekte und Auftritte. Sie war dankbar für jede Gelegenheit und wusste, dass sie die richtigen Schritte unternahm, um ihre Träume zu verwirklichen.

Kapitel 43: Die Herausforderungen der Ausbildung

Die Monate vergingen, und Madita vertiefte sich in ihre Ausbildung an der Tanz- und Schauspielschule. Die Intensität des Programms war höher als sie erwartet hatte. Die Stunden waren lang, und manchmal fühlte sie sich von den Anforderungen überwältigt. Es gab Tage, an denen sie mit Mühe die Proben schaffte und am Abend erschöpft in ihre Wohnung zurückkehrte. Eines Abends, nach einem besonders anstrengenden Tag, saß Madita auf ihrem Bett und starrte auf ihre Notizen und Skripte. *„Was, wenn ich das nicht schaffe? Was, wenn ich nicht gut genug bin?"*, dachte sie, während die Zweifel in ihr aufkamen. In diesem Moment erinnerte sie sich an die Worte ihrer Eltern: „Glaube an dich selbst und an deine Leidenschaft." Sie wusste, dass sie sich nicht von diesen negativen Gedanken besiegen lassen durfte. Madita beschloss, ihren Fokus neu auszurichten und sich auf das zu konzentrieren, was sie motivierte. Madita schloss ihre Augen und atmete tief durch. Sie wollte die negativen Gedanken vertreiben und sich auf die positiven

Aspekte ihrer Ausbildung konzentrieren. *„Ich habe hart gearbeitet, um hierher zu kommen. Ich habe Talente, und ich liebe das, was ich tue",* murmelte sie leise zu sich selbst. Um sich abzulenken, griff sie zu ihrem Notizbuch und begann, ihre Gedanken niederzuschreiben. Sie machte eine Liste von all den Dingen, die sie bisher erreicht hatte: die erfolgreichen Aufführungen, die neuen Freundschaften und die Fähigkeiten, die sie sich angeeignet hatte. Mit jedem Punkt, den sie aufschrieb, wuchs ihr Selbstbewusstsein ein wenig mehr. *„Ich habe eine zentrale Rolle in einem Stück gespielt. Ich habe mein eigenes Stück inszeniert. Ich habe an einem Talentwettbewerb teilgenommen",* flüsterte sie und lächelte, als ihr die Erfolge in den Sinn kamen. Diese kleinen Erinnerungen halfen ihr, ihren Fokus zu verschieben und die Zweifel zu vertreiben. Am nächsten Tag war sie fest entschlossen, die Herausforderungen anzunehmen und die positiven Gedanken in den Vordergrund zu stellen. In der Schule angekommen, bemerkte sie, dass viele ihrer Mitschüler ähnliche Gefühle hatten. *„Ich glaube, wir könnten alle einen Motivationsschub gebrauchen",* sagte sie zu einer Freundin, die ebenfalls überfordert wirkte. *„Ja, das stimmt! Manchmal ist es einfach so viel auf einmal",* seufzte ihre Freundin. *„Was hältst du von einer kleinen Motivationsrunde? Wir könnten uns* *gegenseitig anfeuern!"* Madita fand die Idee großartig. Sie sammelten eine Gruppe von Mitschülern und setzten sich in einem der Übungsräume zusammen. *„Lasst uns unsere Erfolge teilen und uns gegenseitig daran erinnern, warum wir hier sind"*, schlug Madita vor. Die Gruppe begann, ihre Erlebnisse zu teilen. Jeder erzählte von seinen Ängsten, aber auch von seinen Errungenschaften. Madita spürte, wie die positive Energie in der Runde wuchs. *„Wir sind alle hier, weil wir das Theater und den Tanz lieben! Das sollte uns motivieren, weiterzumachen"*, sagte sie mit Überzeugung. Die Motivationsrunde war ein voller Erfolg und half Madita und ihren Freunden, ihre Zweifel zu überwinden. Sie fühlten sich stärker und entschlossener, die Herausforderungen der Ausbildung anzunehmen. Die nächsten Tage waren geprägt von harter Arbeit, aber auch von Freude und Kreativität. Die Proben für die kommende Aufführung nahmen Form an, und Madita arbeitete hart, um ihre Rolle zu perfektionieren. Sie stellte fest, dass sie durch die Unterstützung ihrer Freunde und den Austausch von Ideen neue Inspiration fand. *„Es ist erstaunlich, wie viel wir voneinander lernen können"*, dachte sie oft. Trotz der positiven Entwicklung gab es auch Momente der Erschöpfung. Die Anforderungen an der Schule waren hoch, und Madita musste oft bis spät in die Nacht an ihren Projekten arbeiten. An einigen Abenden fiel es ihr schwer, sich zu motivieren. *„Ich bin so müde. Was, wenn ich nicht genug Zeit habe, um alles zu schaffen?"*, dachte sie manchmal. In diesen Momenten erinnerte sie sich an die Techniken, die sie im Yoga gelernt hatte. Sie begann, regelmäßig zu meditieren und kleine Pausen in ihren Alltag einzubauen. Diese einfachen Momente der Ruhe halfen ihr, ihre Gedanken zu sammeln und den Stress abzubauen. *„Ich muss mir Zeit für mich selbst nehmen"*, sagte sie sich und fand einen neuen Ausgleich zwischen Arbeit und Entspannung. Ein paar Wochen später stand die große Aufführung kurz bevor. Madita war aufgeregt, aber auch nervös. Die letzten Proben waren intensiv, und sie wollte sicherstellen, dass alles perfekt war. Am Tag der Aufführung war die Aula festlich geschmückt, und die Zuschauer strömten herein. Madita fühlte das Adrenalin in ihrem Körper und die Aufregung des Publikums. *„Denkt daran, dass wir unser Bestes geben, egal was passiert!"*, sagte sie zu ihrer Gruppe, während sie backstage warteten. Ihre Worte schienen die Nervosität zu vertreiben und das Vertrauen in die gemeinsamen Fähigkeiten zu stärken. Als der Vorhang aufging und das Licht auf die Bühne fiel, spürte Madita, wie ihr Herz schneller schlug. Sie begann, ihre Rolle zu spielen, und die Emotionen, die sie in die Figur eingebracht hatte, wurden lebendig. Das Publikum reagierte begeistert, und Madita fühlte sich in ihrem Element. Die Darbietung war ein großer Erfolg. Nach der Aufführung gab es tosenden Applaus, und die Zuschauer waren begeistert von der Leistung. Madita und ihre Freunde umarmten sich und feierten ihre harte Arbeit. *„Wir haben es geschafft! Das war großartig!",* rief einer ihrer Freunde. In den folgenden Tagen erhielt Madita viel positives Feedback über ihre Darbietung. Lehrer, Eltern und Mitschüler lobten sie für ihre Kreativität und die Fähigkeit, das Publikum zu fesseln. Diese Ermutigung stärkte ihr Selbstbewusstsein und motivierte sie, weiterhin an ihren Fähigkeiten zu arbeiten. Doch mit dem Erfolg kamen auch neue Herausforderungen. Madita wurde dazu eingeladen, an einem weiteren Wettbewerb teilzunehmen, der eine Woche nach der Aufführung stattfinden sollte. *„Das könnte eine großartige Gelegenheit sein!",* dachte sie, fühlte aber auch den Druck, erneut ihr Bestes geben zu müssen. *„Ich kann das nicht alleine schaffen. Ich brauche die Unterstützung meiner Freunde",* überlegte sie und sprach mit ihrer Gruppe. *„Lasst uns gemeinsam an diesem Wettbewerb arbeiten. Wir können zusammen ein Stück entwickeln!"* Die Gruppe war begeistert von der Idee, und sie begannen sofort mit den Vorbereitungen. Madita fühlte sich motiviert und unterstützt, während sie an ihrem neuen Projekt arbeiteten. Es war eine Herausforderung, aber die

Zusammenarbeit mit ihren Freunden half ihr, die Angst zu überwinden. Die Proben für den Wettbewerb waren intensiv, und Madita stellte fest, dass sie gleichzeitig an mehreren Projekten arbeitete. Manchmal fühlte sie sich überfordert, aber sie erinnerte sich an die Motivationsrunde und die positive Energie, die sie dort gespürt hatte. *„Ich kann das schaffen, weil ich nicht alleine bin"*, dachte sie. Der Tag des Wettbewerbs kam schneller als erwartet. Madita war nervös, aber auch aufgeregt. Sie wusste, dass sie hart gearbeitet hatte und dass sie auf die Unterstützung ihrer Freunde zählen konnte. Als sie auf die Bühne trat, spürte sie das Adrenalin durch ihren Körper strömen und die Aufregung des Publikums. Die Darbietung war ein Erfolg, und das Publikum reagierte begeistert. Madita fühlte sich lebendig und erfuhr nach der Aufführung viel positives Feedback. Es war ein weiterer Schritt auf ihrem Weg zu den Träumen, und sie wusste, dass sie auf dem richtigen Weg war.

Kapitel 44: Neue Freundschaften und Teamarbeit

Die Unterstützung ihrer neuen Freunde half ihr, die Herausforderungen zu bewältigen. Gemeinsam arbeiteten sie an Projekten und unterstützten sich gegenseitig in den Proben. Die Zusammenarbeit mit anderen kreativen Köpfen bereitete Madita Freude und half ihr, ihre eigenen Fähigkeiten weiterzuentwickeln. Eines Tages kündigte die Schule ein gemeinsames Projekt an, bei dem die Studenten ein eigenes Stück schreiben und inszenieren sollten. Madita war sofort Feuer und Flamme und meldete sich als eine der Hauptverantwortlichen für die Regie und das Skript. *„Wir könnten eine Geschichte über die Träume und Hoffnungen junger Menschen erzählen und wie wichtig es ist, für sie zu kämpfen"*, schlug sie vor. Ihre Kommilitonen waren begeistert und begannen, Ideen zu sammeln. Die kreative Energie in der Gruppe war ansteckend. Madita und ihre Freunde arbeiteten hart an dem Stück, schrieben Dialoge, choreografierten Tänze und entwarfen Kostüme. Die Proben wurden zu einer Zeit voller Lachen, Kreativität und Teamarbeit, und Madita fühlte sich, als würde sie in ihrem Element sein. Die Wochen vergingen wie im Flug, während Madita mit ihren Freunden an dem neuen Stück arbeitete. Die kreative Energie, die in der Gruppe herrschte, war inspirierend und motivierend. Sie trafen sich regelmäßig, um an ihren Ideen zu feilen, und jeder brachte seine eigenen Talente und Perspektiven ein. *„Lasst uns die Charaktere so gestalten, dass sie für jeden von uns ein Stück weit repräsentativ sind",* schlug einer ihrer Freunde vor. *„Wir könnten verschiedene Träume und Herausforderungen zeigen, die wir alle kennen."* Madita nickte begeistert. *„Ja, das wäre perfekt! Jeder könnte seine eigenen Erfahrungen und Hoffnungen einfließen lassen. So wird das Stück authentischer!"* Die Gruppe begann, die Charaktere zu entwickeln und ihre Geschichten zu skizzieren. Madita übernahm die Verantwortung für das Skript und stellte sicher, dass die Dialoge die Emotionen und Kämpfe der Charaktere widerspiegelten. Während sie schrieb, wurde ihr klar, wie wichtig es war, die eigene Stimme zu finden und die Geschichten anderer zu respektieren. In den Proben war die Atmosphäre lebhaft. Sie lachten viel und fanden kreative Lösungen für Probleme, die während der Arbeit an dem Stück auftauchten. Wenn jemand auf eine Herausforderung stieß, halfen die anderen, und das Gefühl der Teamarbeit wurde immer stärker. *„Wir sind nicht nur Kollegen, wir sind Freunde, die gemeinsam für etwas kämpfen",* dachte Madita oft. Eines Abends saßen sie in einem Kreis auf dem Boden des Übungsraums, um die neuesten Ideen zu besprechen. *„Ich denke, wir sollten eine Tanzszene* *einbauen, die die Emotionen der Charaktere widerspiegelt"*, schlug Madita vor. *„Es könnte eine kraftvolle Möglichkeit sein, die Botschaft des Stücks zu verstärken."* Die Gruppe war sofort begeistert von der Idee. *„Lass uns eine Choreografie entwickeln, die die Träume und Kämpfe symbolisiert"*, fügte eine andere Freundin hinzu. *„Wir könnten die verschiedenen Phasen des Kampfes darstellen – den Zweifel, die Hoffnung und schließlich den Erfolg!"* Die Zusammenarbeit an der Choreografie wurde zu einem Höhepunkt der Proben. Madita und ihre Freunde experimentierten mit verschiedenen Bewegungen und Stilen. Es war aufregend zu sehen, wie sich die Idee entwickelte und wie jeder sein Talent einbrachte. *„Das wird eine unvergessliche Szene"*, dachte Madita, als sie die ersten Schritte einübten. Die Herausforderungen, die während des kreativen Prozesses auftauchten, wurden zu Chancen, als die Gruppe zusammenarbeitete, um Lösungen zu finden. Manchmal gab es Meinungsverschiedenheiten über die Richtung des Stücks, aber Madita fand es wichtig, die Stimmen aller zu hören und Kompromisse zu finden. *„Jeder hat etwas Wertvolles beizutragen"*, erinnerte sie sich und ermutigte ihre Freunde, ihre Meinungen zu äußern. Eines Abends, nach einer langen Probe, saßen sie erschöpft, aber glücklich zusammen und reflektierten über den Fortschritt. *„Ich* kann es kaum glauben, wie weit wir gekommen sind. Es fühlt sich an, als hätten wir eine kleine Familie gegründet", sagte Madita lächelnd. „Das ist es! Wir unterstützen uns gegenseitig, und das macht den Unterschied", stimmte eine ihrer Freundinnen zu. „Es ist schön zu sehen, wie jeder in seiner Rolle aufgeht." Während der Proben wuchs das Stück weiter, und die Charaktere wurden lebendiger. Madita stellte fest, dass sie durch die Zusammenarbeit mit ihren Freunden nicht nur ihre eigenen Fähigkeiten weiterentwickelte, sondern auch neue Perspektiven auf das Theater und den Tanz gewann. Es war eine belebende Erfahrung, die sie als Künstlerin bereicherte. Die Tage vergingen, und das Datum der Aufführung rückte näher. Die Gruppe arbeitete hart, um das Stück rechtzeitig fertigzustellen. Madita war stolz auf das, was sie gemeinsam erreicht hatten. „Wir haben so viel Herz und Seele in dieses Projekt gesteckt. Es wird großartig, das Publikum zu begeistern", dachte sie. Am Tag der Aufführung war die Aufregung groß. Madita konnte das Kribbeln der Nervosität in ihrem Bauch spüren. Die Aula war festlich geschmückt, und das Publikum strömte herein. „Wir haben es bis hierher geschafft, und jetzt ist es Zeit, es der Welt zu zeigen", sagte sie zu ihrer Gruppe, während sie sich backstage vorbereiteten. Als der Vorhang sich öffnete und das Licht auf die Bühne fiel, spürte Madita, wie das Adrenalin durch ihren Körper strömte. Sie begann, ihre Rolle zu spielen, und die Emotionen, die sie in die Charaktere eingebracht hatte, wurden lebendig. Die Zuschauer waren gebannt, und Madita fühlte sich in ihrem Element. Die Darbietung war ein großer Erfolg. Das Publikum reagierte begeistert, und die Zuschauer waren von den Geschichten und den Bewegungen berührt. Madita und ihre Freunde waren stolz auf das, was sie geschaffen hatten. Nach der Aufführung umarmten sie sich und feierten ihre harte Arbeit. *„Wir haben es geschafft! Das war unglaublich!",* rief einer ihrer Freunde, während die Begeisterung in der Gruppe spürbar war. In den folgenden Tagen erhielt Madita viel positives Feedback über das Stück. Lehrer, Eltern und Mitschüler lobten sie für ihre Kreativität und die Fähigkeit, das Publikum zu fesseln. Diese Ermutigung stärkte ihr Selbstbewusstsein und motivierte sie, weiterhin an ihren Fähigkeiten zu arbeiten.

Kapitel 45: Die erste große Aufführung

Der große Tag der Aufführung rückte näher, und die Aufregung war spürbar. Madita und ihre Freunde waren bereit, ihre harte Arbeit dem Publikum zu präsentieren. Die Kulissen waren aufgebaut, die Lichter waren eingestellt, und die Atmosphäre in der Schule war elektrisierend. *„Denkt daran, dass wir zusammenarbeiten und unser Bestes geben müssen! Lasst uns unser Publikum begeistern und zeigen, was wir können!"*, rief Madita, während sie ihre Freunde motivierte. Als der Vorhang schließlich fiel und die Aufführung begann, fühlte Madita ein Kribbeln in ihrem Bauch. Sie trat auf die Bühne und ließ sich von der Energie des Publikums mitreißen. Die Darbietung war ein voller Erfolg, und die Zuschauer applaudierten begeistert. Nach der Aufführung fiel Madita in die Arme ihrer Freunde. *„Wir haben es geschafft! Es war unglaublich!"*, rief sie voller Freude. *„Das war die beste Aufführung, die ich je gesehen habe! Du hast das Stück mit deiner Leidenschaft zum Leben erweckt!"*, lobte einer ihrer Freunde. Madita strahlte vor Freude, als sie die begeisterten Gesichter ihrer Freunde sah. *„Ich kann es kaum glauben, dass wir das wirklich durchgezogen haben!"*, sagte sie, während sie sich von den Umarmungen ihrer Gruppe lösen musste. *„Es* *fühlte sich an, als wären wir in einem Traum!"* Die Aula war von einem warmen Licht durchflutet, das die Gesichter der Zuschauer erhellte, die noch immer applaudierten. Madita konnte das Adrenalin spüren, das ihr durch die Adern floss, und die Euphorie des Moments ließ sie lächeln. *„Wir haben hart gearbeitet, und es hat sich gelohnt!",* rief sie und wandte sich an ihre Mitspieler. Sobald der letzte Applaus verklungen war, zogen die Schüler sich hinter die Bühne zurück, um sich zu sammeln. Die Aufregung war greifbar, und jeder sprach von seinen Lieblingsmomenten während der Aufführung. *„Meine Lieblingsszene war die Tanznummer! Die Choreografie war einfach perfekt!",* sagte eine Freundin und klatschte in die Hände. *„Ja, und das Zusammenspiel zwischen den Charakteren war so lebendig! Es fühlte sich an, als könnten wir das Publikum wirklich erreichen",* fügte ein anderer Freund hinzu. Madita fühlte sich überglücklich, Teil dieser kreativen Gemeinschaft zu sein und wusste, dass sie mit ihren Freunden etwas Besonderes geschaffen hatten. Nachdem sie sich backstage gesammelt hatten, wurden sie von ihren Lehrern gelobt. *„Ihr habt das Publikum wirklich berührt. Die Energie, die ihr auf die Bühne gebracht habt, war beeindruckend",* sagte die Schulleiterin mit einem stolzen Lächeln. Madita konnte kaum glauben, dass sie diese Worte von der Schulleiterin hörte. Es war eine Bestätigung für all die harte Arbeit, die sie und ihre Freunde geleistet hatten. Die nächsten Stunden waren eine Mischung aus Feiern und Reflexion. Die Schüler versammelten sich in einem nahegelegenen Café, um gemeinsam zu feiern. *„Auf die beste Aufführung aller Zeiten!"*, rief einer ihrer Freunde und hielt sein Glas in die Höhe. Alle stießen an und lachten, während sie über die aufregenden Momente des Abends sprachen. *„Ich kann es kaum erwarten, das Stück wieder aufzuführen! Wir sollten es unbedingt noch einmal zeigen"*, schlug Madita vor. Die anderen stimmten sofort zu. *„Das wäre fantastisch! Wir haben so viel aus der ersten Aufführung gelernt, und ich bin sicher, dass wir noch besser werden können"*, sagte eine ihrer Freundinnen. In den folgenden Tagen sprachen Madita und ihre Freunde über die Möglichkeit, das Stück erneut aufzuführen. Die Idee, das Publikum erneut zu begeistern und die Darbietung weiter zu verbessern, war für alle sehr motivierend. Sie begannen sofort, an Verbesserungen zu arbeiten, indem sie Feedback von Lehrern und Zuschauern sammelten. *„Wir sollten die Szenen, die besonders gut angekommen sind, noch weiter ausbauen und die, die weniger gut waren, überarbeiten"*, schlug Madita vor, während sie sich mit einer Gruppe von Freunden in einem der Übungsräume trafen. *„Es gibt so viel Potenzial, und ich möchte, dass wir das Beste aus dem Stück herausholen."* Die

Gruppe war begeistert von der Idee, und sie begannen, die Szenen zu analysieren und zu diskutieren. Die Kreativität sprudelte, und sie hatten jede Menge Spaß dabei, neue Ideen zu entwickeln. Madita spürte, wie ihre Leidenschaft für das Theater und den Tanz wuchs, je mehr sie sich mit ihren Freunden in die Arbeit vertiefte. Mit jeder Probe fühlte sich das Team stärker und die Bindungen untereinander enger. Madita war dankbar für die Unterstützung, die sie von ihren Freunden erhielt. *„Wir sind wie eine Familie geworden"*, dachte sie und erkannte, wie wichtig diese Beziehungen für sie waren. Als die nächste Aufführung näher rückte, wurde das Team immer aufgeregter. Sie hatten hart gearbeitet, um die Verbesserungen umzusetzen, und die Vorfreude war spürbar. Am Tag der Aufführung kamen die Zuschauer wieder in Scharen, und die Aula füllte sich mit einer elektrisierenden Atmosphäre. Madita stand backstage und wartete darauf, dass der Vorhang sich öffnete. Ihr Herz klopfte, und sie atmete tief durch, um die Aufregung zu besänftigen. *„Wir haben das gemeinsam geschafft! Egal, was passiert, wir geben unser Bestes!"*, sagte sie zu ihrem Team, und ihre Freunde nickten zustimmend. Als der Vorhang sich öffnete, spürte Madita, wie das Adrenalin durch ihren Körper schoss. Sie trat auf die Bühne und ließ sich von der Energie des Publikums mitreißen. Die Aufführung war eine noch größere Erfolgsgeschichte als die erste. Die Zuschauer waren begeistert, und Madita spürte, wie die Leidenschaft, die sie in das Stück gesteckt hatte, zurückkam. Nach der Aufführung fühlte sie sich erfüllt und glücklich. *„Das war noch besser als das letzte Mal!"*, rief einer ihrer Freunde, und alle stimmten zu. Die Freude über die gemeinsame Leistung und die Möglichkeit, das Publikum erneut zu begeistern, erfüllte den Raum. Die positiven Reaktionen der Zuschauer und das Lob der Lehrer waren überwältigend. *„Ihr habt euch wirklich verbessert! Ihr habt die Herzen der Menschen berührt. Das ist das, was Theater ausmacht"*, sagte die Schulleiterin, und Madita fühlte sich stolz auf das, was sie gemeinsam erreicht hatten. In den nächsten Wochen sprach die Schule über die Möglichkeit, das Stück bei einem regionalen Theaterfestival aufzuführen. Madita war begeistert von der Idee. *„Das könnte unsere Chance sein, noch mehr Menschen zu erreichen!"*, rief sie, und ihre Freunde waren sofort Feuer und Flamme. In der Vorbereitung auf das Festival arbeiteten sie noch intensiver an den Feinheiten des Stücks. Madita fühlte sich motiviert und inspiriert, und die Zusammenarbeit mit ihren Freunden gab ihr neuen Schwung. *„Wir sind ein Team, und zusammen können wir alles schaffen!"*, dachte sie und freute sich auf die kommenden Herausforderungen.

Kapitel 46: Rückschläge und neue Erkenntnisse

Trotz des Erfolgs gab es auch Rückschläge. Einige Kritiken waren hart, und Madita begann, an sich selbst zu zweifeln. *„Was, wenn ich nicht die richtige Wahl getroffen habe? Was, wenn ich nicht talentiert genug bin?",* fragte sie sich. In diesen schwierigen Zeiten erinnerte sie sich an die Unterstützung ihrer Familie und ihrer Freunde. Sie wusste, dass jeder Künstler Rückschläge erlebt, und dass es wichtig war, daraus zu lernen und sich weiterzuentwickeln. Madita beschloss, an einem Workshop zur Schauspieltechnik und zum kreativen Schreiben teilzunehmen, um ihre Fähigkeiten zu verbessern. Die Workshops waren herausfordernd, aber sie halfen ihr, neue Perspektiven zu gewinnen und ihre Leidenschaft neu zu entfachen. Die Rückschläge, die Madita erlebte, waren schwer zu verdauen. Die Kritiken, die sie erhalten hatte, insbesondere von einigen der angesehenen Lehrer und Theaterkritiker, waren gnadenlos. *„Sie hat Potenzial, aber sie muss noch viel lernen",* lautete eine der Bewertungen. Solche Worte nagten an ihrem Selbstvertrauen und führten zu einem Sturm von Selbstzweifeln in ihrem Kopf. *„Was, wenn ich nicht die richtige Wahl getroffen habe? Was, wenn ich nicht talentiert genug bin?",* fragte sie sich oft in den stillen

Momenten, die sie mit ihren Gedanken verbrachte. Diese Fragen drängten sich in den Vordergrund, und es fiel ihr schwer, die positiven Erinnerungen an ihre bisherigen Erfolge zu bewahren. In einer dieser dunklen Stunden griff Madita zum Telefon und rief ihre Eltern an. *„Ich fühle mich verloren, und ich bin nicht sicher, ob ich das alles schaffen kann"*, gestand sie mit zitternder Stimme. *„Hör zu, Madita"*, sagte Sarah mit sanfter Stimme. *„Jeder Künstler hat Rückschläge. Das gehört dazu. Was zählt, ist, wie du damit umgehst. Du bist talentiert, und du musst an dich selbst glauben. Wir glauben an dich!"* Die Worte ihrer Mutter waren wie ein Lichtstrahl in der Dunkelheit. Madita wusste, dass sie die Unterstützung ihrer Familie und ihrer Freunde hatte, und das gab ihr neue Kraft. Sie beschloss, sich nicht von den Kritiken entmutigen zu lassen, sondern die Herausforderungen als Gelegenheit zur Verbesserung zu betrachten. *„Ich werde an einem Workshop teilnehmen"*, entschied sie sich laut. *„Ich will meine Fähigkeiten verbessern und aus diesen Rückschlägen lernen."* Sie recherchierte verschiedene Workshops in der Umgebung und meldete sich für einen Schauspieltechnik- und kreativen Schreibworkshop an, der in der nächsten Woche begann. Als der Tag des Workshops kam, war Madita aufgeregt und nervös zugleich. Der Raum war gefüllt mit anderen Künstlern, die ebenfalls daran interessiert waren, ihre Fähigkeiten zu verbessern. Der Dozent, ein erfahrener Schauspieler und Regisseur, begrüßte die Teilnehmer mit einem motivierenden Vortrag. *„Jeder von euch hat eine einzigartige Stimme. Es geht darum, diese Stimme zu finden und zu fördern"*, sagte er, und Madita fühlte sich sofort angesprochen. Die Übungen, die sie während des Workshops durchführten, waren herausfordernd und manchmal sogar unangenehm. Sie mussten sich selbst und ihre Ängste offenbaren, um die Charaktere, die sie spielten, wirklich zu verstehen. Madita kämpfte mit ihrer Unsicherheit, aber gleichzeitig spürte sie, wie sich eine neue Energie in ihr entfaltete. *„Lass deine Emotionen fließen. Sei verletzlich auf der Bühne, das ist der Schlüssel zur Authentizität"*, ermutigte der Dozent die Teilnehmer. Madita hatte nie zuvor so intensiv über ihre eigenen Emotionen nachgedacht. In diesem Moment erkannte sie, dass es nicht nur darum ging, eine Rolle zu spielen, sondern auch darum, sich selbst in die Charaktere zu integrieren. Der kreative Schreibteil des Workshops war ebenso erhellend. Madita lernte, wie wichtig es war, Geschichten aus ihrem eigenen Leben zu erzählen und diese in ihre Kunst einfließen zu lassen. *„Du hast eine Geschichte zu erzählen, und es ist wichtig, dass du diese Stimme nutzt"*, sagte der Dozent. *„Die besten Geschichten kommen oft aus dem Herzen."* In den folgenden Tagen und Wochen arbeitete Madita intensiv an den Techniken, die sie im Workshop gelernt hatte. Sie begann, ihre eigenen Geschichten zu schreiben und diese als Inspiration für ihre Schauspielrollen zu nutzen. Das Schreiben wurde für sie zu einer Art Therapie, und sie fand Trost in der kreativen Ausdrucksweise. Die Rückschläge, die sie erlebt hatte, begannen, sich in neue Erkenntnisse zu verwandeln. Madita erkannte, dass es in der Kunst nicht nur um Erfolg oder Misserfolg ging, sondern vielmehr um Wachstum und die Fähigkeit, aus den Erfahrungen zu lernen. Als sie schließlich zurück an die Schule ging, fühlte sie sich erfrischt und motiviert. *„Ich bin bereit, es noch einmal zu versuchen",* dachte sie entschlossen. Die nächste Aufführung stand vor der Tür, und Madita war fest entschlossen, ihre neu gewonnenen Fähigkeiten einzusetzen. In den Proben für die nächste Aufführung war die Atmosphäre geprägt von Aufregung und Vorfreude. Madita fühlte sich sicherer in ihrer Rolle und war bereit, ihr Bestes zu geben. Sie sprach mit ihren Freunden über die Techniken, die sie im Workshop gelernt hatte, und ermutigte sie, ebenfalls an ihren eigenen Geschichten zu arbeiten. *„Wir sollten versuchen, unsere persönlichen Erfahrungen in unsere Rollen einzubringen. Das wird die Aufführung authentischer machen",* schlug Madita vor. Ihre Freunde waren begeistert und begannen, ihre eigenen Ideen zu teilen.

Die Proben liefen besser als je zuvor. Madita spürte, wie die Gruppe zusammenwuchs und jeder sein Bestes gab. Die Energie war ansteckend, und sie alle fühlten, dass sie auf dem richtigen Weg waren. *„Wir sind eine Familie, und wir unterstützen uns gegenseitig",* dachte Madita voller Dankbarkeit. Am Tag der Aufführung war die Aufregung spürbar. Madita konnte das Adrenalin in ihrem Körper fühlen, als sie sich backstage vorbereiteten. Der Vorhang öffnete sich, und das Licht fiel auf die Bühne. Madita trat auf die Bühne und fühlte sich bereit, ihre Geschichte zu erzählen. Die Aufführung war ein voller Erfolg. Das Publikum war begeistert, und die Zuschauer reagierten positiv auf die Darbietung. Madita fühlte sich lebendig und erfüllt, als sie die Emotionen, die sie in ihrer Rolle verkörpert hatte, spüren konnte. Nach der Aufführung wurde sie von Freunden und Lehrern umarmt. *„Das war unglaublich, Madita! Du hast dich so stark verbessert!",* lobte eine ihrer Freundinnen. Madita strahlte und wusste, dass die Rückschläge, die sie erlebt hatte, sie stärker gemacht hatten. In den folgenden Wochen erhielt sie viel positives Feedback über ihre Darbietung. Lehrer, Eltern und Mitschüler lobten sie für die Authentizität und die emotionalen Nuancen, die sie in ihre Rolle eingebracht hatte. Diese Ermutigung gab Madita das Gefühl, dass sie auf dem richtigen Weg war.

Kapitel 47: Der Weg zur Selbstfindung

Mit der Zeit fand Madita einen Weg, ihre Ängste zu überwinden und sich auf das Positive zu konzentrieren. Sie begann, ihre kreativen Ideen in ein Tagebuch zu schreiben und ihre Gedanken zu reflektieren. Diese Praxis half ihr, ihre Emotionen zu verarbeiten und sich auf ihre Ziele zu konzentrieren. Die Unterstützung ihrer Eltern blieb ebenfalls ein wichtiger Bestandteil ihres Lebens. Sarah und Manuel besuchten oft ihre Aufführungen und waren immer bereit, ihr zuzuhören, wenn sie über ihre Sorgen sprach. *„Es ist in Ordnung, Zweifel zu haben, Madita. Aber denke daran, dass du deine Leidenschaft verfolgst, und das ist das Wichtigste",* sagte Sarah eines Abends. Madita hatte das Gefühl, dass sich mit jeder Seite, die sie in ihrem Tagebuch füllte, ein Stück ihrer Unsicherheit löste. Das Schreiben wurde zu einem wichtigen Teil ihres Lebens, eine Art Ventil, um ihre Emotionen auszudrücken und ihre Gedanken zu sortieren. *„Es ist erstaunlich, wie viel Klarheit man bekommt, wenn man einfach die Gedanken aufschreibt",* dachte sie oft, während sie an ihrem Schreibtisch saß und die Feder über das Papier gleiten ließ. Die Abende, die sie mit dem Schreiben verbrachte, wurden zu kleinen Ritualen, in denen sie sich Zeit für sich selbst nahm. Sie reflektierte über ihre Erfahrungen, ihre Ängste und die kleinen Erfolge, die sie im Laufe ihrer Ausbildung erzielt hatte. *„Ich habe in den letzten Monaten so viel gelernt und so viele neue Menschen kennengelernt. Ich bin dankbar für diese Reise"*, schrieb sie eines Abends. Die Besuche ihrer Eltern waren immer eine willkommene Abwechslung. Wenn sie in der Stadt waren, fühlte sich Madita sofort gestärkt. Sarah und Manuel hatten eine Art, ihr zu zeigen, dass sie bedingungslos hinter ihr standen. *„Wir sind so stolz auf dich, Madita. Du bist auf dem richtigen Weg"*, sagten sie oft, und diese Worte gaben ihr das Gefühl, dass sie alles erreichen konnte, was sie sich vornahm. Eines Wochenendes, als ihre Eltern zu Besuch waren, luden sie sie zu einer Aufführung in der Schule ein. Madita war aufgeregt und nervös zugleich. *„Was, wenn ich nicht gut abschneide?"*, überlegte sie, bevor sie auf die Bühne trat. Aber als sie das Publikum sah, das voller erwartungsvoller Gesichter war, spürte sie, wie die Nervosität langsam in Aufregung umschlug. Nach der Aufführung saßen sie zusammen in einem kleinen Café und feierten. *„Du warst fantastisch! Ich konnte nicht glauben, wie sehr du dich entwickelt hast!"*, lobte Manuel und Madita strahlte vor Freude. *„Danke! Es bedeutet mir so viel, dass ihr hier seid"*, antwortete sie mit einem Lächeln. In einem ruhigen Moment, während sie ihren Kaffee tranken, sprach Madita über ihre Sorgen und Ängste. *„Ich mache mir manchmal Gedanken über die Zukunft. Was, wenn ich nicht in der Lage bin, meine Träume zu verwirklichen?"*, gestand sie. *„Es ist normal, sich unsicher zu fühlen, besonders in einer kreativen Branche. Aber denke daran, dass es nicht nur um das Ziel geht, sondern auch um die Reise"*, sagte Sarah. *„Du lernst und wächst mit jeder Erfahrung, die du machst. Und egal, wohin dich der Weg führt, wir werden immer hinter dir stehen."* Diese Worte hinterließen einen nachhaltigen Eindruck bei Madita. Sie erkannte, dass es in der Selbstfindung nicht nur um den Erfolg ging, sondern auch um das Wachstum, das aus den Herausforderungen entstand. *„Ich muss mich auf die Reise konzentrieren, nicht nur auf das Endziel"*, dachte sie. In den folgenden Wochen setzte Madita ihre Arbeit an ihrem Tagebuch fort und begann, ihre Gedanken mehr zu ordnen. Sie stellte fest, dass das Schreiben nicht nur eine kreative Ausdrucksform war, sondern auch eine Art Selbsttherapie. Die Reflexion half ihr, ihre Ängste zu konfrontieren und sie in etwas Positives zu verwandeln. *„Ich möchte nicht nur Schauspielerin oder Tänzerin sein. Ich möchte auch eine Geschichtenerzählerin sein"*, schrieb sie eines Abends. *„Meine Erfahrungen sind wertvoll, und ich möchte sie mit der Welt teilen."* Diese Erkenntnis führte dazu, dass Madita begann, ihre eigenen kleinen Geschichten zu entwickeln.

Kapitel 48: Ein neuer Lebensabschnitt

Nach einem Jahr intensiver Ausbildung war Madita überrascht, wie viel sie gelernt hatte. Sie hatte nicht nur ihre schauspielerischen und tänzerischen Fähigkeiten verbessert, sondern auch wichtige Lektionen über sich selbst und die Bedeutung von Freundschaft und Unterstützung gelernt. Als die Ausbildung sich dem Ende zuneigte, wurde Madita klar, dass sie bereit war, den nächsten Schritt in ihrer Karriere zu machen. Die Zeit in ihrer eigenen Wohnung hatte ihr gezeigt, wie wichtig es war, unabhängig zu sein und an sich selbst zu glauben. Madita beschloss, an einer offenen Audition für eine professionelle Theatertruppe teilzunehmen. *„Das ist meine Chance, meine Träume in die Realität umzusetzen!"*, dachte sie. Mit einem neuen Gefühl von Selbstbewusstsein und Entschlossenheit machte sie sich auf den Weg zur Audition. Die Erfahrungen, die sie gemacht hatte, und die Menschen, die sie unterstützt hatten, gaben ihr die Kraft, die sie brauchte. Die Wochen vor der Audition waren von einer Mischung aus Aufregung und

Nervosität geprägt. Madita widmete sich intensiv den Vorbereitungen. Sie wählte sorgfältig ein Stück aus, das ihre Stärken als Schauspielerin und Tänzerin zur Geltung bringen würde. *„Ich möchte etwas, das meine Persönlichkeit zeigt und gleichzeitig emotional tiefgründig ist"*, dachte sie und durchforstete ihre Notizen nach inspirierenden Texten. In den letzten Tagen vor der Audition übte sie unermüdlich. Sie stand früh auf, um ihre Texte zu wiederholen, und nutzte jeden freien Moment, um ihre Bewegungen zu perfektionieren. Ihre Freunde und Mitschüler bemerkten ihre Entschlossenheit und boten an, mit ihr zu proben. *„Hey, wir sind hier, um dich zu unterstützen! Lass uns gemeinsam an deinem Stück arbeiten"*, sagten sie und halfen ihr, ihre Nervosität zu überwinden. Madita fühlte sich durch die Unterstützung ihrer Freunde bestärkt. *„Es ist schön zu wissen, dass ich nicht alleine bin"*, dachte sie und erkannte, wie wichtig die Gemeinschaft für sie war. Die letzten Proben waren intensiv, aber auch voller Freude und Kreativität. Sie lachten, teilten Ideen und halfen einander, besser zu werden. Diese Momente des Zusammenseins stärkten nicht nur Madita, sondern auch die Bindungen, die sie mit ihren Freunden entwickelt hatte. Am Tag der Audition wachte Madita früh auf. Sie hatte gut geschlafen, aber die Aufregung ließ ihren Puls schneller schlagen. *„Das ist es! Heute* *ist der Tag, an dem ich meine Träume verwirklichen kann"*, dachte sie, während sie sich in ihrem kleinen Badezimmer fertig machte. Sie wählte ein schlichtes, aber elegantes Outfit aus, das ihre Bewegungen nicht einschränkte. *„Ich möchte mich wohlfühlen und gleichzeitig professionell wirken"*, überlegte sie. Als Madita das Gebäude der Theatertruppe betrat, spürte sie sofort die Energie des Ortes. Die Wände waren mit Fotos von vergangenen Produktionen geschmückt, und der Duft von frischer Farbe und Holz erfüllte die Luft. *„Wow, das ist unglaublich!"*, dachte sie und schaute sich um. Die Vorfreude und die Nervosität mischten sich in ihrem Magen. Sie sah andere Schauspieler und Tänzer, die ebenfalls auf ihre Audition warteten. Einige waren in Gespräche vertieft, während andere still in ihre Notizen schauten. Madita fühlte sich ein wenig verloren in der Menge, aber dann erinnerte sie sich an die Worte ihrer Eltern: *„Glaube an dich selbst."* Um sich abzulenken, entschied sie sich, mit einer anderen Schauspielerin ins Gespräch zu kommen. *„Bist du auch hier für die Audition?"*, fragte sie lächelnd. Die Frau nickte. *„Ja, ich bin so aufgeregt und nervös zugleich. Ich hoffe, ich kann die Jury überzeugen."* Madita spürte, dass das Gespräch half, ihre Nervosität zu lindern. *„Wir müssen einfach unser Bestes geben und zeigen, wer wir sind"*, ermutigte sie die Frau. Diese kleine Verbindung machte ihr klar, dass auch andere die gleichen Ängste und Hoffnungen teilten. Als ihr Name aufgerufen wurde, fühlte sich Madita, als würde ihr Herz stehen bleiben. *„Das ist mein Moment!"*, dachte sie und ging entschlossen auf die Bühne. Die Jury bestand aus erfahrenen Schauspielern und Regisseuren, die sie mit einem neugierigen Blick musterten. *„Hallo, ich bin Madita, und ich werde heute ein Stück aus ‚Der Kaufmann von Venedig' vortragen"*, sagte sie mit fester Stimme. Sie stellte sich in Position und begann, den Text zu rezitieren. Während sie sprach, tauchte sie in die Emotionen des Charakters ein und ließ die Worte lebendig werden. Die Jury hörte aufmerksam zu, und Madita spürte, wie das Adrenalin in ihren Adern pumpte. Sie bewegte sich mit Leichtigkeit, als sie die verschiedenen Emotionen durchlebte, und die Choreografie, die sie vorbereitet hatte, fügte dem Vortrag eine zusätzliche Dimension hinzu. *„Ich kann das!"*, dachte sie und gab ihr Bestes. Als sie die letzte Zeile sprach, hielt sie kurz inne, um die Atmosphäre aufzusaugen. Der Raum war still, und Madita spürte das Gewicht der Augen auf sich. *„Habe ich sie überzeugt?"*, fragte sie sich. Die Jury begann zu applaudieren, und Madita atmete erleichtert auf. *„Vielen Dank, Madita. Das war eine beeindruckende Darbietung. Wir werden uns in den nächsten Tagen bei dir melden"*, sagte der Hauptjuror mit einem freundlichen Lächeln. Madita bedankte sich und verließ die Bühne, während ihr Herz vor Freude und Erleichterung hüpfte. Die nächsten Tage waren eine Mischung aus Vorfreude und Ungeduld. Madita konnte an nichts anderes denken, als an die Audition. Ihre Freunde unterstützten sie und erinnerten sie daran, dass sie ihr Bestes gegeben hatte. *„Egal, was passiert, du hast es gewagt, und das ist das Wichtigste"*, sagten sie. Nach einer Woche erhielt Madita endlich die Nachricht, auf die sie gewartet hatte. Sie öffnete die E-Mail und las die ersten Zeilen. *„Wir freuen uns, Ihnen mitteilen zu können, dass Sie für die neue Produktion ausgewählt wurden..."* Ein Schrei des Jubels entfuhr ihr, und sie konnte es kaum fassen. *„Ich habe es geschafft! Ich habe es wirklich geschafft!"* Sie rief sofort ihre Eltern an und teilte ihnen die aufregenden Neuigkeiten mit. Sarah und Manuel waren überglücklich und versicherten ihr, dass sie sie bald besuchen würden, um die Premiere zu feiern. Die Vorbereitungen für die neue Produktion begannen, und Madita fühlte sich, als würde sie in einen neuen Lebensabschnitt eintauchen. Die Arbeit mit der professionellen Theatertruppe war herausfordernd und aufregend. Sie lernte von erfahrenen Schauspielern und Regisseuren, die sie ermutigten, ihr volles Potenzial auszuschöpfen. Die ersten Proben waren intensiv, und Madita musste sich an den schnellen Rhythmus des professionellen Theaters gewöhnen. *„Das ist eine ganz andere Welt"*, dachte sie, während sie die neuen Herausforderungen meisterte. Die Atmosphäre war elektrisch, und sie spürte, wie ihre Leidenschaft für das Theater weiter wuchs. Madita setzte alles daran, sich in ihrer neuen Rolle zu beweisen. Sie arbeitete hart an ihrem Text, an der Choreografie und an der Interaktion mit ihren Mitspielern. *„Ich möchte mich als Teil des Ensembles fühlen und die Geschichte, die wir erzählen, zum Leben erwecken"*, dachte sie oft. Mit jedem Tag, der verging, fühlte sie sich sicherer in ihrer Rolle. Die Proben waren von einer positiven Energie geprägt, und Madita genoss die Zusammenarbeit mit den anderen Mitgliedern der Truppe. Sie schloss neue Freundschaften und fand schnell ihren Platz in der Gruppe. Die Premiere der neuen Produktion rückte näher, und Madita konnte ihre Aufregung kaum zügeln. *„Das ist es! Das ist mein neuer Lebensabschnitt!"*, dachte sie voller Vorfreude. Als der Tag endlich kam, war die Aula gefüllt mit Zuschauern, die gespannt auf die Aufführung warteten. Als der Vorhang sich öffnete und das Licht auf die Bühne fiel, spürte Madita das Adrenalin in ihren Adern. Sie trat auf die Bühne und ließ sich von der Energie des Publikums mitreißen. In diesem Moment wusste sie, dass sie bereit war, ihre Träume zu leben und ihre Leidenschaft für das Theater mit der Welt zu teilen. Der neue Lebensabschnitt hatte begonnen, und Madita war entschlossen, ihn mit all ihrer Kraft zu gestalten. Die Erfahrungen, die sie gemacht hatte, die Rückschläge, die sie überwunden hatte, und die Unterstützung ihrer Freunde und Familie hatten sie auf diesen Weg vorbereitet. Sie war bereit, sich den Herausforderungen zu stellen und alles zu geben, um ihre Träume zu verwirklichen.

Kapitel 49: Auf zur Audition

Am Tag der Audition war Madita aufgeregt, aber auch bereit, ihr Bestes zu geben. Sie hatte ihre besten Stücke ausgewählt und ihr Selbstvertrauen war stark. *„Egal, was passiert, ich werde einfach mein Bestes geben und genießen, was ich tue"*, sagte sie sich. Als sie auf die Bühne trat, spürte sie die Aufregung in der Luft. Sie atmete tief durch und begann, ihre Darbietung zu zeigen. Ihr Herz schlug schnell, aber während sie spielte, fühlte sie sich lebendig und voller Energie. Die Juroren schauten aufmerksam zu, und Madita gab alles, was sie hatte. Als die Darbietung zu Ende war, kam ein Gefühl der Erleichterung über sie. Sie hatte ihr Bestes gegeben, und das zählte. Als Madita die Bühne verließ, überkam sie eine Welle der Erleichterung. Sie hatte es geschafft! Sie hatte ihr Bestes gegeben und fühlte sich, als hätte sie ihre Seele in die Darbietung gelegt. *„Das war mein Moment"*, dachte sie und lächelte, während sie backstage auf ihre Freunde traf, die ihr sofort gratulierten. *„Du warst fantastisch, Madita! Man konnte spüren, wie viel Leidenschaft du hineingelegt hast!"*, rief eine ihrer Freundinnen begeistert. Madita fühlte, wie das Lob ihre Brust füllte. Die Aufregung und das Adrenalin waren noch immer spürbar, und sie konnte nicht anders, als vor Freude zu strahlen. Die Zeit bis zur Bekanntgabe der Ergebnisse verging wie im Flug. Madita und ihre Freunde saßen zusammen in einem nahegelegenen Café, sprachen über die Audition und tauschten ihre Erfahrungen aus. *„Ich kann nicht glauben, dass wir das alle durchgestanden haben. Es fühlt sich an, als wären wir gemeinsam gewachsen"*, sagte eine ihrer Freundinnen nachdenklich. *„Das stimmt! Egal, wie es ausgeht, ich bin so froh, dass wir diese Reise zusammen gemacht haben"*, stimmte Madita zu. Sie wusste, dass die Unterstützung ihrer Freunde ihr geholfen hatte, die Nervosität zu überwinden und ihr Bestes zu geben. Als die Stunden vergingen und die Aufregung nachließ, begann Madita, über das nachzudenken, was als Nächstes kommen würde. *„Was passiert, wenn ich nicht genommen werde?"*, schoss es ihr durch den Kopf. Doch sie schüttelte den Gedanken ab. *„Egal was* passiert, ich habe gegeben, was ich konnte. Das ist das Wichtigste." Plötzlich vibrierte ihr Handy. Madita sah auf den Bildschirm und erkannte die Nummer der Theatertruppe. Ihr Herz begann schneller zu schlagen. „Das ist es!", rief sie und nahm das Handy. „Hallo?" „Hallo, Madita! Hier ist die Theatertruppe. Wir möchten dir mitteilen, dass wir beeindruckt von deiner Audition waren und dir eine Rolle in unserem nächsten Stück anbieten möchten!" Madita konnte es kaum fassen. „Wirklich? Oh mein Gott, das ist fantastisch! Vielen Dank!" Ihre Stimme zitterte vor Freude. Als sie das Gespräch beendete, sprang sie auf und rief: „Ich habe die Rolle bekommen!" Die Freude ihrer Freunde kannte keine Grenzen. Sie umarmten sie und feierten gemeinsam. „Du hast es verdient, Madita! Du hast so hart gearbeitet und jetzt wirst du das Publikum wieder begeistern!", rief ihre beste Freundin. Die nächsten Wochen waren eine aufregende Zeit. Madita stürzte sich in die Proben für das neue Stück. Es war eine Herausforderung, sich an die neuen Anforderungen zu gewöhnen, aber sie war fest entschlossen, ihr Bestes zu geben. Die Zusammenarbeit mit den anderen Mitgliedern des Ensembles war inspirierend. Sie lernte viel von den erfahrenen Schauspielern und begleitete sie auf ihrem Weg. Die Proben waren intensiv, oft bis spät in die Nacht, aber Madita fand es erfüllend. „Ich liebe es, Teil von etwas Größerem zu sein", dachte sie und spürte die Energie der Gruppe, die durch die Probenräume strömte. Mit jedem Tag, der verging, fühlte sie sich sicherer in ihrer Rolle. Sie arbeitete nicht nur an ihrem Text, sondern auch an der Choreografie und der Interaktion mit ihren Mitspielern. *„Wir erzählen eine gemeinsame Geschichte, und es ist wichtig, dass wir alle zusammenarbeiten"*, sagte sie oft in den Proben. Eines Abends, nach einer langen Probe, saßen sie alle zusammen, um ihre Fortschritte zu besprechen. *„Ich denke, wir sollten die emotionalen Momente noch mehr betonen. Das Publikum muss die Tiefe der Charaktere spüren"*, schlug Madita vor. Ihre Kollegen nickten zustimmend, und sie begannen, daran zu arbeiten, die emotionalen Szenen zu vertiefen. Die Zeit verging schnell, und bald stand die Premiere vor der Tür. Madita spürte eine Mischung aus Nervosität und Vorfreude. Der Tag der Aufführung rückte näher, und die Vorbereitungen liefen auf Hochtouren. Die Kulissen wurden aufgebaut, die Kostüme angepasst, und die letzten Feinheiten wurden besprochen. Am Abend der Premiere war die Aula bis auf den letzten Platz gefüllt. Die Zuschauer waren gespannt, und die Atmosphäre war elektrisch. Madita konnte das Adrenalin in ihren Adern spüren, als sie sich backstage vorbereitete. *„Das ist mein Moment, und ich werde alles geben!"*, dachte sie und atmete tief durch. Als der Vorhang sich öffnete und das

Licht auf die Bühne fiel, spürte Madita das Gewicht der Augen auf sich. Sie trat auf die Bühne und ließ sich von der Energie des Publikums mitreißen. Die Darbietung war ein großer Erfolg, und die Zuschauer reagierten begeistert. Madita fühlte sich lebendig und erfüllt, während sie die Emotionen ihrer Rolle durchlebte. Nach der Aufführung wurde sie von Freunden und Kollegen umarmt. *„Du warst unglaublich, Madita! Das Publikum war so berührt von deiner Performance!"*, lobte einer ihrer Mitspieler. Madita strahlte vor Freude und wusste, dass sie es geschafft hatte. In den folgenden Tagen erhielt sie viel positives Feedback. Die Kritiken waren überwältigend, und Madita fühlte sich bestärkt in ihrem Weg. *„Das ist erst der Anfang"*, dachte sie und wusste, dass sie bereit war, ihre Träume weiter zu verfolgen.

Kapitel 50: Ein neuer Anfang

Nach der Audition war Madita gespannt auf die Ergebnisse. Einige Wochen später erhielt sie die Nachricht: Sie wurde für die Theatertruppe angenommen! Es war ein Traum, der Wirklichkeit wurde, und sie konnte es kaum glauben. *„Ich habe es geschafft! Ich werde professionelle Schauspielerin und Tänzerin!"*, rief sie voller Freude, als sie ihren Eltern von der Neuigkeit erzählte. Sarah und Manuel waren überglücklich und stolz auf ihre Tochter. *„Du hast hart dafür gearbeitet, und du verdienst diesen Erfolg!"*, sagte Manuel, während er sie umarmte. Madita wusste, dass dies erst der Anfang war. Sie war bereit, in die Welt des Theaters einzutauchen und ihre Träume weiter zu verfolgen. Die Bühne wartete auf sie, und sie war bereit, die nächsten Schritte in ihrem aufregenden Abenteuer zu gehen. So begann ein neuer Lebensabschnitt für Madita – voller Möglichkeiten, Herausforderungen und der Gewissheit, dass sie ihrem Herzen folgen und an sich selbst glauben konnte. Die Zukunft war hell und vielversprechend, und sie war entschlossen, ihre Träume zu leben und die Welt um sich herum mit ihrer Kreativität zu bereichern. Die ersten Wochen in der Theatertruppe waren ein aufregendes Wechselbad der Gefühle.

Madita tauchte in eine neue Welt voller Kreativität, harter Arbeit und unzähliger Möglichkeiten ein. Die Atmosphäre im Theater war lebhaft und inspirierend, und sie konnte es kaum erwarten, jeden Tag dort zu sein. Die ersten Proben für das neue Stück waren intensiv. Madita lernte schnell, dass die Arbeit in einer professionellen Theatertruppe ganz anders war als in der Schule. Die Erwartungen waren hoch, und jeder musste sein Bestes geben, um zum Gelingen der Produktion beizutragen. *„Das ist es, wofür ich gearbeitet habe!"*, dachte sie und spürte die Aufregung in sich wachsen. Die Regisseurin war eine erfahrene Theaterkünstlerin, die mit zahlreichen renommierten Truppen zusammengearbeitet hatte. *„Ich erwarte viel von euch, und ich möchte, dass ihr eure Charaktere wirklich lebt"*, sagte sie bei der ersten Probe. Madita konnte die Entschlossenheit und die Leidenschaft in der Stimme der Regisseurin spüren. *„Das wird eine Herausforderung, aber ich bin bereit"*, dachte sie entschlossen. Die ersten Tage der Proben waren sowohl aufregend als auch überwältigend. Madita arbeitete hart daran, sich in ihre Rolle einzuarbeiten, und verbrachte viele Nächte damit, ihre Texte zu lernen und die Bewegungen zu perfektionieren. *„Es ist wichtig, dass ich bereit bin, wenn es darauf ankommt"*, sagte sie sich immer wieder. Die Gruppe war bunt gemischt, und Madita fand schnell neue Freunde unter den Mitgliedern der Truppe. Einige waren erfahrene Schauspieler, während andere wie sie frisch von der Schauspielschule kamen. *„Wir sind alle hier, um voneinander zu lernen und uns gegenseitig zu unterstützen"*, erklärte eine ihrer neuen Freundinnen. Diese Atmosphäre der Zusammenarbeit motivierte Madita, ihr Bestes zu geben. Während der Proben entstand eine starke Teamdynamik. Madita genoss es, mit anderen kreativen Köpfen zusammenzuarbeiten, Ideen auszutauschen und an den Szenen zu feilen. *„Gemeinsam können wir etwas Großartiges schaffen"*, dachte sie, als sie mit den anderen an der Choreografie arbeitete. Die Herausforderungen waren jedoch nicht zu übersehen. Es gab Tage, an denen Madita frustriert war, wenn sie nicht das erreichte, was sie sich vorgenommen hatte. *„Warum kann ich das nicht einfach perfekt machen?"*, fragte sie sich manchmal. Doch in diesen Momenten erinnerte sie sich an die Unterstützung ihrer Freunde und an die Lektionen, die sie im Laufe ihrer Ausbildung gelernt hatte. *„Es ist in Ordnung, Fehler zu machen. Das gehört dazu"*, sagte sie sich und versuchte, die positiven Aspekte im Fokus zu behalten. Die erste große Aufführung rückte näher, und Madita spürte die Nervosität in der Luft. Es war eine Mischung aus Aufregung und Anspannung, die die gesamte Truppe erfasste. *„Das ist es!"*, dachte Madita, als sie sich backstage vorbereiteten. *„Das ist der*

Moment, auf den wir hingearbeitet haben." Am Tag der Premiere war das Theater bis auf den letzten Platz gefüllt. Die Zuschauer waren gespannt, und die Energie im Raum war elektrisierend. Madita konnte das Adrenalin in ihrem Körper spüren, als sie sich auf die Bühne vorbereitete. *„Ich werde alles geben",* sagte sie sich und atmete tief ein. Als der Vorhang sich öffnete und das Licht auf die Bühne fiel, fühlte sie sich wie in einem Traum. Sie trat auf die Bühne und ließ sich von der Energie des Publikums mitreißen. Die Darbietung war intensiv, und Madita spürte, wie die Emotionen ihres Charakters durch sie hindurchflossen. Die Szenen liefen reibungslos, und das Publikum reagierte begeistert. Madita fühlte sich lebendig und erfüllt, während sie ihre Rolle spielte. Die Darbietung war ein großer Erfolg, und als der letzte Vorhang fiel, brach der Applaus aus. Madita und ihre Mitspieler umarmten sich und feierten den gelungenen Abend. Nach der Aufführung war die Freude im Theater spürbar. *„Das war großartig! Ihr habt das Publikum berührt!",* rief die Regisseurin und lächelte stolz. Madita fühlte sich wie auf Wolken und wusste, dass sie in der richtigen Welt war. In den folgenden Wochen wurde Madita immer selbstbewusster in ihrer Rolle. Sie entdeckte, dass sie nicht nur die Kunst des Spiels beherrschte, sondern auch die Fähigkeit, ihre eigenen Emotionen in die Charaktere einzubringen. *„Das ist es,* *was Theater ausmacht – die Fähigkeit, Geschichten zu erzählen und das Publikum zu berühren"*, dachte sie oft. Die Arbeit in der Theatertruppe war nicht nur eine berufliche Herausforderung, sondern auch eine persönliche Reise. Madita lernte viel über sich selbst, über ihre Stärken und Schwächen. *„Ich kann wachsen und mich weiterentwickeln, solange ich bereit bin, mich den Herausforderungen zu stellen"*, dachte sie und spürte, wie ihr Selbstvertrauen wuchs. Doch der Weg war nicht immer einfach. Es gab Tage, an denen sie an sich selbst zweifelte und sich fragte, ob sie den Anforderungen gewachsen war. In diesen Momenten erinnerte sie sich an die Unterstützung ihrer Familie und ihrer Freunde. *„Ich bin nicht alleine, ich habe Menschen, die an mich glauben"*, sagte sie sich und fand Trost in dieser Gewissheit. Die Monate vergingen, und Madita wurde zu einem festen Bestandteil der Theatertruppe. Sie war stolz auf das, was sie erreicht hatte, und wusste, dass sie auf dem richtigen Weg war. *„Das ist erst der Anfang"*, dachte sie oft und träumte von den Möglichkeiten, die vor ihr lagen. Eines Abends, nach einer besonders inspirierenden Probe, saßen Madita und einige ihrer Kollegen in einem nahegelegenen Café und teilten ihre Gedanken über die Zukunft. *„Ich möchte eines Tages meine eigenen Stücke schreiben und inszenieren"*, sagte Madita. *„Ich möchte Geschichten erzählen, die die Menschen* berühren." „Das ist eine großartige Idee! Du hast das Talent dafür", ermutigte sie eine ihrer Freundinnen. Madita fühlte sich bestärkt und wusste, dass sie diesen Traum verfolgen wollte. In den folgenden Wochen begann sie, ihre Ideen für eigene Stücke zu skizzieren und an ihren Schreibfähigkeiten zu arbeiten. Sie nahm an Workshops teil und suchte nach Möglichkeiten, ihr kreatives Potenzial auszuschöpfen. „Ich möchte nicht nur auf der Bühne stehen, sondern auch hinter den Kulissen kreativ sein", dachte sie begeistert. Die Kombination aus Schauspielerei, Tanz und Schreiben erfüllte sie mit neuem Lebensmut. Madita wusste, dass sie nicht nur eine Schauspielerin war, sondern auch eine Geschichtenerzählerin. „Ich möchte die Welt um mich herum mit meinen Geschichten bereichern", sagte sie sich und spürte, wie die Leidenschaft in ihr wuchs.

Kapitel 51: Der Beginn der professionellen Karriere

Madita konnte es kaum fassen, dass sie nun Teil einer professionellen Theatertruppe war. Die ersten Wochen waren aufregend und herausfordernd zugleich. Sie wurde in alle Aspekte des Theaters eingeführt: von den Proben und dem Bühnenaufbau bis hin zu den Kostümen und der Öffentlichkeitsarbeit. *„Willkommen in der Welt des Theaters! Hier wirst du viel lernen und wachsen",* sagte die künstlerische Leiterin der Truppe, Frau Richter, während eines ersten Treffens. *„Ich erwarte von jedem von euch Hingabe und Teamarbeit. Wir sind eine Familie auf und hinter der Bühne."* Madita fühlte sich sofort wohl in dieser neuen Umgebung. Ihre Kollegen waren leidenschaftliche Künstler, die sie inspirierten und mit denen sie viel lachen konnte. Es war eine Gemeinschaft, die sie sofort akzeptierte. Die ersten Wochen in der Theatertruppe vergingen wie im Flug. Madita tauchte tief in die verschiedenen Aspekte des Theaters ein und lernte nicht nur, wie man auf der Bühne steht, sondern auch, wie wichtig die Arbeit hinter den Kulissen war. *„Jede Rolle ist wichtig, egal ob vor oder hinter der Bühne",* hatte Frau Richter gesagt, und diese Weisheit begleitete sie in jedem Moment. Die Proben waren intensiv. Madita war in ihrem

Element, als sie an Szenen arbeitete, die sowohl emotional als auch physisch herausfordernd waren. Die Regisseurin forderte sie ständig heraus, ihre Grenzen zu erweitern. *„Du musst dich selbst pushen, um wirklich zu wachsen"*, sagte sie oft. Madita nahm sich diese Worte zu Herzen und gab ihr Bestes, um in jeder Probe zu glänzen. Die Atmosphäre in der Truppe war von Freundschaft und Kreativität geprägt. Die Schauspieler und Techniker arbeiteten eng zusammen, und die Dynamik fühlte sich wie eine Familie an. Während der Pausen wurden Geschichten ausgetauscht, und es gab immer einen Grund zu lachen. *„Das ist es, was ich mir immer gewünscht habe"*, dachte Madita voller Freude. Eines Abends nach einer langen Probe saßen Madita und einige ihrer Kollegen in der Küche des Theaters und bereiteten gemeinsam eine kleine Mahlzeit zu. *„Das ist das wahre Leben im Theater – gemeinsame Abende, gute Gespräche und viel Lachen"*, sagte einer ihrer Kollegen, während er das Gemüse schnitt. Madita spürte, wie die Bindungen zwischen ihnen immer stärker wurden. In dieser kreativen Umgebung blühte Madita auf. Sie entdeckte neue Facetten ihrer Persönlichkeit und gewann an Selbstvertrauen. *„Ich kann das!"*, dachte sie oft, während sie sich auf ihre Rollen vorbereitete. Ihre Leidenschaft für das Theater wuchs mit jedem Tag, und sie fühlte, dass sie genau dort war, wo sie hingehörte. Die ersten Aufführungen standen bevor, und die Aufregung war greifbar. Madita bereitete sich intensiv vor und arbeitete an ihrem Text und ihren Bewegungen. Die letzte Generalprobe war entscheidend. Sie fühlte sich nervös, aber auch bereit. *„Ich werde mein Bestes geben"*, sagte sie sich und versuchte, die Aufregung in positive Energie umzuwandeln. Am Abend der Premiere war das Theater bis auf den letzten Platz gefüllt. Die Zuschauer waren gespannt, und die Atmosphäre war elektrisch. Madita atmete tief durch, als der Vorhang sich öffnete und das Licht auf die Bühne fiel. Die ersten Worte, die sie sprach, fühlten sich kraftvoll und lebendig an. Die Aufführung verlief reibungslos, und Madita spürte, wie die Emotionen ihrer Rolle durch sie hindurch strömten. Das Publikum reagierte begeistert, und als der letzte Vorhang fiel, gab es tosendes Applaus. Madita und ihre Mitspieler umarmten sich, und die Freude über den erfolgreichen Abend war überwältigend. *„Das war unglaublich! Ihr habt das Publikum berührt!"*, rief Frau Richter mit strahlendem Gesicht. Madita fühlte sich erfüllt und wusste, dass sie in ihrem Element war. Diese Momente waren das, wofür sie all die harte Arbeit und das Training auf sich genommen hatte. In den folgenden Wochen spielte die Truppe mehrere Aufführungen, und Madita wurde immer selbstbewusster auf der Bühne. Sie entdeckte, dass die Interaktion mit dem Publikum eine ganz besondere Energie erzeugte. *„Es ist, als würden wir gemeinsam eine Geschichte erzählen"*, dachte sie und genoss die Verbindung, die sie mit den Zuschauern aufbaute. Die Zeit verging, und Madita wurde immer mehr zu einem wertvollen Mitglied der Truppe. Sie übernahm zusätzliche Aufgaben, half bei der Organisation von Proben und unterstützte ihre Kollegen, wenn sie Hilfe benötigten. *„Es ist wichtig, dass wir als Team zusammenarbeiten"*, sagte sie oft und ermutigte andere, ihre Ideen einzubringen. Die Theatertruppe plante auch einige Workshops für die Öffentlichkeit, um das Interesse an der Bühne zu fördern. Madita war begeistert von der Idee und meldete sich sofort, um bei der Organisation zu helfen. *„Das ist eine großartige Gelegenheit, um unsere Leidenschaft für das Theater zu teilen!"*, sagte sie und begann, die Details zu planen. Eines Tages, während sie in der Küche mit einigen Kollegen die Vorbereitungen für einen Workshop besprach, bemerkte Madita, dass einer ihrer Mitspieler, Leon, etwas zurückhaltend wirkte. *„Hey, Leon, alles in Ordnung?"*, fragte sie besorgt. *„Ich weiß nicht, ob ich bei den Workshops mitmachen soll. Ich habe nicht viel Erfahrung"*, antwortete Leon schüchtern. Madita lächelte und sagte: *„Das ist genau der Grund, warum wir diese Workshops veranstalten! Jeder hat die Möglichkeit zu lernen und zu wachsen. Du* *bist ein großartiger Schauspieler, und ich bin sicher, dass die Teilnehmer von dir lernen können!"* Leons Augen leuchteten auf, und er nickte. *„Vielleicht hast du recht. Ich werde es versuchen."* Dieser Moment erinnerte Madita daran, wie wichtig es war, einander zu unterstützen und zu ermutigen. *„Wir sind alle auf dieser Reise zusammen, und es ist wichtig, dass wir uns gegenseitig helfen",* dachte sie und fühlte sich stolz darauf, Teil dieser Gemeinschaft zu sein. Die Workshops wurden ein großer Erfolg. Madita und ihre Kollegen arbeiteten hart daran, den Teilnehmern die Grundlagen des Theaters näherzubringen. Es war erfüllend zu sehen, wie die Teilnehmer aufblühten und Freude am Spiel hatten. *„Das ist es, was Theater ausmacht – Menschen zu inspirieren und zu verbinden",* dachte Madita und genoss jeden Moment. In einer der letzten Proben für die nächste Aufführung bemerkte Madita, dass sie nicht nur als Schauspielerin, sondern auch als Geschichtenerzählerin gewachsen war. Sie begann, ihre eigenen Ideen für Szenen und Dialoge einzubringen, und die Regisseurin schätzte ihre kreativen Vorschläge. *„Das ist eine großartige Idee, Madita! Lass uns das ausprobieren",* sagte Frau Richter und ermutigte sie, ihre Stimme zu nutzen. Madita spürte, dass ihr Selbstvertrauen weiter wuchs. *„Ich kann nicht nur auf der Bühne stehen, sondern* *auch aktiv zur Gestaltung der Geschichten beitragen",* dachte sie begeistert. Die nächsten Monate waren geprägt von harter Arbeit und kreativen Herausforderungen. Madita genoss jede Minute und wusste, dass sie das Glück hatte, in einer so inspirierenden Umgebung zu arbeiten. Die Premiere des neuen Stücks rückte näher, und die Aufregung war spürbar. Am Abend der Premiere war die Aula bis auf den letzten Platz gefüllt. Madita fühlte sich bereit und aufgeregt zugleich. Als der Vorhang sich öffnete, spürte sie das Adrenalin durch ihre Adern fließen. Die ersten Worte, die sie sprach, waren voller Leidenschaft und Überzeugung. Die Darbietung war ein großer Erfolg, und das Publikum reagierte begeistert. Madita fühlte sich lebendig, während sie die Emotionen ihrer Rolle durchlebte. Als der letzte Vorhang fiel, erntete sie tosendes Applaus und wusste, dass sie in der richtigen Welt war. *„Das war phänomenal! Ihr habt das Publikum berührt!",* rief Frau Richter und lächelte stolz. Madita fühlte sich erfüllt und wusste, dass sie ihren Platz gefunden hatte. In den folgenden Monaten setzte Madita ihren Weg fort, voller Entschlossenheit, ihre Träume zu leben und sich von niemandem aufhalten zu lassen. Die Bühne war ihr Zuhause geworden, und sie war bereit, alle Herausforderungen anzunehmen, die auf sie warteten. Die Erfahrungen, die sie gemacht hatte, die Menschen, die sie inspirierten, und die

Unterstützung ihrer Freunde und Familie hatten sie auf diesen Weg vorbereitet. Madita war entschlossen, ihre Träume zu verwirklichen und die Welt um sich herum mit ihrer Kreativität und Leidenschaft für das Theater zu bereichern.

Kapitel 52: Die erste Premiere

Nach Wochen intensiver Proben war es endlich so weit: Die Premiere ihres ersten Stücks stand bevor. Madita spielte eine bedeutende Rolle, und die Nervosität stieg in ihr. *„Ich kann das schaffen! Ich habe hart dafür gearbeitet",* redete sie sich ein, als sie sich auf den großen Auftritt vorbereitete. Am Abend der Premiere war die Aufregung in der Luft greifbar. Die Theaterbesucher strömten in den Saal, und Madita konnte die Energie spüren. *„Denkt daran, dass wir unser Bestes geben und Spaß haben sollten!",* ermutigte sie ihre Kollegen, als sie sich in der Umkleidekabine vorbereiteten. Als der Vorhang sich hob und Madita auf die Bühne trat, war der Applaus ohrenbetäubend. Sie fühlte sich lebendig und spürte das Licht der Scheinwerfer auf ihrem Gesicht. Mit jeder Zeile, die sie sprach, und jeder Bewegung, die sie machte, wuchs ihr Selbstvertrauen. Die Vorstellung verlief fantastisch, und das Publikum war begeistert. Nach der letzten Szene erhob sich die Menge zu einem donnernden Applaus. Madita und ihre Kollegen verbeugten sich tief, während das Publikum jubelte. Die Freude und Erleichterung, die Madita nach der Aufführung empfand, waren überwältigend. Als der letzte Vorhang fiel und die Scheinwerfer erloschen, spürte sie, wie die Spannung von ihr abfiel. *„Wir haben es geschafft!"*, rief sie, als sie sich mit ihren Mitspielern in der Umkleidekabine versammelte. Die Gesichter ihrer Kollegen strahlten vor Glück und Stolz. *„Das war unglaublich, Madita! Du hast das Publikum wirklich berührt!"*, lobte einer ihrer Mitspieler, während die anderen zustimmend nickten. Madita konnte das Lächeln auf ihrem Gesicht nicht verbergen. *„Ich hätte es ohne euch nicht geschafft! Ihr habt mich großartig unterstützt"*, antwortete sie bescheiden. Die Aufregung im Theater hielt noch lange an. Als sie die Umkleidekabine verließen, wurden sie von einer Welle von Applaus und Jubel empfangen. Zuschauer strömten zu ihnen, um ihre Begeisterung auszudrücken. *„Ihr wart fantastisch! Das war die beste Aufführung, die ich je gesehen habe!"*, rief ein Zuschauer begeistert. Madita fühlte sich geschmeichelt und wusste, dass all die harte Arbeit sich gelohnt hatte. Die Kritiken, die in den Tagen nach der Premiere veröffentlicht wurden, waren durchweg positiv. *„Madita hat eine beeindruckende Leistung abgeliefert und die Emotionen ihrer Rolle perfekt verkörpert",* lautete eine der Bewertungen. Madita las die Zeilen voller Stolz und Dankbarkeit. *„Das ist erst der Anfang",* dachte sie, während sie die positiven Rückmeldungen in sich aufnahm. In den folgenden Wochen setzte die Truppe die Aufführungen fort, und Madita fand immer mehr Freude in ihrer Rolle. Sie begann, sich in die Charaktere einzufühlen und ihre Emotionen noch tiefer auszuloten. *„Das ist es, was ich am Theater liebe – die Möglichkeit, verschiedene Geschichten zu erzählen und in andere Welten einzutauchen",* dachte sie oft. Die Proben für das nächste Stück begannen bald, und Madita war aufgeregt, neue Herausforderungen anzunehmen. Die Regisseurin hatte ein anspruchsvolles Stück ausgewählt, das sowohl schauspielerisches Können als auch tänzerische Fähigkeiten erforderte. Madita war bereit, sich dieser neuen Herausforderung zu stellen. *„Ich werde alles geben, um in dieser Rolle zu glänzen",* sagte sie zu sich selbst, während sie sich auf die erste Probe vorbereitete. Die ersten Treffen waren intensiv, und Madita spürte, wie sich die Dynamik zwischen den Darstellern bereits zu entwickeln begann. Sie alle waren motiviert, und die Energie im Raum war ansteckend. Während der ersten Proben arbeitete Madita eng mit anderen Schauspielern und

Tänzern zusammen. Sie teilten ihre Ideen und begannen, die komplexen Choreografien zu entwickeln, die für das Stück erforderlich waren. *„Es ist wichtig, dass wir im Einklang arbeiten und die Bewegungen gemeinsam gestalten",* sagte sie und ermutigte die Gruppe, ihre Kreativität auszuleben. Die Proben wurden schnell intensiver und fordernder. Madita stellte fest, dass sie sich an die neuen Anforderungen anpassen musste. Die Kombination aus Schauspiel und Tanz erforderte eine ganz andere Herangehensweise. *„Ich muss meine Technik verbessern und gleichzeitig die Emotionen beibehalten",* dachte sie, während sie an ihren Bewegungen arbeitete. Die ersten Wochen vergingen schnell, und die Premiere des neuen Stücks rückte näher. Madita spürte den Druck, aber sie war fest entschlossen, ihr Bestes zu geben. *„Ich habe hart dafür gearbeitet, und ich werde nicht aufgeben",* sagte sie sich und konzentrierte sich auf ihre Proben. Am Abend der Premiere war die Aufregung erneut greifbar. Madita konnte die Nervosität in der Luft spüren, als die Zuschauer in den Saal strömten. *„Das ist es! Wir sind bereit!",* rief sie ihren Kollegen zu, während sie sich in der Umkleidekabine vorbereiteten. Als der Vorhang sich hob und die Lichter auf die Bühne fielen, fühlte Madita das Adrenalin in ihren Adern pulsieren. Sie trat auf die Bühne und ließ sich von der Energie des

Publikums mitreißen. Die ersten Bewegungen waren fließend und voller Ausdruck, und Madita spürte, wie die Emotionen ihrer Rolle durch sie hindurch strömten. Die Aufführung verlief intensiv und emotional. Madita war in ihrem Element und gab alles, was sie hatte. Mit jeder Szene wuchs ihr Selbstvertrauen, und sie fühlte sich lebendig. Das Publikum reagierte begeistert, und als die letzte Szene zu Ende ging, brach ein donnernder Applaus aus. *„Das war phänomenal! Ihr habt das Publikum umgehauen!",* rief die Regisseurin, als sie die Bühne betraten, um sich zu verbeugen. Madita und ihre Mitspieler verbeugten sich tief und spürten den Stolz, der sie durchflutete. Nach der Vorstellung versammelten sie sich in der Umkleidekabine, um den Erfolg zu feiern. *„Das war ein unglaublicher Abend! Ihr habt alle fantastisch gespielt!",* sagte einer ihrer Kollegen begeistert. Madita fühlte sich erfüllt und wusste, dass sie in der richtigen Welt war. Die Kritiken, die nach der Premiere veröffentlicht wurden, waren erneut sehr positiv. *„Madita hat sich in ihrer neuen Rolle als talentierte Schauspielerin und Tänzerin bewiesen. Ihre Performance war voller Emotionen und Leidenschaft",* lautete eine der Bewertungen. Madita las die Worte mit einem breiten Lächeln und wusste, dass sie auf dem richtigen Weg war. Die nächsten Monate waren geprägt von harter Arbeit und kreativen Herausforderungen. Madita genoss jede Minute und wusste, dass sie das Glück hatte, in einer so inspirierenden Umgebung zu arbeiten. Die Bühne war ihr Zuhause geworden, und sie war bereit, alle Herausforderungen anzunehmen, die auf sie warteten. In den folgenden Aufführungen vertiefte sie ihr Verständnis für die Rolle und arbeitete daran, ihre Darbietung noch weiter zu verbessern. *„Ich möchte, dass das Publikum meine Emotionen fühlt und mit mir auf diese Reise geht",* sagte sie sich oft. Die Verbindung, die sie mit dem Publikum aufbaute, war magisch. Madita spürte, dass das Theater nicht nur eine Kunstform war, sondern auch eine Möglichkeit, Menschen zu berühren und zu inspirieren. *„Das ist es, was ich am Theater liebe – die Kraft, Geschichten zu erzählen und Emotionen zu teilen",* dachte sie und genoss jeden Moment auf der Bühne.

Kapitel 53: Herausforderungen auf dem Weg

Trotz des Erfolgs gab es auch Herausforderungen. Die Arbeitsbelastung war hoch, und es gab Tage, an denen Madita erschöpft war. Die ständige Kritik der Regisseure und das Streben nach Perfektion setzten sie unter Druck. Eines Nachmittags, nach einem besonders harten Tag, saß Madita alleine in ihrer Wohnung und fühlte sich überwältigt. *„Was, wenn ich nicht gut genug bin? Was, wenn ich scheitere?"*, fragte sie sich und kämpfte gegen die aufkommenden Zweifel an. In diesem Moment erinnerte sie sich an ihre Eltern und die Unterstützung, die sie immer erhalten hatte. Sie griff zu ihrem Tagebuch und begann, ihre Gedanken aufzuschreiben. Das Schreiben half ihr, ihre Emotionen zu verarbeiten und sich auf das Positive zu konzentrieren. Die Worte flossen wie Wasser aus ihrem Stift, und Madita fühlte, wie sich ein Teil des Drucks von ihr löste. *„Ich habe hart gearbeitet, um hierher zu kommen"*, schrieb sie. *„Ich muss an mich selbst glauben und mich daran erinnern, warum ich das alles mache."* Die Zeilen auf dem Papier wurden zu einer Art Therapie für sie. Sie schrieb über die Herausforderungen, die sie überwinden musste, und die Erfolge, die sie bereits erzielt hatte. *„Jeder Schritt, den ich mache, ist ein Schritt in die richtige Richtung"*, erinnerte sie sich und bemerkte, wie ihre Zuversicht langsam zurückkehrte. Nachdem sie ihre Gedanken niedergeschrieben hatte, fühlte sich Madita erleichtert. Das Schreiben half ihr, die negativen Gedanken zu ordnen und die positiven Aspekte ihrer Reise zu erkennen. „Ich bin eine Geschichtenerzählerin, und das Theater gibt mir die Möglichkeit, meine Stimme zu erheben", dachte sie und konnte ein kleines Lächeln nicht unterdrücken. Am nächsten Tag kehrte Madita mit neuer Entschlossenheit ins Theater zurück. Die Proben für das nächste Stück waren in vollem Gange, und sie wusste, dass sie ihre beste Leistung bringen musste. *„Ich werde mein Bestes geben und mich nicht von Zweifeln ablenken lassen",* sagte sie sich. Die Proben waren herausfordernd, und die Regisseurin hatte hohe Erwartungen. Madita spürte den Druck, der auf ihren Schultern lastete, aber sie war entschlossen, sich nicht entmutigen zu lassen. *„Ich kann das! Ich habe es schon einmal geschafft!",* redete sie sich gut zu, während sie an den Texten und der Choreografie arbeitete. Doch trotz ihrer Entschlossenheit gab es Tage, an denen die Erschöpfung überhandnahm. Die langen Proben, die ständige Kritik und das Streben nach Perfektion forderten ihren Tribut. *„Ich kann nicht aufgeben",* dachte Madita, während sie sich müde auf die Couch fallen ließ, nach einem langen Tag im

Theater. In den folgenden Wochen kämpfte Madita weiterhin mit den Herausforderungen. Die ständigen Rückmeldungen der Regisseurin waren manchmal hart, und sie fühlte sich oft überfordert. *„Was, wenn ich nicht gut genug bin?"*, fragte sie sich wiederholt, während sie in ihrem Tagebuch schrieb. Eines Abends setzte sie sich mit ihrer besten Freundin zusammen, die ebenfalls in der Theatertruppe war. *„Ich fühle mich manchmal so, als könnte ich nicht mithalten. Die Erwartungen sind so hoch"*, gestand Madita, während sie einen Schluck von ihrem Getränk nahm. *„Madita, du bist unglaublich talentiert, und du solltest dich nicht mit anderen vergleichen"*, sagte ihre Freundin. *„Jeder hat seine eigenen Stärken. Konzentriere dich auf deine Reise und darauf, was du erreicht hast."* Diese Worte trafen Madita tief. *„Du hast recht. Ich muss auf meinen eigenen Weg schauen und mich nicht von den Erwartungen anderer unter Druck setzen lassen"*, dachte sie und fühlte sich gestärkt. In den folgenden Tagen begann Madita, sich auf ihre eigene Entwicklung zu konzentrieren. Sie nahm sich Zeit, um an ihren Stärken zu arbeiten und sich nicht von den Schwächen anderer beeinflussen zu lassen. *„Ich werde nicht zulassen, dass meine Zweifel mich zurückhalten"*, sagte sie sich und gab ihr Bestes in den Proben. Die Herausforderungen blieben zwar bestehen, doch Madita fand Wege, mit ihnen umzugehen. Sie begann, regelmäßige Pausen einzulegen, um sich zu erholen, und stellte fest, dass es wichtig war, auf ihre Bedürfnisse zu hören. *„Ich kann nicht alles auf einmal schaffen. Ich muss mir Zeit geben"*, erkannte sie. Die Proben für das Stück gingen weiter, und Madita fand Freude daran, in ihre Rolle einzutauchen. *„Das Theater ist meine Leidenschaft, und ich möchte es mit all meinem Herzen leben"*, dachte sie und spürte, wie ihr Selbstvertrauen zurückkehrte. Eines Abends, während einer besonders inspirierenden Probe, spürte Madita eine tiefe Verbindung zu ihrem Charakter. *„Ich kann diese Geschichte erzählen, und ich werde sie mit all meiner Leidenschaft leben"*, dachte sie. Die Energie im Raum war spürbar, und Madita wusste, dass sie Teil von etwas Größerem war. Die Herausforderungen, die sie durchgemacht hatte, hatten sie stärker gemacht, und sie war entschlossen, ihre Träume zu verfolgen. Als die Premiere des neuen Stücks näher rückte, spürte Madita eine Mischung aus Aufregung und Nervosität. *„Ich habe hart gearbeitet, und ich werde mein Bestes geben"*, sagte sie sich, während sie sich auf den großen Auftritt vorbereitete. Am Abend der Premiere war die Aula erneut bis auf den letzten Platz gefüllt. Madita konnte das Adrenalin in ihren Adern spüren, als der Vorhang sich hob und das Licht auf die Bühne fiel. Sie trat auf die Bühne und ließ sich von der Energie des Publikums mitreißen. Die Aufführung verlief intensiv und emotional. Madita fühlte sich lebendig, während sie die Emotionen ihrer Rolle durchlebte. Als der letzte Vorhang fiel, spürte sie das Gefühl der Erfüllung und des Stolzes, das sie durchflutete. Nach der Vorstellung wurde sie erneut von ihrem Publikum gefeiert. *„Ihr wart großartig!"*, riefen die Zuschauer begeistert. Madita fühlte sich, als würde sie auf Wolken schweben. Die harte Arbeit und die Herausforderungen waren es wert gewesen. In den Wochen nach der Premiere erhielt Madita viel positives Feedback. Die Kritiken waren überwältigend, und sie spürte, dass sie auf dem richtigen Weg war. *„Ich kann nicht glauben, dass ich es geschafft habe!"*, dachte sie voller Freude. Die Herausforderungen, die sie durchgemacht hatte, hatten sie gelehrt, an sich selbst zu glauben und sich von niemandem aufhalten zu lassen. Madita war entschlossen, weiterhin ihre Träume zu verfolgen und die Welt um sich herum mit ihrer Kreativität zu bereichern. So setzte Madita ihren Weg fort, voller Entschlossenheit, ihre Träume zu leben und sich von den Herausforderungen nicht entmutigen zu lassen. Die Bühne war ihr Zuhause geworden, und sie war bereit, alle Herausforderungen anzunehmen, die auf sie warteten.

Kapitel 54: Die Kraft der Freundschaft

Maditas neue Freunde in der Theatertruppe waren eine große Unterstützung. Sie ermutigten sich gegenseitig, ihre Ängste auszudrücken und daran zu arbeiten, besser zu werden. *„Wir sind alle hier, um zu lernen und zu wachsen. Lass uns gemeinsam daran arbeiten!"*, sagte eine ihrer Kolleginnen, Anna, und gab Madita das Gefühl, dass sie nicht allein war. Die Freundschaften, die sie geschlossen hatte, wurden zu einer Quelle der Stärke. Gemeinsam verbrachten sie Zeit außerhalb der Proben, um sich zu entspannen und Spaß zu haben. Diese Momente halfen Madita, den Druck zu lindern und sich auf ihre Leidenschaft zu konzentrieren. Die Abende, die Madita und ihre Freunde gemeinsam verbrachten, waren eine willkommene Abwechslung von den intensiven Proben und den Herausforderungen im Theater. Sie gingen oft zusammen essen, schauten sich Filme an oder veranstalteten Spieleabende, bei denen sie lachten und Spaß hatten. *„Das ist es, was ich brauche – eine Auszeit, um den Kopf freizubekommen"*, dachte Madita oft, während sie mit ihren Freunden um den Tisch saß und das Lachen die Sorgen des Alltags vertreiben ließ. Eines Abends, während sie in einem kleinen Café saßen, sprach Anna über ihre eigenen Ängste und

Unsicherheiten. *„Ich habe oft das Gefühl, dass ich nicht gut genug bin. Es ist so leicht, sich mit anderen zu vergleichen und sich selbst klein zu fühlen"*, gestand sie. Madita nickte verständnisvoll. *„Ich kenne dieses Gefühl nur zu gut. Wir müssen lernen, uns gegenseitig zu unterstützen und an uns selbst zu glauben"*, antwortete sie. Die offenen Gespräche halfen ihnen, eine tiefere Verbindung zueinander aufzubauen. Es war befreiend, die eigenen Ängste auszusprechen und zu sehen, dass andere ähnliche Erfahrungen machten. *„Wir sind eine Familie, und wir müssen füreinander da sein"*, sagte Madita und spürte, wie die Freundschaften in der Gruppe stärker wurden. In den folgenden Wochen arbeiteten sie weiterhin hart an ihren Rollen, aber sie fanden auch immer wieder Zeit für gemeinsame Aktivitäten. An einem sonnigen Samstag beschlossen sie, einen Ausflug zu einem nahegelegenen Park zu machen. *„Wir brauchen etwas frische Luft und eine Pause von der Bühne!"*, rief Madita begeistert. Im Park breiteten sie eine Decke aus und genossen ein Picknick. Sie lachten, erzählten Geschichten und spielten Spiele. *„Das ist es, was ich an dieser Gemeinschaft liebe – wir sind nicht nur Kollegen, sondern auch Freunde"*, dachte Madita und fühlte sich glücklich und erfüllt. Als sie im Park saßen, begann Anna, über ihre Träume zu sprechen. *„Ich möchte eines Tages meine eigenen Stücke schreiben.*

Ich habe so viele Ideen in meinem Kopf, aber ich weiß nicht, wo ich anfangen soll", gestand sie. Madita ermutigte sie: *„Glaub an dich selbst! Du hast das Talent, das Publikum zu berühren. Lass es uns zusammen angehen!"* In diesem Moment kam Madita eine Idee. *„Wie wäre es, wenn wir ein kleines Projekt starten? Lass uns gemeinsam an einem Stück arbeiten, das wir später vielleicht aufführen können",* schlug sie vor. Die anderen waren begeistert von der Idee. *„Das wäre großartig! Lass uns unsere Kreativität bündeln und etwas Einzigartiges schaffen!",* rief einer ihrer Freunde. So begann die Gruppe, an ihrem eigenen Stück zu arbeiten. Sie trafen sich regelmäßig, um Ideen zu brainstormen, Charaktere zu entwickeln und die Handlung zu skizzieren. *„Wir können unsere eigenen Erfahrungen und Emotionen einfließen lassen",* sagte Madita und spürte, wie die Kreativität in ihnen sprudelte. Die Arbeit an ihrem Projekt brachte sie noch näher zusammen. Sie unterstützten sich gegenseitig, gaben konstruktives Feedback und ermutigten sich, neue Ideen auszuprobieren. *„Ich hätte nie gedacht, dass ich so viel Freude am Schreiben und Erstellen eines Stücks haben könnte",* dachte Madita, während sie an den Notizen arbeitete. Die gemeinsamen Sitzungen im Theater wurden zu einem kreativen Raum, in dem sie ihre Ideen verwirklichen konnten. Sie experimentierten mit verschiedenen Szenen und

Dialogen und entdeckten neue Facetten ihrer Talente. *„Das ist es, was Theater ausmacht – die Möglichkeit, sich auszudrücken und gemeinsam etwas Großartiges zu schaffen"*, sagte Madita. Eines Abends, während sie gerade an einer Szene arbeiteten, fühlte Madita eine Welle der Dankbarkeit für ihre Freunde. *„Ich bin so froh, dass ich euch habe. Ihr seid nicht nur meine Kollegen, sondern auch meine Familie. Gemeinsam können wir alles schaffen"*, sagte sie und spürte, wie die Gruppe sich enger zusammenschloss. Die Herausforderungen, die sie während der Proben für das Stück hatten, wurden durch die Unterstützung ihrer Freunde leichter zu bewältigen. Wenn jemand Schwierigkeiten hatte, halfen die anderen, und sie fanden gemeinsam Lösungen. *„Wir sind hier, um uns gegenseitig zu stärken"*, sagte Anna oft, und diese Worte wurden zum Mantra der Gruppe. Die Wochen vergingen, und das Stück nahm Form an. Madita spürte, wie ihre Leidenschaft für das Theater wuchs, während sie an ihrem eigenen Projekt arbeitete. *„Ich kann es kaum erwarten, das Publikum mit unserer Geschichte zu berühren"*, dachte sie und wusste, dass sie auf dem richtigen Weg war. Als die Premiere ihres eigenen Stücks näher rückte, spürte Madita eine Mischung aus Aufregung und Nervosität. *„Das ist unser Moment! Wir haben hart gearbeitet, und jetzt können wir zeigen, was wir geschaffen haben!"*, rief sie ihren Freunden zu. Der Abend der Premiere war ein aufregendes Ereignis. Die Aula war bis auf den letzten Platz gefüllt, und die Energie im Raum war elektrisierend. Madita konnte das Adrenalin in ihren Adern pulsen spüren, als sie sich auf die Bühne vorbereiteten. *„Wir werden das gemeinsam durchstehen"*, sagte sie zu ihren Freunden, als sie sich hinter der Bühne aufstellten. Als der Vorhang sich hob und das Licht auf die Bühne fiel, war Madita überwältigt von der Atmosphäre. Sie trat auf die Bühne und ließ sich von der Energie des Publikums mitreißen. Die ersten Szenen liefen reibungslos, und die Zuschauer reagierten begeistert. Madita fühlte sich lebendig, während sie die Emotionen ihrer Rolle durchlebte. Die Verbindung zu ihren Mitspielern war stark, und sie spürte, dass sie gemeinsam etwas Einzigartiges geschaffen hatten. Als der letzte Vorhang fiel, brach der Applaus aus, und die Freude über den Erfolg war überwältigend. *„Wir haben es geschafft!"*, rief Madita, als sie sich mit ihren Freunden in der Umkleidekabine versammelten. Die Umarmungen und die Glückwünsche waren überwältigend. *„Das war ein unglaublicher Abend! Ihr habt das Publikum berührt!"*, lobte einer ihrer Kollegen. Die Erfahrungen, die Madita in der Theatertruppe gemacht hatte, waren unbezahlbar. Die Freundschaften, die sie geschlossen hatte, wurden zu einer Quelle der Stärke und

Inspiration. Gemeinsam hatten sie nicht nur ihre Ängste überwunden, sondern auch ihre Träume verwirklicht. In den folgenden Wochen setzten sie ihre Zusammenarbeit fort und entwickelten neue Ideen für zukünftige Projekte. Madita wusste, dass sie in dieser Gemeinschaft einen Platz gefunden hatte, in dem sie wachsen und sich entfalten konnte. *„Gemeinsam können wir alles erreichen"*, dachte sie voller Überzeugung. So setzte Madita ihren Weg fort, unterstützt von den Freundschaften, die sie im Theater geschlossen hatte.

Kapitel 55: Eine neue Herausforderung

Einige Monate nach der Premiere wurde Madita die Gelegenheit geboten, an einem neuen, innovativen Stück mitzuarbeiten, das die Themen Identität und Selbstfindung behandelte. Die Regisseurin suchte nach frischen Talenten, die bereit waren, ihre eigenen Erfahrungen in die Rolle einzubringen. *„Madita, ich denke, du bist die perfekte Besetzung für diese Rolle. Du hast das Talent, und ich möchte, dass du deine eigene Stimme in die Geschichte einbringst",* sagte Frau Richter zu ihr. Madita war sowohl aufgeregt als auch nervös. *„Ich habe noch nie so viel Verantwortung für eine Rolle übernommen",* gestand sie. *„Das ist eine großartige Gelegenheit, um zu wachsen. Vertraue auf dich selbst und deine Fähigkeiten",* ermutigte Frau Richter. Die Worte von Frau Richter hallten in Maditas Kopf wider, während sie sich auf die neue Herausforderung vorbereitete. *„Vertraue auf dich selbst und deine Fähigkeiten",* wiederholte sie und versuchte, ihre Nervosität in positive Energie umzuwandeln. Diese Rolle bedeutete für sie nicht nur, eine Figur zu spielen, sondern auch, ihre eigene Geschichte und Erfahrungen zu teilen. Die ersten Proben waren intensiv. Madita tauchte tief in die Welt des neuen Stücks ein und begann, sich mit der

Hauptfigur zu identifizieren. *„Diese Rolle spricht viele meiner eigenen Unsicherheiten und Kämpfe an"*, dachte sie, während sie die Texte studierte. Die Themen Identität und Selbstfindung berührten sie persönlich, und sie wusste, dass sie etwas Echtes und Authentisches in die Aufführung einbringen konnte. *„Ich möchte, dass du dir Zeit nimmst, um über deine eigene Identität nachzudenken, während du diese Figur verkörperst"*, sagte die Regisseurin während einer Probe. *„Was bedeutet es für dich, du selbst zu sein? Wie fühlst du dich in deiner Haut?"* Madita nickte, während sie über die Fragen nachdachte. *„Das wird eine Reise für mich, nicht nur für die Figur"*, dachte sie. In den folgenden Wochen arbeitete Madita hart daran, ihre Rolle zu entwickeln. Sie sprach mit Freunden und Familie über ihre eigenen Erfahrungen und nutzte diese Gespräche als Inspiration für ihre Darstellung. *„Ich möchte, dass das Publikum fühlt, was ich fühle"*, sagte sie sich oft. Die Proben waren anspruchsvoll, und Madita musste sich nicht nur mit den Texten, sondern auch mit den emotionalen Aspekten der Rolle auseinandersetzen. *„Es ist wichtig, dass ich ehrlich bin und meine eigenen Emotionen einbringe"*, dachte sie, während sie an einer besonders intensiven Szene arbeitete. Die Unterstützung ihrer Freunde in der Theatertruppe war in dieser Zeit unerlässlich. *„Ich bin hier, um dich zu unterstützen. Lass uns gemeinsam an* *dieser Rolle arbeiten"*, bot Anna an, und sie begannen, Szenen zusammen zu proben. *„Du schaffst das, Madita! Du hast so viel Talent"*, ermutigte sie, während sie an den Dialogen feilen. Die Dynamik in der Gruppe war inspirierend. Alle waren bereit, ihre eigenen Erfahrungen einzubringen und sich gegenseitig zu unterstützen. *„Wir sind alle hier, um zu lernen und zu wachsen"*, sagte Madita und spürte die Motivation, die in der Luft lag. Als die Premiere des neuen Stücks näher rückte, wurde Madita zunehmend nervös. *„Was, wenn ich nicht gut genug bin? Was, wenn ich die Erwartungen nicht erfülle?"*, fragte sie sich manchmal. Doch dann erinnerte sie sich an die Worte von Frau Richter und an die Unterstützung ihrer Freunde. *„Ich habe hart gearbeitet, und ich kann das schaffen"*, redete sie sich gut zu. Der Tag der Premiere war schließlich gekommen. Madita stand backstage und hörte die Stimmen des Publikums, das in den Saal strömte. *„Das ist es!"*, dachte sie und atmete tief durch. Sie wusste, dass sie bereit war, ihr Bestes zu geben. Als der Vorhang sich hob und das Licht auf die Bühne fiel, spürte Madita das Adrenalin in ihren Adern. Die ersten Worte, die sie sprach, waren voller Emotion und Authentizität. Sie ließ sich von den Themen des Stücks leiten und tauchte tief in die Rolle ein. Die Aufführung verlief intensiv, und Madita spürte die Verbindung zu ihrem Publikum. Die Zuschauer lauschten gebannt, und sie konnte die Emotionen in der Luft spüren. *„Ich möchte, dass sie sich mit meiner Figur identifizieren können",* dachte sie und gab alles, um die Botschaft des Stücks zu vermitteln. Als die letzte Szene zu Ende ging und der Vorhang fiel, brach das Publikum in Applaus aus. Madita fühlte sich, als würde ihr Herz überlaufen. Der Moment war überwältigend, und die Freude über die gelungene Aufführung war unbeschreiblich. Nach der Vorstellung versammelte sich die Truppe backstage, um den Erfolg zu feiern. *„Ihr wart fantastisch! Das Publikum war begeistert!",* rief einer ihrer Kollegen. Madita strahlte vor Freude und wusste, dass sie etwas Besonderes geschaffen hatten. Die Kritiken, die nach der Premiere veröffentlicht wurden, waren durchweg positiv. *„Madita hat die Zuschauer mit ihrer authentischen Darstellung berührt und die Themen Identität und Selbstfindung eindrucksvoll verkörpert",* lautete eine der Bewertungen. Madita las die Worte und fühlte sich stolz auf das, was sie erreicht hatte. In den folgenden Wochen setzte sie ihre Arbeit an dem Stück fort und vertiefte ihr Verständnis für die Rolle. Sie erhielt viel positives Feedback von ihren Kollegen und vom Publikum, was ihr Selbstvertrauen weiter stärkte. *„Ich kann das! Ich habe meine Stimme gefunden",* dachte sie voller Begeisterung. Doch trotz des Erfolgs gab es auch Herausforderungen. Die ständige Kritik und das

Streben nach Perfektion blieben bestehen, und Madita musste sich immer wieder mit ihren eigenen Unsicherheiten auseinandersetzen. *„Ich muss an mich selbst glauben und mich nicht von den Zweifeln ablenken lassen",* sagte sie sich und versuchte, die positiven Aspekte im Fokus zu behalten. Die Unterstützung ihrer Freunde spielte eine entscheidende Rolle. Sie ermutigten sich gegenseitig, ihre Ängste auszudrücken und daran zu arbeiten, besser zu werden. *„Wir sind alle hier, um zu lernen und zu wachsen",* sagte Anna, und diese Einstellung half Madita, sich auf ihre eigenen Fortschritte zu konzentrieren. Die Zeit verging, und Madita entwickelte sich weiter. Sie entdeckte neue Facetten ihrer Leidenschaft für das Theater und begann, ihre eigenen Ideen für zukünftige Projekte zu skizzieren. *„Ich möchte meine eigene Stimme in die Geschichten einbringen, die wir erzählen",* dachte sie und spürte die Motivation, weiterhin kreativ zu sein. Eines Abends, während sie mit Anna in einem Café saßen, sprach Madita über ihre Träume. *„Ich möchte eines Tages meine eigenen Stücke schreiben und inszenieren. Ich habe so viele Ideen, die ich umsetzen möchte",* gestand sie. Anna lächelte. *„Das ist eine großartige Idee! Du hast das Talent dafür. Lass uns gemeinsam an einem Skript arbeiten!"* Diese Idee begeisterte Madita. *„Ich wäre begeistert, das gemeinsam zu tun! Lass uns* *unsere Kreativität bündeln und etwas Einzigartiges schaffen"*, rief sie aufgeregt. Die Zusammenarbeit mit ihren Freunden fühlte sich wie eine natürliche Erweiterung ihrer Leidenschaft für das Theater an.

Kapitel 56: Die Herausforderung annehmen

Madita nahm die Herausforderung an. Sie tauchte tief in die Rolle ein, recherchierte und reflektierte über ihre eigenen Erfahrungen und wie sie diese in ihre Darstellung einfließen lassen konnte. Es war eine intensive und ehrliche Reise, die ihr half, sich selbst besser zu verstehen. Die Proben waren intensiv, und Madita gab alles. Sie wollte nicht nur die Erwartungen der Regisseurin erfüllen, sondern auch ihre eigene Vision verwirklichen. Madita verbrachte viele Stunden damit, sich auf ihre Rolle vorzubereiten. Sie las Bücher über Identität und Selbstfindung, sah sich Dokumentationen an und sprach mit Menschen, die ähnliche Erfahrungen gemacht hatten. *„Ich möchte die Wahrheit dieser Geschichte einfangen"*, dachte sie oft, während sie Notizen machte und ihre Gedanken in ihrem Tagebuch festhielt. Die Proben begannen mit einer Mischung aus Aufregung und Nervosität. Madita war in einem kreativen Raum, in dem alle bereit waren, neue Ideen auszuprobieren und sich gegenseitig zu unterstützen. *„Lasst uns authentisch sein und die Emotionen wirklich spüren",* ermutigte sie ihre Kollegen. Diese positive Energie schuf eine Atmosphäre, in der jeder sein Bestes geben wollte. Die Regisseurin, Frau Richter, war beeindruckt von Maditas Engagement. *„Du bringst so viel von dir selbst in diese Rolle ein, und das ist genau das, was wir brauchen",* sagte sie in einer Probe. Madita fühlte sich bestärkt und wusste, dass sie auf dem richtigen Weg war. In einer besonders intensiven Probe stellte Madita fest, dass sie mehr als nur die Worte lernen musste. Sie musste die Emotionen und die Reise ihrer Figur nachvollziehen. *„Was fühlt sie in diesen Momenten? Was sind ihre Ängste und Hoffnungen?",* fragte sie sich, als sie die Szenen durchging. In einem Dialog war die Figur gezwungen, sich ihren inneren Dämonen zu stellen. Madita entschloss sich, diese Szene besonders ehrlich zu gestalten. *„Ich möchte, dass das Publikum meine Verletzlichkeit spürt",* dachte sie und arbeitete an der Umsetzung dieser Emotionen. Die Proben waren oft lang und anstrengend, und manchmal fühlte sich Madita überwältigt. An einem Abend, nach einer besonders intensiven Probe, saß sie auf der Bühne, während die anderen Kollegen sich um sie versammelten. *„Ich habe das Gefühl, dass ich nicht gut genug bin. Was, wenn ich die Erwartungen* *nicht erfülle?",* gestand sie und spürte, wie die Tränen in ihren Augen brannten. *„Madita, du bist fantastisch! Du bringst so viel Leidenschaft und Wahrheit in deine Darstellung ein. Du kannst das!",* sagte Anna und legte ihr eine Hand auf die Schulter. Die anderen stimmten zu, und Madita fühlte sich von der Unterstützung ihrer Freunde umarmt. *„Danke, dass ihr immer für mich da seid",* sagte sie, während sie tief durchatmete und sich wieder aufrichtete. Die Tage vergingen, und Madita arbeitete weiter hart an ihrer Rolle. Sie entdeckte, dass das Theater nicht nur eine Kunstform, sondern auch eine Möglichkeit war, sich selbst zu erforschen. *„Ich lerne so viel über mich selbst, während ich diese Figur spiele",* dachte sie und spürte, wie ihre eigene Identität sich weiterentwickelte. Die letzten Proben vor der Premiere waren entscheidend. Madita und ihre Kollegen arbeiteten unermüdlich daran, die Szenen zu perfektionieren und die Übergänge flüssig zu gestalten. *„Wir müssen alle zusammenarbeiten, um die Geschichte zu erzählen",* sagte Madita und ermutigte die Gruppe, ihre Ideen und Emotionen einzubringen. Die Nacht vor der Premiere war angespannt. Madita konnte nicht schlafen, während sie über die bevorstehenden Auftritte nachdachte. *„Was, wenn ich einen Fehler mache? Was, wenn ich nicht die Emotionen einbringen kann, die ich mir wünsche?",* fragte sie sich und wälzte sich unruhig in ihrem Bett. Doch dann erinnerte sie sich an die Unterstützung ihrer Freunde und an die Reise, die sie gemeinsam unternommen hatten. *„Ich werde mein Bestes geben und einfach ich selbst sein. Das Publikum wird spüren, wenn ich authentisch bin"*, sagte sie sich und versuchte, sich zu beruhigen. Am Morgen der Premiere war die Aufregung greifbar. Madita traf sich mit ihren Kollegen in der Umkleidekabine, und die Atmosphäre war elektrisierend. *„Lasst uns gemeinsam auf die Bühne gehen und das Publikum mit unserer Geschichte berühren"*, sagte sie und spürte den Zusammenhalt in der Gruppe. Als der Vorhang sich öffnete und das Licht auf die Bühne fiel, spürte Madita das Adrenalin in ihren Adern. Sie trat auf die Bühne und ließ sich von der Energie des Publikums mitreißen. Die ersten Worte, die sie sprach, waren voller Leidenschaft, und sie fühlte, wie sich ihre Nervosität in positive Energie verwandelte. Die Aufführung verlief intensiv, und Madita tauchte tief in die Emotionen ihrer Rolle ein. Sie spürte die Verbindung zu ihren Mitspielern und dem Publikum. *„Das ist es, was Theater ausmacht – die Möglichkeit, Menschen zu berühren und die eigene Wahrheit zu teilen"*, dachte sie, während sie die Szenen durchlebte. Als die letzte Szene zu Ende ging und der Vorhang fiel, brach das Publikum in Applaus aus. Madita fühlte sich, als würde ihr Herz überlaufen. Der

Moment war überwältigend, und die Freude über den gelungenen Abend war unbeschreiblich. Nach der Vorstellung versammelte sich die Truppe backstage, um den Erfolg zu feiern. *„Ihr wart großartig! Das Publikum war begeistert!"*, rief einer ihrer Kollegen. Madita strahlte vor Freude und wusste, dass sie gemeinsam etwas Besonderes geschaffen hatten. Die Kritiken, die nach der Premiere veröffentlicht wurden, waren überwältigend positiv. *„Madita hat die Zuschauer mit ihrer authentischen Darstellung berührt und die Themen Identität und Selbstfindung eindrucksvoll verkörpert"*, lautete eine der Bewertungen. Madita las die Worte und fühlte sich stolz auf das, was sie erreicht hatte. In den folgenden Wochen setzte sie ihre Arbeit an dem Stück fort und vertiefte ihr Verständnis für die Rolle. Sie erhielt viel positives Feedback von ihren Kollegen und vom Publikum, was ihr Selbstvertrauen weiter stärkte. *„Ich kann das! Ich habe meine Stimme gefunden"*, dachte sie voller Begeisterung. Die Herausforderungen, die sie während der Proben erlebt hatte, hatten sie gelehrt, an sich selbst zu glauben und sich von niemandem aufhalten zu lassen. Madita wusste, dass sie in dieser Gemeinschaft einen Platz gefunden hatte, in dem sie wachsen und sich entfalten konnte.

Kapitel 57: Die zweite Premiere

Der Tag der zweiten Premiere rückte näher, und Madita fühlte sich sowohl nervös als auch aufgeregt. Als der Vorhang sich hob und sie auf die Bühne trat, spürte sie die Energie des Publikums. In diesem Moment wusste sie, dass sie bereit war. Die Vorstellung war emotional und kraftvoll. Madita fühlte sich mit ihrer Rolle verbunden und konnte die Zuschauer berühren. Als das Stück zu Ende war, erhob sich das Publikum zu einem stehenden Applaus, und Tränen der Freude liefen Madita über das Gesicht. Die Emotionen, die Madita während der Aufführung durchlebte, waren überwältigend. Jeder Satz, jedes Lächeln und jede Träne fühlten sich authentisch und echt an. Sie war nicht nur die Schauspielerin, die die Rolle verkörperte, sondern auch die Person, die ihre eigene Geschichte teilte. *„Das Publikum spürt, was ich fühle",* dachte sie, während sie durch die Szenen navigierte. Als das Stück zu Ende ging und der Vorhang fiel, wurde das Theater von einem donnernden Applaus erfüllt. Madita und ihre Mitspieler verbeugten sich tief, während das Publikum jubelte. Tränen der Freude strömten über ihr Gesicht, während sie sich mit ihren Kollegen umarmte. *„Wir haben es geschafft!",* rief sie überglücklich. Backstage wurde die Freude noch intensiver. *„Ihr wart* *unglaublich! Das Publikum war begeistert!"*, rief Anna, während sie sich umarmten. Madita fühlte sich von der positiven Energie umgeben und wusste, dass all die harte Arbeit sich gelohnt hatte. Die Kritiken, die am nächsten Tag veröffentlicht wurden, waren überwältigend. *„Madita hat das Publikum mit ihrer authentischen Leistung berührt und die tiefen Emotionen der Geschichte eindrucksvoll vermittelt"*, lautete eine der Bewertungen. Madita las die Worte mit einem breiten Lächeln auf dem Gesicht und spürte, wie ihr Herz vor Stolz überlief. In den folgenden Wochen setzte die Truppe die Aufführungen fort, und Madita fand immer mehr Freude in ihrer Rolle. Sie entdeckte, dass die Verbindung zu ihrem Publikum nicht nur während der Aufführung, sondern auch in den Dialogen danach weiterging. *„Es ist so erfüllend, die Menschen zu berühren und mit ihnen in Kontakt zu treten"*, dachte sie oft. Die Gespräche mit den Zuschauern nach den Aufführungen waren eine neue Dimension ihrer Theatererfahrung. *„Ich konnte mich so gut mit deiner Rolle identifizieren. Deine Darstellung hat mich zum Nachdenken gebracht"*, sagte eine Zuschauerin und umarmte Madita herzlich. Diese Momente berührten Madita tief und stärkten ihren Glauben an die Kraft des Theaters. Die Proben für das nächste Stück begannen bald, und Madita war aufgeregt, eine neue Herausforderung anzunehmen.

Sie wusste, dass jede neue Rolle eine Chance war, zu wachsen und sich weiterzuentwickeln. *„Ich bin bereit für alles, was kommt",* sagte sie sich entschlossen. Die ersten Proben für das neue Stück waren intensiv, und Madita stellte fest, dass sie sich erneut in die Thematik vertiefen musste. *„Welches Thema wird hier behandelt? Wie kann ich meine eigene Perspektive einbringen?",* fragte sie sich, während sie die Texte studierte. Die Regisseurin forderte viel von ihr, aber Madita fühlte sich bereit, sich dieser Herausforderung zu stellen. Die Dynamik in der Gruppe war inspirierend. Madita und ihre Kollegen arbeiteten eng zusammen und unterstützten sich gegenseitig. *„Wir sind ein Team, und zusammen können wir Großartiges schaffen",* sagte Anna, und Madita fühlte, wie die Zusammenarbeit die Kreativität förderte. In einem der Proben war die Regisseurin besonders zufrieden mit Maditas Entwicklung. *„Du hast in dieser Rolle so viel mehr Tiefe und Emotion. Du bist gewachsen, Madita!",* lobte sie. Dieses Feedback motivierte Madita, noch härter zu arbeiten und sich in die neue Rolle zu vertiefen. Die Wochen vergingen, und die Premiere des neuen Stücks rückte näher. Madita spürte ein Kribbeln der Aufregung, aber auch eine gewisse Nervosität. *„Ich muss mich darauf konzentrieren, authentisch zu sein und meine eigene Stimme in die Rolle einzubringen",* dachte sie. Am Abend der Premiere war das Theater erneut bis auf den letzten Platz gefüllt. Madita konnte die Aufregung in der Luft spüren und atmete tief durch, als der Vorhang sich hob. Die ersten Szenen liefen reibungslos, und Madita fühlte sich lebendig. Das Publikum reagierte begeistert, und sie spürte, wie die Emotionen ihrer Rolle durch sie hindurch strömten. *„Ich möchte, dass jeder im Publikum die Verbindung spürt, die ich zu dieser Figur habe"*, dachte sie und gab alles, um die Botschaft des Stücks zu vermitteln. Als das Stück zu Ende ging und der Vorhang fiel, brach ein donnernder Applaus aus. Madita fühlte sich, als würde ihr Herz überlaufen. Die Freude und Erfüllung, die sie in diesem Moment erlebte, waren unbeschreiblich. Backstage versammelten sich die Darsteller, um den Erfolg zu feiern. *„Ihr wart beeindruckend! Das Publikum war total begeistert!"*, rief einer ihrer Kollegen. Madita strahlte vor Freude und wusste, dass sie gemeinsam etwas Besonderes geschaffen hatten. Die Kritiken, die nach der Premiere veröffentlicht wurden, waren erneut sehr positiv. *„Madita hat es geschafft, die Zuschauer mit ihrer Darstellung zu fesseln und die Emotionen der Charaktere lebendig zu machen"*, lautete eine der Bewertungen. Madita las die Worte und fühlte sich stolz auf das, was sie erreicht hatte. In den folgenden Wochen setzte sie ihre Arbeit an dem Stück fort und vertiefte ihr Verständnis für die Rolle. Sie erhielt viel positives Feedback von ihren

Kollegen und vom Publikum, was ihr Selbstvertrauen weiter stärkte. *„Ich kann das! Ich habe meine Stimme gefunden"*, dachte sie voller Begeisterung. Doch trotz des Erfolgs gab es auch Herausforderungen. Die ständige Kritik und das Streben nach Perfektion blieben bestehen, und Madita musste sich immer wieder mit ihren eigenen Unsicherheiten auseinandersetzen. *„Ich muss an mich selbst glauben und mich nicht von den Zweifeln ablenken lassen"*, sagte sie sich und versuchte, die positiven Aspekte im Fokus zu behalten. Die Unterstützung ihrer Freunde spielte eine entscheidende Rolle. Sie ermutigten sich gegenseitig, ihre Ängste auszudrücken und daran zu arbeiten, besser zu werden. *„Wir sind alle hier, um zu lernen und zu wachsen"*, sagte Anna oft, und diese Einstellung half Madita, sich auf ihre eigenen Fortschritte zu konzentrieren.

Kapitel 58: Reflexion und Wachstum

Nach der Vorstellung reflektierte Madita über ihre Reise. Sie hatte nicht nur als Künstlerin, sondern auch als Mensch gewachsen. Die Herausforderungen, die sie erlebt hatte, hatten sie stärker gemacht. *„Ich kann nicht glauben, wie weit ich gekommen bin. Ich habe meine Ängste überwunden und bin für meine Träume eingestanden"*, dachte sie stolz. Madita saß im stillen Backstage-Bereich des Theaters, umgeben von den letzten Nachklängen des Applauses, der gerade in den Saal verhallte. Der Geruch von Schminke und die Reste des Bühnenlichts erfüllten den Raum, während sie allein mit ihren Gedanken war. *„Ich kann nicht glauben, wie weit ich gekommen bin. Ich habe meine Ängste überwunden und bin für meine Träume eingestanden"*, dachte sie stolz und spürte, wie sich eine Welle der Dankbarkeit in ihr ausbreitete. Die letzten Monate waren ein wahres Abenteuer gewesen. Madita erinnerte sich an die ersten Proben, die Unsicherheiten und die Herausforderungen, die sie bewältigen musste. Sie hatte oft an sich selbst gezweifelt und sich gefragt, ob sie wirklich das Zeug dazu hatte, eine Schauspielerin zu sein. Doch jedes Mal, wenn sie auf der Bühne stand und das Licht auf ihr Gesicht fiel, wusste sie, dass sie ihre Bestimmung gefunden hatte. *„Das Theater ist nicht nur ein Ort für mich. Es ist ein Raum, in dem ich mich selbst entdecken kann"*, reflektierte sie. Die Charaktere, die sie spielte, waren nicht nur fiktional; sie waren Spiegel ihrer eigenen Erfahrungen, Ängste und Hoffnungen. Madita hatte gelernt, wie wichtig es war, authentisch zu sein – sowohl auf der Bühne als auch im Leben. In den letzten Wochen hatte sie das Gefühl, dass sie nicht nur die Rolle ihrer Figur spielte, sondern auch ihre eigene Geschichte erzählte. *„Ich habe meine Stimme gefunden, und ich kann sie nutzen, um andere zu inspirieren"*, dachte sie. Diese Erkenntnis erfüllte sie mit einer tiefen Freude. Die Gespräche mit den Zuschauern nach den Aufführungen hatten ihr auch geholfen, eine neue Perspektive zu gewinnen. *„Es ist erstaunlich, wie Theater Menschen berühren kann. Ich habe gelernt, dass ich nicht allein bin. Viele teilen ähnliche Kämpfe"*, sagte sie zu sich selbst, als sie an die bewegenden Rückmeldungen dachte, die sie erhalten hatte. Madita stand auf und blickte in den Spiegel, der in der Umkleidekabine hing. *„Wer bist du geworden, Madita?"*, fragte sie sich und betrachtete ihr reflektiertes Gesicht. Die Augen, die einst von Unsicherheiten geprägt waren, strahlten nun vor Selbstbewusstsein und Entschlossenheit. *„Du bist nicht mehr die selbe Person, die du einmal warst"*, flüsterte sie und lächelte. Die Unterstützung ihrer

Freunde in der Theatertruppe war ebenfalls von unschätzbarem Wert gewesen. Sie hatten sie ermutigt, ihre Ängste auszusprechen, und waren immer bereit gewesen, ihr bei den Proben zu helfen. *„Gemeinsam sind wir stark",* dachte sie und erinnerte sich an die vielen Abende, die sie zusammen verbracht hatten, um an ihren Rollen zu arbeiten und neue Ideen zu entwickeln. Madita beschloss, ihre Erfahrungen in einem Brief festzuhalten. Sie nahm ihr Tagebuch zur Hand und begann zu schreiben. *„Liebes Ich, heute war ein weiterer wichtiger Tag in deiner Reise. Du hast wieder einmal bewiesen, dass du deine Ängste überwinden und an deine Träume glauben kannst. Es ist in Ordnung, nervös zu sein, denn das bedeutet, dass du auf dem richtigen Weg bist",* schrieb sie und spürte, wie die Worte Kraft in ihr freisetzten. *„Denke daran, dass jeder Auftritt, jede Rolle eine Gelegenheit ist, weiter zu wachsen. Du bist nicht nur eine Schauspielerin; du bist eine Geschichtenerzählerin. Und das, was du tust, hat die Macht, das Leben anderer zu berühren",* fügte sie hinzu und schloss das Tagebuch. In der nächsten Zeit setzte Madita ihre Arbeit an dem neuen Stück fort, das bald Premiere haben sollte. Die Proben waren herausfordernd, aber sie fühlte sich bereit, sich den neuen Herausforderungen zu stellen. *„Ich habe so viel gelernt, und ich bin gespannt, was als Nächstes* *kommt",* dachte sie und spürte die Vorfreude in sich aufsteigen. Die Wochen vergingen, und die Premiere des neuen Stücks näherte sich. Madita war aufgeregt und nervös zugleich. Sie wusste, dass jede Aufführung eine neue Chance war, zu wachsen und ihre Kunst weiterzuentwickeln. *„Ich werde mein Bestes geben und meiner Leidenschaft treu bleiben",* sagte sie sich entschlossen. Am Abend der Premiere war das Theater wieder voll. Madita stand backstage und hörte das Raunen des Publikums. Es war der gleiche Nervenkitzel, den sie bei jeder Aufführung verspürte, aber diesmal war es auch ein Gefühl der Vorfreude. *„Das ist mein Moment. Ich bin bereit",* dachte sie und atmete tief durch. Als der Vorhang sich hob und das Licht auf die Bühne fiel, fühlte Madita, wie die Aufregung in ihr aufstieg. Sie trat auf die Bühne und ließ sich von der Energie des Publikums mitreißen. Die ersten Worte, die sie sprach, waren voller Leidenschaft und Freude. Die Aufführung verlief intensiv, und Madita spürte die Verbindung zu ihrem Publikum. Sie lebte die Rolle, und das Publikum reagierte begeistert. *„Das ist es, worum es im Theater geht – die Möglichkeit, Menschen zu berühren und mit ihnen zu kommunizieren",* dachte sie, während sie die Szenen durchlebte. Als das Stück zu Ende ging und der Vorhang fiel, brach das Publikum erneut in Applaus aus. Madita fühlte sich, als würde ihr Herz überlaufen.

In diesem Moment wusste sie, dass sie all das Richtige getan hatte. Sie hatte nicht nur als Künstlerin, sondern auch als Mensch gewachsen. Nach der Vorstellung versammelte sich die Truppe backstage, um den Erfolg zu feiern. *„Ihr wart großartig! Das Publikum war begeistert!"*, rief einer ihrer Kollegen. Madita strahlte vor Freude und wusste, dass sie gemeinsam etwas Besonderes geschaffen hatten. In den folgenden Wochen setzte Madita ihre Arbeit an dem Stück fort und vertiefte ihr Verständnis für die Rolle. Sie erhielt viel positives Feedback von ihren Kollegen und vom Publikum, was ihr Selbstvertrauen weiter stärkte. Madita wusste, dass sie auf dem richtigen Weg war und dass die Reise, die sie begonnen hatte, noch lange nicht zu Ende war.

Kapitel 59: Ein neuer Horizont

Mit jedem neuen Projekt und jeder Aufführung wuchs Maditas Selbstvertrauen. Sie war entschlossen, ihre Karriere im Theater weiter auszubauen und neue Möglichkeiten zu erkunden. Eines Abends, während sie mit ihren Freunden in der Wohnung zusammen saß, sprach sie über ihre Träume. *„Ich möchte eines Tages auf großen Bühnen spielen und vielleicht sogar in Filmen auftreten. Ich weiß, dass ich dafür hart arbeiten muss, aber ich bin bereit"*, sagte sie mit Entschlossenheit. *„Du wirst es schaffen, Madita. Wir werden dich unterstützen, egal wo du hingehst"*, antwortete Anna und alle umarmten sie. Die Worte von Anna hallten in Maditas Kopf wider, während sie in den Gesichtern ihrer Freunde den unerschütterlichen Glauben an ihre Träume sah. *„Ich werde es schaffen"*, wiederholte sie innerlich, während sie in die Runde schaute. Der Abend war erfüllt von Lachen, Geschichten und der gemeinsamen Aufregung über die Zukunft. *„Was ist der nächste Schritt für dich?"*, fragte ein anderer Freund. Madita überlegte kurz. *„Ich möchte an Workshops teilnehmen und neue Fähigkeiten erlernen. Vielleicht auch in anderen Städten vorsprechen"*, schlug sie vor. Die Idee, sich außerhalb ihrer vertrauten Umgebung weiterzuentwickeln, erfüllte sie mit einer Mischung aus Aufregung und Nervosität. *„Das klingt großartig! Du solltest es unbedingt ausprobieren",* ermutigte Anna sie. *„Und ich bin sicher, dass du die richtigen Gelegenheiten finden wirst. Du hast so viel Talent."* Madita spürte, wie ihre Entschlossenheit wuchs. *„Ich werde die nächsten Monate nutzen, um mich weiterzuentwickeln und neue Erfahrungen zu sammeln",* sagte sie. In den folgenden Wochen besuchte Madita verschiedene Workshops und Kurse, um ihre Fähigkeiten zu verfeinern. Sie lernte von erfahrenen Schauspielern und Regisseuren, die ihre Leidenschaft für das Theater mit ihr teilten. *„Es ist unglaublich, wie viel Wissen und Erfahrung hier zusammenkommt",* dachte sie, während sie an den Übungen teilnahm. Die Workshops waren intensiv und fordernd, aber Madita fühlte sich lebendig. Sie entdeckte neue Techniken, die es ihr ermöglichten, ihre Emotionen noch besser darzustellen. *„Ich kann es kaum erwarten, all das in meine nächsten Rollen einzubringen",* dachte sie und spürte, wie sich ihre Kreativität weiter entfaltete. Die Zeit verging schnell, und bald bemerkte Madita, dass sich ihre Perspektive auf die Schauspielerei veränderte. Sie begann, die Kunst des Geschichtenerzählens auf neue Weise zu betrachten. *„Es geht nicht nur darum, eine Rolle zu spielen, sondern darum, eine Verbindung zu den*

Zuschauern herzustellen und sie auf eine Reise mitzunehmen", reflektierte sie während einer Übung. Eines Abends, nach einem besonders inspirierenden Workshop, saß Madita mit einigen ihrer neuen Freunde zusammen und sprach über ihre Erfahrungen. *„Ich habe das Gefühl, dass ich mich weiterentwickle und wachse. Es ist, als würde ich eine neue Dimension meiner selbst entdecken",* sagte sie begeistert. *„Das ist das Schöne an der Schauspielerei",* stimmte einer ihrer Freunde zu. *„Es ist eine ständige Reise der Selbstentdeckung. Du lernst nicht nur über die Charaktere, die du spielst, sondern auch über dich selbst."* Madita nickte zustimmend und spürte, dass sie auf dem richtigen Weg war. Nach einigen Monaten intensiver Arbeit und Vorbereitung erhielt Madita schließlich die Gelegenheit, an einem Casting für ein regionales Theaterstück teilzunehmen, das in einer größeren Stadt aufgeführt werden sollte. *„Das ist meine Chance!",* dachte sie aufgeregt. *„Ich muss mein Bestes geben und zeigen, was ich kann."* Die Vorbereitungen für das Casting waren hektisch. Madita übte ihre Szenen unermüdlich und bereitete sich auf die Fragen vor, die die Regisseurin stellen könnte. *„Ich werde authentisch sein und meine Leidenschaft zeigen",* sagte sie sich, während sie vor dem Spiegel ihre Monologe wiederholte. Der Tag des Castings kam schneller als erwartet. Madita fühlte sich nervös, als sie das Theater betrat und die Atmosphäre der großen Bühne spürte. *„Atme tief durch, du kannst das"*, redete sie sich gut zu, während sie auf ihren Auftritt wartete. Als sie schließlich aufgerufen wurde, trat sie auf die Bühne und ließ das Licht auf ihr Gesicht scheinen. Die Regisseurin saß mit einem Notizblock in der ersten Reihe, und Madita begann, ihre Szene zu spielen. Sie fühlte sich lebendig und präsent. Jedes Wort, jede Bewegung war durchdrungen von der Leidenschaft, die sie für das Theater empfand. Nach ihrer Darbietung spürte Madita, dass sie alles gegeben hatte. *„Ich habe mein Bestes getan, und ich kann stolz auf mich sein"*, dachte sie, als sie die Bühne verließ. Die Regisseurin nickte anerkennend, und Madita fühlte sich erleichtert. In den folgenden Tagen wartete sie gespannt auf die Rückmeldung. *„Egal, wie es ausgeht, ich habe es versucht und mein Bestes gegeben"*, sagte sie sich, um sich zu beruhigen. Die Unterstützung ihrer Freunde war in dieser Zeit unbezahlbar. *„Egal was passiert, wir sind stolz auf dich"*, hatten sie ihr gesagt und sie ermutigt, an sich selbst zu glauben. Die Nachricht kam schließlich: Madita hatte die Rolle bekommen! *„Ich kann es kaum glauben!"*, rief sie aus, als sie den Anruf erhielt. Die Freude überkam sie, und sie konnte nicht anders, als zu lachen und zu weinen. In diesem Moment wusste sie, dass all die harte Arbeit und das Engagement sich ausgezahlt hatten.

Bei einem Treffen mit ihren Freunden feierte Madita diesen großartigen Erfolg. *„Das ist erst der Anfang, Madita! Du hast dir diese Chance verdient",* sagte Anna und umarmte sie fest. Madita spürte, wie die Unterstützung ihrer Freunde sie weiter anspornte, ihre Träume zu verfolgen. Die Proben für das neue Stück begannen bald, und Madita war aufgeregt, mit einer neuen Gruppe von talentierten Schauspielern zu arbeiten. *„Ich bin bereit für diese neue Herausforderung und die Möglichkeiten, die sich mir bieten",* dachte sie, als sie sich auf die erste Probe vorbereitete. In den kommenden Wochen tauchte sie tief in die Rolle ein. Die Charaktere waren vielschichtig, und Madita genoss es, die verschiedenen Facetten ihrer Figur zu erkunden. *„Es ist faszinierend, wie vielschichtig die menschliche Natur ist. Ich möchte diese Komplexität auf die Bühne bringen",* reflektierte sie während der Proben. Die Arbeit an dem neuen Stück war intensiv, aber Madita fühlte sich lebendig. Sie entdeckte neue Techniken, die ihre Darstellung noch authentischer machten. Mit jeder Probe wuchs ihr Selbstvertrauen, und sie wusste, dass sie bereit war, ihr Publikum zu begeistern. Als die Premiere näher rückte, spürte Madita eine Mischung aus Aufregung und Nervosität. *„Das ist mein Moment, und ich werde ihn nutzen",* sagte sie sich entschlossen. Sie wusste, dass sie nicht nur für sich selbst, sondern auch für die Menschen, die sie unterstützten, auf die Bühne gehen würde.

Kapitel 60: Der Weg geht weiter

Madita wusste, dass dies erst der Anfang war. Die Welt des Theaters war voller Herausforderungen und Möglichkeiten, und sie war bereit, jeden Schritt zu gehen. Mit der Unterstützung ihrer Familie, ihrer Freunde und ihrer eigenen Entschlossenheit war sie davon überzeugt, dass sie alles erreichen konnte, was sie sich vornahm. So lebte Madita in der Gewissheit, dass ihre Träume greifbar waren und dass der Weg, den sie gewählt hatte, sie zu aufregenden neuen Abenteuern führen würde. Die Bühne wartete auf sie, und sie wusste, dass sie bereit war, ihre Geschichte zu erzählen. Madita stand auf der Bühne des neuen Theaters, das sich in der pulsierenden Innenstadt befand. Die Aufregung in der Luft war spürbar, als sie mit ihren Kollegen für die erste Probe des Stücks zusammenkam. *„Das hier ist nicht nur eine Aufführung, das ist eine Chance, meine Stimme zu finden und mich weiterzuentwickeln"*, dachte sie, während sie sich auf die bevorstehenden Szenen vorbereitete. Die ersten Proben waren intensiv, und Madita stellte schnell fest, dass die Dynamik der neuen Gruppe ganz anders war als bei ihren vorherigen Erfahrungen. Die Schauspieler waren talentiert, und jeder brachte eine eigene Perspektive und Energie in die Arbeit ein. *„Das wird eine interessante Reise",* dachte Madita und spürte, wie ihre Kreativität angeregt wurde. Die Regisseurin, eine erfahrene Künstlerin, hatte eine klare Vision für das Stück und forderte viel von jedem Darsteller. *„Wir müssen sicherstellen, dass jede Emotion echt und nachvollziehbar ist",* erklärte sie bei den ersten Proben. Madita wusste, dass dies eine Gelegenheit war, sich weiterzuentwickeln und an ihren Fähigkeiten zu feilen. *„Ich möchte nicht nur die Rolle spielen, ich möchte die Zuschauer mit meiner Darstellung fesseln",* sagte sie sich, während sie an ihrer Charakterstudie arbeitete. Sie verbrachte viele Stunden damit, ihre Figur zu analysieren, ihre Motivationen zu verstehen und die Emotionen, die sie durchlebte, nachzuvollziehen. *„Es geht darum, die Wahrheit hinter jeder Zeile zu finden",* reflektierte sie während der Proben. Die Wochen vergingen, und die Premiere rückte näher. Madita fühlte sich zunehmend sicherer in ihrer Rolle und entwickelte eine tiefere Verbindung zu ihren Mitspielern. *„Wir sind ein Team, und zusammen werden wir das Publikum berühren",* dachte sie, als sie die Szenen durchspielten und die

Chemie zwischen den Charakteren aufblühte. Eines Abends, nach einer besonders erfolgreichen Probe, saß Madita mit einigen ihrer Kollegen in einem Café, um zu feiern. *„Ich kann es kaum erwarten, das Publikum zu sehen! Es wird aufregend sein, unsere Arbeit zu präsentieren"*, sagte einer ihrer Mitspieler. Madita fühlte sich von der Vorfreude ihrer Kollegen angesteckt und spürte, wie ihr Herz vor Aufregung hüpfte. *„Ich bin so dankbar, dass ich diese Gelegenheit habe. Ich habe das Gefühl, dass wir etwas Besonderes schaffen"*, sagte Madita und sah in die Gesichter ihrer Freunde. Die Unterstützung, die sie erhielt, gab ihr das Gefühl, dass sie nicht alleine war auf ihrem Weg. Je näher die Premiere rückte, desto mehr reflektierte Madita über die Reise, die sie bis zu diesem Punkt gemacht hatte. *„Ich habe so viele Hürden überwunden und bin gewachsen, nicht nur als Schauspielerin, sondern auch als Mensch"*, dachte sie, während sie über ihre Erfahrungen nachdachte. *„Jede Herausforderung hat mich stärker gemacht, und ich bin bereit, die nächste zu meistern."* Am Abend der Premiere war das Theater bis auf den letzten Platz gefüllt. Madita spürte die Aufregung in der Luft, als sie und ihre Kollegen sich backstage sammelten. Sie atmete tief durch und erinnerte sich an all die Menschen, die sie unterstützt hatten. *„Ich mache das für mich und für all die, die an mich glauben"*, sagte sie sich und fühlte sich gestärkt. Als der Vorhang sich hob und das Licht auf sie fiel, wusste Madita, dass dies ihr Moment war. Sie trat auf die Bühne und ließ sich von der Energie des Publikums mitreißen. Die ersten Szenen verliefen reibungslos, und sie fühlte sich lebendig, während sie die Emotionen ihrer Rolle durchlebte. Die Reaktionen des Publikums waren überwältigend. Madita spürte, wie die Zuschauer mit ihrer Darbietung verbunden waren, und das gab ihr noch mehr Kraft. *„Das ist es, was Theater ausmacht – die Möglichkeit, Menschen zu berühren und sie auf eine emotionale Reise mitzunehmen",* reflektierte sie während der Aufführung. Als das Stück zu Ende ging und der Vorhang fiel, brach das Publikum in einen donnernden Applaus aus. Madita fühlte sich, als würde ihr Herz überlaufen. Die Freude über den gelungenen Abend war unbeschreiblich, und die Bestätigung durch das Publikum war überwältigend. Backstage versammelten sich die Darsteller, um den Erfolg zu feiern. *„Ihr wart fantastisch! Das Publikum war begeistert!",* rief einer ihrer Kollegen. Madita strahlte vor Freude und wusste, dass sie gemeinsam etwas Besonderes geschaffen hatten. In den Wochen nach der Premiere setzte Madita ihre Arbeit an dem Stück fort und erhielt viel positives Feedback von ihren Kollegen und vom Publikum. *„Ich habe das Gefühl, dass ich mich weiterentwickle und wachse. Es ist, als* *würde ich eine neue Dimension meiner selbst entdecken",* dachte sie und spürte die Motivation, weiterhin an sich zu arbeiten. Die Herausforderungen, die sie während der Proben erlebt hatte, hatten sie gelehrt, dass das Theater eine ständige Reise war. *„Ich muss immer bereit sein, dazuzulernen und mich weiterzuentwickeln",* sagte sie sich und nahm sich vor, an Workshops und weiteren Aufführungen teilzunehmen. Eines Tages kam ein Produzent zu einer Aufführung, und Madita erhielt die Möglichkeit, an einem Workshop für ein zukünftiges Filmprojekt teilzunehmen. *„Das ist eine Chance, die ich nicht verpassen darf!",* dachte sie aufgeregt. *„Ich kann es kaum erwarten, meine Fähigkeiten in einem neuen Medium auszuprobieren."* Die Vorbereitungen für den Workshop waren intensiv, und Madita arbeitete hart, um sich auf die neuen Herausforderungen vorzubereiten. *„Das ist eine ganz andere Welt, aber ich denke, ich bin bereit",* sagte sie sich und spürte, wie ihre Aufregung und Vorfreude wuchsen. Der Tag des Workshops war gekommen, und Madita betrat den Raum mit einer Mischung aus Nervosität und Entschlossenheit. Sie war bereit, sich den neuen Herausforderungen zu stellen und ihre Fähigkeiten weiter auszubauen. *„Ich werde mein Bestes geben und alles, was ich gelernt habe, einbringen",* dachte sie, während sie sich auf die Übungen konzentrierte.

Die Erfahrung im Workshop war lehrreich und inspirierend. Madita lernte viel über das Filmemachen, die verschiedenen Techniken und die Zusammenarbeit mit Kameraleuten und Regisseuren. *„Es ist faszinierend, wie unterschiedlich die Herangehensweisen sind, aber das Ziel bleibt dasselbe – Geschichten zu erzählen",* reflektierte sie während der Übungen. In den folgenden Wochen erhielt Madita immer mehr Möglichkeiten, an verschiedenen Projekten zu arbeiten. *„Ich kann es kaum glauben, wie schnell sich alles entwickelt. Es ist, als würde sich ein neuer Horizont für mich öffnen",* dachte sie, während sie an ihren neuen Rollen arbeitete. Die Unterstützung ihrer Freunde und Familie war weiterhin von unschätzbarem Wert. *„Wir glauben an dich, Madita! Du wirst es weit bringen",* hatten sie ihr immer wieder gesagt und damit ihr Vertrauen bestärkt.

Kapitel 61: Maditas erster Freund

Inmitten all der aufregenden Entwicklungen in Maditas Karriere begann sie, sich auch in der Liebe zu orientieren. Während einer der Proben für ein neues Stück begegnete sie Lukas, einem talentierten Schauspieler, der ebenfalls Teil der Theatertruppe war. Er war charmant, witzig und hatte eine Leidenschaft für das Theater, die Madita sofort faszinierte. Die beiden verstanden sich auf Anhieb gut. Sie verbrachten viel Zeit miteinander, sowohl bei den Proben als auch außerhalb. Lukas brachte Madita zum Lachen und half ihr, den Druck, den sie manchmal verspürte, zu vergessen. *„Ich finde es toll, wie du in deiner Rolle aufgehst. Du bringst so viel Energie und Emotion mit!"*, sagte Lukas eines Abends nach einer Probe. Madita fühlte sich geschmeichelt und gleichzeitig von seinen Worten motiviert. Bald darauf begannen sie, sich auch außerhalb des Theaters zu treffen. Sie gingen zusammen ins Kino, besuchten Kunstausstellungen und entdeckten gemeinsam die Stadt. Madita fühlte sich mit Lukas verbunden, und es war eine aufregende Zeit voller neuer Erfahrungen und Entdeckungen. Madita und Lukas genossen ihre gemeinsame Zeit in vollen Zügen. Jeder Ausflug, jede Unterhaltung schien ihre Verbindung zu vertiefen. *„Es* *ist so schön, jemanden zu haben, der meine Leidenschaft für das Theater teilt"*, dachte Madita, während sie mit Lukas durch die Straßen der Stadt schlenderte. Die frische Luft und das Lächeln auf seinem Gesicht machten sie glücklich. Eines Abends, nach einer langen Probe, saßen sie in einem kleinen Café und teilten sich ein Stück Kuchen. *„Weißt du, ich habe das Gefühl, dass wir bei der nächsten Aufführung etwas ganz Besonderes schaffen werden"*, sagte Lukas und nahm einen Bissen. Madita nickte. *„Ja, ich kann es kaum erwarten, das Publikum zu sehen! Aber ich bin auch ein bisschen nervös"*, gestand sie. *„Das ist normal. Aber du bist so talentiert, Madita. Du wirst das großartig machen. Und ich werde da sein, um dich anzufeuern"*, sagte Lukas mit einem ermutigenden Lächeln. Diese Worte berührten Madita und gaben ihr ein Gefühl von Sicherheit. Es war beruhigend, jemanden zu wissen, der an sie glaubte und sie unterstützte. Die Wochen vergingen, und ihre Beziehung entwickelte sich weiter. Sie verbrachten immer mehr Zeit miteinander und lernten sich auf verschiedenen Ebenen kennen. Lukas war nicht nur charmant, sondern auch einfühlsam. Er hörte ihr zu, wenn sie über ihre Ängste und Träume sprach, und gab ihr wertvolle Ratschläge. *„Du solltest niemals an dir selbst zweifeln. Du hast das Talent und die Leidenschaft, die es braucht"*, sagte er oft. Madita fühlte sich bei ihm wohl und konnte sie selbst sein. *„Es ist so erfrischend, jemanden zu haben, mit dem ich über alles sprechen kann"*, dachte sie, während sie gemeinsam im Park spazieren gingen. Die Gespräche waren tiefgründig, und sie entdeckten viele gemeinsame Interessen. Eines Abends, während sie auf einer Bank saßen und den Sonnenuntergang betrachteten, nahm Lukas ihre Hand. *„Weißt du, ich mag dich wirklich sehr, Madita. Du bist eine wunderbare Person, und ich finde es toll, wie leidenschaftlich du für das Theater bist"*, gestand er. Madita spürte, wie ihr Herz einen Sprung machte. *„Das bedeutet mir viel, Lukas. Ich mag dich auch"*, antwortete sie schüchtern und lächelte. Dieser Moment fühlte sich magisch an, und Madita wusste, dass sie sich in Lukas verliebte. Die Verbindung, die sie teilten, war etwas Besonderes. Es war nicht nur die gemeinsame Leidenschaft für das Theater, sondern auch die Art, wie sie sich gegenseitig unterstützten und inspirierten. In den folgenden Wochen verbrachten sie viel Zeit miteinander. Sie besuchten eine Theateraufführung in einer anderen Stadt und diskutierten die verschiedenen Inszenierungen. *„Ich liebe es, wie du die Details beobachtest. Du hast ein Auge für die kleinen Dinge"*, sagte Lukas. Madita fühlte sich geschmeichelt. *„Das kommt von meiner Liebe zum Theater"*, erwiderte sie mit einem Lächeln. Die

Proben für ihr aktuelles Stück liefen gut, und Madita spürte, dass sie sich weiterentwickelte. Lukas war eine große Unterstützung, und sie motivierten sich gegenseitig, ihr Bestes zu geben. *„Lass uns gemeinsam an unseren Szenen arbeiten. Ich denke, wir können noch mehr aus unseren Charakteren herausholen",* schlug Madita vor. *„Das klingt nach einem Plan!",* stimmte Lukas begeistert zu. Eines Nachmittags, während sie in einem Park an ihren Texten arbeiteten, bemerkte Madita, wie intensiv Lukas seine Rolle spielte. *„Du hast so viel Talent, Lukas. Ich bewundere, wie du dich in deine Figur vertiefst",* sagte sie. Er lächelte bescheiden. *„Es ist leicht, wenn man mit jemandem zusammenarbeitet, der einem so viel Inspiration gibt",* erwiderte er. Madita spürte, wie ihr Herz einen weiteren Sprung machte. Die Premiere des Stücks rückte näher, und die Aufregung war greifbar. Madita war sowohl nervös als auch aufgeregt. *„Ich möchte, dass das Publikum unsere Leidenschaft spürt",* dachte sie. Lukas bemerkte ihre Nervosität und legte ihr beruhigend eine Hand auf den Rücken. *„Du wirst das großartig machen. Denk daran, dass du nicht allein bist. Ich bin da",* sagte er. Am Abend der Premiere waren die Lichter des Theaters hell erleuchtet, und das Publikum füllte die Ränge. Madita spürte das Adrenalin in ihren Adern, als sie sich backstage aufstellten. *„Das ist unser Moment",* flüsterte Lukas, und sie nickte, während sie tief durchatmete. Als der Vorhang sich hob und das Licht auf die Bühne fiel, fühlte Madita eine Welle der Energie durch ihren Körper strömen. Sie trat auf die Bühne und ließ sich von der Atmosphäre und dem Publikum mitreißen. Ihre Performance war lebhaft und emotional, und sie spürte die Verbindung zu Lukas, der an ihrer Seite spielte. Nach der Aufführung waren die Reaktionen des Publikums überwältigend. *„Ihr wart fantastisch! Das Publikum war begeistert!",* riefen die Kollegen hinter der Bühne. Madita und Lukas umarmten sich, und die Freude über den gelungenen Abend war unbeschreiblich. *„Wir haben es geschafft!",* rief Madita aus und fühlte sich voller Glück. Nach der Premiere feierten sie mit der gesamten Theatertruppe. Madita fühlte sich umgeben von Freunden und Menschen, die an sie glaubten. *„Das war eine unglaubliche Erfahrung",* sagte sie zu Lukas, während sie anstoßen. *„Ich bin so froh, dass wir das gemeinsam gemacht haben."* Die Wochen vergingen, und Maditas Beziehung zu Lukas vertiefte sich weiter. Sie lernten nicht nur als Schauspieler, sondern auch als Partner voneinander. *„Es ist erstaunlich, wie viel wir gemeinsam haben",* sagte Madita eines Abends, als sie über ihre Träume sprachen. Lukas nickte. *„Ich glaube, wir können uns gegenseitig wirklich unterstützen, während wir unsere Karrieren im Theater verfolgen",* meinte er. Sie sprachen darüber, wie wichtig es war, einander zu ermutigen und die Herausforderungen gemeinsam zu meistern. *„Wir sollten uns gegenseitig helfen, die besten Schauspieler zu werden, die wir sein können"*, schlug Lukas vor. Madita stimmte zu und war begeistert von der Idee, ihre Leidenschaft und ihr Engagement für das Theater zu teilen. In den kommenden Monaten arbeiteten sie weiterhin an ihren jeweiligen Rollen und Projekten, während sie ihre Beziehung vertieften. Madita fühlte sich unterstützt und inspiriert von Lukas, und sie wusste, dass sie in ihm nicht nur einen Partner, sondern auch einen besten Freund gefunden hatte. *„Ich bin so dankbar für diese Zeit, die ich mit dir verbringen darf"*, sagte Madita eines Abends, während sie zusammen auf einer Bank im Park saßen und den Sonnenuntergang betrachteten. Lukas lächelte, und seine Augen funkelten. *„Ich auch, Madita. Du bist eine unglaubliche Person, und ich freue mich auf all die Abenteuer, die noch vor uns liegen"*, antwortete er. Madita wusste, dass ihre Reise im Theater gerade erst begonnen hatte, und sie war bereit, sich den Herausforderungen zu stellen, die auf sie warteten – sowohl auf der Bühne als auch in ihrem persönlichen Leben mit Lukas an ihrer Seite. Die Zukunft war voller Möglichkeiten, und sie war entschlossen, jeden Moment zu nutzen, um ihre

Träume zu verwirklichen und die Liebe zu genießen, die sie gefunden hatte.

Kapitel 62: Die Herausforderungen einer ersten Beziehung

Trotz der Freude über ihre neue Beziehung gab es auch Herausforderungen. Madita war sich nicht sicher, wie sie ihre Karriere und ihr Privatleben in Einklang bringen sollte. Die Proben waren oft lang, und die Anforderungen der Theatertruppe verlangten viel Zeit und Energie. Eines Abends saßen Madita und Lukas in einem kleinen Café und sprachen über ihre Hoffnungen und Ängste. *„Es ist manchmal schwierig, alles unter einen Hut zu bringen. Ich möchte meine Karriere vorantreiben, aber ich möchte auch Zeit mit dir verbringen"*, gestand Madita. *„Das verstehe ich. Aber ich unterstütze dich in allem, was du tust. Lass uns einfach offen miteinander kommunizieren und einen Weg finden, damit umzugehen"*, antwortete Lukas, während er ihre Hand hielt. Madita fühlte sich erleichtert, dass Lukas so verständnisvoll war. Sie wusste, dass sie gemeinsam an ihrer Beziehung arbeiten konnten, während sie ihre individuellen Ziele verfolgten. Madita blickte in Lukas' Augen und fühlte sich von seinen Worten getröstet. *„Es ist beruhigend, dass du so verständnisvoll bist. Manchmal habe ich das Gefühl, dass ich zwischen meiner Karriere und unserer Beziehung hin und her gerissen bin"*, gestand sie und ließ ihren Kopf leicht sinken. *„Ich verstehe, dass das nicht einfach ist. Aber ich denke, es ist wichtig, dass wir uns gegenseitig unterstützen und uns die Zeit geben, die wir brauchen. Wir können nicht immer alles perfekt unter einen Hut bringen, und das ist in Ordnung"*, sagte Lukas und drückte sanft ihre Hand. Madita nickte und dachte darüber nach, was er sagte. Sie wusste, dass die Theaterproben oft lange Stunden in Anspruch nahmen, und manchmal blieb nicht viel Zeit für persönliche Angelegenheiten. *„Ich möchte nicht, dass unsere Beziehung leidet, nur weil wir beide so beschäftigt sind"*, murmelte sie. Lukas lächelte beruhigend. *„Wir müssen Prioritäten setzen und uns Zeit füreinander nehmen, auch wenn es nur kleine Momente sind. Lass uns versuchen, die Zeit, die wir haben, bestmöglich zu nutzen"*, schlug er vor. Madita war dankbar für seine positive Einstellung und wusste, dass sie an ihrer Beziehung arbeiten konnten, während sie auch an ihren individuellen Zielen festhielten. In den folgenden Wochen setzten Madita und Lukas ihre Gespräche fort und fanden Wege, ihre Zeit miteinander zu planen. Sie vereinbarten regelmäßige *„Date Nights"*, an denen sie einfach nur zusammen sein und die Gesellschaft des anderen genießen konnten, ohne sich um die Anforderungen des Theaters kümmern zu müssen. *„Das wird uns helfen, die Verbindung aufrechtzuerhalten"*, dachte Madita und war begeistert von der Idee. Die Proben für das neue Stück liefen intensiv, und Madita spürte den Druck, ihre Leistung zu maximieren. *„Ich möchte sicherstellen, dass ich meine Rolle voll und ganz ausfülle"*, dachte sie, während sie sich darauf vorbereitete. Lukas war ebenfalls beschäftigt und hatte eigene Proben für ein anderes Stück. *„Wir müssen uns gegenseitig unterstützen, egal wie hektisch es wird"*, sagte sie sich. Eines Abends, nach einer langen Probe, saß Madita in ihrem Zimmer und überprüfte ihre Notizen. Sie war erschöpft, aber auch aufgeregt über die Fortschritte, die sie gemacht hatte. Plötzlich erhielt sie eine Nachricht von Lukas. *„Hey, wie lief die Probe? Hast du Lust, später einen Spaziergang zu machen?"*, schrieb er. Madita lächelte und fühlte sich sofort besser. *„Klar, ich komme gleich vorbei!"* Während des Spaziergangs unter dem Sternenhimmel sprachen sie über ihre Rollen und die Herausforderungen, die sie bewältigen mussten. *„Es ist so schön, nach einem langen Tag einfach hier draußen zu sein, mit dir zu reden"*, sagte Lukas, während sie Hand in Hand gingen. Madita spürte, wie der Druck des Tages von ihr abfiel, als sie in seiner

Nähe war. „Ich denke, wir müssen uns einfach gegenseitig daran erinnern, warum wir das tun. Wir lieben das Theater, und wir lieben uns", sagte Lukas. Diese Worte berührten Madita, und sie fühlte sich ermutigt, ihre Sorgen hinter sich zu lassen. „Ich bin so froh, dass wir uns haben", antwortete sie und zog ihn näher zu sich. Doch trotz ihrer Bemühungen gab es Tage, an denen die Balance zwischen Arbeit und Beziehung schwierig blieb. Manchmal fühlte sich Madita gestresst, wenn sie versuchte, alles unter einen Hut zu bringen. „Ich hoffe, ich enttäusche dich nicht, indem ich nicht genug Zeit für uns finde", sagte sie eines Abends, als sie in ihrem Zimmer saßen und die Lichter dimmten. „Du enttäuschst mich nicht. Ich weiß, wie wichtig dir deine Karriere ist. Es ist nur eine Phase, und wir werden das durchstehen", beruhigte Lukas sie. Er nahm ihre Hände und sah ihr in die Augen. „Wir müssen einfach geduldig sein und offen miteinander kommunizieren. Das ist der Schlüssel." Madita nickte und versuchte, sich auf das Positive zu konzentrieren. „Du hast recht. Ich muss mir auch Zeit für mich selbst nehmen", dachte sie und beschloss, ihren eigenen Stress besser zu managen. Sie begann, kleine Rituale in ihren Alltag einzuführen, um sich abzulenken und zu entspannen. Meditation, Lesen und Spaziergänge halfen ihr, ihre Gedanken zu klären. Trotz der Herausforderungen, die sie erlebten, wuchs ihre

Beziehung weiter. Madita lernte, dass Kommunikation der Schlüssel war, und sie fühlte sich immer mehr in der Lage, ihre Ängste und Sorgen offen mit Lukas zu teilen. *„Ich schätze es, dass ich so ehrlich mit dir sein kann"*, sagte sie einmal, während sie zusammen in einem Café saßen. *„Das ist das Schönste an unserer Beziehung. Wir können alles miteinander besprechen, ohne Angst vor dem Urteil zu haben"*, erwiderte er und lächelte. Diese Gespräche stärkten das Vertrauen zwischen ihnen und halfen Madita, sich weniger allein zu fühlen. Mit der Zeit fanden sie ein Gleichgewicht, und Madita begann, die Herausforderungen als Teil ihrer Reise zu akzeptieren. *„Es ist in Ordnung, nicht immer alles perfekt zu machen. Wir sind beide auf unserem eigenen Weg, und das ist okay"*, dachte sie und spürte, wie sich der Druck langsam auflöste. Eines Abends, nach einer besonders erfolgreichen Probe, saßen sie auf der Bühne und schauten sich die leeren Plätze an. *„Wir haben hier so viel durchgemacht. Ich bin wirklich stolz auf uns"*, sagte Lukas. Madita nickte und fühlte sich glücklich. *„Ich auch. Ich denke, wir sind stärker geworden"*, antwortete sie. In dieser Nacht, als sie Hand in Hand auf der Bühne saßen, wusste Madita, dass sie und Lukas die Herausforderungen einer ersten Beziehung meistern konnten. Sie hatten viel über sich selbst und übereinander gelernt, und trotz der Schwierigkeiten waren sie entschlossen, sich gegenseitig zu unterstützen und ihre Träume zu verfolgen.

Kapitel 63: Sarah und Manuel – Eine neue Zeit für sich

Während Madita ihre ersten Schritte in der Liebe tat, hatten Sarah und Manuel wieder mehr Zeit für sich selbst. Nachdem sie sich lange auf Maditas Ausbildung und deren Bedürfnisse konzentriert hatten, wollten sie ihre eigenen Interessen und Hobbys wiederentdecken. Eines Wochenendes beschlossen sie, einen Kurzurlaub in die Berge zu machen. *„Es wird Zeit, dass wir wieder etwas Zeit nur für uns haben"*, sagte Sarah, während sie die Koffer packte. Der Aufenthalt in der Natur war erfrischend. Sie wanderten durch die Wälder, genossen die frische Luft und hatten die Gelegenheit, sich über ihre Träume und Pläne auszutauschen. *„Ich denke, wir sollten auch mehr Zeit in unsere eigenen Hobbys investieren. Ich würde gerne wieder mit dem Malen anfangen"*, sagte Sarah. *„Das klingt großartig! Und ich möchte mehr über Fotografie lernen. Wir sollten uns gegenseitig unterstützen"*, antwortete Manuel. Die Zeit, die sie gemeinsam verbrachten, stärkte ihre Beziehung und half ihnen, ihre Verbindung zueinander zu vertiefen. Sie waren glücklich, wieder eine Balance zwischen ihren eigenen Interessen und der Unterstützung ihrer Tochter gefunden zu haben. Die frischen Bergluft und die atemberaubende Aussicht auf die umliegenden Gipfel taten Sarah und Manuel gut. Es war eine willkommene Abwechslung vom Alltag, der oft von den Bedürfnissen ihrer Tochter Madita bestimmt wurde. *„Ich liebe die Berge. Es ist so friedlich hier"*, sagte Sarah, während sie den Blick über das Tal schweifen ließ. *„Ja, es ist wie eine Auszeit vom ganzen Trubel. Man vergisst, wie wichtig es ist, sich Zeit für sich selbst zu nehmen"*, stimmte Manuel zu, während er sein Handy zückte, um ein paar Fotos von der Landschaft zu machen. *„Ich kann es kaum erwarten, mit der Fotografie zu beginnen. Es gibt so viel Schönheit hier, die ich festhalten möchte."* Sie wanderten gemeinsam auf den markierten Pfaden und genossen die Stille der Natur. *„Weißt du, ich habe in letzter Zeit oft darüber nachgedacht, was wir für uns selbst tun können"*, sagte Sarah nach einer Weile. *„Es ist leicht, sich in der Rolle der Eltern zu verlieren und die eigenen Interessen zu vernachlässigen."* Manuel nickte. *„Wir sollten uns wirklich wieder auf das konzentrieren, was uns Freude bereitet. Das Malen und die Fotografie sind perfekte Möglichkeiten, um unsere Kreativität wieder zu beleben"*, meinte er. *„Und ich würde dir gerne beim*

Malen helfen. Vielleicht könnten wir sogar gemeinsam eine Ausstellung planen." Sarahs Augen leuchteten. „Das wäre fantastisch! Wir könnten unsere Werke zusammenstellen und vielleicht ein kleines Event in der Stadt organisieren. Es wäre eine großartige Möglichkeit, unsere Talente zu zeigen und uns mit anderen Künstlern zu vernetzen." Die Idee, ihre Hobbys miteinander zu kombinieren, inspirierte sie beide. „Lass uns eine Liste von Themen erstellen, die wir malen oder fotografieren möchten. Vielleicht könnten wir auch einen kreativen Tag einrichten, an dem wir einfach drauflos malen und fotografieren", schlug Manuel vor. Am nächsten Tag, nach einem ausgiebigen Frühstück in der Berghütte, machten sie sich auf den Weg zu einem malerischen See, der in der Nähe lag. „Ich habe gehört, dass der Sonnenuntergang hier spektakulär sein soll", sagte Manuel, während sie den Wanderweg entlanggingen. Sarah schnappte sich ihre Malutensilien und eine Kamera, bereit, die Schönheit der Natur festzuhalten. Als sie den See erreichten, waren sie überwältigt von der ruhigen Atmosphäre und dem klaren Wasser, das die umliegenden Berge spiegelte. „Wow, schau dir das an! Das Licht ist perfekt", rief Manuel begeistert und begann, Fotos zu machen. Sarah setzte sich auf einen nahegelegenen Stein, öffnete ihre Farben und begann zu malen. Die Farben des Himmels, die sich allmählich veränderten, inspirierten sie, und sie verlor sich in der Malerei. *„Es tut so gut, wieder hier zu sein, einfach zu schaffen",* sagte sie leise zu sich selbst. Manuel beobachtete sie für einen Moment, glücklich, sie so in ihrem Element zu sehen. *„Du bist wirklich talentiert, Sarah. Ich liebe es, wie du die Farben zum Leben erweckst",* kommentierte er und hielt die Kamera bereit, um diesen Moment festzuhalten. *„Danke! Es bedeutet mir viel, das von dir zu hören. Ich habe so lange nicht mehr gemalt. Es fühlt sich an, als würde ich einen Teil von mir zurückgewinnen",* antwortete sie und lächelte. Sie verbrachten den Nachmittag damit, gemeinsam zu schaffen – Sarah malte, während Manuel die Umgebung mit seiner Kamera einfangen wollte. Der Sonnenuntergang war atemberaubend, und die Farben des Himmels verwandelten sich in ein lebhaftes Schauspiel, das sowohl die Malerin als auch den Fotografen inspirierte. *„Das ist der perfekte Abschluss für unseren Tag",* sagte Manuel, als die Sonne hinter den Bergen verschwand. Der Himmel war in sanfte Rosa- und Orangetöne getaucht, und Sarah hielt inne, um den Anblick zu genießen. *„Ich bin so dankbar, dass wir diese Zeit zusammen verbringen können. Es ist so wichtig, dass wir uns die Zeit nehmen, um uns neu zu entdecken",* sagte sie. *„Ja, und ich freue mich darauf, das auch nach unserem Urlaub fortzusetzen. Lass uns einen regelmäßigen Kreativtag* einrichten, an dem wir einfach zusammen schaffen können", schlug Manuel vor. *„Das klingt nach einem Plan! Und ich möchte auch, dass wir mehr Zeit mit Madita verbringen, um sie in unsere kreativen Projekte einzubeziehen. Vielleicht könnte sie uns bei der Ausstellung unterstützen und sogar ihre eigenen Werke präsentieren"*, fügte Sarah hinzu. *„Das ist eine großartige Idee! Ich bin mir sicher, dass Madita auch Spaß daran hätte. Es wäre eine schöne Möglichkeit, unsere Familie noch näher zusammenzubringen"*, stimmte Manuel zu. Der Rest ihres Kurzurlaubs verlief in ähnlicher Weise. Sie erkundeten die Umgebung, fanden versteckte Plätze und genossen die gemeinsame Zeit. Als sie die Rückreise antraten, fühlten sie sich erfrischt und voller neuer Ideen. *„Dieser Ausflug war genau das, was wir gebraucht haben. Ich fühle mich, als hätten wir einen neuen Teil von uns selbst entdeckt"*, sagte Sarah mit einem Lächeln. *„Und das Beste ist, dass wir diese neue Zeit für uns selbst nicht nur für uns behalten, sondern auch in unser Familienleben integrieren können"*, erwiderte Manuel. Zurück in der Stadt setzten sie sich sofort daran, ihre Pläne zu konkretisieren. Sie erstellten eine Liste von Themen, die sie für ihre Kunstwerke umsetzen wollten, und begannen mit den Vorbereitungen für die geplante Ausstellung. *„Ich möchte, dass es ein Raum ist, in dem wir unsere*

Kreativität und unsere Liebe zu Kunst und Familie feiern können", sagte Sarah, während sie die ersten Skizzen für ihre Arbeiten anfertigte. Manuel war begeistert und machte Fotos von den Fortschritten, die sie machten. Die Wochen vergingen, und die Ausstellung nahm Gestalt an. Sie entschieden sich, den Titel *„Familienbande – Kunst und Kreativität"* zu wählen, um die Verbindung zwischen ihnen und die Bedeutung der Familie hervorzuheben. Als der Tag der Ausstellung endlich kam, waren sie sowohl aufgeregt als auch nervös. *„Es ist unser erster gemeinsamer Auftritt als Künstler. Ich hoffe, die Leute mögen unsere Arbeiten"*, sagte Sarah, während sie die letzten Details überprüfte. *„Egal, wie es läuft, ich bin stolz auf das, was wir geschaffen haben. Es ist ein Ausdruck von uns als Familie"*, beruhigte Manuel sie. Die Eröffnung war ein voller Erfolg. Freunde, Familie und sogar einige Bekannte aus der Theaterwelt kamen, um ihre Werke zu sehen. Madita war besonders stolz, ihre Eltern in diesem neuen Licht zu sehen und freute sich, dass sie Teil des kreativen Prozesses waren. *„Es ist so inspirierend zu sehen, wie ihr beide euch entwickelt habt"*, sagte sie und umarmte sie. Die positiven Rückmeldungen über die Kunstwerke ermutigten Sarah und Manuel, weiterhin aktiv zu bleiben und ihre kreativen Hobbys zu pflegen. *„Wir sollten das regelmäßig machen"*, sagte Manuel. *„Es ist wichtig,* *dass wir uns nicht nur als Eltern, sondern auch als Individuen weiterentwickeln."* Sarah stimmte zu. *„Ja, und ich denke, dass wir die nächste Ausstellung noch größer machen können. Wir können die Themen erweitern und vielleicht sogar Workshops anbieten."* Die Zeit, die sie in den Bergen verbracht hatten, hatte ihre Beziehung erneuert und ihnen die Kraft gegeben, ihre eigenen Interessen zu verfolgen. Sie waren glücklich, dass sie wieder einen Ausgleich zwischen ihrer Rolle als Eltern und ihren eigenen Hobbys gefunden hatten.

Kapitel 64: Maditas erste große Herausforderung in der Beziehung

Mit der Zeit wuchs die Beziehung zwischen Madita und Lukas, aber auch die Herausforderungen. Einige ihrer Kollegen in der Theatertruppe begannen, Gerüchte über Maditas Beziehung zu verbreiten. *„Hast du gehört, dass Madita nur wegen ihrer Beziehung zu Lukas in der Truppe ist?"*, hörte sie eine Kollegin sagen. Madita war enttäuscht und fühlte sich unter Druck gesetzt. Sie wusste, dass ihre Leistung im Theater auf ihren eigenen Fähigkeiten basierte, nicht auf ihrer Beziehung. Eines Abends, nach einer besonders harten Probe, sprach sie mit Lukas darüber. *„Es macht mich so wütend, dass die Leute so denken. Ich habe hart gearbeitet, um hier zu sein, und ich will, dass man mich für meine Talente anerkennt"*, gestand Madita. *„Lass dich nicht von den Meinungen anderer beeinflussen. Du bist talentiert und hast das Recht, hier zu sein. Wir müssen uns gegenseitig unterstützen und uns auf das konzentrieren, was für uns wichtig ist"*, sagte Lukas und nahm ihre Hand. Madita saß in der Umkleidekabine und starrte auf ihr Spiegelbild. Die Worte ihrer Kollegin hallten in ihrem Kopf wider: *„Sie ist nur hier, weil sie mit Lukas zusammen ist."* Es fühlte sich an, als würde ein schwerer Stein in ihrem Magen liegen. „*Wie können sie es wagen, so über mich zu sprechen?*", dachte sie frustriert. Nach der Probe hatte sie Lukas aufgesucht, um ihren Kummer zu teilen. „*Ich fühle mich, als ob ich nicht ernst genommen werde. Es ist, als würde alles, was ich erreicht habe, in Frage gestellt*", sagte sie und senkte den Blick, während sie versuchte, die Tränen zurückzuhalten. Lukas war sofort an ihrer Seite. „*Das ist unfair, Madita. Du bist so talentiert, und du hast dir deinen Platz in der Truppe hart erkämpft*", versicherte er ihr. Er nahm ihre Hand und schaute ihr direkt in die Augen. „*Wir wissen beide, dass du hier bist, weil du es verdienst. Lass dich nicht von den Meinungen anderer beeinflussen.*" Madita nickte, aber die Zweifel nagten weiterhin an ihr. „*Es ist nur schwer, sich auf die Aufführung zu konzentrieren, wenn ich ständig an die Gerüchte denken muss. Es macht mich wütend, dass sie versuchen, unsere Beziehung gegen mich zu verwenden*", gestand sie und spürte, wie sich der Druck auf ihre Brust legte. „*Ich verstehe das, aber lass uns das nicht zwischen uns stehen lassen*", sagte Lukas sanft. „*Wir müssen uns gegenseitig unterstützen und uns auf das konzentrieren, was für uns wichtig ist. Wenn du dich auf deine Leistung konzentrierst, wird das Publikum und die Regisseurin sehen, dass du talentiert bist.*" Madita atmete tief durch und versuchte, sich auf seine Worte zu konzentrieren. „*Du hast recht. Ich muss mich darauf konzentrieren, was ich kann, und nicht darauf, was andere denken. Aber es ist so frustrierend"*, sagte sie und ließ sich zurückfallen, um einen Moment zu entspannen. *„Wir können das zusammen durchstehen. Lass uns am Wochenende gemeinsam an unseren Rollen arbeiten. Ich bin sicher, das wird dir helfen, dich besser zu fühlen"*, schlug Lukas vor. Madita lächelte schwach. *„Das klingt nach einer großartigen Idee. Danke, dass du immer für mich da bist."* In den folgenden Tagen versuchte Madita, sich auf ihre Proben zu konzentrieren. Sie arbeitete hart an ihrer Rolle und bemühte sich, die negativen Gedanken beiseite zu schieben. Doch die Gerüchte schienen nicht abzureißen. Sie hörte immer wieder, wie Kollegen hinter ihrem Rücken tuschelten. *„Es ist frustrierend, dass ich so viel Arbeit investiere und trotzdem das Gefühl habe, dass es nicht anerkannt wird"*, dachte sie. Eines Abends, nach einer besonders harten Probe, entschloss sich Madita, das Thema mit ihrer Regisseurin, Frau Schneider, anzusprechen. *„Ich habe das Gefühl, dass es einige Missverständnisse in der Truppe gibt und dass meine Fähigkeiten in Frage gestellt werden"*, begann sie und schaute nervös auf den Boden. Frau Schneider sah sie an und schüttelte den Kopf. *„Madita, ich kann dir versichern, dass ich deine Leistung sehr schätze. Du bist eine talentierte Schauspielerin, und ich habe dich nicht wegen deiner*

Beziehung zu Lukas ausgewählt. Du bist hier, weil du es verdienst", antwortete sie mit fester Stimme. Madita fühlte sich etwas erleichtert, aber die Worte der anderen schwirrten immer noch in ihrem Kopf. „Ich weiß, dass ich hart gearbeitet habe, aber die Gerüchte machen es schwer, mich zu konzentrieren", gestand sie. „Ich verstehe. Es ist nicht einfach, mit solchen Situationen umzugehen. Aber lass dich nicht von den Meinungen anderer beeinflussen. Deine Kunst spricht für sich selbst. Konzentriere dich darauf, was du tust, und lass die anderen reden", riet Frau Schneider und lächelte aufmunternd. Madita nickte und verließ das Büro mit einem Gefühl der Entschlossenheit. „Ich werde mich nicht von den Gerüchten bremsen lassen. Ich werde zeigen, was ich kann", dachte sie und spürte, wie der Druck langsam von ihr abfiel. Als sie Lukas von ihrem Gespräch mit Frau Schneider erzählte, war er stolz auf sie. „Du hast das Richtige getan, Madita. Es ist wichtig, deine Stimme zu erheben und für dich selbst einzustehen", sagte er und umarmte sie fest. „Ich glaube an dich, und ich werde immer an deiner Seite stehen, egal was kommt." In den kommenden Wochen konzentrierte sich Madita auf ihre Proben und ließ die negativen Stimmen hinter sich. Sie arbeitete hart an ihrer Rolle und bemühte sich, die Emotionen, die ihre Figur durchlebte, authentisch darzustellen. „Ich werde die Zuschauer berühren, unabhängig von dem, was *andere denken",* sagte sie sich immer wieder. Die Premiere näherte sich, und Madita fühlte, wie ihre Nervosität in Aufregung umschlug. *„Ich gebe mein Bestes, und das ist alles, was zählt",* dachte sie, während sie ihre Szenen wiederholte. Am Abend der Premiere war das Theater bis auf den letzten Platz gefüllt. Madita spürte das Adrenalin in ihren Adern, als sie und Lukas sich backstage vorbereiteten. *„Das ist unser Moment. Lass uns zeigen, was wir können",* flüsterte er, und Madita nickte entschlossen. Als der Vorhang sich hob und das Licht auf sie fiel, fühlte Madita eine Welle der Energie durch ihren Körper strömen. Sie trat auf die Bühne und ließ sich von der Atmosphäre und dem Publikum mitreißen. Die ersten Szenen verliefen reibungslos, und sie spürte, wie die Zuschauer mit ihrer Darbietung verbunden waren. Als das Stück zu Ende ging und der Vorhang fiel, brach das Publikum in einen donnernden Applaus aus. Madita fühlte sich, als würde ihr Herz überlaufen. Die Freude über die gelungene Aufführung war unbeschreiblich, und die Bestätigung durch das Publikum war überwältigend. Backstage versammelten sich die Darsteller, um den Erfolg zu feiern. *„Ihr wart fantastisch! Das Publikum war begeistert!",* riefen die Kollegen, und Madita spürte den Stolz in sich aufsteigen. Sie hatte es geschafft, trotz der Herausforderungen, die ihr begegnet waren. In dieser

Nacht wusste Madita, dass sie nicht nur als Schauspielerin, sondern auch als Mensch gewachsen war. Sie hatte gelernt, sich nicht von den Meinungen anderer beeinflussen zu lassen und für sich selbst einzustehen. *„Ich bin hier, weil ich es verdiene, und niemand kann mir das nehmen"*, dachte sie und fühlte sich stark. Lukas kam zu ihr und umarmte sie fest. *„Ich bin so stolz auf dich! Du hast es wirklich geschafft, und du solltest dich dafür feiern"*, sagte er und lächelte. Madita wusste, dass sie gemeinsam jede Herausforderung meistern konnten, und dass ihre Beziehung stärker war als je zuvor.

Kapitel 65: Stärkung der Beziehung

Die Gespräche, die Madita und Lukas führten, halfen ihnen, ihre Beziehung zu stärken. Sie lernten, offen über ihre Gefühle zu sprechen und sich gegenseitig zu unterstützen, egal was passierte. Madita begann, sich mehr auf ihre Leistungen zu konzentrieren und weniger auf die negativen Kommentare ihrer Kollegen. Als sie sich auf die nächste Premiere vorbereiteten, spürte Madita, dass sie nicht nur als Künstlerin gewachsen war, sondern auch in ihrer Beziehung zu Lukas. Sie lernten, Herausforderungen gemeinsam zu bewältigen und sich gegenseitig zu motivieren. Die Wochen nach der Premiere waren für Madita und Lukas geprägt von intensiven Proben und einer wachsenden Verbindung zueinander. Sie hatten gelernt, dass ihre Beziehung nicht nur von den gemeinsamen Momenten auf der Bühne lebte, sondern auch von der Unterstützung, die sie sich im Alltag schenkten. Eines Abends, während sie in einem nahegelegenen Park spazieren gingen, sprachen sie über ihre Ziele für die kommende Aufführung. *„Ich möchte sicherstellen, dass ich die Emotionen meiner Figur vollständig erfasse. Es ist eine komplexe Rolle, und ich will, dass das Publikum mitfühlt",* erklärte Madita, während sie mit den Händen gestikulierend durch die kühle Abendluft schritt. *„Du* *wirst das schaffen, Madita. Du hast so viel Talent, und ich habe nie Zweifel daran gehabt, dass du diese Rolle meistern würdest*", sagte Lukas und sah sie bewundernd an. *„Ich denke, es ist wichtig, dass wir uns gegenseitig daran erinnern, wie stark wir sind.*" Madita lächelte und fühlte sich durch seine Worte bestärkt. *„Es hilft wirklich, jemanden an meiner Seite zu haben, der mich unterstützt. Ich denke, das ist auch ein Grund, warum ich mich in der letzten Aufführung so wohl gefühlt habe*", antwortete sie. In den folgenden Tagen arbeiteten sie weiterhin hart an ihren Rollen. Sie verbrachten viele Abende damit, Szenen zu proben und ihre Charaktere zu entwickeln. Dabei entdeckten sie, dass sie sich gegenseitig nicht nur als Partner in der Beziehung, sondern auch als kreative Partner in ihrer Kunst unterstützen konnten. *„Ich habe darüber nachgedacht, wie wir unsere Szenen noch intensiver gestalten könnten*", schlug Lukas eines Abends vor, während sie an einem Tisch in ihrem Lieblingscafé saßen. *„Was wäre, wenn wir ein bisschen mehr Improvisation einbauen? Das könnte uns helfen, die Emotionen noch authentischer zu zeigen.*" Madita nickte begeistert. *„Das ist eine großartige Idee! Ich denke, dass es uns helfen wird, die Chemie zwischen unseren Charakteren zu verstärken. Lass es uns versuchen!*" Ihre Augen leuchteten vor Aufregung, und sie fühlte sich inspiriert, neue Wege in ihrer

Darstellung zu erkunden. Die Proben verliefen intensiv und leidenschaftlich. Madita und Lukas experimentierten mit verschiedenen Ansätzen und entwickelten eine tiefere Verbindung zu ihren Rollen. *„Ich spüre, dass wir gemeinsam eine neue Ebene erreichen",* sagte Madita einmal, als sie eine besonders emotionale Szene durchspielten. *„Genau! Es ist, als würden wir uns gegenseitig anstecken. Wenn du stark spielst, fühle ich mich motiviert, noch mehr zu geben",* erwiderte Lukas, und sie beide wussten, dass sie als Team stark waren. Während sie sich auf die nächste Premiere vorbereiteten, bemerkte Madita, wie sich nicht nur ihre künstlerische Leistung verbesserte, sondern auch ihre Beziehung zu Lukas. Sie lernten, ehrlich über ihre Ängste und Herausforderungen zu sprechen, was zu einer offenen Kommunikation beitrug. *„Es ist so wichtig, dass wir über alles reden, was uns beschäftigt",* reflektierte Madita einmal. *„Das bringt uns näher zusammen." „Ja, und ich finde, dass es uns auch hilft, stressige Situationen besser zu bewältigen. Wenn ich weiß, dass ich mit dir über alles sprechen kann, fühle ich mich viel sicherer",* antwortete Lukas und nahm ihre Hand. Diese Verbindung half ihnen nicht nur, als Paar zu wachsen, sondern auch, sich als Künstler weiterzuentwickeln. Sie besuchten Workshops, um ihr Spiel zu verfeinern, und arbeiteten gemeinsam an ihren Texten. *„Wir* *sollten auch versuchen, uns gegenseitig Feedback zu geben. Das wird uns helfen, noch besser zu werden",* schlug Lukas vor, und Madita stimmte begeistert zu. Mit jedem Tag, der verging, fühlte Madita sich sicherer in ihrer Rolle und in ihrer Beziehung. Die Unterstützung, die sie von Lukas erhielt, gab ihr das Vertrauen, ihre Kunst mit Leidenschaft und Hingabe zu verfolgen. Und auch Lukas profitierte von Maditas positiver Energie und ihrem unermüdlichen Streben nach Exzellenz. Als der Tag der Premiere endlich kam, waren sie beide aufgeregt und nervös. Madita konnte das Adrenalin in ihren Adern spüren, während sie sich backstage vorbereiteten. *„Das wird großartig",* sagte Lukas, während er seine Kostümjacke zurechtzupfte. *„Denk daran, dass wir das zusammen durchstehen."* Madita nickte und atmete tief durch. *„Ich bin bereit. Lass uns unser Bestes geben und die Zuschauer mitreißen",* antwortete sie entschlossen. Als der Vorhang sich hob und das Licht auf sie fiel, spürte sie, wie das Publikum sie anfeuerte. Die Aufführung verlief mitreißend, und die Chemie zwischen Madita und Lukas war spürbar. Sie spielten ihre Rollen mit Leidenschaft und Hingabe, und jeder Moment auf der Bühne fühlte sich echt an. Die Zuschauer waren begeistert, und Madita konnte die positive Energie im Raum spüren. Nach der Aufführung versammelten sich die Darsteller backstage, um den Erfolg zu feiern.

„*Ihr wart fantastisch! Die Zuschauer waren begeistert!*", riefen die Kollegen, und Madita fühlte sich erfüllt von Stolz und Freude. „*Ich bin so froh, dass wir das gemeinsam gemacht haben*", sagte Lukas und umarmte sie fest. „*Wir haben es wirklich geschafft!*" „*Ja, und ich denke, dass wir noch viele weitere Erfolge zusammen feiern werden*", erwiderte Madita und spürte, wie sich das Band zwischen ihnen weiter verstärkte. In den folgenden Wochen setzten sie ihre Zusammenarbeit fort und arbeiteten an neuen Projekten. Madita war dankbar, dass sie jemanden wie Lukas an ihrer Seite hatte, der sie unterstützte und sie motivierte, ihre Träume zu verfolgen. Sie planten sogar, gemeinsam ein neues Stück zu entwickeln, in dem sie beide die Hauptrollen spielen würden. „*Das wird eine großartige Herausforderung, und ich kann es kaum erwarten, gemeinsam daran zu arbeiten*", sagte Lukas begeistert. Madita fühlte sich inspiriert von der Idee, und sie wusste, dass ihre Beziehung und ihre Kunst Hand in Hand gingen. „*Wir sind ein Team, und gemeinsam können wir alles erreichen, was wir uns vornehmen*", dachte sie und war bereit, die nächsten Schritte in ihrer Karriere und ihrer Beziehung zu gehen.

Kapitel 66: Ein glücklicher Abschluss

Die Premiere des neuen Stücks stand bevor, und Madita war aufgeregt. Sie hatte hart an ihrer Rolle gearbeitet und war bereit, ihre Fähigkeiten zu zeigen. Lukas war an ihrer Seite und unterstützte sie in jedem Schritt. *„Egal, was passiert, ich glaube an dich, Madita. Du wirst großartig sein!"*, sagte Lukas, als sie sich auf die Bühne vorbereitete. Die Vorstellung verlief fantastisch, und das Publikum war begeistert. Madita spürte, dass sie nicht nur für sich selbst, sondern auch für ihr Team auf der Bühne stand. Als die letzte Szene zu Ende war und das Publikum jubelte, wusste sie, dass sie diese Herausforderung gemeistert hatte. Der Abend der Premiere war endlich gekommen, und das Theater war bis auf den letzten Platz gefüllt. Madita stand backstage und spürte das Adrenalin in ihren Adern pulsieren. Der Duft von frischer Farbe und der Klang der leisen Gespräche der Zuschauer erfüllten die Luft. *„Ich bin bereit"*, dachte sie, während sie ihre Kostüme zurechtrückte und sich auf die bevorstehende Aufführung konzentrierte. *„Du schaffst das, Madita. Denk daran, dass du nicht allein bist. Wir sind hier, um dich zu unterstützen"*, sagte Lukas, während er sie anlächelte. Sein beruhigender Blick gab ihr das nötige Vertrauen, und sie fühlte sich gestärkt durch seine Anwesenheit. „*Danke, dass du immer an mich glaubst*", antwortete sie und umarmte ihn kurz. Die Lichter dimmten sich, und der Vorhang hob sich. Madita trat auf die Bühne, und ein Raunen ging durch das Publikum. Die Atmosphäre war elektrisierend. Sie spürte, wie alle Augen auf sie gerichtet waren, und das gab ihr noch mehr Energie. Die ersten Zeilen der Aufführung fielen von ihren Lippen, und sie tauchte in ihre Rolle ein. Die Szenen entwickelten sich, und Madita wurde eins mit ihrer Figur. Sie ließ die Emotionen fließen, die sie in den Proben geübt hatte, und das Publikum reagierte begeistert. Das Lachen, das Klatschen und das Raunen der Zuschauer waren wie Musik in ihren Ohren. „*Das ist es, wofür ich arbeite*", dachte sie, während sie sich in der Darbietung verlor. Lukas, der in einer parallelen Rolle spielte, war ein perfekter Partner auf der Bühne. Ihre Chemie war unbestreitbar, und sie ergänzten sich in jeder Szene. „*Wir sind ein Team*", dachte Madita, während sie gemeinsam die Höhepunkte der Geschichte erreichten. Die letzte Szene näherte sich, und Madita fühlte, wie sich die Spannung im Saal aufbaute. Sie wusste, dass dies der entscheidende Moment war, in dem sie alles geben musste. „*Ich werde nicht nur für mich selbst spielen, sondern auch für alle, die mich unterstützt haben*", nahm sie sich vor. Als die letzte Zeile gesprochen war und der Vorhang fiel, brach das Publikum in begeisterten Applaus aus. Madita stand da, atemlos und überwältigt von der Erfahrung. Der Jubel war ohrenbetäubend, und sie konnte das Gefühl der Freude und Erleichterung nicht zurückhalten. *„Wir haben es geschafft",* flüsterte sie, als sie Lukas in die Arme fiel. *„Du warst einfach großartig! Das Publikum liebt dich!",* rief er begeistert. Madita spürte, wie das Herz in ihrer Brust hüpfte. Die harte Arbeit hatte sich ausgezahlt, und sie fühlte sich erfüllt von Stolz und Dankbarkeit. Als sie backstage zurückkehrten, umarmten sie ihre Kollegen, die ebenfalls von der Aufführung begeistert waren. *„Ihr wart fantastisch! Die Chemie zwischen euch beiden ist einfach unvergleichlich",* lobte eine Kollegin. Madita lächelte und wusste, dass sie in diesem Moment nicht nur für sich selbst, sondern für die gesamte Truppe aufgetreten war. Die Feierlichkeiten nach der Premiere waren fröhlich und ausgelassen. Die Theatertruppe versammelte sich in einem nahegelegenen Restaurant, um den Erfolg zu feiern. *„Auf uns! Auf die harte Arbeit und den Erfolg!",* rief der Regisseur, und alle stießen mit Gläsern an. Madita fühlte sich umgeben von Freunden und Menschen, die ihre Leidenschaft für das Theater teilten. *„Es ist wichtig, solche Momente zu feiern und die Erfolge zu würdigen",* dachte sie, während sie mit Lukas anstoßen und lachen konnte. Inmitten der

Feierlichkeiten trat der Regisseur an Madita heran. *„Ich möchte dir für deine beeindruckende Leistung danken. Du hast die Erwartungen übertroffen und wirklich einen bleibenden Eindruck hinterlassen"*, sagte er und schüttelte ihr die Hand. Madita war überwältigt von den Komplimenten und konnte ein Lächeln nicht unterdrücken. *„Ich bin so dankbar, Teil dieser wunderbaren Truppe zu sein"*, antwortete sie bescheiden. Lukas schaute sie an und nickte zustimmend. *„Madita hat das verdient. Sie ist eine unglaubliche Schauspielerin, und ich bin stolz, mit ihr auf der Bühne zu stehen"*, fügte er hinzu. Die Nacht ging weiter, und die Gespräche wurden lebhafter. Madita und Lukas unterhielten sich über die nächsten Schritte in ihrer Karriere und den aufregenden Weg, der vor ihnen lag. *„Ich habe das Gefühl, dass wir zusammen noch viele großartige Dinge erreichen können"*, sagte Lukas. *„Ja, ich denke, wir sollten uns neue Herausforderungen setzen. Vielleicht ein eigenes Projekt oder eine kreative Zusammenarbeit"*, überlegte Madita. *„Ich möchte weiterhin wachsen und das Theater auf unsere eigene Art und Weise bereichern."* Nach der Feier kehrten sie nach Hause zurück, erschöpft, aber glücklich. Madita konnte das Gefühl der Zufriedenheit nicht abschütteln. *„Das war ein unvergesslicher Abend, und ich bin so froh, dass wir ihn zusammen erlebt haben"*, sagte sie und sah Lukas an. *„Ich könnte mir keinen besseren Partner wünschen."* *„Ich fühle mich genauso. Wir haben so viel erreicht, und ich freue mich auf alles, was noch kommt",* antwortete er und nahm sie in seine Arme. Sie genossen einen ruhigen Moment, in dem sie einfach nur zusammen waren und die Erfolge der letzten Wochen reflektierten. In den kommenden Tagen erhielt Madita zahlreiche positive Rückmeldungen über ihre Darbietung, und die Anerkennung motivierte sie weiter. Sie wusste, dass sie bereit war, sich neuen Herausforderungen zu stellen und ihre Leidenschaft für das Theater noch weiter zu vertiefen. Mit Lukas an ihrer Seite fühlte sie sich, als könnten sie gemeinsam alles erreichen. *„Wir sind ein Team, und ich bin bereit, mit dir an meiner Seite die nächsten Schritte zu gehen",* erklärte sie voller Entschlossenheit. *„Das werden wir! Lass uns weiterhin unsere Träume verwirklichen und die Welt mit unseren Geschichten bereichern",* sagte Lukas und lächelte sie an.

Kapitel 67: Ein neuer Lebensabschnitt

Nach der erfolgreichen Premiere waren Madita und Lukas stolz auf ihre Leistungen. Sie hatten nicht nur ihre individuellen Träume verwirklicht, sondern auch eine starke Beziehung aufgebaut, die sie durch alle Höhen und Tiefen trug. Sarah und Manuel waren ebenfalls stolz auf ihre Tochter und die Entscheidungen, die sie getroffen hatte. Sie hatten gesehen, wie Madita gewachsen war und sich in allen Bereichen ihres Lebens weiterentwickelt hatte. *„Es ist schön zu sehen, wie du deine Träume verfolgst und gleichzeitig eine gesunde Beziehung führst",* sagte Sarah eines Abends, als die Familie zusammenkam, um Maditas Erfolg zu feiern. Die Atmosphäre in der Familie war warm und einladend, als sie sich um den Tisch versammelten, um Maditas Erfolge zu feiern. Der Duft von frisch gebackenem Kuchen und die fröhlichen Stimmen ihrer Eltern erfüllten den Raum. Madita fühlte sich geborgen, umgeben von den Menschen, die sie am meisten liebte. *„Danke, Mama. Das bedeutet mir viel",* antwortete Madita, während sie sich an den Tisch setzte. *„Ich hätte nicht gedacht, dass ich so weit kommen würde, aber jetzt fühle ich mich, als könnte ich alles erreichen."* Sarah lächelte stolz. *„Dein Engagement und deine Leidenschaft sind* *bewundernswert. Ich denke, es ist wichtig, dass du weiterhin an dir arbeitest und deine Träume verfolgst. Du bist so talentiert, und ich kann es kaum erwarten, zu sehen, wohin dich dein Weg noch führt."* Manuel nickte zustimmend. *„Es ist auch eine Freude zu sehen, wie du eine ausgewogene Beziehung mit Lukas führst. Ihr unterstützt euch gegenseitig, und das ist so wichtig in der Kunst und im Leben",* fügte er hinzu. Madita fühlte sich von den Worten ihrer Eltern ermutigt. „Es war nicht immer einfach, aber ich glaube, dass die Unterstützung von Lukas mir geholfen hat, mich zu konzentrieren und ich in meiner Kunst zu wachsen", sagte sie. *„Wir motivieren uns gegenseitig, und das macht einen großen Unterschied." „Das ist das Geheimnis einer guten Beziehung",* meinte Sarah. *„Es geht darum, sich gegenseitig zu inspirieren und zu unterstützen, während man seine eigenen Träume verfolgt. Und es ist offensichtlich, dass ihr beide das gut macht." „Ja, und ich finde, dass wir uns auch in der Kunst gegenseitig herausfordern können",* sagte Madita und erinnerte sich an die vielen kreativen Abende, die sie und Lukas gemeinsam verbracht hatten. *„Wir planen sogar, ein eigenes Stück zu schreiben und aufzuführen. Es wird eine aufregende Herausforderung!" „Das klingt nach einem großartigen Projekt! Ich kann es kaum erwarten, mehr darüber zu erfahren",* antwortete Manuel und nahm einen Bissen vom Kuchen. *„Es ist wichtig, dass du weiterhin kreativ bleibst und neue Wege erkundest."* Die Familie genoss den Abend, während sie Geschichten austauschten und über ihre eigenen Träume sprachen. Madita hörte aufmerksam zu, als ihre Eltern von ihren eigenen Hoffnungen und Zielen erzählten. *„Ich denke, ich möchte wieder mehr Zeit mit dem Malen verbringen",* sagte Sarah. *„Es hat mir immer Freude bereitet, und ich glaube, ich habe es in letzter Zeit vernachlässigt."* *„Das wäre fantastisch, Mama! Du hast so viel Talent, und ich würde gerne einen Blick auf deine neuen Werke werfen",* ermutigte Madita sie. Manuel schloss sich an. *„Ja, und ich möchte mehr über Fotografie lernen. Vielleicht können wir sogar einen Familienkunsttag veranstalten, an dem wir alle zusammen kreativ sein können",* schlug er vor. Madita war begeistert von der Idee und fühlte sich inspiriert. *„Das klingt nach einem tollen Plan! Lass uns das unbedingt organisieren. Ich finde es wichtig, dass wir als Familie zusammenarbeiten und unsere kreativen Seiten zeigen."* Die Wochen vergingen, und die Vorbereitungen für das Familienkunstprojekt begannen. Madita und Lukas arbeiteten intensiv an ihrem Stück, während Sarah und Manuel ihre kreativen Hobbys wieder auflebten. Madita fühlte sich in ihrer Beziehung und ihrer Familie unterstützt und ermutigt, und das gab ihr das Gefühl, dass alles möglich war.

Eines Abends, als sie mit Lukas an ihrem Stück arbeiteten, spürte sie, wie sich die Ideen zwischen ihnen entwickelten. *„Ich denke, wir sollten die Hauptfigur als jemanden darstellen, der seine Träume verfolgt, trotz aller Herausforderungen",* schlug Madita vor. *„Ja, und wir könnten die Beziehung zwischen den Charakteren so gestalten, dass sie sich gegenseitig unterstützen, genau wie wir",* fügte Lukas hinzu. *„Das wird die Botschaft des Stücks verstärken und die Zuschauer erreichen."* Madita nickte begeistert. *„Das ist eine großartige Idee! Lass uns die Struktur des Stücks skizzieren und die Charaktere entwickeln. Ich habe das Gefühl, dass wir ein wirklich berührendes Stück schaffen können."* Die Kreativität sprudelte, während sie gemeinsam an ihrem Projekt arbeiteten. Die Stunden vergingen, und sie verloren sich in der Welt, die sie erschufen. *„Es ist so befriedigend, zusammen zu arbeiten und unsere Ideen zum Leben zu erwecken",* sagte Madita, während sie einen neuen Charakter skizzierte. *„Ja, ich liebe es, wie wir uns gegenseitig inspirieren. Es ist eine ganz neue Ebene der Zusammenarbeit",* antwortete Lukas und fügte seiner Skizze einige Notizen hinzu. Als sie schließlich ihre erste vollständige Handlung entwarfen, fühlte sich Madita erfüllt von Stolz. *„Wir haben etwas Einzigartiges geschaffen, und ich kann es kaum erwarten, es auf die Bühne zu bringen",* sagte sie begeistert. Die Zeit verging, und die Familie kam zusammen, um ihren Kunst Tag zu feiern. Sarah, Manuel, Madita und Lukas versammelten sich im Wohnzimmer, um ihre kreativen Arbeiten zu präsentieren. Es war ein kreatives Fest, das alle zusammenbrachte. Sarah zeigte ihre neuesten Gemälde, die voller Farben und Emotionen waren. *„Ich habe mich wieder in die Malerei verliebt. Es hat mir so gefehlt",* sagte sie und strahlte. Manuel präsentierte einige beeindruckende Fotos, die er in der Natur aufgenommen hatte. *„Ich habe versucht, die Schönheit der kleinen Dinge einzufangen. Es ist faszinierend, wie viel man in der Natur entdecken kann",* erklärte er und zeigte die Bilder stolz. Madita und Lukas präsentierten die ersten Entwürfe ihres Stücks. *„Wir haben eine Geschichte über das Streben nach Träumen und die Kraft der Unterstützung entwickelt. Wir hoffen, dass ihr sie mögt",* sagte Madita, während sie die ersten Skizzen auf dem Tisch ausbreitete. Die Reaktionen waren überwältigend positiv, und die Familie lobte sich gegenseitig für ihre Kreativität und den Mut, ihre Talente zu zeigen. *„Es ist so inspirierend zu sehen, wie jeder von uns seine Leidenschaft lebt",* sagte Sarah und umarmte Madita. *„Ja, und ich denke, dass wir gemeinsam noch viel mehr erreichen können. Lass uns regelmäßig solche Kunsttage veranstalten",* schlug Manuel vor. Die Idee fand großen Anklang, und so wurde der Kunst Tag zu einer Tradition in der Familie. Diese gemeinsamen Momente stärkten das Band zwischen ihnen und schufen eine unterstützende Umgebung, in der jeder seine Träume verfolgen konnte. Madita fühlte sich glücklich und erfüllt. *„Ich habe das Gefühl, dass wir als Familie wirklich zusammengewachsen sind. Es ist so wichtig, dass wir uns gegenseitig unterstützen und unsere kreativen Seiten zeigen"*, sagte sie. *„Das stimmt. Lass uns weiterhin unsere Träume verfolgen und gleichzeitig füreinander da sein"*, fügte Lukas hinzu und hielt Madita an der Hand.

Kapitel 68: Auf zu neuen Abenteuern

Madita wusste, dass der Weg, den sie gewählt hatte, voller Herausforderungen und Möglichkeiten war. Mit der Unterstützung ihrer Familie und ihrer Freunde, einschließlich Lukas, war sie bereit, die nächste Etappe ihrer Reise im Theater zu beginnen. *„Ich habe das Gefühl, dass dies erst der Anfang ist. Ich möchte in verschiedenen Produktionen arbeiten und vielleicht sogar die Möglichkeit haben, in Filmen zu spielen",* sagte Madita begeistert. *„Wir stehen hinter dir, egal wohin dich dein Weg führt",* antwortete Manuel mit einem Lächeln. So lebte Madita in der Gewissheit, dass sie die Fähigkeiten und die Unterstützung hatte, um ihre Träume zu verwirklichen. Die Bühne und das Leben warteten auf sie, und sie war bereit, ihre Geschichte weiterzuschreiben – voller Leidenschaft, Freundschaft und einer unerschütterlichen Entschlossenheit. Madita saß an ihrem Schreibtisch und überlegte, welche Schritte sie als Nächstes unternehmen sollte. Die letzten Monate waren aufregend gewesen, aber sie wusste, dass sie sich weiterentwickeln und neue Herausforderungen annehmen musste. *„Vielleicht sollte ich einige Auditions für verschiedene Theaterproduktionen und Filmprojekte in der Stadt anvisieren",* dachte sie und kritzelte einige Ideen in ihr Notizbuch. Ihre Gedanken wurden von Lukas unterbrochen, der hereinkam. *„Hey, was machst du gerade? Du siehst so nachdenklich aus",* bemerkte er mit einem Lächeln. *„Ich plane meine nächsten Schritte. Ich möchte wirklich in verschiedenen Produktionen arbeiten und vielleicht sogar die Möglichkeit haben, in Filmen zu spielen",* erklärte Madita voller Begeisterung. *„Ich habe das Gefühl, dass dies erst der Anfang ist." „Das klingt fantastisch! Ich bin mir sicher, dass du das schaffen kannst",* antwortete Lukas und setzte sich neben sie. *„Du hast das Talent, und ich werde dich bei jedem Schritt unterstützen. Lass uns gemeinsam an deinen Zielen arbeiten."* Madita fühlte sich durch seine Worte ermutigt. *„Das bedeutet mir viel, Lukas. Manchmal habe ich Angst, dass ich nicht gut genug bin, aber wenn ich an die Unterstützung von dir und meiner Familie denke, wird es etwas leichter",* gestand sie. *„Du bist mehr als gut genug. Und wenn du jemals Zweifel hast, erinnere dich daran, dass wir zusammen sind. Wir können diese Reise gemeinsam antreten",* sagte Lukas und nahm ihre Hand. *„Lass uns eine Liste von Theaterproduktionen und Casting-Calls machen, die du anvisieren möchtest."* Gemeinsam arbeiteten sie an einer Liste von Möglichkeiten, und Madita fühlte sich inspiriert. *„Ich möchte auch mehr über das Schauspielern im Film lernen. Vielleicht könnte ich an* *einem Workshop teilnehmen?"*, schlug sie vor. *„Das ist eine großartige Idee! Es gibt einige Workshops in der Stadt, die sich auf Film- und Fernsehschauspiel konzentrieren. Ich kann dir helfen, die Informationen zu finden"*, antwortete Lukas und begann, auf seinem Handy zu recherchieren. In den nächsten Tagen besuchte Madita mehrere Auditions und Workshops. Es war aufregend, neue Herausforderungen anzunehmen und sich in verschiedenen Rollen auszuprobieren. Der Nervenkitzel der Ungewissheit, die Aufregung vor dem Auftritt und das Gefühl, sich ständig weiterzuentwickeln, erfüllten sie mit Freude. Eines Abends, nachdem sie an einem Workshop für Film-Schauspiel teilgenommen hatte, kam sie nach Hause und erzählte Lukas von ihren Erfahrungen. *„Es war so spannend, vor der Kamera zu arbeiten. Ich habe viel über die Unterschiede zwischen Theater- und Filmschauspiel gelernt"*, berichtete sie begeistert. *„Das klingt großartig! Ich kann es kaum erwarten, die Fortschritte zu sehen, die du machst. Du wirst dich schnell anpassen"*, sagte Lukas und lächelte stolz. Madita fühlte sich motiviert und entschlossen, ihre Fähigkeiten weiter zu verbessern. Sie war fest entschlossen, ihren eigenen Stil zu entwickeln und ihre Leidenschaft für das Schauspielern in verschiedenen Medien auszudrücken. Mit der Zeit begann sie, in verschiedenen Theaterproduktionen mitzuwirken und erhielt positive Rückmeldungen von Regisseuren und Zuschauern. *„Ich habe das Gefühl, dass ich wirklich aufblühe"*, dachte sie, während sie auf der Bühne stand und den Applaus des Publikums genoss. Eines Tages kam sie von einer Audition zurück und fand Lukas in ihrem Wohnzimmer vor. *„Hey, ich habe etwas für dich!"*, rief er aufgeregt. In seinen Händen hielt er einen Brief. *„Ich denke, du solltest das lesen."* Madita nahm den Brief und öffnete ihn vorsichtig. Ihre Augen weiteten sich, als sie die Worte las: *„Wir freuen uns, Ihnen mitteilen zu können, dass Sie für die Hauptrolle in unserer kommenden Theaterproduktion ausgewählt wurden!"* *„Oh mein Gott! Ich kann es nicht glauben!"*, rief Madita und umarmte Lukas mit voller Begeisterung. *„Das ist eine unglaubliche Gelegenheit!"* *„Ich wusste, dass du es schaffen würdest! Du hast so hart dafür gearbeitet, und du verdienst es, diese Rolle zu spielen"*, sagte Lukas und lächelte glücklich. Madita konnte ihr Glück kaum fassen. Diese Rolle war eine große Gelegenheit für sie, sich in der Theaterwelt weiter zu etablieren und ihre Fähigkeiten auf die nächste Stufe zu heben. *„Ich werde alles geben, um dieser Rolle gerecht zu werden"*, versprach sie. Die Proben für das neue Stück begannen, und Madita stürzte sich mit voller Energie in die Arbeit. Die Herausforderung, die Figur zu verkörpern und ihre Emotionen auf der Bühne auszudrücken, erfüllte sie mit Begeisterung. Sie wusste, dass sie nicht nur für sich selbst, sondern auch für die Menschen, die an sie glaubten, spielte. Während dieser Zeit blieb Lukas an ihrer Seite und unterstützte sie bei den Proben. Er half ihr, sich auf die verschiedenen Szenen vorzubereiten, und gab ihr wertvolle Rückmeldungen. *„Du bist so nah dran, Madita. Du musst nur noch ein wenig tiefer in die Emotionen eintauchen"*, riet er ihr während einer Probe. *„Danke, dass du mir hilfst. Ich schätze deine Unterstützung wirklich. Es macht es so viel einfacher, wenn ich dich an meiner Seite habe"*, sagte Madita und lächelte. Die Premiere des neuen Stücks stand bald bevor, und Madita fühlte sich sowohl aufgeregt als auch nervös. Die Erlebnisse der letzten Monate hatten sie gelehrt, dass sie bereit war, sich neuen Herausforderungen zu stellen. „Egal, was passiert, ich werde mein Bestes geben", dachte sie entschlossen. Am Abend der Premiere war das Theater bis auf den letzten Platz gefüllt. Madita atmete tief durch, als der Vorhang sich hob. In diesem Moment spürte sie die Energie des Publikums und wusste, dass sie bereit war, ihre Geschichte zu erzählen. Die Aufführung verlief großartig, und das Publikum war begeistert. Madita spürte die Verbindung zu den Zuschauern und wusste, dass sie alle an ihrer Seite waren. Als der letzte Vorhang fiel und der Applaus ertönte, wusste sie, dass sie ihre Fähigkeiten und ihre Leidenschaft unter Beweis gestellt hatte. Backstage umarmte Lukas sie und sagte: „Du warst fantastisch! Ich bin so stolz auf dich!" *„Danke, Lukas. Ich hätte das nicht ohne deine Unterstützung geschafft",* antwortete Madita und fühlte sich überwältigt von Glück. Nach der Premiere wurde sie von verschiedenen Theaterregisseuren angesprochen, die Interesse an ihrer Arbeit zeigten. *„Ich kann die nächsten Schritte kaum erwarten. Es fühlt sich an, als ob neue Türen für mich geöffnet werden",* dachte Madita, während sie die Möglichkeiten in der Theaterwelt betrachtete.

Kapitel 69: Ein neues Kapitel für Madita

Während Madita und Lukas ihre Beziehung vertieften, lebten sie ein erfülltes Leben. Die Zeit verging, und die beiden entschieden sich, ihre Liebe mit einer Hochzeit zu besiegeln. Es war ein wunderschöner Tag, an dem Familie und Freunde zusammenkamen, um das Paar zu feiern. Madita fühlte sich überglücklich, als sie in ihrem Brautkleid den Gang entlangschritt und Lukas am Altar sah. *„Ich verspreche, dich in guten wie in schlechten Zeiten zu lieben",* sagte sie mit Tränen in den Augen, während sie ihre Gelübde ablegte. Die Hochzeit markierte den Beginn eines neuen Lebensabschnitts. Einige Jahre später wurden sie Eltern eines kleinen Mädchens, das sie liebevoll Emma nannten. Madita und Lukas waren überglücklich, ihre Familie zu erweitern, und sie gaben ihr Bestes, um Emma eine liebevolle und kreative Umgebung zu bieten. Die Zeit nach der Hochzeit verging wie im Flug, und Madita und Lukas lebten in einem harmonischen Gleichgewicht zwischen ihrer Karriere und dem neuen Abenteuer der Elternschaft. Die Erinnerungen an ihren Hochzeitstag waren lebendig, und sie sprachen oft darüber, wie glücklich sie waren, diesen Schritt gemeinsam gegangen zu sein. *„Es war der schönste Tag meines Lebens",* sagte Madita oft, wenn sie auf den großen Tag zurückblickten, und Lukas nickte zustimmend. *„Und das Beste ist, dass wir nun eine Familie sind"*, fügte er hinzu, während er Emma in seinen Armen hielt und sie sanft wiegte. Das Lächeln seiner kleinen Tochter war für ihn das größte Geschenk, und er fühlte sich dankbar für die Liebe, die ihre Familie umgab. Emma wuchs schnell heran, und Madita und Lukas waren entschlossen, ihr eine Umgebung zu bieten, die Kreativität und Entfaltung förderte. *„Wir sollten Emma frühzeitig in die Welt der Kunst und des Theaters einführen"*, schlug Madita vor, während sie sie im Kinderwagen schoben. *„Ich möchte, dass sie die gleichen Chancen hat, die ich hatte."* *„Ich stimme dir zu. Wir könnten gemeinsam Theaterstücke für Kinder besuchen oder mit ihr in den Park gehen und kleine Schauspiele inszenieren"*, antwortete Lukas mit einem breiten Lächeln. Die Vorstellung, Emma in die Welt des Theaters einzuführen, erfüllte sie beide mit Freude. In den folgenden Monaten besuchten sie regelmäßig Kindertheateraufführungen und nahmen Emma mit zu Workshops für junge Künstler. Madita und Lukas beobachteten mit Begeisterung, wie ihre Tochter die Farben in der Malwerkstatt entdeckte und mit leuchtenden Augen die Geschichten auf der Bühne verfolgte. *„Sie hat so viel Freude daran. Ich denke, sie hat das Talent in den Genen"*, bemerkte Madita und sah, wie Emma mit einer kleinen Pinsel in den Händen die Leinwand bearbeitete. *„Ja, und es ist wichtig, dass wir ihr erlauben, ihre eigenen Interessen zu entdecken"*, sagte Lukas und setzte sich neben sie. *„Wir sollten sie ermutigen, zu experimentieren und Spaß zu haben, egal in welchem Bereich."* Die Monate vergingen, und das Leben als Familie war voller Lachen und Liebe. Madita und Lukas fanden Wege, ihre künstlerischen Karrieren fortzusetzen, während sie gleichzeitig die Bedürfnisse ihrer Tochter erfüllten. Es war eine Herausforderung, aber sie meisterten sie mit Hingabe und Teamarbeit. Eines Tages, während eines gemeinsamen Malnachmittags zu Hause, kam Emma mit einem bunten Gemälde in die Küche. *„Mama, Papa, schaut mal, was ich gemacht habe!"*, rief sie stolz und hielt das Bild hoch. Die Farben waren wild und fröhlich, ein Ausdruck ihrer kindlichen Fantasie. *„Wow, Emma! Das ist wunderschön! Du bist eine echte Künstlerin!"*, lobte Madita und kniete sich nieder, um das Bild genauer zu betrachten. Lukas beugte sich ebenfalls vor und betrachtete das Kunstwerk mit Begeisterung. *„Ich kann es kaum erwarten, es an die Wand zu hängen! Du hast ein großes Talent, mein Schatz"*, sagte er und umarmte sie liebevoll. Emma strahlte vor Freude und konnte das Lob kaum fassen.

„Ich möchte auch auf der Bühne stehen, so wie ihr!", erklärte sie mit glänzenden Augen. Madita und Lukas schauten sich an und wussten, dass sie alles tun würden, um Emma zu unterstützen und ihre Träume zu fördern, egal wie groß oder klein sie waren. In den folgenden Monaten meldeten sie Emma zu einem Kinder-Theaterkurs an. Die ersten Aufführungen waren für die Kleinen aufregend, und Madita und Lukas waren begeistert, ihre Tochter auf der Bühne zu sehen, während sie mit anderen Kindern spielte und ihre ersten Erfahrungen sammelte. *„Das ist der Anfang von etwas Großem für sie",* flüsterte Lukas, als sie Emma auf der Bühne beobachteten. Madita nickte zustimmend und spürte, wie ihr Herz vor Stolz überquoll. *„Wir sollten ihr auch beibringen, dass das Theater nicht nur Spaß macht, sondern auch Disziplin erfordert. Ich denke, es ist wichtig, dass sie die Balance zwischen Kreativität und harter Arbeit versteht",* meinte Madita. *„Definitiv. Und wir sollten sie auch ermutigen, ihre eigenen Entscheidungen zu treffen, wenn es um ihre Kunst geht. Es ist wichtig, dass sie ihren eigenen Stil findet",* ergänzte Lukas. Als Emma die Bühne für ihre erste Aufführung betrat, war Madita voller Aufregung und Nervosität. *„Es ist wie bei mir, als ich meine ersten Schritte im Theater gemacht habe",* dachte sie. Die Aufführung war ein voller Erfolg, und das Publikum war begeistert von den kleinen

Schauspielern. Madita und Lukas applaudierten laut und jubelten, während Emma im Scheinwerferlicht strahlte. Nach der Vorstellung umarmte Emma ihre Eltern. *„Das war so toll! Ich möchte noch mehr Aufführungen machen!"*, rief sie begeistert. *„Das hast du großartig gemacht, mein Schatz! Wir sind so stolz auf dich!"*, sagte Madita und küsste sie auf die Stirn. In dieser Nacht, als sie Emma ins Bett brachten, sprach Madita mit Lukas über die Zukunft. *„Ich habe das Gefühl, dass wir eine besondere Verbindung zu Emma aufbauen. Sie hat so viel Potenzial, und ich möchte sicherstellen, dass wir ihr die besten Möglichkeiten bieten"*, sagte sie. *„Wir werden alles tun, um sie zu unterstützen. Das Wichtigste ist, dass sie glücklich ist und ihre Leidenschaft entdeckt. Egal, wohin sie führt, wir werden immer hinter ihr stehen"*, antwortete Lukas und nahm Maditas Hand. Die Zeit verging, und die Familie wuchs weiter zusammen. Madita und Lukas fanden einen schönen Rhythmus im Familienleben, der es ihnen ermöglichte, weiterhin ihre künstlerischen Leidenschaften zu verfolgen und gleichzeitig für Emma da zu sein. Eines Tages, während sie im Park waren, kam Emma mit einer neuen Idee zu ihren Eltern. *„Mama, Papa, ich möchte ein eigenes Stück schreiben! Es soll über ein Mädchen gehen, das ihre Träume verfolgt"*, erklärte sie aufgeregt. Madita und Lukas sahen sich an, und ihre Herzen erfüllten sich mit Freude. *„Das klingt wunderbar, Emma! Lass uns gemeinsam daran arbeiten"*, schlug Madita vor. *„Ja, das wird ein großartiges Projekt! Wir können dir helfen, die Charaktere und die Handlung zu entwickeln"*, fügte Lukas hinzu. Die nächsten Wochen waren geprägt von kreativen Sitzungen, in denen die Familie an Emmas Stück arbeitete. Sie skizzierten Szenen, entwickelten Charaktere und diskutierten leidenschaftlich über die Handlung. Es war eine wunderbare Gelegenheit für alle, ihre kreative Seite zu zeigen und gemeinsam zu wachsen. Als das Stück schließlich fertig war, veranstalteten sie eine kleine Aufführung für Freunde und Familie im Wohnzimmer. Emma war aufgeregt und nervös, aber Madita und Lukas waren an ihrer Seite und unterstützten sie wie immer. Die Aufführung war ein voller Erfolg, und die Familie applaudierte begeistert, während Emma strahlte. *„Das war fantastisch! Du hast großartig gespielt und deine Geschichte so lebendig gemacht"*, lobte Madita, während sie Emma in die Arme schloss. *„Ich kann es kaum erwarten, das nächste Stück zu schreiben!"*, rief Emma begeistert. Madita und Lukas lächelten und wussten, dass sie mit ihrer Tochter auf einem wunderbaren Weg waren, der voller Kreativität und Liebe war. Sie waren bereit, gemeinsam neue Kapitel zu schreiben und die nächsten Abenteuer als Familie zu erleben.

Kapitel 70: Sarah und Manuel – Ein erfülltes Leben

Während Madita ihre eigene Familie gründete, lebten Sarah und Manuel weiterhin ihr Leben im Buchhandel. Sie waren nach wie vor leidenschaftlich bei der Sache und fanden Freude daran, Menschen mit Geschichten und Literatur zu inspirieren. Sie organisierten regelmäßig Lesungen und Veranstaltungen, um die Gemeinschaft zusammenzubringen. Die Jahre vergingen, und die beiden beschlossen, die Welt zu erkunden. *„Lass uns endlich die Länder besuchen, von denen wir immer geträumt haben!"*, schlug Sarah eines Tages vor. So begaben sich die beiden auf Reisen, besuchten verschiedene Kulturen und lernten viele neue Orte kennen. Von den romantischen Straßen von Paris bis zu den beeindruckenden Tempeln in Kyoto – jede Reise bereicherte ihr Leben und ihre Perspektiven. Die Entscheidung zu reisen war für Sarah und Manuel der Beginn eines aufregenden Kapitels in ihrem Leben. Nachdem sie jahrelang in ihrem Buchladen gearbeitet hatten, war es an der Zeit, die Welt außerhalb ihrer vertrauten Umgebung zu erkunden. *„Ich kann es kaum erwarten, all die Geschichten und Kulturen zu entdecken, die dort draußen auf uns warten"*, sagte Sarah begeistert, während sie sich Notizen über mögliche Reiseziele machte. *„Und ich freue mich darauf, all die neuen Bücher und Autoren zu entdecken, die wir mit zurückbringen können"*, fügte Manuel hinzu, während er seine Reisekarten durchblätterte. *„Stell dir vor, wir könnten neue Geschichten finden, die unsere Leser inspirieren!"* Nach einigen Wochen intensiver Planung und Vorfreude buchten sie ihre ersten Flüge nach Paris, die Stadt der Liebe und der Literatur. Als sie schließlich in der französischen Hauptstadt ankamen, waren sie überwältigt von der Schönheit der Stadt. Die Architektur, die Atmosphäre und die lebhaften Cafés waren wie aus einem Traum. *„Schau dir nur diese Straßen an!"*, rief Sarah, während sie die malerischen Gassen entlang schlenderten. *„Es ist, als wären wir in ein Gemälde getreten."* *„Und die Buchhandlungen! Lass uns unbedingt die Shakespeare and Company besuchen"*, sagte Manuel aufgeregt. Sie hatten von der berühmten Buchhandlung gehört, die für ihre faszinierende Geschichte und ihre einzigartige Atmosphäre bekannt war. Als sie die Buchhandlung betraten, fühlte es sich an, als wären sie in eine andere Welt eingetaucht. Regale voller Bücher, gemütliche Leseecken und der Geruch von alten Seiten umgaben sie. Sarah und Manuel stöberten durch die Regale, entdeckten neue Autoren und ließen sich von der Magie der Literatur inspirieren. *„Ich könnte hier Stunden verbringen"*, sagte Sarah, während sie ein

Buch über die Geschichte von Paris aufschlug. *„Es gibt so viel zu lernen und zu entdecken."* *„Wir sollten auch eine Lesung hier veranstalten, wenn wir wiederkommen"*, schlug Manuel vor und sah sich begeistert um. *„Es wäre großartig, die Gemeinschaft mit den Geschichten zu verbinden, die wir hier finden."* Nach ein paar Tagen in Paris reisten sie weiter nach Kyoto, Japan. Die Kontraste zwischen den beiden Städten hätten nicht größer sein können. In Kyoto wurden sie von der ruhigen Schönheit der Tempel und Gärten überwältigt. *„Es fühlt sich an, als wären wir in eine andere Zeit zurückversetzt worden"*, sagte Sarah, während sie durch den Arashiyama-Bambuswald schlenderten. *„Ja, und die Kultur hier ist so reich und faszinierend. Ich liebe es, wie die Menschen Tradition und Moderne miteinander verbinden"*, antwortete Manuel, während er Fotos von den beeindruckenden Tempeln machte. Sie besuchten die berühmte Kinkaku-ji, den Goldenen Pavillon, und bewunderten die reflektierenden Wasserflächen, die die Schönheit des Tempels unterstrichen. *„Es ist, als würde die Natur mit der Architektur verschmelzen"*, bemerkte Sarah. *„Wir sollten auch die lokale Literatur erkunden"*, schlug Manuel vor. *„Es gibt so viele großartige japanische Autoren, die es wert sind, gelesen zu werden."* In den folgenden Tagen tauchten sie in die japanische Kultur ein, besuchten Teezeremonien und lernten die Kunst des Origami. Sarah und Manuel waren begeistert von der Gastfreundschaft der Menschen und den Geschichten, die sie zu erzählen hatten. Nach ihrer Rückkehr aus Japan beschlossen sie, die Inspiration, die sie auf ihren Reisen gewonnen hatten, in ihrem Buchladen umzusetzen. Sie organisierten eine Reihe von Veranstaltungen, die sich auf die verschiedenen Kulturen konzentrierten, die sie besucht hatten. *„Lasst uns eine Themenwoche für französische und japanische Literatur veranstalten"*, schlug Sarah vor. *„Wir könnten auch lokale Köche einladen, um die Speisen dieser Länder zu präsentieren." „Das ist eine großartige Idee! Wir könnten sogar die Bücher, die wir auf unserer Reise gefunden haben, ausstellen und kleine Lesungen halten"*, antwortete Manuel begeistert. Die Veranstaltungen waren ein voller Erfolg. Die Gemeinschaft kam zusammen, um die verschiedenen Kulturen zu feiern, und die Resonanz war überwältigend. Die Menschen genossen die neuen Gerichte und die aufregenden Geschichten, die sie entdeckten. Sarah und Manuel waren glücklich, dass sie ihre Leidenschaft für Literatur und das Teilen von Geschichten mit anderen verbinden konnten. Während eines dieser Abende trafen sie auf einen lokalen Autor, der gerade sein erstes Buch veröffentlicht hatte. *„Es ist inspirierend zu sehen, wie ihr die Gemeinschaft zusammenbringt"*, sagte er in einem Gespräch mit Sarah und Manuel. *„Eure Reisen und die Geschichten, die ihr teilt, sind eine wunderbare Möglichkeit, Brücken zwischen den Kulturen zu bauen."* *„Das ist unser Ziel. Wir lieben es, Menschen mit Geschichten zu inspirieren und neue Perspektiven zu eröffnen",* antwortete Sarah. Die Zeit verging, und die beiden beschlossen, ihre Reisen fortzusetzen. *„Es gibt noch so viele Orte, die wir erkunden möchten",* sagte Sarah, während sie über mögliche Ziele nachdachten. *„Wie wäre es mit einer Reise nach Italien? Die Literatur, die Kunst und das Essen – ich kann mir keinen besseren Ort vorstellen",* schlug Manuel vor. *„Das klingt perfekt! Lass uns die Planung beginnen. Ich möchte unbedingt die Straßen von Rom erkunden und die Schönheit der Toskana erleben",* sagte Sarah voller Vorfreude. Die nächsten Monate verbrachten sie mit der Planung ihrer nächsten Reise, und ihre Vorfreude wuchs mit jeder neuen Entdeckung, die sie machten. *„Ich habe von einem kleinen Buchladen in Florenz gehört, der eine großartige Sammlung seltener Bücher hat",* berichtete Manuel. *„Das klingt fantastisch! Und wir sollten unbedingt die Uffizien besuchen, um die Meisterwerke zu sehen",* fügte Sarah hinzu. Die Reise nach Italien war ein weiteres unvergessliches Abenteuer. Sie besuchten die historischen Stätten, genossen die köstliche italienische Küche und tauchten in die reiche

Kultur ein. In einem kleinen Café in Florenz saßen sie, umgeben von den Klängen der Stadt und dem Duft von frisch gebrühtem Kaffee. *„Ich könnte mir nichts Schöneres vorstellen, als hier zu sein und das Leben zu genießen",* sagte Sarah, während sie einen Schluck von ihrem Cappuccino nahm. *„Und die Kunst hier ist einfach atemberaubend. Ich fühle mich inspiriert, neue Ideen für unsere Buchhandlungen zu entwickeln",* antwortete Manuel. Nach ihrer Rückkehr nach Hause gründeten sie eine Reihe von Buchclubs, die sich auf die Literatur der Länder konzentrierten, die sie besucht hatten. *„Wir können auch ein monatliches Thema festlegen, das auf unseren Reisen basiert",* schlug Sarah vor. *„So können wir die Gemeinschaft weiterhin einbeziehen und neue Perspektiven auf Literatur und Kultur eröffnen."* Die Buchclubs waren ein großer Erfolg, und die Menschen in der Gemeinschaft schlossen sich begeistert an. Die Resonanz war überwältigend, und Sarah und Manuel waren glücklich zu sehen, wie ihre Leidenschaft für Literatur und Reisen andere inspirierte. *„Es ist so erfüllend zu sehen, wie die Menschen zusammenkommen und sich für das, was wir lieben, begeistern",* sagte Manuel einmal, während sie am Abend nach einem erfolgreichen Buchclubabend zusammen saßen. *„Ja, und ich denke, dass wir weiterhin neue Wege finden müssen, um die Gemeinschaft zu inspirieren und zu verbinden",* antwortete Sarah. In den folgenden Jahren reisten sie weiterhin und entdeckten neue Kulturen und Geschichten. Sie besuchten Länder wie Griechenland, Spanien und Schweden und sammelten Erfahrungen, die sie in ihre Buchhandlungen einfließen ließen. *„Ich habe das Gefühl, dass wir eine Mission haben, die über den Verkauf von Büchern hinausgeht. Wir möchten Menschen ermutigen, ihre eigenen Geschichten zu entdecken und die Welt um sie herum zu erkunden"*, sagte Sarah bei ihrer Rückkehr von einer ihrer Reisen. *„Und ich denke, dass wir das durch unsere Veranstaltungen und Buchclubs erreichen können. Es ist wichtig, dass wir die Menschen inspirieren, ihre eigenen Abenteuer zu erleben"*, fügte Manuel hinzu.

Kapitel 71: Stolze Großeltern

Als Madita und Lukas ihre Tochter Emma großzogen, waren Sarah und Manuel stolze Großeltern. Sie genossen es, Zeit mit Emma zu verbringen, sie in die Buchhandlung mitzunehmen und ihr Geschichten vorzulesen. *„Du wirst so viele Abenteuer erleben, wenn du älter bist!"*, erzählte Manuel Emma mit einem Lächeln. *„Die Welt ist voller Geschichten, und du bist bereit, sie zu entdecken."* Die Bindung zwischen Großeltern und Enkelin wurde immer stärker. Sarah und Manuel waren glücklich, ihre Weisheit und ihre Liebe an die nächste Generation weiterzugeben. Die Zeit verging, und Emma wuchs heran, umgeben von der Liebe und Fürsorge ihrer Familie. Sarah und Manuel genossen ihre Rolle als Großeltern in vollen Zügen. Es war eine neue Phase in ihrem Leben, die ihnen die Möglichkeit gab, die Welt durch die Augen ihrer Enkelin zu sehen. *„Schau mal, was ich gemalt habe!"*, rief Emma eines Nachmittags, als sie in die Buchhandlung kam. Mit leuchtenden Augen hielt sie ein buntes Bild hoch, das sie mit Wasserfarben gemalt hatte. Es stellte eine fantastische Landschaft dar, mit bunten Blumen und einem strahlend blauen Himmel. *„Das ist wunderschön, Emma! Du hast ein großes Talent!"*, lobte Sarah und kniete sich neben sie, um das

Bild besser zu betrachten. *„Du solltest es hier in der Buchhandlung ausstellen. Es wird allen gefallen!" „Ja, lass uns eine kleine Ausstellung machen!",* schlug Manuel vor, während er Emmas Werk bewunderte. *„Wir könnten ein Event veranstalten, bei dem du dein Bild präsentierst und die Geschichten erzählst, die du dir dabei überlegt hast."* Emma strahlte vor Freude. *„Das wäre toll! Ich habe schon viele Geschichten im Kopf!",* rief sie enthusiastisch. Die Vorstellung, ihre Kunst und ihre Geschichten zu teilen, erfüllte sie mit Aufregung. In den nächsten Tagen arbeiteten Sarah und Manuel mit Emma zusammen, um die Ausstellung vorzubereiten. Sie halfen ihr, ihre Bilder auszuwählen, und ermutigten sie, kurze Geschichten zu den einzelnen Kunstwerken zu schreiben. *„So können die Menschen sehen, was du dir dabei gedacht hast",* erklärte Sarah. Die Ausstellung wurde ein voller Erfolg. Die Buchhandlung war voll von Familien und Freunden, die Emmas Werke bewunderten und ihren Geschichten lauschten. Sie fühlte sich wie eine kleine Künstlerin auf der großen Bühne, als sie selbstbewusst vor den Gästen sprach. *„Ich habe in meiner Fantasie eine Reise zu einem magischen Ort gemacht, wo die Blumen sprechen können und die Sonne immer scheint",* erzählte sie und blickte in die begeisterten Gesichter ihrer Zuhörer. *„Das ist eine wunderbare Vorstellung, Emma! Du hast eine lebhafte Fantasie!",* rief Manuel aus und applaudierte begeistert. Nach der Ausstellung fühlte Emma sich inspiriert. *„Ich möchte mehr Geschichten schreiben und noch mehr Bilder malen!"*, sagte sie und umarmte ihre Großeltern. Sarah und Manuel waren überglücklich, ihre Enkelin auf ihrem kreativen Weg zu unterstützen. *„Wir sollten regelmäßig kreative Nachmittage veranstalten!"*, schlug Sarah vor. *„Gemeinsam können wir Geschichten erfinden, malen und einfach Spaß haben."* Die Familie fand sich bald jede Woche zu diesen kreativen Nachmittagen zusammen, und es wurde zu einer Tradition. Sie verbrachten unzählige Stunden damit, Geschichten zu erfinden, zu zeichnen und sich gegenseitig zu inspirieren. *„Ich habe eine Idee für eine Geschichte!"*, rief Emma eines Tages, während sie mit bunten Stiften an einem Tisch saß. *„Es geht um ein Mädchen, das einen sprechenden Hund findet und mit ihm nach einem verlorenen Schatz sucht!" „Das klingt großartig! Lass uns ein Abenteuer daraus machen"*, sagte Manuel und schnappte sich ein Notizbuch, um die Ideen festzuhalten. *„Und wir können die Charaktere zeichnen!"*, fügte Sarah hinzu und griff nach einem Stapel Papier. *„Ich möchte sehen, wie du dir die Abenteuer vorstellst."* Die Kreativität sprudelte, und die Geschichten, die sie gemeinsam erdachten, wurden immer lebendiger. Emma entdeckte nicht nur ihre Liebe zur Kunst, sondern auch ihre Fähigkeit, Geschichten zu erzählen. Die Bindung zwischen Großeltern und Enkelin wuchs weiter und wurde von gemeinsamen Abenteuern und kreativen Momenten genährt. Eines Wochenendes beschlossen Sarah und Manuel, Emma auf einen Ausflug zur Buchmesse mitzunehmen. *„Dort gibt es viele Autoren, und du kannst vielleicht sogar einige deiner Lieblingsbücher signieren lassen"*, erklärte Manuel aufgeregt. *„Oh, das wird so aufregend!"*, rief Emma begeistert. *„Ich möchte auch die Illustratoren treffen! Ich will wissen, wie sie ihre Bilder machen!"* Als sie die Messe betraten, war Emma überwältigt von der Atmosphäre. Überall standen Stände mit bunten Buchcovern, und die Luft war erfüllt von Gesprächen und dem Rascheln von Seiten. *„Schau dir all die Bücher an!"*, sagte Sarah und wies auf die Regale voller Geschichten. *„Du kannst dir so viele aussuchen, wie du willst."* Die drei verbrachten den Tag damit, durch die Gänge zu schlendern, Bücher zu durchstöbern und an verschiedenen Veranstaltungen teilzunehmen. Emma war besonders begeistert von einer Lesung eines bekannten Kinderbuchautors. *„Ich kann nicht glauben, dass ich ihn in echt sehe!"*, flüsterte sie aufgeregt, als sie sich in die Menge drängten. Nach der Lesung hatte Emma die Möglichkeit, ein Buch signieren zu lassen. *„Das ist für mich das coolste Erlebnis aller Zeiten!"*, sagte sie, während sie dem

Autor gegenüberstand und ihn um eine Signatur bat. *„Es ist wichtig, dass du an deine Träume glaubst und hart dafür arbeitest. Ich bin sicher, dass auch du eines Tages deine eigenen Geschichten veröffentlichen wirst"*, ermutigte der Autor sie, als er ihr das Buch zurückgab. Emma strahlte vor Freude und war fest entschlossen, ihre eigenen Geschichten zu schreiben und zu veröffentlichen. Nach dem Ausflug zur Buchmesse kam Emma voller Inspiration nach Hause. *„Ich möchte ein ganzes Buch schreiben!"*, verkündete sie und begann, ihre Ideen in einem Notizbuch festzuhalten. *„Das ist eine großartige Idee! Lass uns jeden Sonntag einen Schreibnachmittag einrichten, an dem du an deiner Geschichte arbeiten kannst"*, schlug Sarah vor. Die nächsten Wochen waren geprägt von Emmas Schreibprojekten. Sie fand Freude daran, ihre Fantasie auszuleben, und die Geschichten, die sie schrieb, wurden immer komplexer und kreativer. *„Ich habe einen neuen Charakter erfunden! Es ist ein mutiger Prinz, der gegen Drachen kämpft und seine Freunde rettet"*, erzählte sie begeistert, während sie ihre Notizen mit Sarah und Manuel teilte. *„Das klingt großartig! Lass uns auch eine Illustration für diesen Charakter machen"*, schlug Manuel vor und griff nach seinen Farben. Gemeinsam arbeiteten sie an Emmas Geschichten und Bildern, und die Großeltern waren stolz darauf, ihre Enkelin auf ihrem kreativen Weg zu begleiten. Die Bindung zwischen ihnen wurde stärker, und die Erinnerungen, die sie schufen, waren von unschätzbarem Wert. Eines Abends, als Emma im Bett lag und einschlief, saßen Sarah und Manuel in der Küche und sprachen über die Entwicklung ihrer Enkelin. *„Ich kann kaum glauben, wie talentiert sie ist",* sagte Sarah. *„Es ist so schön zu sehen, wie sie ihre Kreativität entfaltet."* *„Ja, und es ist eine Freude, Teil ihres Lebens zu sein und sie auf ihrem Weg zu unterstützen",* fügte Manuel hinzu. *„Ich freue mich schon darauf, ihre Geschichten in der Zukunft zu lesen."* *„Und ich bin mir sicher, dass sie eines Tages ihre eigenen Bücher veröffentlichen wird. Wir müssen sie weiterhin ermutigen und ihr die Ressourcen geben, die sie braucht, um ihre Träume zu verwirklichen",* sagte Sarah entschlossen.

Kapitel 72: Ein erfülltes Lebensende

Die Jahre vergingen, und Madita, Lukas, Sarah und Manuel lebten ein erfülltes Leben, geprägt von Liebe, Freundschaft und der Leidenschaft für das Theater und die Literatur. Madita hatte ihre Karriere im Theater weiter ausgebaut und trat in verschiedenen Produktionen auf, während Lukas als talentierter Schauspieler weiterhin aktiv war. Sarah und Manuel genossen ihren wohlverdienten Ruhestand und verbrachten viel Zeit mit Emma und ihren Hobbys, während sie die Erinnerungen an ihre Reisen und die Zeit im Buchhandel lebendig hielten. Am Ende ihres Lebens waren sie von der Liebe ihrer Familie umgeben. Sie blickten auf ein Leben voller Abenteuer, Herausforderungen und schöner Erinnerungen zurück. Madita, Lukas und Emma waren dankbar, dass sie immer auf die Unterstützung von Sarah und Manuel zählen konnten. Die Jahre zogen vorbei wie die Szenen in einem Theaterstück, und die Familie hatte zahlreiche Kapitel in ihrem gemeinsamen Leben geschrieben. Madita und Lukas blühten weiterhin in ihren Karrieren auf. Madita war in mehreren erfolgreichen Produktionen zu sehen, und viele ihrer Rollen waren prägend für ihre Entwicklung als Schauspielerin. Lukas, der an ihrer Seite stand, war ebenfalls sehr gefragt. Die beiden schafften es, ihre beruflichen Verpflichtungen mit ihrem Familienleben in Einklang zu bringen, und waren einander stets eine Quelle der Unterstützung und Inspiration. *„Es ist so erfüllend, das zu tun, was wir lieben, und gleichzeitig eine Familie zu haben, die uns unterstützt",* sagte Madita eines Abends, als sie gemeinsam mit Lukas auf der Terrasse saßen und den Sonnenuntergang betrachteten. *„Ich bin so dankbar, dass wir uns gegenseitig motivieren können, während wir unsere Träume verfolgen." „Das stimmt. Es ist ein Privileg, mit dir zusammenzuarbeiten und gleichzeitig das Leben zu genießen",* antwortete Lukas und nahm ihre Hand. *„Wir haben so viele schöne Erinnerungen geschaffen, und ich freue mich auf all die Abenteuer, die noch vor uns liegen."* Die Wochen vergingen, und sie verbrachten viel Zeit mit Emma, die inzwischen in der Schule war und einen unstillbaren Hunger nach Wissen und Kreativität hatte. Sie war ein lebhaftes Kind, das die Welt mit Neugier betrachtete und immer wieder neue Geschichten und Bilder entwickelte. *„Mama, Papa, ich habe eine neue Idee für ein Theaterstück!",* rief Emma eines Tages, als sie nach der Schule nach Hause kam. *„Es geht um ein Mädchen, das die Zeit bereisen kann!" „Das klingt spannend, Emma! Lass uns darüber nachdenken und gemeinsam brainstormen",* sagte Madita begeistert. Die Familie setzte sich zusammen und begann, Emmas Ideen zu entwickeln. Sie halfen ihr, Charaktere und Szenen zu skizzieren und die Handlung festzulegen. *„Es ist so schön, dass wir alle zusammenarbeiten können"*, bemerkte Lukas, während sie an einem Tisch saßen und lachten. Während Emma mit ihren Projekten fortfuhr, genossen Sarah und Manuel ihren Ruhestand und die Zeit, die sie mit ihrer Enkelin verbrachten. Sie waren immer noch aktiv in der Gemeinschaft und organisierten Lesungen und Veranstaltungen in der Buchhandlung, die sie mit so viel Hingabe geführt hatten. *„Es ist wichtig, die Liebe zur Literatur weiterzugeben"*, sagte Sarah oft, während sie die Buchhandlung durchstöberte und nach neuen Büchern suchte, die sie präsentieren könnten. *„Und wir sollten auch Emma einbeziehen. Sie liebt es, Geschichten zu erzählen und zu schreiben. Es wäre toll, sie in die Veranstaltungen einzubeziehen"*, schlug Manuel vor. So wurde schnell ein monatliches *„Geschichten-Nachmittag"*-Event ins Leben gerufen, bei dem Emma ihre eigenen Geschichten vortragen und die Menschen um sie versammeln konnte. *„Ich kann es kaum erwarten, meine Geschichte vorzutragen!"*, rief Emma, als sie sich auf ihren ersten Auftritt vorbereitete. *„Ich möchte, dass alle meine Abenteuer hören!"* Die Buchhandlung füllte sich mit Menschen, die kamen, um Emma zuzuhören. Die

Begeisterung war greifbar, als sie mit leuchtenden Augen ihre Geschichte über das Zeitreise-Mädchen erzählte. Sarah und Manuel saßen in der ersten Reihe und waren stolz auf ihre Enkelin, die so mutig und kreativ auftrat. Nach der Lesung umarmte Emma ihre Großeltern. *„Das war so toll! Danke, dass ihr mich unterstützt habt!"* *„Du hast das großartig gemacht, Emma! Wir sind so stolz auf dich!"*, sagte Sarah und küsste sie auf die Stirn. Die Jahre flogen weiter dahin, und während die Familie in ihren jeweiligen Lebenswegen wuchs, blieben die Bindungen stark und unerschütterlich. Madita und Lukas feierten Erfolge in ihren Theaterkarrieren, während sie gleichzeitig die Werte der Kreativität und des Ausdrucks an Emma weitergaben. Eines Tages, als der Herbst in vollem Gange war und die Blätter in bunten Farben leuchteten, beschlossen Madita und Lukas, einen kleinen Familientag zu organisieren. *„Lasst uns einen Ausflug in den Park machen, ein Picknick machen und einfach die Zeit genießen"*, schlug Lukas vor. Die Familie packte einen Korb mit Leckereien, Decken und Spielen und machte sich auf den Weg. Im Park angekommen, breiteten sie die Decken aus und genossen das Essen unter dem strahlend blauen Himmel. *„Es ist so schön hier. Ich liebe die Farben der Blätter"*, sagte Emma und beobachtete, wie der Wind die Blätter sanft durch die Luft wehte. *„Das erinnert* mich an die Geschichten, die wir erzählen und die Abenteuer, die wir erleben", fügte Madita hinzu und blickte in die Ferne. „Jedes Blatt hat seine eigene Geschichte, genau wie wir." Nach dem Essen spielten sie Spiele und lachten, während die Sonne langsam unterging. „Das sind die Momente, die ich am meisten schätze", sagte Lukas und umarmte Madita. Die Jahre vergingen, und während die Zeit für Madita und Lukas weiterhin voller Kreativität und Abenteuer war, spürten Sarah und Manuel, dass sie sich in einer anderen Lebensphase befanden. Sie hatten viele erfüllte Jahre hinter sich und waren glücklich, ihre Erfahrungen und ihre Liebe mit der nächsten Generation zu teilen. „Ich denke, wir sollten darüber nachdenken, wie wir unser Erbe weitergeben können", sagte Sarah eines Abends, als sie mit Manuel auf der Terrasse saßen. „Es ist wichtig, dass wir unsere Geschichten, unsere Erfahrungen und unsere Liebe zur Literatur festhalten." „Das ist eine großartige Idee. Vielleicht könnten wir ein Buch schreiben, in dem wir unsere Erinnerungen, unsere Reisen und all die Dinge, die wir mit Emma erlebt haben, festhalten", schlug Manuel vor. Auf diese Weise begannen Sarah und Manuel, ihre Geschichten zu dokumentieren. Sie schrieben über ihre Erlebnisse im Buchhandel, die Reisen, die sie unternommen hatten, und die Freude, die sie als Großeltern mit Emma teilten. „Es ist wichtig, dass wir auch die kleinen

Dinge festhalten", sagte Sarah oft. *„Die Alltagsmomente sind es, die das Leben so besonders machen."* In dieser Zeit, als sie ihre Erinnerungen niederschrieben, wurde ihnen bewusst, dass das Leben voller Veränderungen war, aber dass die Liebe und die Bindungen, die sie geschaffen hatten, für immer bestehen würden. Sie fühlten sich gesegnet, umgeben von Familie und Freunden, die sie unterstützten und liebevoll miteinander umgingen. Als sie eines Tages im Garten saßen, umringt von bunten Blumen, fragte Emma: *„Oma, Opa, was ist das Wichtigste, das ihr im Leben gelernt habt?"* Sarah und Manuel sahen sich an und lächelten. *„Das Wichtigste ist, die Liebe zu teilen und die kleinen Dinge im Leben zu schätzen",* antwortete Sarah. *„Die Momente, die wir miteinander verbringen, sind die wertvollsten Geschenke." „Und niemals aufhören, zu träumen und neue Geschichten zu schreiben",* fügte Manuel hinzu. *„Das Leben ist wie ein Buch, und wir haben die Macht, es zu gestalten."* Die Zeit verging, und die Familie wuchs weiter zusammen. Emma entwickelte sich zu einer talentierten jungen Künstlerin und Schriftstellerin, die bereit war, ihre eigenen Geschichten zu erzählen. Madita und Lukas waren stolz auf ihre Tochter und unterstützten sie in jedem Schritt, den sie machte. Am Ende ihrer Lebensreise blickten Sarah und Manuel auf ein erfülltes Leben zurück, umgeben von der Liebe ihrer Familie. Sie hatten so viele Abenteuer erlebt, und ihre Herzen waren voll von Dankbarkeit. *„Ich bin so glücklich, dass wir einander haben"*, sagte Sarah an einem ruhigen Abend, als sie und Manuel in ihrem Lieblingssessel saßen und die Erinnerungen Revue passieren ließen. *„Und ich bin dankbar für die Familie, die wir geschaffen haben. Es ist eine Freude, die nächste Generation zu sehen, die ihre eigenen Geschichten schreibt"*, antwortete Manuel und nahm ihre Hand.

Kapitel 73: Ein Erbe der Liebe

Als Sarah und Manuel eines Tages in Ruhe zusammen saßen und über ihr Leben nachdachten, waren sie sich einig: *„Wir haben alles erreicht, was wir uns gewünscht haben. Unsere Tochter hat ihre Träume verwirklicht, und jetzt sehen wir, wie unsere Enkelin ihr eigenes Leben beginnt." „Es ist ein schönes Gefühl zu wissen, dass wir ein Erbe der Liebe und der Kreativität hinterlassen"*, sagte Sarah und lächelte. *„Ja, und wir haben die besten Geschichten zusammen erlebt"*, fügte Manuel hinzu. So lebten sie ihre letzten Jahre in Dankbarkeit und in dem Wissen, dass sie ein erfülltes Leben geführt hatten. Sie waren stolz auf ihre Familie und die Werte, die sie weitergegeben hatten. In den letzten Jahren ihres Lebens fanden Sarah und Manuel eine tiefe Zufriedenheit in den kleinen Momenten des Alltags. Ihre Tage waren gefüllt mit liebevollen Erinnerungen, kreativen Projekten und der Freude, Zeit mit Emma zu verbringen. Die Buchhandlung, die sie so viele Jahre mit Herzblut geführt hatten, war nicht nur ein Geschäft für sie, sondern ein Ort voller Geschichten und Begegnungen, die das Leben bereichert hatten. *„Ich habe das Gefühl, dass wir in dieser Buchhandlung ein kleines Stück von uns selbst hinterlassen haben"*, sagte Sarah lächelnd, während sie durch die Regale mit den sorgfältig ausgewählten Büchern ging. *„Jedes Buch erzählt eine Geschichte, und wir haben so viele Menschen inspiriert, sie zu entdecken."* *„Absolut. Und wir haben auch selbst so viele Geschichten erlebt",* antwortete Manuel und erinnerte sich an die vielen Lesungen, die sie organisiert hatten, und die aufregenden Autoren, die sie getroffen hatten. *„Es ist schön zu wissen, dass wir Teil von so vielen Lebenswegen waren."* Eines Tages beschloss Sarah, eine neue Reihe von Veranstaltungen in der Buchhandlung zu initiieren, die sich auf das Erbe der Geschichten konzentrieren sollten. *„Wir könnten eine Reihe von Lesungen veranstalten, in denen Familien ihre eigenen Geschichten teilen",* schlug sie vor. „Das würde die Menschen dazu anregen, ihre Erinnerungen und Erlebnisse zu teilen." Manuel war begeistert von der Idee. *„Das ist eine wunderbare Möglichkeit, die Gemeinschaft zusammenzubringen und die Menschen zu ermutigen, ihre eigenen Erlebnisse zu erzählen. Jeder hat eine Geschichte, die es wert ist, gehört zu werden."* So begannen sie, die Veranstaltungen zu planen und die Menschen in der Umgebung einzuladen, ihre Geschichten zu teilen. Die ersten Abende waren ein voller Erfolg, und die Buchhandlung füllte sich mit Menschen jeden Alters, die bereit waren, ihre Erlebnisse zu teilen. *„Es ist so inspirierend zu hören, was die Menschen erlebt haben* *und wie sie ihre Geschichten erzählen"*, sagte Sarah, als sie in der Buchhandlung saßen und den letzten Abend der Reihe reflektierten. *„Es zeigt, wie wichtig es ist, unsere Erinnerungen zu bewahren und sie mit anderen zu teilen."* *„Ja, und es wird immer deutlicher, dass die Verbindung zwischen den Menschen durch Geschichten gestärkt wird. Wir sind alle Teil eines größeren Ganzen"*, fügte Manuel hinzu. Mit jeder Veranstaltung gewannen sie mehr Vertrauen und Begeisterung von der Gemeinschaft. Emma trat auch auf und las eine ihrer eigenen Geschichten vor. *„Ich war so nervös, aber es war ein unglaubliches Gefühl, meine Geschichte mit allen zu teilen!"*, sagte sie nach ihrem Auftritt strahlend. *„Du hast das großartig gemacht!"*, lobte Sarah und umarmte ihre Enkelin. *„Es ist so wichtig, dass du deine Stimme hörbar machst."* Die Jahre vergingen, und Sarah und Manuel genossen ihre Zeit im Kreise ihrer Familie. Sie blieben aktiv und engagiert, während sie die Entwicklung von Emma und die kreativen Projekte von Madita und Lukas verfolgten. Die Familie hatte einen starken Zusammenhalt, der nicht nur durch die Blutlinie, sondern auch durch die gemeinsamen Werte und Traditionen geprägt war. Eines Abends, bei einem gemütlichen Essen mit der Familie, sprach Madita über ihre neuesten Theaterprojekte. *„Ich habe das Gefühl, dass ich jetzt in der Lage bin, tiefer in die*

Emotionen meiner Charaktere einzutauchen, und ich möchte, dass Emma eines Tages auch die Bühne betritt", sagte sie. „Das wäre wunderbar! Ich kann mir vorstellen, wie talentiert sie sein wird", antwortete Manuel stolz. „Sie hat so viel Kreativität in sich." Als sie darüber sprachen, was die nächsten Schritte für Emma sein könnten, wurde deutlich, dass die Liebe zur Kunst und zur Erzählung in der Familie tief verwurzelt war. Emma stellte sich vor, wie sie eines Tages auf der großen Bühne stehen und die Geschichten erzählen würde, die in ihrem Herzen lebten. „Ich möchte, dass meine Geschichten die Menschen berühren und inspirieren", erklärte Emma mit leuchtenden Augen. „Ich will, dass die Menschen lachen, weinen und träumen, wenn sie sie hören." „Das ist eine wunderbare Einstellung, Emma. Geschichten haben die Kraft, Menschen zu verbinden und zu verändern", sagte Sarah und spürte einen tiefen Stolz auf ihre Enkelin. In der folgenden Zeit widmeten sie sich weiterhin ihren Projekten und der Pflege ihrer Bindungen. Es war eine Zeit der Dankbarkeit und des Feierns, und sie genossen jeden gemeinsamen Moment in vollen Zügen. Eines Tages, während eines ruhigen Nachmittags, saßen Sarah und Manuel im Garten und beobachteten, wie Emma mit ihren Freunden spielte. „Es ist so schön zu sehen, wie sie aufwächst und ihre eigenen Träume entwickelt", sagte

Sarah leise. *„Ja, und es erfüllt uns mit Freude, dass wir sie auf diesem Weg begleiten dürfen"*, antwortete Manuel. *„Ich hoffe, dass wir ihr weiterhin die Werte der Liebe und Kreativität vermitteln können."* Mit jedem Tag, der verging, wurde ihnen jedoch bewusst, dass die Zeit unbeirrt weiterging. Sie begannen, über die Zukunft nachzudenken und was es bedeutete, ein Leben in Fülle zu leben. *„Ich möchte sicherstellen, dass wir unser Erbe der Liebe und Kreativität weitergeben, auch wenn wir eines Tages nicht mehr hier sind"*, sagte Sarah. *„Vielleicht sollten wir etwas aufschreiben oder aufzeichnen, das die Erinnerungen an unser Leben und unsere Werte bewahrt."* Manuel nickte zustimmend. *„Das ist eine großartige Idee. Wir könnten ein Buch schreiben, das unsere Geschichten, unsere Reisen und alles, was uns wichtig ist, festhält. So bleibt ein Teil von uns immer bei Emma und der nächsten Generation."* So setzten sie sich zusammen und begannen, ihre Erinnerungen niederzuschreiben. Sie erzählten von den Herausforderungen, die sie überwunden hatten, von den Abenteuern, die sie erlebt hatten, und von der Liebe, die sie stets umgeben hatte. Sie schrieben über die Lektionen, die sie gelernt hatten, und die Werte, die sie an Emma weitergeben wollten. Die Arbeit an diesem Buch wurde zu einem bedeutenden Projekt, das ihnen half, über ihr Leben nachzudenken und die Essenz ihrer Erfahrungen festzuhalten. *„Es ist eine Art Vermächtnis, das wir hinterlassen können"*, sagte Manuel, während sie an einem Abend in ihrem Arbeitszimmer schrieben. *„Ja, und es wird nicht nur für Emma, sondern für alle, die unsere Geschichten lesen, wichtig sein"*, antwortete Sarah und lächelte. Die Arbeit an dem Buch brachte sie noch näher zusammen, und sie genossen die tiefen Gespräche, die sie führten, während sie ihre Erinnerungen aufschrieben. Es war eine Möglichkeit, ihre Liebe und ihre Werte zu teilen und die Bedeutung ihrer gemeinsamen Zeit festzuhalten. Eines Abends, als sie das Buch fast fertiggestellt hatten, saßen sie zusammen und reflektierten über ihre Lebensreise. *„Ich fühle mich so gesegnet, dass wir einander haben und dass wir diese Erinnerungen teilen können"*, sagte Sarah und blickte in die Augen ihres Mannes. *„Ich auch. Es waren die kleinen Dinge, die unser Leben so besonders gemacht haben – die Zeit mit der Familie, die Reisen, die Geschichten und die Liebe, die wir miteinander geteilt haben"*, antwortete Manuel. Die Jahre vergingen, und während sie weiterhin an ihrem Buch arbeiteten, spürten sie, dass die Zeit kostbar war. Sie waren sich bewusst, dass das Leben endlich war, und sie wollten jede Minute auskosten. Eines Tages, als sie im Garten saßen und den frischen Duft der Blumen genossen, sprachen sie über ihre Träume und Hoffnungen für die Zukunft. *„Ich hoffe, dass Emma* *eines Tages ihre eigenen Geschichten schreiben wird und dass sie die Werte, die wir ihr vermittelt haben, in ihrem Leben umsetzt"*, sagte Sarah. *„Und ich hoffe, dass wir sie weiterhin inspirieren können, ihre Träume zu verfolgen und die Welt zu erkunden"*, fügte Manuel hinzu. So lebten Sarah und Manuel ihre letzten Jahre in Dankbarkeit, umgeben von der Liebe ihrer Familie. Sie schätzten die kleinen Momente, die sie miteinander teilten, und die Erinnerungen, die sie schufen. Als eines Tages die Zeit kam, um Abschied zu nehmen, waren sie umgeben von ihren Lieben – Madita, Lukas und Emma – die alle dankbar waren für das Erbe der Liebe und der Kreativität, das sie hinterließen. *„Wir haben ein erfülltes Leben gelebt, und wir sind so stolz auf euch alle"*, flüsterte Sarah mit einem sanften Lächeln. *„Lasst die Liebe weiterleben und erzählt eure Geschichten."* In diesem Moment, umgeben von der Wärme und der Liebe ihrer Familie, fühlten sie sich erfüllt und zufrieden. Sie wussten, dass ihre Geschichten und die Liebe, die sie geteilt hatten, für immer bestehen würden. So hinterließen sie ein Erbe der Liebe, das Generationen überdauern würde, und ihre Erinnerungen würden in den Herzen ihrer Familie weiterleben.

Kapitel 74: Der Kreis des Lebens

Als Sarah und Manuel schließlich ihre Augen für immer schlossen, hinterließen sie eine Familie, die in Liebe und Kreativität verbunden war. Madita und Lukas sorgten dafür, dass die Geschichten ihrer Eltern und die Traditionen der Familie weiterlebten. Emma wuchs in einer liebevollen Umgebung auf, in der sie die Werte und die Leidenschaft für das Theater und die Literatur, die ihre Großeltern und Eltern ihr vermittelt hatten, weitertragen konnte. Sie wusste, dass sie eines Tages ihre eigenen Geschichten schreiben würde, inspiriert von den Abenteuern ihrer Familie. So endete die Geschichte von Sarah und Manuel, aber die Liebe und die Erinnerungen lebten in Madita, Lukas und Emma weiter. Der Kreis des Lebens setzte sich fort, und die Geschichten wurden von Generation zu Generation weitererzählt – voller Leidenschaft, Freundschaft und der unendlichen Kraft der Liebe. Nach dem Verlust von Sarah und Manuel war die Familie in einer Zeit des Trauerns, aber auch des Feierns, des Lebens und der Liebe vereint. Madita und Lukas waren entschlossen, das Erbe ihrer Eltern zu ehren, indem sie die Traditionen und Werte fortführten, die die Familie über Generationen geprägt hatten. *„Wir müssen sicherstellen, dass Emma die Geschichten und*

Lektionen kennt, die ihre Großeltern uns beigebracht haben", sagte Madita eines Abends, als sie im Wohnzimmer saßen und die Erinnerungen an ihre Eltern Revue passieren ließen. *„Ja, und wir sollten auch ihre Geschichten aufschreiben, damit sie für immer bewahrt bleiben"*, schlug Lukas vor. *„Es wäre schön, ein Familienbuch zu erstellen, das die Geschichten von Sarah und Manuel festhält und all die Abenteuer, die sie erlebt haben."* Die Idee eines Familienbuches gefiel Madita sehr. *„Das ist perfekt! Lass uns damit beginnen, ihre Erlebnisse, ihre Liebe zur Literatur und die Werte, die sie uns vermittelt haben, festzuhalten. Wir können auch unsere eigenen Geschichten und die von Emma hinzufügen"*, sagte sie begeistert. So begannen sie, die Erinnerungen zusammenzutragen. Sie durchforsteten alte Fotoalben, sammelten Briefe und Notizen und sprachen über die vielen Abenteuer, die sie als Familie erlebt hatten. Emma war neugierig und hörte aufmerksam zu, während ihre Eltern von den Reisen, den Lesungen und den unzähligen Momenten voller Liebe berichteten. *„Oma und Opa waren so inspirierend! Ich möchte auch einmal so eine große Geschichte schreiben wie sie"*, sagte Emma und zeichnete dabei in ihr Notizbuch. Ihre Begeisterung für das Schreiben war unübersehbar, und Madita und Lukas ermutigten sie, ihre kreativen Ideen zu entfalten.

Die Wochen vergingen, und die Familie engagierte sich leidenschaftlich für das Familienbuch. Madita und Lukas schrieben über die Zeit im Buchhandel, die Lesungen ihrer Eltern und die Abende, die sie mit Geschichten und Theater verbracht hatten. Emma ergänzte das Buch mit ihren eigenen Erzählungen und Zeichnungen. *„Das wird ein richtiges Meisterwerk!"*, rief sie begeistert, während sie an einem neuen Kapitel arbeitete. *„Ich will, dass alle meine Freunde es lesen!"* *„Das wird es auf jeden Fall! Es ist wichtig, dass wir unsere Geschichten teilen und unsere Erinnerungen bewahren"*, antwortete Madita und lächelte stolz. Während sie an ihrem Buch arbeiteten, wurde den dreien immer klarer, dass die Geschichten, die sie erzählten, nicht nur für sie selbst wichtig waren, sondern auch für die kommenden Generationen. *„Wir müssen dafür sorgen, dass die Werte von Liebe, Kreativität und Zusammenhalt in unserer Familie weiterleben"*, sagte Lukas. Die Monate vergingen, und die Arbeit am Familienbuch wurde zu einer liebevollen Tradition. Immer wieder sammelten sie sich an einem Tisch, um neue Geschichten zu erzählen, alte Erinnerungen aufzufrischen und ihre Ideen auszutauschen. Eines Abends, während sie an einem Kapitel arbeiteten, fragte Emma: *„Könnten wir auch eine Geschichte über unsere Reisen schreiben? Ich möchte, dass die Menschen wissen, wie viel Spaß wir* *hatten, als wir in den Park oder zum Theater gegangen sind."* „Das ist eine großartige Idee! Lass uns darüber nachdenken, welche Abenteuer wir erlebt haben", schlug Madita vor. *„Wir könnten auch die Geschichten von den Lesungen erzählen, die wir veranstaltet haben, und die Menschen, die wir getroffen haben"*, fügte Lukas hinzu. Die Vorstellung, die Erlebnisse und die Freude, die sie miteinander geteilt hatten, festzuhalten, erfüllte sie alle mit Begeisterung. Sie begannen, die Geschichten von ihren Ausflügen und den besonderen Momenten, die sie zusammen verbracht hatten, zu sammeln. Eines Nachmittags, als sie im Park saßen und die frische Luft genossen, sprach Emma über ihre Träume. *„Ich möchte eines Tages eine berühmte Schriftstellerin werden und meine eigenen Bücher veröffentlichen"*, sagte sie mit leuchtenden Augen. *„Ich will, dass alle meine Geschichten die Herzen der Menschen berühren."* *„Das ist ein wunderschöner Traum, Emma. Wir glauben an dich und werden dich unterstützen, wo wir nur können"*, sagte Madita und umarmte sie. *„Und du kannst immer auf unsere Erfahrungen zurückgreifen, um deine eigene Stimme zu finden"*, fügte Lukas hinzu. *„Die Geschichten, die wir erzählt haben, und die Lektionen, die wir gelernt haben, werden dir helfen, deine eigenen Wege zu gehen."* Die Zeit verging, und das Familienbuch nahm Gestalt an. Es war ein lebendiges Zeugnis ihrer gemeinsamen Erlebnisse, voller Illustrationen, Fotos und Geschichten. Madita, Lukas und Emma waren stolz auf das, was sie geschaffen hatten, und es wurde zu einem wertvollen Erbstück, das sie eines Tages an die nächste Generation weitergeben würden. Eines Abends, als sie das Buch fast fertiggestellt hatten, saßen sie zusammen und schauten sich an. *„Ich denke, wir sind bereit, es zu veröffentlichen"*, sagte Madita. *„Es ist Zeit, unsere Geschichten mit der Welt zu teilen." „Ja, und wir könnten eine Lesung in der Buchhandlung veranstalten, um das Buch zu feiern. So können wir auch die Erinnerungen an Oma und Opa lebendig halten"*, schlug Lukas vor. Die Idee einer Lesung gefiel ihnen allen. Sie begannen mit der Planung und luden Familie und Freunde ein, um die Veröffentlichung ihres Familienbuches zu feiern. Emma war aufgeregt, ihre eigenen Geschichten zu erzählen und die Illustrationen zu zeigen, die sie angefertigt hatte. Am Tag der Lesung war die Buchhandlung voller Menschen, und die Atmosphäre war lebhaft. Als Emma auf die Bühne ging, fühlte sie sich ein wenig nervös, aber auch voller Vorfreude. Sie blickte in die Menge und sah die ermutigenden Gesichter ihrer Eltern und Freunde. *„Ich kann das schaffen!"*, dachte sie und begann mit ihrer Lesung. Die Menschen hörten gebannt zu, als Emma ihre Geschichten erzählte und die Abenteuer lebendig werden ließ. Ihre Stimme war klar, und ihre Leidenschaft war spürbar. Nach ihrer Lesung erhielt sie tosenden Applaus, und Madita und Lukas waren so stolz auf ihre Tochter. *„Du warst fantastisch, Emma! Ich bin so stolz auf dich!“*, rief Madita, als sie von der Bühne kam und ihre Tochter umarmte. *„Das war so aufregend! Ich möchte noch mehr Geschichten erzählen!“*, antwortete Emma voller Begeisterung. Die Lesung ging weiter, und Madita und Lukas lasen aus dem Familienbuch vor. Die Geschichten brachten Lachen und Tränen, während sie die Erinnerungen an Sarah und Manuel lebendig hielten. Die Menschen in der Buchhandlung waren berührt von den Erlebnissen und der Liebe, die in den Geschichten steckte. Als die Veranstaltung zu Ende ging, fühlte sich die Familie erfüllt und dankbar. Sie hatten nicht nur ihre Geschichten geteilt, sondern auch das Erbe von Sarah und Manuel geehrt. *„Ich bin so froh, dass wir das gemacht haben. Es ist wichtig, dass wir die Erinnerungen an unsere Familie und die Werte, die sie uns vermittelt haben, weitertragen“*, sagte Lukas, während sie nach Hause gingen. *„Ja, und ich freue mich darauf, unsere Geschichten mit der nächsten Generation zu teilen“*, fügte Madita hinzu. Die Zeit verging, und Emma wuchs weiter. Sie schrieb an ihren eigenen Geschichten und träumte davon, eines Tages als Schriftstellerin zu arbeiten. Die Werte, die sie von ihren Eltern und Großeltern gelernt hatte, waren tief in ihr verwurzelt, und sie wusste, dass sie eines Tages das Erbe ihrer Familie fortsetzen würde. Eines Tages, während Emma an einem neuen Buch arbeitete, dachte sie darüber nach, wie wichtig es war, die Geschichten ihrer Familie zu bewahren. *„Ich möchte, dass die Menschen wissen, woher ich komme und was mich inspiriert hat",* murmelte sie, während sie in ihr Notizbuch schrieb. Die Jahre vergingen, und Emma trat in die Fußstapfen ihrer Eltern und Großeltern. Sie veröffentlichte ihre eigenen Bücher und erzählte Geschichten, die von den Abenteuern ihrer Familie inspiriert waren. Ihre Geschichten verbanden die Vergangenheit mit der Gegenwart, und sie war stolz darauf, das Erbe der Liebe und Kreativität weiterzugeben. Die Familie blieb eng verbunden, und die Traditionen wurden von Generation zu Generation weitergegeben. Madita und Lukas unterstützten Emma in ihrem Schreiben und ermutigten sie, ihre Stimme zu finden. *„Du hast das Talent, die Menschen mit deinen Geschichten zu berühren",* sagte Madita oft. Und so lebte der Kreis des Lebens weiter, und die Geschichten von Sarah und Manuel, Madita und Lukas sowie Emma wurden zu einem wertvollen Teil des familiären Erbes. Die Liebe, die sie teilten, und die Erinnerungen, die sie schufen, waren die Bausteine für die Zukunft, und die Leidenschaft für das Theater und die Literatur prägte

weiterhin das Leben ihrer Familie. Die nächsten
Generationen würden die Geschichten erzählen und
die Werte weitergeben, die ihre Vorfahren ihnen
hinterlassen hatten. Die Kraft der Liebe, der
Freundschaft und der Kreativität würde immer
bestehen bleiben, und die Geschichten würden
niemals enden, sondern sich mit jedem neuen Kapitel
weiter entfalten.

Ende

Die Erzählung von Madita, Sarah und Manuel zeigt, wie
wichtig es ist, Träume zu verfolgen, Liebe zu schenken
und die Verbindungen zur Familie zu pflegen. Ihre
Reise war geprägt von Höhen und Tiefen, aber
letztendlich war es die Liebe, die sie alle vereinte und
ihnen half, die Herausforderungen des Lebens zu
meistern.

Milton Keynes UK
Ingram Content Group UK Ltd.
UKHW031949281024
450365UK00008B/442

9 783839 128213